Alice Oseman
Loveless

Alle bereits erschienenen Titel
von **Alice Oseman** beim Loewe Verlag:

Heartstopper

Loveless

Nothing Left for Us

Alice Oseman

Aus dem Englischen übersetzt
von Vanessa Walder

Loveless

Loewe

ISBN 978-3-7432-1219-0
2. Auflage 2022
Zuerst erschienen in Großbritannien in Englischer Sprache bei
HarperCollins *Children's Books*, a division of HarperCollins*Publishers* Ltd.
unter dem Originaltitel LOVELESS
Copyright © Alice Oseman 2020
Für die deutschsprachige Ausgabe © 2022 Loewe Verlag GmbH,
Bühlstraße 4, D-95463 Bindlach,
übersetzt in Lizenz von HarperCollinsPublishers Ltd.
Aus dem Englischen übersetzt von Vanessa Walder
Coverdesign © Harper Collins Publishers Ltd 2021
Umschlaggestaltung: Ramona Karl
Printed in the EU

www.loewe-verlag.de

»Die Liebe kommt als Zufall zu uns allen.
Amor schießt Pfeile, manchmal stellt er Fallen.«

Viel Lärm um nichts, William Shakespeare

TEIL EINS

LETZTE CHANCE

Drei Pärchen saßen wild knutschend ums Feuer herum, als wären sie bei einer Kuss-Orgie. Ich war halb so *Würg* und halb: *Wow, ich wünschte, ich wär auch dabei.*

Ehrlicherweise hätte ich wohl nichts anderes von unserer Abschlussball-Afterparty erwarten sollen. Aber ich gehe nicht so oft auf Partys. Deshalb wusste ich auch nicht, was da so abgeht.

Ich raffte mein Abendkleid mit einer Hand hoch, um nicht darüber zu stolpern, verließ das Feuer und ging zurück zu Hattie Jorgensens gigantischem Landhaus. Auf dem Weg schickte ich Pip eine Nachricht.

Georgia Warr
konnte leider keine marshmallows von der feuerstelle mitbringen, weil da überall leute knutschten

Felipa Quintana
Wie konntest du mich derartig enttäuschen und hintergehen, Georgia?

Georgia Warr
liebst du mich trotzdem noch oder war's das jetzt?

Ich fand Pip in der Küche, wo sie gegen einen Eckschrank gelehnt Wein aus einem Plastikbecher trank. In der anderen Hand hatte sie ihr Handy. Ihre Krawatte hatte sie in die Hemdtasche gestopft, ihren tiefroten Samtblazer aufgeknöpft. Ihre kurzen Locken waren fluffig und zerzaust, weil sie auf dem Abschlussball wie wild getanzt hatte.

»Bist du okay?«, fragte ich sie.

»Möglicherweise ein bisschen betrunken«, sagte sie und ließ ihre Schildpatt-Brille an die Nasenspitze rutschen. »Und übrigens – ich fucking liebe dich immer noch.«

»Mehr als Marshmallows?«

»Wie kannst du von mir verlangen, mich zwischen euch zu entscheiden?«

Ich legte ihr den Arm um die Schultern, und wir lehnten uns zusammen gegen den Küchenschrank. Es war fast Mitternacht, die Musik dröhnte aus Hatties Wohnzimmer, und das Quatschen, Schreien, Kreischen und Lachen unserer Schulfreunde erfüllte jede Ecke des Gebäudes.

»Am Feuer knutschen drei Pärchen«, sagte ich. »Praktisch synchron.«

»Abgefahren«, sagte Pip.

»Ich hab mir irgendwie gewünscht, ich wäre auch dabei.«

Sie sah mich nur an. »Iieh.«

»Ich will einfach jemanden küssen«, sagte ich, was komisch war, weil ich gar nicht betrunken war. Ich sollte Jason und Pip nachher nach Hause fahren, deshalb.

»Wir könnten rumknutschen, wenn du willst«, bot Pip grinsend an.

»Das ist nicht ganz das, was ich mir vorgestellt hab.«

»Okay, also Jason ist seit ein paar Monaten Single. Ich bin sicher, er würde sich auch anbieten.«

»Hör auf. Ich mein's echt ernst.«

Ich meinte es wirklich ernst. Ich wollte wirklich, wirklich jemanden küssen. Ich wollte auch ein bisschen was von der Prom-Nacht-Magie abkriegen.

»Dann Tommy«, sagte Pip, zog eine Augenbraue hoch und grinste verschmitzt. »Vielleicht wird es Zeit, ihm deine Gefühle zu gestehen.«

Ich war insgesamt nur ein einziges Mal verknallt gewesen. Er hieß Tommy und war einer der beliebtesten Jungs in unserem Jahrgang – der eine, der tatsächlich Model hätte werden können, wenn er es gewollt hätte. Er war groß und dünn und die meisten Menschen würden ihn wohl attraktiv finden. Ein bisschen sah er aus wie Timothée Chalamet, obwohl ich nicht so richtig kapiere, warum alle so verliebt sind in Timothée Chalamet. Ich hatte den Verdacht, dass einige Leute ihre Verknalltheit in Stars einfach fakten, um dazuzugehören.

Ich war seit der siebten Klasse in Tommy verknallt. Damals fragte mich ein Mädchen: »Wen findest du am heißesten von allen Jungs am Truham Gymnasium?«

Sie zeigte mir auf ihrem Handy ein Foto, auf dem die beliebtesten Typen in unserem Jahrgang zu sehen waren. Die Jungs gingen aufs Truham Gymnasium für Jungen auf der gegenüberliegenden Straßenseite unserer Schule. Tommy stand genau in der Mitte auf dem Foto. Ich konnte auf den ersten Blick sehen, dass er der Attraktivste war. Ich meine, seine Frisur sah aus, als wär er in einer Boyband, und er war angezogen wie ein Kinostar – also hab ich auf ihn gedeutet und gesagt: *Den.* Und ich schätze, das war's.

Seitdem waren fast sieben Jahre vergangen, und ich hatte nicht einmal mit Tommy geredet. Ich wollte noch nicht mal wirklich mit ihm reden, wahrscheinlich weil ich schüchtern bin. Er war mehr so ein abstrakter Gedanke – er war heiß, und ich war verknallt in ihn, und das war für mich absolut ausreichend.

Ich schnaubte bei Pips Vorschlag. »Ganz sicher nicht Tommy.«

»Warum nicht? Du magst ihn doch.«

Der Gedanke, wegen meiner Verknalltheit auch tatsächlich etwas zu unternehmen, machte mich extrem nervös.

Also zuckte ich nur mit den Schultern, und Pip ließ das Thema fallen.

Wir schlenderten Arm in Arm aus der Küche und durch den Flur von Hattie Jorgensens todschickem Landhaus. Die Leute saßen überall auf dem Boden, in ihren schönen Prom-Kleidern und ihren Smokings. Leere und halb volle Plastikbecher und Essensreste auf allen Flächen. Zwei Leute knutschten auf der Treppe, und ich sah ihnen einen Augenblick lang zu, nicht in der Lage zu entscheiden, ob es das Ekligste oder das Romantischste war, was ich in meinem Leben je gesehen hatte. Wahrscheinlich eher Ersteres.

»Weißt du, was ich möchte?«, fragte Pip, als wir in Hatties Wintergarten stolperten und uns auf ihr Sofa fallen ließen.

»Was?«, fragte ich.

»Ich möchte, dass jemand mir auf der Stelle in einem romantischen Song seine Liebe gesteht.«

»Mit welchem Song?«

Darüber dachte sie kurz nach.

»Es müsste ›Your Song‹ aus dem Film *Moulin Rouge* sein.« Sie seufzte. »Mann, ich bin traurig, lesbisch und einsam.«

»Ausgezeichnete Song-Auswahl, aber nicht halb so schwer zu kriegen wie ein Kuss.«

Pip verdrehte die Augen. »Wenn du unbedingt jemanden küssen willst, dann geh und red mit Tommy. Du magst ihn seit sieben Jahren. Das ist deine letzte Chance, bevor wir auf die Uni gehen.«

Damit hatte sie vermutlich recht.

Wenn überhaupt jemand infrage kam, dann war es Tommy. Aber der Gedanke erfüllte mich trotzdem mit Unbehagen.

Ich verschränkte die Arme.

»Vielleicht sollte ich stattdessen lieber einen Fremden küssen.«

»Fick dich.«

»Ich mein's ernst.«

»Nein, tust du nicht. So bist du einfach nicht drauf.«

»Du weißt nicht, wie ich drauf bin.«

»Doch, weiß ich«, sagte Pip. »Ich kenn dich besser als irgendwer sonst.«

Sie hatte recht. Damit, dass sie mich besser kannte als jeder andere und damit, dass ich einfach nicht so drauf war. Und damit, dass heute Nacht meine letzte Chance sein würde, Tommy zu gestehen, dass ich seit sieben Jahren in ihn verknallt war. Die letzte Chance, jemanden zu küssen, solange ich noch Schülerin war, solange ich noch diese Aufregung spüren konnte, die Teenager-Träume und jugendliche Magie mit sich bringen und von der offensichtlich so ziemlich alle anderen zumindest ein bisschen gekostet hatten.

Es war meine letzte Chance, etwas davon abzukriegen.

Also musste ich möglicherweise in den sauren Apfel beißen und Tommy küssen.

ROMANTIK

Ich liebte Romantik. Ich liebte Disney (insbesondere das völlig unterbewertete Meisterwerk namens *Küss den Frosch*). Ich liebte Fanfiction (sogar Fanfiction für Figuren, die ich gar nicht kenne. Aber am liebsten mochte ich so was wie Draco/Harry oder Korra/Asami). Ich liebte es, darüber nachzudenken, wie meine eigene Hochzeit aussehen würde (eine Feier in einer alten Scheune, mit Herbstlaub und Beeren, Lichterketten und brennenden Kerzen, mit einem Vintage-Kleid aus Spitze, mein Bräutigam weint, meine Familie weint, ich weine, weil ich so, so glücklich, einfach so glücklich bin, dass ich *den Richtigen* gefunden habe).

Ich liebte – liebte! – *Liebe*.

Ich weiß, das ist schmalzig. Aber ich war nie zynisch. Eine Träumerin vielleicht, die an die Magie der Liebe glaubte und sich danach sehnte. Wie die männliche Hauptfigur aus *Moulin Rouge*, die nach Paris abhaut, um dort Geschichten zu schreiben über Wahrheit, Freiheit, Schönheit und Liebe, auch wenn er wohl besser darüber nachdenken sollte, einen Job zu finden, der es ihm ermöglicht, echtes Essen zu kaufen. Tja. Aber so bin ich auch.

Das habe ich sicher von meiner Familie. Die Familie Warr glaubt an die ewige Liebe. Meine Eltern sind immer noch genauso verliebt, wie sie es 1991 waren, als meine Mutter Ballett unterrichtet und mein Vater in einer Band gespielt hat. Das ist kein Witz. Die beiden sind der wahr gewordene Song von Avril Lavigne: *Sk8er Boi* – nur mit einem Happy End.

Meine beiden Großeltern-Paare waren immer noch zusammen. Mein Bruder hat seine Freundin geheiratet, als er zweiundzwanzig war. Keiner meiner näheren Verwandten war je geschieden worden. Sogar meine älteren Cousins und Cousinen hatten fast alle zumindest Partner, wenn nicht sogar schon eine eigene Familie.

Ich hatte noch nicht mal eine Beziehung gehabt.

Ich hatte noch nie jemanden geküsst.

Jason hat Karishma aus meiner Geschichtsklasse geküsst, als wir auf dieser Duke-of-Edinburgh-Klassenfahrt waren. Und er hatte eine echt grauenhafte Freundin namens Aimee, mit der er ein paar Monate lang zusammen war, bis er merkte, dass sie ein Biest war.

Pip hat Millie auf einer Party geküsst. Und dann Nicola von unserer Jugendtheater-Gruppe bei der Generalprobe für *Dracula*.

Fast alle hatten so eine Geschichte – einen doofen kleinen Kuss mit jemandem, in den sie vielleicht verknallt waren oder vielleicht auch nicht, und es hat nicht unbedingt zu mehr geführt, aber das gehört eben einfach dazu, wenn man ein Teenager ist.

Die meisten Leute haben mit achtzehn Jahren schon jemanden geküsst. Die meisten Leute waren mit achtzehn Jahren schon mal in jemanden verknallt, auch wenn es ein Kinostar war. Mindestens die Hälfte von allen, die ich kannte, hatten auch schon mal Sex gehabt, oder zumindest logen sie darüber, oder sie meinten in Wahrheit, dass sie eine Brust berührt oder jemandem einen runtergeholt hatten.

Aber das machte mir nichts aus, weil ich wusste, dass meine Zeit noch kommen würde. Das war bei allen so. *Du wirst auch noch jemanden finden* – das sagten alle, und sie hatten recht. Teenie-Romanzen funktionierten eh nur im Kino.

Alles, was ich tun musste, war abzuwarten, und meine große Liebesgeschichte würde beginnen. Ich würde den Richtigen finden. Wir würden uns verlieben. Und ich würde mein Happy End bekommen.

PIP, JASON UND ICH

»Georgia muss Tommy küssen«, sagte Pip zu Jason, als wir uns neben ihn aufs Sofa in Hatties Wohnzimmer fallen ließen.

Jason, der gerade in eine Partie Scrabble auf seinem Handy vertieft war, sah mich an und runzelte die Stirn. »Darf man fragen, warum?«

»Weil es jetzt sieben Jahre sind. Und ich finde, es ist Zeit«, sagte Pip. »Einwände?«

Jason Farley-Shaw war unser bester Freund. Wir waren ein Trio. Pip und ich gingen aufs Mädchengymnasium und hatten Jason durchs Theaterspielen kennengelernt. Unsere Jugendtheatergruppe schaffte es immer, ein paar Jungs aus dem Jungengymnasium zu überreden mitzuspielen. Nach ein paar Jahren wechselte er dann auf unsere Schule, die ab dem sechsten Jahrgang gemischte Klassen hatte. Der Jugendtheatergruppe ist er schließlich auch beigetreten.

Völlig egal, was für eine Produktion wir aufgeführt haben, ob Musical oder Theaterstück, Jason hat praktisch immer dieselbe Rolle gespielt: einen ernsten älteren Mann. Das lag vor allem daran, dass er groß und breitschultrig ist, aber auch daran, dass er auf den ersten Blick diesen etwas strengen Papa-Vibe abgibt. Er hat Javert in *Les Mis* gespielt, Prospero in *Der Sturm* und den wütenden Vater George Banks in *Mary Poppins*.

Abgesehen davon haben Pip und ich ziemlich schnell festgestellt, dass Jason unter seiner strengen und ernsten Schale ein richtig lieber und ruhiger Typ ist, der offenbar unsere Gesellschaft der anderer Leute deutlich vorzieht. Pip ist die Großmeisterin des Chaos, und ich hab die Tendenz, mir grundlos Sorgen zu machen wegen absolut allem und jedem. Da bringt Jasons Gelassenheit den perfekten Ausgleich in die Runde.

»Äh«, sagte Jason und warf mir einen schnellen Blick zu. »Tja, ich schätze, es spielt keine große Rolle, was ich davon halte.«

»Ich weiß nicht, ob ich Tommy küssen will«, sagte ich.

Jason sah zufrieden aus. Er wandte sich an Pip: »Da hast du's. Fall erledigt. Bei so was muss man sich einfach sicher sein.«

»Nein! Komm schon!«, krähte Pip und sah mich an. »Georgia. Ich weiß ja, dass du schüchtern bist. Aber es ist total normal, nervös zu werden, wenn man verknallt ist. Das ist definitiv deine allerletzte Chance, um Tommy deine Gefühle zu gestehen, und auch wenn er dich abblitzen lässt, dann ist es total egal, weil er auf eine Uni am anderen Ende des Landes geht.«

Ich hätte an der Stelle erwähnen können, dass es dann auch ziemlich schwierig werden würde, mit ihm eine Beziehung zu führen, falls er mich nicht abblitzen lassen würde, aber das hab ich nicht gemacht.

»Weißt du noch, wie nervös ich war, als ich Alicia gesagt habe, dass ich sie mag?«, fuhr Pip fort. »Und sie dann voll so: *Sorry, ich bin hetero!*, und ich hab zwei Monate lang nur geheult? Aber schau mich heute an! Ich bin aufgeblüht!« Sie kickte mit einem Bein in die Luft, um diesen Punkt zu unterstreichen. »Das ist eine Situation mit null Konsequenzen.«

Jason sah mich während ihrer Rede die ganze Zeit an, als wollte er rauskriegen, wie ich mich fühlte.

»Ich weiß nicht«, sagte ich. »Ich weiß es … einfach nicht. Ich glaub, ich mag ihn schon.«

Ganz kurz huschte so etwas wie Bedauern über Jasons Gesichtszüge, aber es war sofort wieder weg.

»Na dann«, sagte er und schaute dabei in seinen Schoß. »Du solltest einfach nur machen, was du wirklich machen willst.«

»Ich glaube, ich möchte ihn küssen«, sagte ich.

Ich sah mich in dem Zimmer um und – Überraschung! – Tommy war da. Er stand in einer kleinen Gruppe in der Nähe der Tür. Er war gerade weit genug von mir weg, dass ich eher einen Umriss von ihm sah und mich nicht auf Details konzentrieren konnte. Er war eher ein Konzept, ein Gedanke, als eine Person, einer aus einer Gruppe attraktiver Jungs. Mein Schwarm seit sieben Jahren. Ihn so weit weg und so verschwommen zu sehen erinnerte mich an den Moment damals in der siebten Klasse, als ich auf das Foto eines Jungen gezeigt habe, weil ich dachte, er wäre vermutlich attraktiv.

Und dann fasste ich einen Entschluss. Ich würde das hinkriegen.

Ich würde Tommy küssen.

Es hat Augenblicke gegeben, in denen ich mich ernsthaft gefragt habe, ob Jason und ich mal zusammenkommen würden. Es hat sogar Augenblicke gegeben, in denen ich mich gefragt habe, ob ich mal mit Pip zusammenkommen würde. Wenn wir drei in einem Kinofilm leben würden, dann wäre aus mindestens zwei von uns ein Paar geworden.

Aber ich hatte nie auch nur ansatzweise romantische Gefühle einem der beiden gegenüber. Zumindest nicht, soweit ich das beurteilen konnte.

Pip und ich waren seit fast sieben Jahren befreundet. Seit wir in der siebten Klasse nebeneinander gesetzt wurden und die Aufgabe bekamen, einander je drei interessante Dinge über uns selbst zu erzählen. So haben wir rausgefunden, dass wir beide Schauspielerinnen werden wollten, und das hat gereicht: Wir waren Freunde.

Pip war immer geselliger als ich, lustiger, alles in allem interessanter. Ich war immer eine gute Zuhörerin. Ich hab sie immer unterstützt, vor allem, als sie mit vierzehn eine Krise hatte, weil sie lesbisch ist, und als sie letztes Jahr eine Krise hatte, weil sie nicht wusste, ob sie sich lieber für die Schauspielerei oder für Naturwissenschaften entscheiden sollte. Und dann war da noch die Krise vor ein paar Monaten, als sie sich die Haare ganz kurz schneiden wollte, aber Schiss davor hatte.

Jason und ich haben uns erst später gefunden, aber wir haben uns schneller angefreundet, als ich es je für möglich gehalten hätte. Gerade in Anbetracht meiner eher bescheidenen Leistungen, wenn es darum geht, Freundschaften zu schließen. Er war der erste Mensch, der mir je begegnet ist, mit dem ich einfach irgendwo sitzen und still sein konnte, ohne dass es sich merkwürdig anfühlte. Ich hatte bei ihm nie das Gefühl, ich müsste versuchen, witzig zu sein oder unterhaltsam. Ich konnte einfach ich sein und wusste, er würde mich trotzdem mögen.

Wir drei hatten ungefähr tausend Mal bei den jeweils anderen übernachtet. Ich wusste genau, wo in Pips Bett die Federn rausstanden. Ich wusste, dass Jasons Lieblingsglas in unserem Küchenschrank das mit dem halb verblassten Donald Duck war, das ich mit zwölf in Disneyland bekommen hatte. Wir drei schauten uns immer wieder denselben Film an: *Moulin Rouge*. Den kannten wir auswendig.

Es gab keine romantischen Gefühle zwischen Pip, Jason und mir. Aber was es gab, das war eine langjährige Freundschaft – und die war mindestens genauso stark, glaub ich. Stärker vielleicht, als bei den meisten Pärchen, die ich kannte.

WAHRHEIT ODER PFLICHT

Um mich Tommy erstmal körperlich anzunähern, beschloss Pip, dass wir bei einer Runde »Wahrheit oder Pflicht« mitspielen würden. Jason und ich protestierten, aber natürlich setzte Pip sich durch.

»Wahrheit«, sagte ich, als ich dran war, gequält zu werden. Hattie, die Spielleiterin war, grinste verschlagen und zog eine Karte aus dem »Wahrheit«-Stapel. Wir waren zu zwölft, alle saßen im Wohnzimmer auf dem Teppichboden. Pip und Jason waren links und rechts von mir, Tommy saß genau gegenüber. Ich wollte ihn nicht wirklich ansehen.

Pip reichte mir zur Unterstützung ein paar Chips aus der Schüssel. Dankbar stopfte ich sie mir in den Mund.

»Was ist das schlimmste romantische oder sexuelle Erlebnis, das du je mit einem Typen gehabt hast?«

Ein paar Leute machten im Chor »Uuuh«, ein Junge pfiff leise, ein Mädchen lachte einfach, ein kurzes schnaubendes »Ha«, das ich beschämender fand als alles andere.

Glücklicherweise würde ich kaum jemanden von den Leuten auf dieser Party jemals wiedersehen. Vielleicht auf Instagram, aber ich hatte die meisten Instagram-Storys auch so schon gemutet, und ich hatte eine Liste im Kopf von all den Leuten, denen ich sofort nach der letzten Abi-Prüfung nicht mehr folgen würde. Es gab ein paar wenige Leute an der Schule, mit denen

Jason, Pip und ich uns gut verstanden. Leute, mit denen wir in der Mittagspause zusammensaßen. Eine kleine Gang aus unserer Theatergruppe, mit denen wir während der Proben für neue Stücke abhingen. Aber ich wusste damals schon, dass wir alle auf verschiedene Unis gehen und einander einfach vergessen würden.

Pip, Jason und ich hingegen würden einander nie vergessen. Wir würden alle drei im Oktober auf die Durham University gehen, falls unsere Noten gut genug waren. Dabei hatten wir das noch nicht mal wirklich geplant. Wir waren ein Trio von nerdigen Strebern, und trotzdem hatte es Jason nicht geschafft, in Oxford aufgenommen zu werden. Pip hatte es nicht geschafft, ins King's College in London zu kommen. Ich war die Einzige, für die Durham wirklich die erste Wahl war.

Ich war dem Universum jeden Tag von Herzen dankbar, dass alles so gekommen war. Ich *brauchte* Pip und Jason. Sie waren meine Rettungsleinen.

»Das geht echt zu weit«, schaltete sich Jason sofort ein. »Kommt schon. Das ist echt zu intim.«

Sofort schrien unsere Klassenkameraden empört auf. Denen war's scheißegal, dass es intim war.

»*Irgendwas* musst du erzählen«, tönte Hattie mit ihrem superschicken Akzent. »Ich meine, *jeder* hat mittlerweile einen grauenhaften Kuss gehabt oder so was in der Art.«

Ich fühlte mich massiv unwohl damit, so im Zentrum der Aufmerksamkeit zu stehen, also dachte ich, es wäre am besten, die Sache einfach hinter mich zu bringen.

»Ich habe noch nie jemanden geküsst«, gab ich schließlich leise zu.

Während ich das sagte, war mir nicht bewusst, dass es etwas wahnsinnig Ausgefallenes war. Ich meine, wir waren hier schließlich nicht in einem Teenie-Film. Jungfrauen-Shaming gab's nicht im echten Leben. Alle wussten, dass man solche Sachen erst machte, wenn man dazu auch wirklich bereit war, stimmt's?

Aber dann kamen die Reaktionen.

Einige schnappten hörbar nach Luft. Ein mitleidiges »Ooooch« von jemandem. Einige der Jungs fingen an zu lachen. Einer hustete das Wort »*Jungfrau*«.

Hattie schlug die Hand vor den Mund und sagte entsetzt: »Oh mein Gott, *echt* jetzt?«

Mein Gesicht brannte wie Feuer. Ich war nicht sonderbar. Es gab eine Menge Achtzehnjährige, die noch nie jemanden geküsst hatten.

»Das ist nicht *so* ungewöhnlich«, sagte ich.

Hattie presste eine Hand aufs Herz und schob die Unterlippe vor. »Du bist so unschuldig.«

Ein Junge lehnte sich zu mir und fragte: »Du bist aber schon achtzehn, oder?«

Ich nickte, und er sagte: »Oh mein *Gott*«, als wäre ich abstoßend oder so was.

War ich abstoßend? War ich hässlich und schüchtern und abstoßend, und deshalb hatte ich bisher noch nie jemanden geküsst?

Meine Augen füllten sich mit Tränen.

»Das reicht«, platzte Pip dazwischen. »Ihr könnt jetzt verfickt nochmal alle damit aufhören, Arschlöcher zu sein.«

»Es ist aber schon komisch«, sagte ein Junge, den ich aus meinem Englischkurs kannte. Er wandte sich damit an Pip. »Du musst doch zugeben, dass es komisch ist, wenn man mit achtzehn noch nie jemanden geküsst hat.«

Pip schnaubte. »Das ist stark … besonders wenn's von einem Typen kommt, der sich jedes Mal einen runterholt, wenn er irgendwo die Prinzessinnen aus Shrek 3 sieht.«

Dem folgte gehässiges Lachen von allen Seiten, was die Gruppe kurz davon ablenkte, sich an mir abzuarbeiten. Während Pip weiterhin unsere Klassenkameraden in die Schranken wies, nahm Jason unauffällig meine Hand und zog mich aus dem Raum.

Als wir im Flur ankamen, war ich drauf und dran zu heulen, deshalb sagte ich, ich müsste aufs Klo, und ging nach oben, um ein Badezimmer zu finden. Dort betrachtete ich mein Spiegelbild, schluckte die Tränen runter und rieb den Mascara unter meinen Augen weg. Ich wollte nicht weinen. Ich wollte nicht vor jemand anderem weinen, egal vor wem.

Bis dahin hatte ich es nicht realisiert.

Ich hatte nicht mitbekommen, wie weit ich hinter den anderen herhinkte. Ich hatte meine ganze Zeit damit vertan, darauf zu warten, dass meine große Liebe eines Tages einfach auftauchen würde. Ich hatte mich getäuscht. Alle anderen waren inzwischen erwachsen geworden. Sie tauschten Küsse, hatten Sex, verliebten sich, und ich war bloß …

Ich war bloß ein Kind.

Wenn ich so weitermachte … würde ich dann für immer allein bleiben?

»Georgia!«

Pips Stimme. Ich wartete noch, bis ich ganz sicher war, dass keine Spuren von Tränen mehr zu sehen waren. Erst dann verließ ich das Badezimmer. Sie merkte mir wirklich nichts an.

»Die sind so fucking dämlich«, sagte sie.

»Absolut«, stimmte ich ihr zu.

Sie versuchte, mich anzulächeln. »Du weißt, dass du irgendwann jemanden finden wirst, ja?«

»Sicher.«

»Du weißt, du wirst jemanden kennenlernen. Das tut jeder. Du wirst sehen.«

Jason sah mich an, mit einem irgendwie traurigen Ausdruck im Gesicht. War es Mitleid? Tat ich ihm etwa auch leid?

»Verschwende ich meine Jugend?«, fragte ich die beiden. Und

sie sagten *Nein*, wie beste Freunde das halt so machen. Aber es war zu spät. Das war der Weckruf gewesen, den ich gebraucht hatte.

Ich musste jemanden küssen, bevor es zu spät war.

Und dieser jemand musste Tommy sein.

TOMMY

Ich sagte Pip und Jason, sie sollten wieder runtergehen und Drinks organisieren. Ich erfand eine Ausrede – dass ich meine Jacke aus dem Gästezimmer holen wollte, weil mir kalt war. Und dann stand ich einfach im dunklen Flur und versuchte zu atmen und meine Gedanken zu ordnen.

Alles war okay. Es war noch nicht zu spät.

Ich war nicht komisch oder ekelhaft.

Ich hatte noch Zeit, etwas zu unternehmen.

Ich fand meine Jacke und eine Schüssel voll Mini-Würstchen, die jemand auf einer Heizung abgestellt hatte. Ich nahm sie mit, als ich den Flur entlangging, und auf der anderen Seite eine offene Schlafzimmertür entdeckte. Ich spähte durch den Türspalt und hatte sofort einen ausgezeichneten Blick auf jemanden, der gerade zwischen den Beinen befummelt wurde.

Eine Schockwelle schoss meine Wirbelsäule hoch. Voll so, *wow, okay.* Ich hatte vergessen, dass Leute so was im echten Leben miteinander machten. Es war lustig, darüber in Fanfiction zu lesen oder es im Kino zu sehen, aber die Realität war echt mehr so *Oh. Bäh. Ist mir das unangenehm, lasst mich hier bloß raus.*

Ganz abgesehen davon – hätte man nicht vielleicht die Tür zumachen können, bevor einer dem anderen irgendwo Körperteile reinsteckt?

Es fiel mir schwer, mir mich selbst in so einer Situation vorzustellen. Ehrlich, ich liebte den Gedanken in der Theorie – ein sexy Abenteuer in einem dunklen Raum in einem fremden Haus mit jemandem, mit dem man schon seit Monaten immer mal wieder geflirtet hat – aber die Realität? In echt die Genitalien anderer Leute zu berühren? *Würg.*

Ich nahm an, es würde einfach eine Weile dauern, bis man für solche Sachen bereit war. Und man musste jemanden finden, mit dem man sich wohlfühlte. Ich hatte noch nie jemanden getroffen, den ich küssen wollte, geschweige denn …

Ich schaute auf meine Schüssel mit Cocktailwürstchen hinunter. Plötzlich war ich nicht mehr hungrig.

Und dann durchbrach eine Stimme die Stille um mich herum.

»Hey«, sagte die Stimme, und als ich aufblickte, war da Tommy.

Ich würde zum allerersten Mal in meinem Leben mit Tommy reden.

Ich hatte ihn natürlich schon oft gesehen. Auf den wenigen Partys, auf denen ich war. Manchmal am Schultor. Als er in die Oberstufe meiner Schule wechselte, belegten wir zwar nicht die gleichen Fächer, aber wir gingen gelegentlich auf dem Flur aneinander vorbei.

Ich hatte mich immer irgendwie nervös gefühlt, wenn er in der Nähe war. Damals nahm ich an, das hätte damit zu tun, dass ich in ihn verknallt war.

Jetzt hatte ich keine Ahnung, wie ich mich in seiner Nähe verhalten sollte.

Tommy deutete auf das Schlafzimmer. »Ist da jemand drin? Mein Mantel liegt auf dem Bett.«

»Ich glaub, da drin wird grad jemand gefingert«, sagte ich, hoffentlich nicht so laut, dass die Leute im Schlafzimmer es hören konnten.

Tommy ließ seine Hand fallen. »Oh. Alles klar. Okay, dann. Ähm. Dann werd ich ihn wohl später holen.«

Es gab eine längere Pause. Wir standen unbeholfen vor der Tür. Wir konnten die beiden im Schlafzimmer zwar nicht hören, aber allein das Wissen, was da drinnen gerade ablief und dass wir beide es wussten, reichte völlig aus. Ich wollte auf der Stelle sterben.

»Wie geht's dir?«, fragte Tommy.

»Och, geht so«, sagte ich und hielt die Schüssel mit den Würstchen hoch. »Ich hab Würstchen.«

Tommy nickte. »Gut. Gut für dich.«

»Danke.«

»Du siehst übrigens richtig hübsch aus.«

Mein Abschlussballkleid war glitzernd und lila, und ich fühlte mich darin ziemlich unwohl. Normalerweise trug ich gemusterte Strickpullis und Jeans mit hoher Taille. Aber auch ich fand, dass ich in dem Kleid gut aussah, also war es schön, das bestätigt zu bekommen. »Danke.«

»Tut mir leid wegen dem Spiel. Wahrheit oder Pflicht.« Er gluckste. »Die können solche Trottel sein. Fürs Protokoll, ich hatte meinen ersten Kuss mit siebzehn.«

»Echt jetzt?«

»Ja. Ich weiß, das ist ziemlich spät, aber ... weißt du, es ist besser zu warten, bis es sich richtig anfühlt, stimmt's?«

»Ja«, stimmte ich zu. Aber was ich dachte, war: Wenn siebzehn »spät« ist, dann musste ich wohl geriatrisch sein.

Das fühlte sich alles so merkwürdig an. Ich war seit sieben Jahren in Tommy verknallt. Jetzt unterhielt er sich mit mir. Warum sprang ich nicht vor Freude in die Luft?

Zum Glück summte in dem Moment mein Telefon. Ich holte es aus meinem BH.

Felipa Quintana
Entschuldigung!? Wo sext du?
Haha Sex

Ich hab sext geschrieben
statt steckst
Haha

Jason Farley-Shaw
Bitte komm zurück, bevor Pip noch ein Glas Wein trinkt

Felipa Quintana
Hör auf, meinen Tweet in unserem Gruppenchat zu kapern, obwohl ich direkt neben dir stehe

Jason Farley-Shaw
Echt jetzt, Georgia, wo bist du?

Ich schaltete schnell den Bildschirm meines Telefons aus, bevor Tommy auf den Gedanken kommen konnte, ich würde ihn ignorieren.

»Äh …«, fing ich an und wusste selbst nicht so recht, was ich sagen wollte, bevor ich es ausgesprochen hatte. Ich hielt meine übergroße Jeansjacke hoch. »Wenn dir kalt ist, kannst du dir meine Jacke ausleihen.«

Tommy sah sich meine Jacke an. Er schien unbeeindruckt davon zu sein, dass es eigentlich eine »Mädchen«-Jacke war, was ich gut fand. Denn wenn er deshalb protestiert hätte, wäre das wahrscheinlich das Aus für meine jahrelange Schwärmerei gewesen.

»Bist du sicher?«, fragte er.

»Klar!«

Er nahm meine Jacke und zog sie an. Ich fühlte mich ein bisschen unwohl bei dem Gedanken, dass ein Junge, den ich nicht wirklich gut kannte, jetzt meine Lieblingsjacke anhatte. Hätte ich mich stattdessen nicht darüber freuen sollen?

»Ich wollte mich ein bisschen ans Feuer setzen«, sagte Tommy, lehnte sich an die Wand und beugte sich lächelnd zu mir runter. »Willst du … mitkommen?«

Das war der Moment, in dem ich kapierte, dass er versuchte, mit mir zu flirten.

Es funktionierte also tatsächlich.

Ich würde Tommy allen Ernstes heute küssen.

»Okay«, sagte ich. »Ich schick nur kurz meinen Freunden eine Nachricht.«

Georgia Warr
ich häng gerade mit tommy ab lol

Highschool-Romanzen standen auf der Liste meiner Lieblings-Fanfiction-Themen ganz oben. Ich liebte auch *Seelenverwandt-schaft* in Altraverse, *Coffeeshop* in Altraverse, *hurt/comfort* und *vorübergehenden Gedächtnisverlust*.

Aber ich ging davon aus, dass die Kategorie *Highschool-Romanze* mir am ehesten im echten Leben passieren würde. Jetzt, wo die Möglichkeit einer echten Romanze in der Highschool tatsächlich auf über null stieg, fing ich an, die Nerven zu verlieren.

Voll so mit Herzrasen, Schweißausbrüchen, zitternden Händen. Total ausflippen eben.

Aber so fühlt es sich an, wenn man verknallt ist, also war das völlig normal, oder?

Alles war total normal.

KÜSSEN

Als wir zum Feuer kamen, war außer uns niemand mehr da. Die Kussorgie war wohl vorbei.

Ich suchte mir einen Platz direkt neben dem Deckenstapel, und Tommy setzte sich neben mich. Er balancierte eine Bierflasche auf seiner Stuhllehne. Was würde jetzt passieren? Würden wir einfach anfangen zu knutschen? Mann, hoffentlich nicht!

Moment! War das nicht genau das, was ich wollte?

Es musste jetzt auf jeden Fall einen Kuss geben. So viel stand fest. Das war schließlich meine letzte Chance.

»Also«, sagte Tommy.

»Also«, sagte ich.

Ich dachte darüber nach, wie ich den Kuss anfangen würde. In Fanfics sagen sie einfach »*Darf ich dich küssen?*«. Das finde ich sehr romantisch zu lesen, aber als ich mir vorstellte, den Satz laut auszusprechen, klang das in meinem Kopf unendlich peinlich. In Filmen scheinen Küsse einfach so zu passieren, ohne dass vorher darüber gesprochen wird. Beide Parteien gehen darauf ein und wissen genau, was abläuft.

Tommy nickte mir zu. Ich schaute ihn an und wartete darauf, dass er was sagte.

»Du siehst wirklich hübsch aus«, sagte er.

»Das hast du schon gesagt«, sagte ich und lächelte unbeholfen, »aber danke.«

»Schon komisch, oder? In der Schule haben wir nicht wirklich viel miteinander geredet«, fuhr er fort. Während er sprach, legte er seine Hand auf meine Rückenlehne, sodass sie unangenehm nah an meinem Gesicht war. Ich weiß nicht, warum ich mich dabei so unwohl fühlte. Seine Haut war einfach *so nah*, das war es.

»Na ja, wir waren nicht wirklich mit denselben Leuten befreundet«, sagte ich.

»Stimmt. Und du bist ziemlich still, oder?«

Das konnte ich nicht abstreiten. »Ja.«

Jetzt, wo er so nah war, fiel es mir echt schwer nachzuvollziehen, was genau ich an ihm sieben Jahre lang so attraktiv gefunden hatte. Ich konnte zwar sehen, dass man ihn klassisch attraktiv finden konnte. So wie ich sagen konnte, wenn Popstars oder Schauspieler attraktiv waren. Aber nichts an ihm löste *Schmetterlinge* in meinem Bauch aus. Nur: Wusste ich denn, wie sich Schmetterlinge anfühlten? Was genau sollte ich in diesem Moment wirklich fühlen?

Tommy nickte, als ob er schon alles über mich wüsste. »Das ist schon in Ordnung. Stille Mädchen sind nett.«

Was sollte das denn heißen?

War Tommy irgendwie creepy? Ich war mir nicht sicher. Wahrscheinlich war ich nur nervös. Jeder wird in der Nähe seines Schwarms nervös.

Ich hatte plötzlich keine Lust mehr, Tommy anzusehen, also warf ich einen Blick in Richtung Haus – und entdeckte zwei Gestalten, die im Wintergarten standen und uns beobachteten: Pip und Jason. Pip winkte mir sofort zu, aber Jason sah irgendwie verlegen aus und zog Pip von der Scheibe weg.

Sie wollten sehen, was mit Georgia und ihrer sieben Jahre anhaltenden Verknalltheit weiter passieren würde.

Tommy lehnte sich ein bisschen näher zu mir. »Wir sollten mehr reden, oder so.«

Aber sogar ich erkannte, dass er nicht reden wollte. Er wollte nur irgendwas sagen. Ich wusste genau, was als Nächstes passieren sollte.

Ich sollte mich zu ihm lehnen, nervös, aber aufgeregt. Er würde mir die Haare aus dem Gesicht streichen, und ich würde ihn mit einem tiefen Blick durch meine Wimpern ansehen. Dann würden wir uns küssen, ganz sanft, und eins werden: Georgia und Tommy. Dann würden wir nach Hause gehen, schwindlig vor Glück. Vielleicht würde es danach nie wieder passieren. Oder aber er würde mir eine Nachricht schreiben, und wir würden beschließen, auf ein echtes Date zu gehen. Einfach, um zu sehen, was passiert. Und bei der ersten Verabredung würden wir entscheiden, dass es weitere Dates geben sollte. Und bei unserem dritten Date würde feststehen, dass wir ab jetzt Freund und Freundin sind. Ein paar Wochen danach würden wir Sex haben. Und während ich an der Uni war, würde er mir Nachrichten schicken und mich jedes zweite Wochenende besuchen kommen. Nach der Uni würden wir zusammen in eine kleine Wohnung am Fluss ziehen und uns einen Hund zulegen. Tommy würde sich einen Bart stehenlassen, und dann würden wir heiraten, und das war das Ende.

Das war das, was passieren sollte.

Ich konnte jeden einzelnen Moment in meinem Kopf sehen. Den einfachen Weg. Den einfachen Ausweg.

Ich konnte das so machen – oder etwa nicht?

Wenn ich es nicht machte, was würden Pip und Jason dann sagen?

»Ist schon okay«, sagte Tommy. »Ich weiß, dass du noch nie jemanden geküsst hast.«

Er sagte das in einem Ton, als würde er mit einem neugeborenen Welpen sprechen.

»Okay«, sagte ich.

Es nervte mich. Er fing an, mich zu nerven.

Aber das hier war doch genau das, was ich wollte, oder? Ein süßer kurzer Moment im Dunkeln?

»Hey, hör zu«, sagte er mit einem mitleidigen Lächeln im Gesicht. »Jeder erlebt irgendwann seinen ersten Kuss. Das ist echt keine große Sache. Es ist völlig okay, neu zu sein in Sachen Romantik und so.«

Neu in der Romantik? Ich wollte auflachen. Ich hatte Romantik studiert wie eine Akademikerin. Wie eine besessene Forscherin. Romantik war mein Hauptfach.

»Klar«, sagte ich.

»Georgia …« Tommy lehnte sich ganz nah zu mir, und dann traf mich eine Welle.

Ekel.

Eine Welle vollkommenen, unbändigen Ekels.

Tommy war so nah, dass ich am liebsten laut gebrüllt hätte. Ich wollte Gläser zerschlagen und mich gleichzeitig übergeben. Meine Hände ballten sich über den Armlehnen meines Stuhls zu Fäusten, während ich krampfhaft versuchte, Tommy weiter anzuschauen. Mich weiter auf ihn zuzubewegen. *Ihn zu küssen.* Aber er war mir *so nah*, und es fühlte sich *grauenhaft* an. Es war *widerlich*. Ich wollte nur noch, dass es aufhörte.

»Es ist in Ordnung, nervös zu sein«, sagte er. »Es ist irgendwie niedlich.«

»Ich bin nicht nervös«, sagte ich. Ich war angewidert von dem bloßen Gedanken an seine Nähe. Dem Wissen, dass er etwas von mir wollte. Das war doch nicht normal, oder?

Er legte seine Hand auf meinen Oberschenkel.

Das war der Moment, in dem ich zurückzuckte. Ich stieß seine Hand weg, was dazu führte, dass die Bierflasche auf seiner Stuhllehne kippte. Tommy versuchte noch, sie aufzufangen. Er rutschte nach vorne, verlor das Gleichgewicht und fiel vornüber.

Genau in die Feuerstelle.

FEURIG

Es hatte Anzeichen gegeben. Ich hatte sie alle übersehen, weil ich mich unbedingt verlieben wollte.

Zuerst kam Lukas aus der Fünften. Er versuchte es über einen Zettel in meiner Manteltasche während der großen Pause. *An Georgia. Du bist so schön, willst du meine Freundin sein? Ja [ ] Nein [ ] Von Luke.*

Ich habe »*Nein*« angekreuzt, und er hat die ganze Mathestunde durch geheult.

In der Sechsten, als alle Mädchen in meiner Klasse beschlossen, dass sie ab sofort einen Freund haben wollten, fühlte ich mich ausgegrenzt und fragte Luke, ob er noch Lust hätte, aber er war schon mit Ayesha zusammen, also sagte diesmal er nein. Auf dem Grillfest des Abschlussjahrgangs spielten die neuen Paare zusammen auf dem Klettergerüst, und ich fühlte mich traurig und einsam.

Als Nächstes kam Noah aus der Neunten, den ich aus dem Schulbus kannte. Obwohl ich mir nicht sicher bin, ob er zählt. Er fragte mich am Valentinstag, ob ich mit ihm ausgehe, weil die Leute das am Valentinstag eben so machen – jeder will am Valentinstag mit jemandem zusammen sein. Noah machte mir Angst, weil er laut war und gerne Menschen mit Sandwiches bewarf, also schüttelte ich nur den Kopf über ihn und starrte wieder aus dem Fenster.

Der Dritte war Jian von der Jungenschule, Jahrgangsstufe elf. Viele fanden ihn extrem anziehend. Wir hatten auf einer Party lang darüber geredet, ob *Love Island* eine gute Show ist oder nicht, und dann versuchte er, mich zu küssen, als alle betrunken waren, wir beide eingeschlossen. Es wäre so einfach gewesen, darauf einzugehen.

Es wäre so einfach gewesen, nachzugeben und es zu tun.

Aber ich wollte nicht. Ich stand einfach nicht auf ihn.

Und nun stellte sich heraus: Der Vierte war Tommy, den ich aus der Schule kannte und der aussah wie Timothée Chalamet. Ich kannte ihn nicht wirklich, und trotzdem warf es mich diesmal aus der Bahn, weil ich wirklich geglaubt hatte, ich würde ihn mögen. Am Ende konnte ich es doch nicht tun. Ich stand auch nicht auf ihn.

Meine sieben Jahre dauernde Schwärmerei für ihn war frei erfunden.

Entstanden in einem zufälligen Augenblick, als ich elf Jahre alt war und mir ein Mädchen ein Foto hinhielt mit der Frage, welchen Jungen ich aussuchen würde.

Ich stand nie wirklich auf Tommy.

Offensichtlich hatte es überhaupt niemanden gegeben, auf den ich jemals gestanden hatte.

Ich schrie auf. Tommy schrie. Sein ganzer Arm stand in Flammen.

Er rollte sich hin und her, und plötzlich kam Pip aus dem Nichts, schnappte sich eine Decke, ließ sich damit auf Tommy fallen und erstickte die Flammen. Währenddessen brüllte Tommy immer wieder »Heilige Scheiße, heilige Scheiße«, und ich stand nur über ihm und sah zu, wie er brannte.

Das Erste, was ich fühlte, war Schock. Ich fühlte mich wie schockgefroren. Als würde nichts davon wirklich passieren.

Das zweite Gefühl war Ärger wegen meiner Jacke.

Das war meine verfickte Lieblingsjacke.

Ich hätte sie niemals diesem Jungen geben sollen, den ich kaum kannte. Einem Jungen, den ich nicht einmal *mochte*.

Jason kam dazu und fragte Tommy, ob er verletzt sei, aber der setzte sich auf und schüttelte den Kopf. Er zog die Überreste meiner Lieblingsjacke aus, schaute auf seinen unverletzten Arm und sagte: »Was zum Teufel?« Und dann starrte er mich an und sagte: »Was soll denn der Scheiß …?«

Ich schaute auf diesen Jungen runter, den ich zufällig auf einem Foto ausgewählt hatte, und sagte: »Ich mag dich nicht auf die Art. Es tut mir wirklich leid. Du bist nett, aber ich mag dich einfach nicht auf die Art.«

Jason und Pip drehten sich gleichzeitig zu mir um. Eine kleine Menge begann sich zu formieren. Unsere Klassenkameraden wanderten nach draußen, um zu sehen, was es hier für eine Aufregung gab.

»Was soll denn der Scheiß …?«, sagte Tommy noch mal, bevor er von seinen Freunden umringt wurde, die wissen wollten, ob es ihm gut ging.

Ich habe ihn nur angestarrt und gedacht: *Das war meine verdammte Jacke* und dann: *Sieben Jahre!* Und außerdem: *Ich habe dich überhaupt nicht gemocht.*

»Georgia«, sagte Pip. Sie stand neben mir und zog an meinem Arm. »Ich glaube, wir sollten jetzt nach Hause gehen.«

LOVELESS

»Ich habe ihn nie gemocht«, sagte ich im Auto, als wir vor Pips Haus hielten und ich den Motor abstellte. Pip saß neben mir, Jason auf dem Rücksitz. »Sieben Jahre, und ich habe mich die ganze Zeit nur selbst belogen.«

Sie waren beide seltsam schweigsam. Als wüssten sie nicht, was sie sagen sollten. Es war ganz schrecklich, aber ich gab ihnen fast die Schuld an der ganzen Sache. Jedenfalls Pip. Sie war diejenige, die mich dazu gedrängt hatte. Sie hatte mich sieben Jahre lang wegen Tommy aufgezogen.

Nein, das war unfair. Es war nicht ihre Schuld.

»Ich bin schuld«, sagte ich.

»Ich *kapier's* nicht«, sagte Pip und gestikulierte wild. Sie war immer noch ziemlich beschwipst. »Du … du bist seit Jahren in ihn verknallt.« Ihre Stimme wurde leiser. »Das war deine … deine *große Chance*.«

Ich fing an zu lachen.

Es ist verrückt, wie lange man sich selbst was vormachen kann. Und allen um sich herum.

Die Tür zu Pips Haus ging auf, und ihre Eltern standen da, beide trugen zueinander passende Bademäntel. Manuel und Carolina Quintana waren auch so eins von diesen perfekt verliebten Paaren, die ich kannte, mit einer unglaublich romantischen Geschichte. Carolina, die in Popayán, Kolumbien, aufgewachsen war, und Manuel aus London lernten sich kennen, als Manuel mit siebzehn Jahren seine sterbende Großmutter in Popayán besuchte. Carolina war buchstäblich das Mädchen von nebenan, und der Rest war Geschichte. Solche Dinge passierten, einfach so.

»Ich war in meinem ganzen Leben noch nie in jemanden verknallt«, sagte ich. Es war mir mit einem Mal so klar. Ich hatte mich noch nie in jemanden verliebt. Nicht in Jungs, nicht in Mädchen, in keinen einzigen Menschen, den ich je getroffen hatte. Was hatte das *zu bedeuten*? Bedeutete es überhaupt etwas? Oder lebte ich das Leben bloß falsch? War irgendetwas an mir falsch? »Kannst du dir das vorstellen?«

Wieder gab es eine Pause, bevor Pip antwortete: »Hey, ist schon gut. Ist schon gut, Mann. Du wirst ganz bestimmt jemanden –«

»Sag das nicht«, bat ich. »Bitte sag das nicht.«

Also ließ sie es bleiben.

»Weißt du, der Gedanke – der *Gedanke* daran ist schön. Die *Vorstellung*, Tommy zu mögen und ihn zu küssen und nach dem Abschlussball einen herzerwärmenden Moment am Feuer zu erleben. Das ist *so* schön. Das war es, was ich wollte.« Ich spürte, wie ich das Lenkrad fest umklammerte. »Aber die Realität *ekelt mich an*.«

Sie sagten kein Wort. Nicht mal Pip, die sonst immer geschwätzig wurde, wenn sie getrunken hatte. Selbst meinen besten Freunden fiel kein einziges tröstendes Wort ein.

»Na … Das war doch eine gute Nacht, was?«, lallte Pip, als sie aus meinem Auto stolperte. Sie hielt die Beifahrertür auf und deutete in einer dramatischen Geste auf mich. Die Straßenlaternen spiegelten sich in ihrer Brille. »Du. Sehr gut. Hervorragend. Und du –«, sie stupste Jason in die Brust, als er sich auf den Vordersitz setzte – »ausgezeichnet. Wirklich ausgezeichnete Arbeit.«

»Trink viel Wasser«, sagte Jason und tätschelte ihren Kopf.

Wir sahen zu, wie Pip zu ihrer Haustür ging und von ihrer Mutter sanft gescholten wurde, weil sie betrunken war. Ihr Vater winkte uns zu, und wir winkten zurück, und dann ließ ich den Motor an und wir fuhren weg. Es hätte ein guter Abend werden können. Es hätte die beste Nacht meines Lebens werden können, wenn ich tatsächlich in Tommy verknallt gewesen wäre.

Der nächste Halt war Jasons Haus, das seine Väter, die beide Architekten waren, gebaut hatten. Rob und Mitch hatten sich an der Universität kennengelernt – sie belegten den gleichen Studiengang – und konkurrierten schließlich um dieselbe Architektenstelle. Rob gewann, und behauptet bis heute, er wäre der Bessere gewesen, während Mitch immer darauf besteht, er hätte Rob gewinnen lassen, weil er ihn gern hatte.

Als wir ankamen, sagte ich: »Die meisten in unserem Alter haben jemanden geküsst.«

Und Jason sagte: »Das ist doch egal.«

Aber ich wusste, dass es das nicht war. Es spielte eine Rolle. Es war kein Zufall, dass ich hinterherhinkte. Alles, was in dieser Nacht passiert war, war ein Zeichen, dass ich mich mehr anstrengen musste – sonst würde ich für den Rest meines Lebens allein sein.

»Ich fühle mich nicht mal wie ein richtiger Teenager«, sagte ich. »Ich bin die totale Versagerin.« Und Jason wusste offensichtlich nicht, was er darauf antworten sollte, denn er sagte nichts.

Dann saß ich in meinem Auto in der Einfahrt zu meinem Elternhaus, den Geist einer Jungenhand auf meinem Oberschenkel, und machte einen Plan.

Ich würde bald auf die Universität gehen. Eine Chance, mich neu zu erfinden und jemand zu werden, der sich verlieben kann, jemand, der zu meiner Familie passt, zu anderen meines Alters, zur ganzen Welt. Ich würde einen Haufen neuer Freunde finden. Ich würde Vereinen beitreten. Ich würde mir einen Freund suchen. Oder möglicherweise eine Freundin. Einen Partner. Ich würde meinen ersten Kuss bekommen, und ich würde Sex haben. Ich war eben ein Spätzünder. Aber ich wollte nicht allein sterben.

Ich würde mich mehr anstrengen.

Ich wollte schließlich die ewige Liebe finden.

Ich wollte nicht lieblos sein.

TEIL ZWEI

VERÄNDERUNG

Die Fahrt zur Durham University dauerte sechs Stunden, und ich verbrachte die meiste Zeit damit, auf Pips Flut von Facebook-Nachrichten zu antworten. Jason war schon ein paar Tage vor uns gefahren. Pip und ich hatten gehofft, dass wenigstens wir beide zusammen zum College fahren könnten, aber es stellte sich heraus, dass meine Taschen und Kisten den gesamten Kofferraum und den größten Teil der Rücksitze im Auto meines Vaters in Beschlag nahmen. Also begnügten wir uns damit, uns gegenseitig Nachrichten zu schicken und zu versuchen, uns auf der Autobahn zu winken.

Felipa Quintana
Neues Spiel!!!!!
wenn wir den anderen vorbeifahren sehen, bekommen wir zehn Punkte.

Georgia Warr
und was bekommen wir, wenn wir am Ende die meisten punkte haben?

Felipa Quintana
Ewigen Ruhm

Georgia Warr
ich hab nichts gegen ein gläschen ewigen ruhms

Felipa Quintana
KUMPEL, ICH HABE DICH GERADE GESEHEN!!!!!!!!!!!!
Ich hab auch gewunken, aber du hast mich nicht gesehen.
Fühle mich zurückgewiesen.
Eine moderne Tragödie von Felipa Quintana

Georgia Warr
du kommst drüber weg

Felipa Quintana
Ich werde eine tiefgreifende Therapie brauchen.
Du zahlst

Georgia Warr
ich bezahl nicht für deine therapie

Felipa Quintana
Wie unhöflich.
Und ich hab gedacht, wir wären Freunde

Georgia Warr
Du hast gerade 10 punkte gemacht, bezahl deine Therapie damit

Felipa Quintana
VIELLEICHT MACH ICH DAS

Die Fahrt war schrecklich lang, sogar mit Pips Nachrichten, um mich abzulenken. Mum saß am Steuer und bestand darauf, den Radiosender auszusuchen. Dad schlief die ganze Zeit. Wir blieben ununterbrochen auf der Autobahn, wo links und rechts graue und grüne Farbtupfer vorbeirasten. Mum kaufte mir eine Packung Chips, aber ich war zu nervös, sie zu essen. Ich musste ständig an morgen denken, also blieb die Tüte ungeöffnet auf meinem Schoß.

»Man weiß ja nie«, sagte Mum, um mich aufzumuntern, »vielleicht triffst du ja einen netten jungen Mann in deinem Kurs!«

»Vielleicht«, sagte ich. *Oder eine nette junge Frau. Gott, irgendjemanden. Ich flehe dich an. Ich bin verzweifelt.*

»Viele Leute lernen ihren zukünftigen Lebenspartner an der Uni kennen. Wie dein Papa und ich.«

Mum zeigte mir regelmäßig Jungs, von denen sie dachte, dass ich sie attraktiv finden würde, als ob ich einfach auf jemanden zugehen und ihn um ein Date bitten könnte. Ich fand sowieso nie einen der Jungs attraktiv, die sie aussuchte. Aber sie blieb voller Hoffnung. Hauptsächlich aus Neugier, glaube ich. Sie wollte wissen, für welchen Menschen ich mich entscheiden würde, so wie wenn man sich einen Film ansieht und darauf wartet, dass die große Liebe erscheint.

»Ja, vielleicht«, sagte ich. Ich wollte ihr nicht sagen, dass ihr Versuch, mich aufzuheitern, dafür sorgte, dass ich mich noch schlechter fühlte. »Das wär schön.«

Langsam wurde mir ein bisschen übel.

Aber so hat sich wahrscheinlich tatsächlich jeder gefühlt, der ein Studium angefangen hat.

Durham ist eine kleine alte Stadt mit vielen Hügeln und gepflasterten Straßen, und ich liebe sie, weil ich mich fühlte, als wäre ich in einem tiefgründigen und mysteriösen Universitätsdrama wie *Die geheime Geschichte* von Donna Tartt gelandet, in dem es um viel Sex und um Morde geht.

Nicht, dass ich gerade auf dem besten Weg gewesen wäre, es auch nur mit einem von beiden zu tun zu kriegen.

Wir mussten auf ein riesiges Feld fahren, uns mit dem Auto anstellen und warten, bis wir aufgerufen wurden, denn die Colleges der Durham University sind alle winzig und haben keine eigenen Parkplätze. Viele Studenten und ihre Eltern stiegen aus den Autos, um sich zu unterhalten, während sie warteten. Ich wusste, ich sollte auch aussteigen und anfangen, mich unter die Leute zu mischen.

Ich hatte damals noch die Theorie, dass meine Schüchternheit und Introvertiertheit damit zusammenhingen, dass ich noch nie in jemanden verliebt war. Vielleicht redete ich einfach nicht mit genug anderen Leuten, oder vielleicht stressten mich Menschen einfach generell, und das war der Grund, warum ich nie jemanden küssen wollte. Wenn ich nur mein Selbstvertrauen aufwerten und versuchen könnte, ein bisschen offener und kontaktfreudiger zu sein, dann wäre ich vielleicht auch in der Lage, all das zu fühlen und zu tun, was die meisten anderen Menschen eben fühlen und tun.

Das Studium war ein guter Zeitpunkt, um genau das zu versuchen.

Felipa Quintana
Hey, bist du auch in der Warteschlange?
Ich hab mich mit meiner Autonachbarin angefreundet.
Sie hat einen scheißgroßen Farn mitgebracht.
Der ist bestimmt 1,80 m hoch.
Update: Der Farn heißt Roderick

Ich wollte gerade antworten oder vielleicht sogar aus dem Auto steigen, um Pips neue Bekannte und ihren Roderick zu treffen, aber in dem Moment ließ Mum den Motor an.

»Wir sind dran«, sagte sie und deutete nach vorn, wo jemand in einer Warnweste winkte.

Papa drehte sich um und lächelte mich aufmunternd an. »Bist du bereit?«

Es würde schwer werden, garantiert, und beängstigend und

wahrscheinlich unangenehm, aber ich *würde* zu jemandem werden, der es schafft, die Magie der Romantik zu erleben.

Mir war klar, dass ich *mein ganzes Leben noch vor mir* hatte und dass *es eines Tages passieren würde*. Aber ich hatte das Gefühl, wenn ich mich nicht jetzt änderte, wenn es an der Uni nicht klappte, dann würde es überhaupt nicht mehr passieren.

»Ja«, antwortete ich.

Außerdem wollte ich nicht warten. Ich wollte es jetzt.

ROONEY

»Das kann doch wohl nicht wahr sein«, sagte ich und starb innerlich ein bisschen, als ich schließlich vor der Tür des Zimmers stand, das für die nächsten neun Monate mein Zuhause sein würde.

»Was?«, fragte Dad, ließ eine meiner Taschen auf den Boden fallen und schob sich seine Brille, die er in den Haaren getragen hatte, vor die Augen.

»Oh, nun ja«, sagte Mum, »du wusstest doch, dass das passieren könnte, Schatz.«

An der Außenseite meiner Zimmertür war mein Foto, und darunter stand in Times New Roman »Georgia Warr« geschrieben. Daneben hing ein weiteres Foto – von einem Mädchen mit langen braunen Haaren, perfekt gezupften Augenbrauen und einem Lächeln, das in seiner Natürlichkeit unheimlich aufrichtig wirkte. Darunter stand der Name »Rooney Bach«.

Durham ist eine alte englische Universität, die ein »College-System« hat. Anstelle von Wohnheimen besteht die Universität aus »Colleges«, die über die Stadt verteilt sind. Dein College ist der Ort, an dem du schläfst, duschst und isst. Aber es war auch der Ort, zu dem du deine Loyalität regelmäßig durch College-Veranstaltungen, College-Sportteams und in politischen Studenten-Wahlen beweisen musstest.

Das St. John's College – das, in das ich aufgenommen worden

war – war ein altes Gebäude. Und deshalb mussten sich ein paar der Leute, die dort untergebracht waren, Zimmer teilen.

Ich hätte nur nicht gedacht, dass ich darunter sein würde.

Eine Welle der Panik durchflutete mich. Ich konnte keine Mitbewohnerin haben – kaum jemand in Großbritannien hatte Mitbewohnerinnen an der Uni. Ich brauchte *meinen Freiraum*. Wie sollte ich schlafen oder Fanfics lesen oder mich anziehen oder *irgendetwas* tun, solang jemand anders im Zimmer war? Wie sollte ich mich entspannen, wenn ich jeden Moment, den ich wach war, mit einer anderen Person verbringen musste?

Mum schien nicht einmal zu bemerken, dass ich in Panik war. Sie sagte nur: »Na, dann lass uns mal loslegen«, und öffnete mir die Tür.

Und Rooney Bach war schon da, in Leggings und Poloshirt, und goss einen fast zwei Meter hohen Farn.

Das Erste, was Rooney Bach zu mir sagte, war: »Oh mein Gott, bist du Georgia Warr?«, als wäre ich eine Berühmtheit, aber sie wartete nicht einmal auf eine Bestätigung, bevor sie ihre Gießkanne zur Seite stellte, ein großes Stück aquamarinblauen Stoff – das ich für einen Teppich hielt – von ihrem Bett nahm und ihn mir entgegenhielt.

»Teppich«, sagte sie. »Gedanken?«

»Ähm,« sagte ich. »Er ist großartig.«

»OK, *fantastisch*.« Sie schwenkte den Teppich in der Luft und legte ihn dann in die Mitte unseres Zimmers. »So. Dieser Farbtupfer hat einfach noch gefehlt.«

Ich glaube, ich stand ein bisschen unter Schock, denn erst da fing ich an, mich richtig in unserem Zimmer umzusehen. Es war groß, aber ziemlich abstoßend, was ich eigentlich auch nicht anders erwartet hatte – Zimmer in alten englischen Universitäten sind nie schön. Der Teppichboden war ein schimmeliges Graublau, die Möbel waren beige und sahen aus wie aus Plastik gegossen. Und wir hatten zwei Einzelbetten. Rooney hatte bei ihrem bereits helle, geblümte Bettwäsche aufgezogen. Mein Bett sah dagegen aus, als gehöre es eigentlich in ein Krankenhaus.

Der einzig schöne Teil des Zimmers war ein großes Sprossenfenster. Die Farbe blätterte vom Holzrahmen ab, und ich wusste sofort, dass es zichen würde, aber es war irgendwie bezaubernd, und man konnte ganz bis runter zum Fluss sehen.

»Du hast das Zimmer schon sehr schön eingerichtet!« sagte Dad zu Rooney.

»Oh, finden Sie?«, fragte Rooney. Sie fing sofort an, Mum und Dad eine Führung durch ihre Seite des Zimmers zu geben und alle wichtigen Dinge vorzustellen – einen Kunstdruck mit einer Wiese drauf (sie mochte Landspaziergänge) und ein Plakat von *Viel Lärm um nichts* (ihr Lieblingsstück von Shakespeare), ihre Fleece-Bettdecke (auch aquamarin, passend zum Teppich), ihre Zimmerpflanze (deren Name – nein, ich hatte mich nicht verhört – *Roderick* war), eine aquamarinfarbene Schreibtischlampe (von John Lewis) und, am wichtigsten, ein riesiges Poster, auf dem in einer geschwungenen Schrift schlicht »Don't Quit Your Daydream« stand.

Dabei hat sie die ganze Zeit gelächelt. Ihre Haare, die zu einem Pferdeschwanz zusammengebunden waren, wirbelten herum, während meine Eltern versuchten, mit ihrem enormen Sprechtempo Schritt zu halten.

Ich setzte mich auf mein Bett in der grauen Hälfte des Zimmers. Ich hatte keine Poster mitgebracht. Alles, was ich mitgebracht hatte, waren ein paar ausgedruckte Fotos von mir, Pip und Jason.

Mum sah mich von der anderen Seite des Zimmers an und schenkte mir ein trauriges Lächeln, als wüsste sie, dass ich nach Hause wollte.

»Du kannst uns jederzeit eine Nachricht schicken, Schatz«, sagte Mum, als wir uns vor dem Gebäude verabschiedeten. Ich stand in der Oktoberkälte auf der gepflasterten Straße und fühlte mich leer und verloren. Meine Eltern waren dabei, mich zu verlassen.

Ich wollte sagen: *Ich will nicht, dass ihr geht!*

»Und Pip und Jason sind gleich die Straße runter, stimmt's?«, fuhr Papa fort. »Du kannst jederzeit zu ihnen rübergehen und Zeit mit den beiden verbringen.«

Pip und Jason waren in einem anderen College untergebracht – dem University College, das die Studenten hier auch »Castle« nennen, weil es architektonisch ein Teil von Durham Castle ist. Sie hatten schon vor ein paar Stunden aufgehört, auf meine Nachrichten zu antworten. Wahrscheinlich waren sie mit Auspacken beschäftigt.

Ich wollte sagen: *Bitte lasst mich hier nicht allein!*

»Ja«, sagte ich stattdessen.

Ich schaute mich um. Das war jetzt mein Zuhause. Durham. Es sah aus wie eine Stadt aus einer Dickens-Verfilmung. Alle Gebäude waren groß und alt. Alles schien aus großen Steinbrocken gemacht zu sein. Ich sah förmlich vor mir, wie ich zu meinem Abschluss in der Robe über das Kopfsteinpflaster und in die Kathedrale schritt. Das war der Ort, an dem ich sein sollte.

Meine Eltern umarmten mich beide. Ich habe nicht geweint, obwohl ich es wirklich, wirklich wollte.

»Das ist der Anfang eines großen Abenteuers«, sagte Papa.

»Vielleicht«, murmelte ich in seine Jacke.

Ich brachte es nicht über mich zuzusehen, wie sie die Straße zum Auto hinuntergingen. Also ging ich auch weg, als sie sich zum Gehen wandten.

Zurück in meinem Zimmer klebte Rooney gerade ein Foto mit Klebestreifen an die Wand, genau zwischen ihre gerahmten Poster. Auf dem Foto war Rooney zu sehen, vielleicht dreizehn oder vierzehn Jahre alt, mit einem Mädchen, das rot gefärbte Haare hatte. So wie die Haare von Ariel aus *Die kleine Meerjungfrau.*

»Ist das eine Freundin von zu Hause?« fragte ich. Das war zumindest ein guter Start für ein Gespräch.

Rooney drehte ihren Kopf, um mich anzusehen, und für einen Moment glaubte ich, einen seltsamen Ausdruck auf ihrem Gesicht zu sehen. Aber dann war er verschwunden und wurde durch ein breites Lächeln verdrängt.

»Ja!«, sagte sie. »Beth. Sie ist – sie ist klarerweise nicht hier, aber … ja. Sie ist meine Freundin. Kennst du schon jemanden in Durham? Oder bist du ganz allein hier?«

»Oh, ähm, na ja, meine zwei besten Freunde sind hier, aber sie sind im Castle.«

»Oh, das ist so schön! Schade, dass ihr nicht auf dasselbe College gekommen seid.«

Ich zuckte mit den Schultern. Durham versucht zu berücksichtigen, in welches College jemand wollte, aber nicht jeder konnte seine erste Wahl bekommen. Ich hatte auch versucht, aufs Castle zu kommen, aber ich war hier gelandet. »Wir haben es versucht, aber, na ja.«

»Das ist schon okay so.« Rooney strahlte. »Wir werden nämlich Freundinnen.«

Rooney bot an, mir beim Auspacken zu helfen, aber ich lehnte ab, entschlossen, wenigstens diese eine Sache alleine zu machen. Während ich auspackte, saß sie auf ihrem Bett und plauderte mit mir. Wir stellten fest, dass wir beide Englisch studieren. Dann erklärte sie, dass sie nichts von der Sommerlektüre gelesen hatte. Ich hatte alles gelesen, aber das erwähnte ich an dieser Stelle nicht.

Rooney, das lernte ich schnell, war extrem gesprächig. Aber ich erkannte auch, dass sie diese fröhliche, übersprudelnde Person anlegte wie ein Kostüm. Das war völlig in Ordnung – schließlich war es unser erster Tag an der Uni. Da bemühte sich jeder, Freunde zu finden. Aber ich kriegte irgendwie kein Gefühl dafür, was für ein Mensch sie wirklich war. Das fand ich etwas beunruhigend, weil wir fast ein ganzes Jahr lang zusammenleben würden.

Würden wir beste Freundinnen werden? Oder würden wir uns unbeholfen gegenseitig ertragen, bevor wir für den Sommer nach Hause fuhren und danach nie wieder miteinander reden?

»Also …« Ich schaute mich auf der Suche nach einem Gesprächsthema im Zimmer um und mein Blick landete schließlich auf ihrem *Much Ado*-Poster. »Du magst Shakespeare?«

Rooneys Kopf schnappte von ihrem Telefon hoch. »Ja! Du etwa auch?«

Ich nickte. »Ähm, ja, also, ich war zu Hause in einer Jugendtheatergruppe. Und ich hab in vielen der Schulstücke mitgespielt. Shakespeare war immer mein Lieblingsautor.«

Als sie das hörte, setzte sich Rooney mit großen, funkelnden Augen auf. »Warte. Du bist *Schauspielerin*?«

»Ähm …«

Ich habe zwar geschauspielert, aber … also, die Sache war etwas komplizierter.

Als ich noch in der Unterstufe war, wollte ich unbedingt Schauspielerin werden. Deshalb bin ich der Jugendtheatergruppe beigetreten, in der Pip war. Und ich fing an, mit ihr zusammen für die Schulstücke vorzusprechen. Ich war tatsächlich gut. In der Schule bekam ich immer nur die besten Noten im Schauspielunterricht. In den Stücken und Musicals, in denen ich mitwirkte, hatte ich meist eine ziemlich solide Sprechrolle.

Aber als ich älter wurde, fing die Schauspielerei einfach an, mich nervös zu machen. Ich hatte *mehr* Lampenfieber, je mehr Stücke ich spielte. Als ich schließlich in der 13. Klasse für *Les Misérables* vorsprach, zitterte ich so sehr, dass ich eine Rolle bekam, in der ich nur eine Zeile sagen musste, und selbst da musste ich mich noch vor jeder einzelnen Aufführung übergeben.

So gesehen war eine Karriere als Schauspielerin vielleicht eher nichts für mich.

Trotzdem hatte ich vor, an der Uni mit der Schauspielerei weiterzumachen. Es machte mir immer noch Spaß, Rollen vorzubereiten und Drehbücher zu analysieren – es war das Publikum, mit dem ich Probleme hatte. Ich musste einfach an meinem Selbstvertrauen arbeiten. Ich würde der studentischen Theatergesellschaft beitreten und vielleicht für ein Stück vorsprechen. Immerhin musste ich wenigstens *einem* Verein beitreten, wenn ich *mich öffnen* und *neue Leute kennenlernen* wollte.

Und wenn ich jemanden finden wollte, in den ich mich verlieben konnte.

»Ja, ein bisschen«, antwortete ich Rooney.

»Oh. Mein. Gott.« Rooney klatschte sich eine Hand aufs Herz. »Das ist unglaublich. Wir können zusammen zum DST gehen.«

»Was ist das DST ...?«

»Durham Student Theatre. Die sind im Wesentlichen der Dachverband aller Theatervereine in Durham.« Rooney warf ihren Pferdeschwanz zurück. »Die Shakespeare Society ist wirklich der wichtigste Verein, dem ich beitreten möchte. Ich weiß, dass die meisten Erstsemester beim Erstsemester-Theaterstück mitmachen, aber ich hab mir angesehen, welche Stücke die in den letzten Jahren aufgeführt haben, und die sind alle irgendwie langweilig. Also will ich wenigstens versuchen, Shakespeare beizutreten. Mann, ich *bete, dass* sie eine Tragödie auf dem Spielplan haben. *Macbeth* ist in jeder Hinsicht mein *Traum* ...«

Rooney plapperte weiter, ohne sich darum zu kümmern, ob ich wirklich zuhörte oder nicht.

Wir hatten etwas gemeinsam. Die Schauspielerei. Das war gut.

Vielleicht würde Rooney meine erste neue Freundin werden.

EINE NEUE FREUNDSCHAFT

»Oh, *wow*!«, sagte Jason später am Tag, als er und Pip in mein – oder eher: mein und Rooneys – Zimmer kamen. »Das ist ja fast so groß wie mein Garten.«

Pip streckte die Arme aus und wirbelte auf der Stelle herum, um die unnötige Leere im Raum zu betonen. »Ich wusste nicht, dass du dem College der Bourgeoisie beigetreten bist.«

»Ich verstehe nicht, warum sie nicht einfach eine Wand durch die Mitte ziehen konnten«, sagte ich und deutete auf die Mittellinie zwischen meiner und Rooneys Hälfte des Zimmers, die im Moment nur von Rooneys aquamarinfarbenem Teppich besetzt war.

»Du klingst wie Donald Trump«, sagte Jason.

»Oh mein Gott, sei bloß *still*.«

Rooney war schon vor einer Weile mit einigen Leuten von unserem Flur abgezogen, mit denen sie sich angefreundet hatte. Sie hatten mich auch eingeladen, aber ehrlich gesagt brauchte ich eine Auszeit – ich hatte den ganzen Tag über versucht, neue Leute kennenzulernen, und wollte jetzt unbedingt ein paar bekannte Gesichter sehen. Also lud ich Jason und Pip ein, in meinem Zimmer abzuhängen, bevor heute Abend die Veranstaltungen für Erstsemester an unseren verschiedenen Colleges stattfanden. Zum Glück hatten beide schon ausgepackt und sonst nichts zu tun.

Ich hatte ihnen schon ein bisschen von Rooney erzählt – dass sie Theater mochte und im Großen und Ganzen echt nett war. Aber Rooneys Hälfte des Zimmers war eine viel bessere Zusammenfassung ihrer Persönlichkeit.

Jason begutachtete es und schaute dann auf meine Seite. »Warum sieht ihre Seite aus wie das Schlafzimmer eines Instagram-Influencers und deine wie eine Gefängniszelle? Du hast doch so viel Gepäck mitgebracht!«

»*So schlimm* ist es nicht. Außerdem waren in den meisten Taschen Bücher.«

»Georgia, mein Kumpel«, sagte Pip und ließ sich auf mein Bett fallen. »Ihre Seite sieht aus wie Disneyland. Deine sieht aus wie ein Archivfoto.«

»Ich habe halt keine Poster mitgebracht«, sagte ich. »Oder Lichterketten.«

»Du … *Georgia*, wie zur Hölle konntest du nur die Lichterketten vergessen? Die sind der wesentliche Bestandteil jeder Uni-Raumdekoration.«

»Ich weiß auch nicht!«

»Du wirst so traurig sein ohne Lichterketten. Jeder ist traurig ohne Lichterketten.«

»Ich denke, Rooney hat mehr als genug davon für uns beide. Sie teilt ja schon ihren Teppich mit mir.«

Pip warf einen Blick auf das Aquamarin zu ihren Füßen und nickte zustimmend.

»Ja. Das ist ein guter Teppich.«

»Es ist bloß ein Teppich.«

»Einer von der zotteligen Sorte. Die sind sexy.«

»*Pip.*«

Pip sprang plötzlich aus dem Bett und starrte auf Rooneys Farn in der Ecke des Zimmers. »Moment mal! Jetzt warte mal eine verdammte Sekunde. Diese Pflanze …«

Jason und ich drehten uns um und sahen Roderick an.

»Oh«, sagte ich. »Ja. Das ist Roderick.«

Und genau in diesem Moment kam Rooney Bach in unser Zimmer zurück.

Sie stieß die Tür weit auf, einen Starbucks-Becher in der Hand, und schob mit dem Fuß ihr dickes Norton-Anthologie-Buch in den Türspalt, das sie als Türstopper benutzte. Dann wandte sie sich uns zu und strahlte uns an.

»Gäste!«, rief sie.

»Ähm, ja«, sagte ich. »Das sind meine Freunde von zu Hause, Pip und Jason.« Ich deutete erst auf Pip, dann auf Jason. »Und das ist meine Mitbewohnerin, Rooney.« Ich deutete auf Rooney.

Rooneys Augen weiteten sich. »Oh mein Gott. Ihr seid das!«

»Wir sind das«, sagte Pip, eine Augenbraue hochgezogen.

»Aber wir haben uns schon kennengelernt!« Rooney musterte Pip kurz, ihr Blick wanderte von der Schildpattbrille runter zu den gestreiften Socken, die unter der hochgekrempelten Jeans zu sehen waren. Dann ging sie auf Pip zu und streckte ihr die Hand so energisch entgegen, dass Pip für eine Sekunde Angst zu haben schien.

Pip schüttelte ihre Hand. Im Gegenzug musterte sie Rooney – von ihren Adidas Original Sneakers bis hin zum Haargummi, das gerade eben noch am Ansatz ihres Pferdeschwanzes zu sehen war. »Richtig. Ich sehe, Roderick hat sich eingelebt.«

Rooneys Augenbraue zuckte, als wäre sie überrascht und erfreut, dass Pips unmittelbare Reaktion ein *Scherz* war. »Das hat er. Er genießt die Luft hier im Norden.«

Rooney drehte sich zu Jason um und streckte erneut ihre Hand aus, die er sofort schüttelte. »Wir sind uns noch nicht begegnet, aber ich mag deine Jacke.«

Jason blickte verblüfft an sich runter. Er trug die flauschige braune Teddyjacke, die er schon seit Jahren hatte. Ich bin relativ sicher, dass es sich dabei um das bequemste Kleidungsstück handelte, das es auf diesem Planeten je gegeben hat. »Oh, alles klar. Ja, danke.«

Rooney lächelte und klatschte ihre Hände zusammen. »Es ist *so* schön, euch zwei kennenzulernen. Wir müssen natürlich auch Freunde werden, jetzt, wo Georgia und ich befreundet sind.«

Pip warf mir einen Blick zu, als wollte sie sagen: *Freunde? Schon?*

»Solange du sie uns nicht wegnimmst«, scherzte Jason. Doch Pip wirbelte herum und sah ihn an. Sie schien seine Aussage sehr ernst zu nehmen.

Der Moment blieb Rooney nicht verborgen. Die winzige Andeutung eines Lächelns verzog eine Seite ihres Mundes.

»Natürlich nicht«, sagte sie.

»Wir haben gehört, dass du dich für Theater interessierst«, sagte Pip. Ihre Stimme hatte einen nervösen Unterton.

»Ja! Du etwa auch?«

»Ja! Wir waren alle drei in derselben Jugendtheatergruppe. Und wir haben jahrelang zusammen im Schultheater gespielt.«

Rooney schien von dieser Information aufrichtig begeistert zu sein. Ihre Liebe zum Theater war definitiv *nicht* aufgesetzt, auch wenn ihr Lächeln manchmal ein bisschen so wirkte.

»Dann wirst du für ein DST-Stück vorsprechen?«, fragte sie.

»Selbstverständlich«, sagte Pip.

»Eine Hauptrolle?«

»Selbstverständlich.«

Rooney grinste, und nachdem sie einen Schluck aus ihrer Starbucks-Tasse genommen hatte, sagte sie: »Gut. Dann treten wir offenbar gegeneinander an.«

»Ich ... ich schätze, das werden wir wohl«, sagte Pip, überrascht und verwirrt zugleich.

Rooney machte plötzlich ein besorgtes Gesicht und warf einen Blick auf ihr Telefon. »Oh, tut mir leid, ich muss wieder los.

Ich treffe mich im Vennels mit diesem Mädchen, mit dem ich in der English-Society-Facebook-Gruppe gechattet hab. Georgia, wir sehen uns hier um sechs zum Erstsemester-Barbecue?«

Und dann war sie weg, während ich mich fragte, was das Vennels war und warum ich nicht wusste, was das Vennels war, und wie Rooney schon wissen konnte, was das Vennels war, obwohl sie erst seit weniger als einem Tag hier war ... genau wie ich.

Als ich mich wieder zu meinen Freunden umdrehte, stand Pip ganz still mit einem erschrockenen Gesichtsausdruck. Ein bisschen sah sie aus, wie in einem Comic eine Wissenschaftlerin nach einer Explosion aussehen würde.

»Was ist denn?« fragte ich.

Pip schluckte und schüttelte ein wenig den Kopf. »Nichts.«

»*Was?*«

»Nichts. Sie scheint nett zu sein.«

Ich kannte diesen Blick. Er war mir von Pip nur zu vertraut. Ich hatte ihn gesehen, als sie im Sportunterricht in der 11. Klasse mit Alicia Reece – ihrem absolut größten Schwarm bisher – turnen musste. Ich hatte ihn gesehen, als wir zu einem Konzert von *Little Mix* gingen und Pip die Sängerin Leigh-Anne Pinnock umarmen durfte.

Pip fand nicht viele Mädchen anziehend – sie war sogar ziemlich wählerisch. Aber wenn Pip auf jemanden stand, war es immer sehr, sehr offensichtlich. Jedenfalls für mich. Ich hatte ein gutes Gespür dafür, wenn jemand in jemand anderen verknallt war.

Bevor ich aber einen Kommentar abgeben konnte, wurde ich von Jason unterbrochen. Er starrte auf das Foto von Rooney und der nixenhaarigen Beth. »Es ist so eigenartig, dass du eine Mitbewohnerin zugeteilt bekommen hast. Was hast du in deinem Persönlichkeitsfragebogen angekreuzt?«

Nachdem wir in Durham angenommen waren, mussten wir einen Persönlichkeitstest ausfüllen. Damit sie uns mit jemandem zusammensteckten, mit dem wir uns auch gut verstehen würden, für den Fall, dass wir uns ein Zimmer teilen müssten.

Ich überlegte angestrengt, was ich in dem Fragebogen angekreuzt hatte – und dann machte es Klick.

»Shakespeare«, sagte ich. »Der Test – eine der Fragen war über unsere Interessen. Da hab ich Shakespeare angegeben.«

»Und?«, fragte Jason.

Ich deutete auf Rooneys *Viel Lärm um nichts*-Poster.

»Ach du lieber Gott!«, rief Pip, und ihre Augen weiteten sich. »Ist sie auch ein Shakespeare-Fan? So wie wir?«

»Das hat sie mir zumindest erzählt.«

Jason nickte, offenbar zufrieden. »Das ist gut! Da habt ihr was gemeinsam.«

»Ja«, sagte Pip viel zu schnell. »Freunde dich mit ihr an.«

»Na ja, wir sind Mitbewohner. Also werden wir hoffentlich automatisch auch Freunde.«

»Das ist gut«, wiederholte Jason. »Vor allem, weil wir nicht mehr so viel Zeit miteinander verbringen werden.«

Ich stutzte. »Wieso werden wir weniger Zeit miteinander verbringen?«

»Ähm – na ja. Ich meine, zumindest unter der Woche. Wir sind auf verschiedenen Colleges.«

Daran hatte ich tatsächlich noch nicht gedacht. Ich hatte diese Vorstellung, dass wir uns jeden Tag treffen, abhängen, Durham erkunden, *unsere Reise durch die Universität gemeinsam beginnen* würden. Aber alle unsere Erstsemester-Veranstaltungen fanden klarerweise jeweils an unseren eigenen Colleges statt. Wir hatten alle unterschiedliche Studienrichtungen belegt – ich Englisch, Jason Geschichte und Pip Naturwissenschaften. Jason hatte also recht. Wahrscheinlich würde ich Pip und Jason zumindest diese Woche nicht viel sehen.

»Kann sein«, sagte ich.

Vielleicht war das halb so wild. Vielleicht war das sogar der

Kick, den ich brauchte, um mich zu *entwickeln, neue Leute* zu treffen und *Erfahrungen zu sammeln.*

Vielleicht gehört das einfach alles zum *Plan.* Zum Romantik-Plan.

»Alles klar«, sagte Pip, klopfte sich auf die Oberschenkel und sprang auf die Beine. »Wir sollten besser gehen. Ich hab immer noch nicht sämtliche Hemden ausgepackt.«

Pip zog mich an sich und umarmte mich fest, bevor sie aus dem Zimmer trottete und Jason und mich allein ließ. Ich wollte Jason und Pip nicht gehen lassen. Ich hatte auch nicht gewollt, dass meine Eltern gehen. Ich wollte hier nicht allein gelassen werden.

»Ich wünschte, ich würde auch im Castle wohnen«, sagte ich. Ich klang wie eine Fünfjährige.

»Das wird schon«, sagte Jason in seinem üblichen beruhigenden Ton. Nichts beunruhigte Jason. Er hatte diese Gabe … das Gegenteil von Ängstlichkeit, wie auch immer man das nennt. Absolute, unbestechliche Ruhe des Geistes.

Ich schluckte. Ich wollte so richtig, richtig weinen. Vielleicht konnte ich mich kurz ausweinen, bevor Rooney zurückkam.

»Könnte ich eine Umarmung kriegen?« fragte ich.

Jason hielt inne, eine nicht identifizierbare Emotion im Gesicht.

»Ja«, sagte er. »Klar. Komm her.«

Ich machte die paar Schritte auf ihn zu und ließ mich von ihm in eine warme Umarmung einwickeln.

»Du wirst schon wieder«, sagte er und strich mit seinen Händen sanft über meinen Rücken. Ich weiß nicht, ob ich ihm glaubte, aber es war trotzdem schön, das zu hören. Und Jason war der Meister der wärmsten, kuscheligsten Umarmungen.

»Okay«, murmelte ich in seine Jacke.

Als er zurücktrat, wandte er den Blick ab.

Vielleicht war er sogar ein bisschen rot geworden.

»Wir sehen uns bald?«, fragte er und sah mich nicht an.

»Ja«, sagte ich. »Schick mir eine Nachricht.«

Meine Freundschaft mit Pip und Jason würde sich nicht ändern. Wir hatten sieben Jahre Sekundarschule überstanden, verdammt nochmal! Ob wir nun die ganze Zeit zusammen rumhingen oder nicht – wir würden immer Freunde sein. Nichts konnte das zerstören, was wir hatten.

Und möglicherweise entpuppte es sich ja als etwas Gutes, dass ich mich auf meine neue Freundschaft mit Rooney Bach konzentrieren musste – einer weiteren Shakespeare-Enthusiastin, die deutlich kontaktfreudiger war als ich.

ROMANTISCHES DENKEN

Rooney tänzelte über den Innenhof wie eine ehrgeizige Geschäftsfrau bei einem wichtigen Networking Event. Das Networking Event war das Erstsemester-Barbecue des St John's College. Die schnelle, einfache Art, mit der Rooney sich mit den Leuten anfreundete, machte mich ehrfürchtig und, um ehrlich zu sein, echt neidisch.

Mir blieb nichts anderes übrig, als ihr wie ein Schatten zu folgen. Ich wusste nicht, wie ich mich solo unter die Leute mischen sollte.

Die Universität war der Ort, an dem die meisten Menschen Freundschaften schlossen, die tatsächlich *ein Leben lang Bestand hatten*. Meine Eltern trafen sich immer noch jedes Jahr mit ihren Kommilitonen. Der Trauzeuge meines Bruders war einer seiner alten Unifreunde gewesen. Mir war bewusst, dass ich Pip und Jason hatte, also war es nicht so, als ob ich komplett ohne Freunde ins Rennen startete. Aber ich hatte trotzdem die feste Absicht, noch ein paar Leute kennenzulernen, mit denen ich mich gut verstehen würde.

Und beim Grillen waren schließlich alle auf der *Jagd* nach Freundschaften. Jeder war extra laut, extra freundlich und stellte viel mehr Fragen, als es normalerweise gesellschaftlich akzeptabel ist. Ich versuchte mein Bestes – leider war ich nicht gut darin. Ich vergaß die Namen der Leute, sobald ich sie gehört hatte. Außerdem stellte ich nicht ansatzweise genug Fragen. Sie schienen alle hierherzugehören: die schicken Mädchen und Jungs von den elitären Privatschulen, die sich in ihren Zopfpullovern mit Reißverschluss alle irgendwie ähnlich sahen.

Ich arbeitete ernsthaft an meiner Mission *Liebe finden*, aber für niemanden, den ich traf, kamen besondere romantische Gefühle auf. Und ich hatte zu viel Angst, um zu versuchen, mich zu irgendwas zu zwingen.

Rooney hingegen *flirtete* wie wild.

Zuerst dachte ich, ich würde mir das nur einbilden. Aber je mehr ich zusah, desto besser konnte ich erkennen, wie sie dabei vorging. Die Art, wie sie Jungs am Arm berührte und mit gesenktem Kopf von unten zu ihnen rauflächelte – oder herunterlächelte, wenn es nicht anders ging, weil Rooney ziemlich *groß* war. Die Art, wie sie zuhörte, wenn die Jungs redeten, und wie sie über ihre Witze lachte. Die Art, wie sie jedem Typen diesen direkten, durchdringenden Blick widmete ... Sie hatte diese Art dich anzusehen, mit der sie dir das Gefühl gab, dass sie dich *kannte.*

Es war absolut meisterhaft.

Was ich interessant fand, war, dass sie das mit mehreren Typen machte. Ich fragte mich, was ihr Ziel war. Wonach suchte sie? Nach einem möglichen festen Freund? Jemandem, den sie aufreißen konnte? Oder machte sie es einfach nur so zum Spaß?

Was auch immer die Antwort war, ich dachte viel darüber nach, während ich später in der Nacht versuchte, in meinem neuen Zimmer und meinem neuen Bett einzuschlafen – zum ersten Mal mit einer anderen Person, die nur ein paar Meter von mir entfernt schlief.

Rooney schien genau zu wissen, was man tun musste. Ich konnte sehen, wie meisterhaft sie die Sache aufzog. Das romantische Vorspiel. Sie ging auf dieselbe Art vor, wie sie sich mit Leuten anfreundete – mit der präzisen Expertise von jemandem, der viel Übung und meistens Erfolg hatte. Könnte ich das auch? Könnte ich sie kopieren?

Würde sie mir beibringen, wie man es anstellte?

Am Montagmorgen war es für Rooney offenkundig eine monumentale Anstrengung, die Augen aufzukriegen. Ich dachte, *ich* hätte Probleme damit, morgens aus dem Bett zu kommen, aber Rooney musste mindestens fünf Mal auf die Schlummertaste ihres Handys drücken, bevor sie sich endlich aus dem Bett quälte. Alle Wecktöne waren aus »Spice Up Your Life« von den Spice Girls. Mit dem ersten bin ich aufgewacht.

»Ich wusste gar nicht, dass du eine Brille trägst«, war das Erste, was Rooney zu mir sagte, nachdem sie endlich aufgestanden war.

»Ich trage fast immer Kontaktlinsen«, erklärte ich. Die Situation erinnerte mich daran, wie überrascht Pip im Alter von elf Jahren gewesen war, als sie herausfand, dass ich kurzsichtig war. Dabei waren wir da schon sechs Monate lang befreundet gewesen. Ich hatte im Sommer vor der Sekundarschule angefangen, Kontaktlinsen zu tragen.

Als ich Rooney unbeholfen fragte, ob sie zum Frühstück in die Cafeteria gehen wolle, sah sie mich an, als hätte ich eben vorgeschlagen, dass wir uns aus dem Fenster stürzen sollten. Schließlich schaffte sie es, diesen Ausdruck gegen ein breites Lächeln zu tauschen, und sagte: »Ja, das hört sich gut an!«

Damit zog sie sich ihre Sportkleidung an und verwandelte sich wieder in die quirlige, extrovertierte Rooney, die ich am Tag zuvor kennengelernt hatte.

Ich blieb während unseres ersten offiziellen Tages als Erstsemester ständig in Rooneys Nähe, von unserer Einführungsvorlesung in Englisch bis zu unserem ersten freien Nachmittag. In der Vorlesung freundete sie sich mühelos mit dem Mädchen an, das neben ihr saß. Am Nachmittag gingen wir mit einigen Studenten, die auch Englisch belegt hatten, Kaffee trinken. Rooney freundete sich auch hier wieder mit jedem an. Dann wandte sie sich kurz ab, um mit einem Typen zu sprechen, der für mich auf eine konventionelle Art attraktiv wirkte. Rooney flirtete. Berührte seinen Ärmel. Lachte. Sah ihm in die Augen.

Es sah so einfach aus. Aber schon bei der Vorstellung, selbst so was zu machen, wurde mir ein wenig übel.

Ich hoffe, das klingt jetzt nicht, als hätte ich eine schlechte Meinung von Rooney gehabt, weil sie flirtete und Beziehungen knüpfte und in der allerbesten Position war, an der Uni die große Liebe zu finden, von der sie noch ihren Enkeln erzählen würde, wenn sie eine ältere Dame war, die zu viel plapperte.

Ich war bloß sehr, sehr eifersüchtig, dass ich nicht Rooney sein konnte.

Das Hauptereignis für die Erstsemester fand am Dienstag statt: die College-Immatrikulation, eine bizarre pseudoreligiöse Zeremonie in der Kathedrale von Durham, die uns offiziell an der Universität willkommen heißen sollte. Wir mussten alle feine Klamotten und unsere College-Roben tragen, und ich fühlte mich schon sehr abgehoben.

Ich hielt mich an Rooney, bis ich auf dem Weg aus der Kathedrale Pip und Jason entdeckte, die gemeinsam über die Wiese marschierten, zweifellos auf dem Weg zu ihrer eigenen Immatrikulationsfeier. Sie sahen mich, und wir rannten über den Friedhof aufeinander zu. Fehlte nur die Zeitlupe, während im Hintergrund die Musik von *Chariots of Fire* lief.

Pip warf sich auf mich und erstickte mich fast mit ihrer College-Robe. Sie war genauso elegant gekleidet wie bei unserem Abschlussball – komplett mit Anzug und Krawatte, um ihren Kopf ein Heiligenschein aus sorgfältig gestylten Locken. Dazu trug sie ein Parfüm, das duftete wie ein Wald nach dem Regen. Sie fühlte sich an wie *Zuhause*.

»Ich werde St. John's einen Beschwerdebrief schreiben«, nuschelte sie in meine Schulter, »und sie bitten, dich nach Castle zu versetzen.«

»Ich glaub nicht, dass das funktioniert.«

»Doch, wird es. Erinnerst du dich, als ich mich beim Tesco-Markt beschwert hab? Die haben mir fünf Päckchen Maltesers-Schokokugeln geschickt! Ich weiß genau, wie man einen gut formulierten Brief schreibt.«

»Ignorier sie einfach«, sagte Jason. Er war genauso elegant angezogen – und sah sehr gut aus. »Pip ist von gestern Nacht noch verkatert.«

Pip ließ mich los, trat zurück und rückte ihren Kragen und ihre Krawatte zurecht. Sie sah im Vergleich zu ihrem üblichen munteren Selbst tatsächlich ein bisschen mitgenommen aus.

»Geht's dir gut?«, fragte sie. »Ist deine Mitbewohnerin halbwegs normal? Stirbst du vor Stress?«

Ich dachte über diese Fragen nach und antwortete schließlich: »Nein zu allen drei Fragen.«

Apropos Rooney: Ich warf einen Blick über Pips Schulter, um zu sehen, wie weit Rooney schon vorausgelaufen war, und stellte dabei fest, dass Rooney stattdessen am Rande des Friedhofs stehen geblieben war und zu uns rüberschaute.

Pip und Jason drehten sich nun ebenfalls um.

»O-oh, da ist sie ja«, murmelte Pip und begann sofort, ihr Haar zu richten. Rooney schaute immer noch zu uns rüber, lächelte und winkte – anscheinend hauptsächlich Pip. Pip hob unbeholfen eine Hand und winkte mit nervösem Lächeln zurück.

Ich fragte mich plötzlich, ob Pip eine Chance bei Rooney hatte. Rooney *schien* ziemlich hetero zu sein, wenn es ein Indikator war, mit wie vielen Jungs ich sie hatte flirten sehen und dass sie nicht versucht hatte, mit irgendwelchen Mädchen zu flirten. Aber Menschen konnten einen überraschen.

»Kommst du gut mit ihr aus?«, fragte Jason.

»Sie ist wirklich nett, ja. Sie ist in so ziemlich allem besser als ich, was nervig ist. Aber sie ist total in Ordnung.«

Pip runzelte die Stirn. »Besser als du in was?«

»Ach, du weißt schon. So was wie Freunde finden und, ich weiß auch nicht … mit Leuten reden.« *Flirten. Romantik.* Vermutlich auch *Sich-Verlieben.*

Weder Jason noch Pip schienen von dieser Antwort beeindruckt zu sein.

»Okay«, sagte Pip. »Wir kommen heute Abend vorbei.«

»Das müsst ihr wirklich nicht.«

»Nein, nein, ich erkenne einen Hilferuf, wenn ich ihn höre.«

»Ich rufe nicht um Hilfe.«

»Wir brauchen dringend einen Pizza-Abend.«

Doch da hatte ich sie auch schon durchschaut. »Du suchst doch nur nach einer Gelegenheit, wieder mit Rooney zu reden, gib's zu.«

Pip warf mir einen langen Blick zu.

»Das mag sein«, sagte sie. »Aber ich sorge mich auch um dich. Und ich sorge mich um Pizza.«

»Sie ist also einfach wahnsinnig gut darin, Leute dazu zu bringen, sie zu mögen?«, sagte Pip später am Abend und mit dem Mund voll Pizza.

»Das fasst es ganz gut zusammen, ja«, sagte ich.

Jason schüttelte den Kopf. »Und du willst so sein wie sie? Warum?«

Wir drei saßen auf Rooneys Aquamarin-Teppich, eine Pizza zwischen uns. Wir hatten eine kleine Debatte darüber, ob wir unseren All-time-Favoriten *Moulin Rouge* oder Jasons Lieblingsfilm *Scooby-Doo* anschauen sollten. Wir entschieden uns schließlich für *Scooby-Doo* und sahen ihn auf meinem Laptop an. Rooney war an dem Abend in einer Bar, in der sich alle zu einem bestimmten Thema anziehen sollten. Hätte ich nicht schon Pläne mit meinen Freunden gehabt, wäre ich wahrscheinlich mitgegangen. Aber so war es eindeutig besser. Alles war besser, wenn Jason und Pip bei mir waren.

Nur eines konnte ich ihnen gegenüber nicht zugeben: wie verzweifelt ich mir eine romantische Beziehung wünschte. Ich *wusste*, dass es erbärmlich war. Hand aufs Herz – ich verstand ganz und gar, dass Frauen *stark und unabhängig* sein sollten und dass man keine Liebe finden muss, um ein erfolgreiches Leben zu führen. Die Tatsache, dass ich so verzweifelt einen Freund wollte – oder eine Freundin, einen Partner, wen auch immer, *irgendjemanden* – war also bloß ein Zeichen dafür, dass ich nicht stark, oder unabhängig, oder autark genug war, um *allein glücklich zu sein*. Ich war ziemlich einsam und sehnte mich danach, geliebt zu werden.

War das so schlimm? Sich eine intime Verbindung mit einem anderen Menschen zu wünschen?

Ich wusste es einfach nicht.

»Es fällt ihr offenbar superleicht, mit Leuten zu reden«, sagte ich.

»So ist das Leben eben, wenn man abnormal attraktiv ist«, sagte Pip.

Jason und ich sahen sie an.

»Abnormal attraktiv?«, fragte ich.

Pip hörte auf zu kauen. »Was? Ist sie halt! Ich stelle nur Tatsachen fest! Sie strahlt diese Energie aus … Dieses: Ich könnte auch auf dir rumtrampeln, und du würdest es noch genießen.«

»Interessant«, sagte Jason mit hochgezogener Augenbraue.

Pip wurde ein bisschen rot. »Ich habe nur eine Beobachtung geteilt!«

»… Okay.«

»*Schau mich nicht so an!*«

»Mach ich nicht.«

»*Machst du wohl!*«

Seit dem, was auf dem Abschlussball passiert war, hatte ich

gründlich darüber nachgedacht, ob ich vielleicht tatsächlich lesbisch war, wie Pip. Das wäre absolut logisch. Vielleicht lag mein Desinteresse an Jungs daran, dass ich mich für Mädchen interessierte.

Das wäre eine durchaus vernünftige Lösung für meine Situation gewesen.

Laut Pip gab es bestimmte Kennzeichen dafür, dass man lesbisch war. Erstens, dass man ein bisschen zu sehr an einem bestimmten Mädchen interessiert ist, es fälschlicherweise für reine Bewunderung hält, bis man merkt, dass man manchmal daran denkt, seine Hand zu halten. Zweitens, dass man eine unbewusste Fixierung auf bestimmte weibliche Cartoon-Bösewichte hat.

Spaß beiseite, ich war noch nie in ein Mädchen verknallt gewesen, also hatte ich nicht wirklich einen Beweis für diese spezielle Theorie.

Vielleicht war ich bi oder pan? Bis zu diesem Zeitpunkt hatte ich nicht einmal eine Vorliebe für irgendwen entwickelt.

Die nächsten paar Stunden quatschten wir, futterten Snacks und warfen gelegentliche Blicke auf meinen Laptop, um den Film zu verfolgen. Pip schwärmte von ihrem interessanten Chemie-Einführungskurs, während Jason und ich bedauerten, wie langweilig unsere ersten Vorlesungen gewesen waren. Wir tauschten uns über die Leute aus, die wir am College kennengelernt hatten, stellten fest, wie viele vornehme Privatschulkinder es hier gab, wie schlimm der Alkoholkonsum zu sein schien und dass es wirklich mehr Müslioptionen beim Frühstück geben sollte. Irgendwann beschloss Pip, Roderick, die Zimmerpflanze, zu gießen, weil er, wie sie sagte, »ein bisschen durstig« aussah.

Bald war es elf Uhr nachts, und Pip beschloss, dass es Zeit war, sich eine heiße Schokolade zu machen. Dafür wollte sie unbedingt einen richtigen Herd benutzen statt den Wasserkocher in meinem Zimmer. Wir verließen also alle drei mein Zimmer in Richtung der winzigen Küche in meinem Wohntrakt. Ich teilte sie mit acht Leuten, aber die wenigen Male, die ich bisher da gewesen war, war sie immer leer gewesen.

Heute Abend war sie nicht leer.

Das wusste ich ab dem Moment, als Pip durch das Türfenster blickte und ein Gesicht machte, als hätte sie einen leichten Stromschlag bekommen.

»Oh *Scheiße*«, zischte sie, und als Jason und ich uns zu ihr gesellten, sahen wir ebenfalls, was los war.

Rooney war in der Küche.

Sie war mit einem Typen zusammen.

Sie saß auf dem Küchentisch. Er stand zwischen ihren Beinen, seine Zunge in ihrem Mund und seine Hand unter ihrem Shirt.

Um es vorsichtig auszudrücken: Sie hatten beide sehr viel Spaß miteinander.

»Oh«, sagte ich.

Jason machte sofort kehrt und ging zurück zu meinem Zimmer, wie es wohl jeder normale Mensch getan hätte, aber Pip und ich standen einen Moment lang da und sahen zu, was da drin passierte.

In diesem Moment wurde mir etwas klar: Ich würde mit meiner Mission *Liebe finden* nur dann nennenswerte Fortschritte machen, wenn ich Rooney um Hilfe bat.

Ich war schlicht nicht in der Lage, es allein zu schaffen, niemals.

Ich hatte *es versucht*. Ich schwöre, ich hatte es versucht. Ich hatte versucht, Tommy zu küssen, als er sich zu mir lehnte. Aber in meinem Kopf gingen die *Kill-Bill*-Sirenen los, und ich konnte einfach nicht. Ich *konnte es* einfach nicht.

Ich hatte beim Erstsemester-Barbecue versucht, mit Leuten zu reden. Ebenso, als wir vor den Hörsälen hockten, und beim Mittag- und Abendessen, als ich neben Rooney bei all den Leuten saß, mit denen sie sich angefreundet hatte. Ich hatte es versucht und war gar nicht schlecht darin gewesen. Ich war immer höflich und nett, und die Leute schienen mich zumindest nicht zu hassen.

Aber ich war meilenweit davon entfernt, so zu sein wie Rooney. Zumindest war ich es nicht von Natur aus. Ich würde nie in der Lage sein, einen Typen zu küssen, nur weil es Spaß machte, weil ich mich dabei toll fühlte oder weil ich mir beweisen wollte, dass ich alles tun konnte, was ich wollte. Ich würde nie in der Lage sein, diese Funken zu erzeugen, die sie mit fast jedem hatte, dem sie über den Weg lief.

Es sei denn, ich konnte Rooney überreden, mir zu sagen, wie sie das machte.

Pip riss endlich ihren Blick von Rooney und dem Typen los. »Das muss doch unhygienisch sein«, sagte sie und machte ein angewidertes Gesicht. »Dort kochen die Leute ihren *Tee*, um Himmels willen!«

Ich murmelte zustimmend, nahm sie in den Arm und gab meinen Posten an der Tür und unsere Pläne für heiße Schokolade auf.

Pip hatte einen eigentümlichen Gesichtsausdruck, als hätte sie genau das kommen sehen.

»Ich bin so dumm«, murmelte sie.

Ich wusste fast alles über Romantik. Ich kannte die Theorie. Ich wusste immer, wann jemand flirtete und wann der Zeitpunkt für einen Kuss gekommen war. Ich wusste ganz genau, wann sich ein fester Freund total daneben benahm. Sogar dann, wenn die Personen in der Beziehung es selbst nicht sehen konnten. Ich hatte unendlich viele Geschichten gelesen – über Menschen, die sich kennenlernten und flirteten und sich hilflos nacheinander verzehrten, die jemanden erstmal hassten, bevor sie ihn letztlich mochten, die jemanden begehrten, bevor sie ihn schließlich liebten. Ich wusste alles über Küsse und Sex und Lie-

be und Ehe und Partner fürs Leben, bis dass der Tod sie schei-
det.

Ich war eine wahre Meisterin der Theorie. Aber Rooney war
die Meisterin der Praxis.

Vielleicht hatte das Schicksal sie zu mir geführt. Oder meine
romantische Seite gaukelte mir das nur vor.

SEX

Mitten in der Nacht zwischen Dienstag und Mittwoch wachte ich auf und hörte, wie jemand im Zimmer über uns Sex hatte.

Es klang wie ein rhythmisches Pochen. Wie ein Kopfteil, das gegen eine Wand schlägt. Und ein Knarren, wie von einem alten Bettgestell, das sich durchbiegt.

Ich setzte mich auf, im ersten Moment nicht sicher, ob ich mir das Geräusch nur einbildete. Aber das war nicht der Fall. Es war durch und durch real. Irgendwer hatte im Zimmer über uns Sex. Was sollte das Geräusch sonst sein? Da oben gab es nur Schlafzimmer, also gab es nur eine Erklärung für dieses Geräusch. Es sei denn, jemand hatte beschlossen, sich um 3 Uhr nachts handwerklich zu betätigen.

Rooney schlief fest, zusammengerollt und auf der Seite, ihr dunkles Haar auf dem Kissen ausgebreitet. Sie kriegte nichts mit.

Ich wusste, dass so etwas an der Universität alles andere als ungewöhnlich war. Wenn wir schon dabei sind: In der Schule war es auch schon so gewesen – na ja, nicht wirklich *körperlich in* der Schule, hoffentlich, aber unter meinen Schulfreunden und Klassenkameraden.

Aber zu hören, wie es gerade passierte – life und in action – und es nicht nur theoretisch zu wissen oder sich vorzustellen, das erschütterte mich bis ins Mark. Noch mehr als damals, als ich das Mädchen gesehen hab, das sich auf Hatties Party befingern ließ.

Es war erschütternd zu begreifen: *Oh, Mann, das kommt wirklich vor, das gibt es nicht nur in Geschichten und Filmen. Und ich sollte das eigentlich auch tun.*

COLLEGE-EHE

»College-Familien« waren ein neues Konzept für mich. In Durham taten sich Studenten im zweiten und dritten Studienjahr zusammen und fungierten als Mentoren-Team, als sogenannte »College-Eltern« für eine kleine Gruppe von Studienanfängern, die dann ihre »College-Kinder« waren.

Ich liebte den Gedanken sofort. Es machte etwas absolut Alltägliches romantisch. Und damit hatte ich unglaublich viel Erfahrung.

Rooney und ich und vier weitere Studenten, von denen ich nur die Facebook-Profile kannte, hatten vereinbart, unsere College-Eltern bei Starbucks zu treffen. Dazu hatten wir uns auf Facebook zu einem Gruppen-Chat verabredet, bei dem ich zu viel Schiss hatte, um mehr zu sagen als »Klingt großartig! Ich komme gern.«

Als wir bei Starbucks ankamen, war nur eins unserer Elternteile da – Sunil Jha.

»Also«, sagte Sunil, der auf einem Stuhl saß und ein Bein lässig über das andere geschlagen hatte. »Ich bin euer College-Elternteil.«

Sunil Jha hatte ein warmes Lächeln und freundliche Augen, und obwohl er nur zwei Jahre älter war als wir, wirkte er unendlich viel reifer. Er war unglaublich gut gekleidet – eine schmale Hose mit Converse, ein T-Shirt, das er in die Hose gesteckt hatte, und eine Bomberjacke mit einem dezenten grauen Schotten-muster.

»Bitte nennt mich nicht eure College-Mutter oder euren College-Vater«, fuhr er fort, »nicht nur, weil ich non-binär bin. Das würde sich außerdem nach einer richtig beängstigenden Verpflichtung anfühlen.«

Damit erntete er einige Lacher. An seiner Jacke waren mehrere Email-Anstecker – eine Regenbogenflagge, ein kleines altes Radio, ein Anstecker mit dem Logo einer Boyband, einer mit der Aufschrift »He/They« und ein weiterer Pride-Anstecker, dieser mit den schwarzen, grauen, weißen und lila Streifen. Ich war mir sicher, dass ich diesen Pin schon mal gesehen hatte, irgendwo im Internet, aber ich konnte mich nicht erinnern, was er bedeutete.

»In einer unvorhersehbaren Wendung der Ereignisse hat eure College-Mutter beschlossen, dass die Universität nichts für sie ist, und mit dem Ende des letzten Semesters ihr Studium abgebrochen. Also werden wir dieses Jahr eine Ein-Elternteil-Familie sein.«

Es gab noch ein bisschen Gekicher, aber dann war es still. Ich fragte mich, wann Rooney mit ihren Fragen herausplatzen würde, aber es schien, als wäre sogar sie von Sunils Selbstvertrauen ein wenig eingeschüchtert. Er war immerhin schon im dritten Jahr.

»Grundsätzlich«, sagte Sunil, »bin ich da, wenn ihr *irgendwelche* Fragen oder Sorgen habt oder über irgendetwas reden wollt, solange ihr hier auf dem College seid. Alternativ habt ihr natürlich auch die Option, einfach zu machen, was ihr wollt, und zu vergessen, dass ich je existiert habe.«

Mehr Lacher.

»Also. Hat jemand etwas, worüber er reden möchte, während wir hier sind?«

Nach einem kurzen Moment war Rooney die Erste, die sich zu

Wort meldete. »Ich habe mich gefragt, wie … wie das mit der College-Ehe funktioniert? Ich habe etwas über *College-Heiratsanträge* gehört, aber ich weiß nicht wirklich, was das ist.«

Oh, richtig. Ich war froh, dass sie das gefragt hatte.

Sunil lachte. »Oh mein Gott, ja. Okay. Also. College-Ehe.« Er verschränkte seine Finger miteinander. »Wenn man mit jemand anderem ein Mentorenteam am College bilden will, heiratet man. Einer von euch macht dem anderen einen Antrag. Und normalerweise ist das ein großer, dramatischer Antrag. In diesem Semester wird viel los sein.«

Rooney nickte fasziniert. »Was meinst du mit ›groß und dramatisch‹?«

»Nun … lass es mich so erklären: Mein Antrag bestand darin, dass ich ihr Schlafzimmer mit glitzernden Luftballons vollpackte, vierzig Leute dazu brachte, dort zu warten und ›Überraschung!‹ zu rufen – und dann ging ich vor ihr auf die Knie und überreichte ihr einen Plastikring in Form einer Katze.«

Oh. Mein. Gott.

»Heiratet jeder … ähm … heiratet jeder auf dem College?«, fragte ich.

Sunil sah mich an. Er hatte wirklich freundliche Augen. »Die meisten schon. Normalerweise machen es Freunde, weil es ja nur zum Spaß ist. Manchmal tun es aber auch Paare.«

Freunde. Paare.

Oh nein.

Jetzt musste ich *wirklich* Leute treffen.

Die Diskussion wurde breiter, es ging auch um andere Aspekte des Unilebens – unser Hauptfach, die besten Clubs, die besten Zeiten, um die Bibliothek zu nutzen, der Bailey-Ball am Ende des Semesters. Aber ich habe nichts weiter gesagt. Ich saß einfach nur da und dachte gestresst über die College-Ehe nach.

Es war nicht weiter schlimm, wenn ich das nicht machte mit dem Heiraten, oder? Dafür war ich schließlich nicht hier.

»Ich werde euch heute Abend in einen Club begleiten«, sagte Sunil, als wir alle zusammenpackten, um zu gehen. »Wir treffen uns also um neun Uhr abends an der Rezeption, okay? Und macht euch keine Sorgen, ihr müsst euch nicht zu sehr in Schale werfen.« Als er fortfuhr, sah er mir in die Augen und lächelte, warm und sanft: »Und du musst nicht mitkommen, wenn du nicht willst, in Ordnung? Es ist nicht verpflichtend.«

Als Rooney und ich zum College zurückgingen, schickte ich Pip und Jason eine Nachricht über die »College-Ehe«. Ihre Antworten waren ziemlich genau das, was ich von ihnen erwartet hatte:

Felipa Quintana
OMG! DAS HABEN WIR AUCH
Kann es kaum erwarten, bis mir jemand einen Heiratsantrag macht.
Oder ich mache jemandem einen Antrag.
Der wird natürlich sehr dramatisch!!!
Ich hoffe, dass mich jemand mit Konfetti überschüttet und mir dann auf einem Boot vor hundert Schaulustigen ein Gedicht vorträgt, bevor sie weiße Tauben in den Himmel steigen lässt

Jason Farley-Shaw
Ich finde die Idee irgendwie archaisch, ich weiß nicht

Rooney hingegen hatte nichts zum Thema College-Ehe zu sagen. Ihre ganze Konzentration war gefesselt von dem Gedanken daran, in einen Club zu gehen.

»Ich bin so aufgeregt wegen heute Abend«, sagte sie.

»Wirklich?«

Sie lächelte. »Ich bin halt einfach bereit für meine *Uni-Erfahrung*. Verstehst du das?«

»Ja«, sagte ich, und ich meinte es ernst. Ich war auch bereit für meine Uni-Erfahrung. Sicher, die Vorstellung, in Clubs zu gehen, war erschreckend für mich, und ich konnte mir immer noch nicht so recht vorstellen, wie ich mich in jemanden verlieben sollte, aber ich *wollte* es aus ganzem Herzen schaffen und es genießen. »Ich auch.«

»Also«, sagte sie und sah mich mit ihren großen dunklen Augen an. Mir fiel wieder auf, dass Rooney rein objektiv sehr hübsch war. Vielleicht war sie am Ende mein Love Interest? Eine Mitbewohner-Liebesgeschichte wie in meinen Fanfiction-Geschichten. Das hier war die Uni, um Himmels willen. Alles konnte passieren. »Gehst du gerne aus?«

Mit »Ausgehen« meinte sie »in Clubs gehen«, und ehrlich gesagt, wusste ich das nicht. Ich war noch nie in einem Club gewesen. Es gab nicht viele gute Clubs im ländlichen Kent, und weder Pip noch Jason standen auf Clubbing.

Clubbing. College-Ehe. Sex. Romantik.

Ich wusste ganz klar, dass all diese Dinge optional sind.

Aber sie gehörten zur Uni-Erfahrung. Und ich wollte sie erfahren wie jeder normale Student.

BABYS ERSTER CLUB

»Oh mein Gott!«, sagte Rooney, als ich meine Haare fertig geglättet hatte. »Du siehst so gut aus!«

»Oh, danke!«, sagte ich unbeholfen. Ich bin schrecklich schlecht darin, Komplimente anzunehmen.

Mum und ich waren vor ein paar Wochen einkaufen gegangen, damit ich etwas zum Anziehen für Clubabende hatte, und ich hatte ein paar Kleider und hohe Schuhe ausgesucht. Ich zog eines der Kleider mit einer schwarzen Strumpfhose darunter an und fand ehrlich gesagt, dass ich gar nicht so schlecht aussah. Aber neben Rooney fühlte ich mich trotzdem wie ein Kind. Sie trug einen roten Samt-Jumpsuit mit tiefem V-Ausschnitt und ausgestellten Beinen – dazu hochhackige Stiefel und riesige Kreolen in den Ohren. Einen Teil ihrer Haare hatte sie zu einem unordentlichen Dutt hochgesteckt, der Rest floss ihr über den Rücken. Sie sah wirklich verdammt cool aus. Ich … nicht so sehr.

Aber dann fühlte ich mich schlecht, weil Mum und ich dieses Kleid gemeinsam ausgesucht hatten. Plötzlich fühlte es sich an, als wäre ich eine Million Meilen entfernt von meiner Mum und unserem kleinen Einkaufszentrum im Ort.

»Bist du in Kent viel ausgegangen?«, fragte Rooney, die auf ihrem Bett saß, sich einen Spiegel vorhielt und letzte Hand an ihr Make-up legte.

Ich wollte lügen und sagen, dass ich super erfahren war im

Clubbing, aber das hatte keinen Sinn. Rooney wusste ja längst, dass ich ein schüchterner Mensch war und viel, viel schlechter im Umgang mit Menschen als sie.

»Nicht wirklich«, sagte ich. »Ich … ich weiß nicht. Ich hab eigentlich nicht das Gefühl, dass das mein Ding ist.«

»Du musst nicht ausgehen, wenn du nicht willst!« Sie tupfte sich Highlighter auf die Wangenknochen und schenkte mir ein Lächeln. »Das ist nicht jedermanns Sache.«

»Nein, nein«, sagte ich. »Ich meine … ich will es wenigstens versuchen.«

Sie lächelte noch etwas mehr. »Gut! Mach dir keine Sorgen. Ich werd mich um dich kümmern.«

»Warst du denn oft in Clubs unterwegs?«

»Oh, Gott, ja.« Sie lachte und widmete sich wieder ihrem Make-up.

Okay. Sie klang selbstbewusst. War sie ein Partygirl, wie so viele, die ich von zu Hause kannte? War sie der Typ, der ständig in Clubs ging und alle möglichen Leute datete?

»Hast du ›Find My Friends‹ auf deinem Handy?«, fragte sie.

»Oh, äh, ich glaube schon.«

Ich holte mein Telefon heraus, und tatsächlich, ich hatte die App runtergeladen. Die einzigen Leute, die ich da drauf hatte, waren Pip und Jason.

Rooney streckte ihre Hand aus. »Ich adde mich zu deinen Freunden. Wenn wir uns verlieren sollten, kannst du mich mit der App finden.«

Das tat sie, und gleich darauf gab es einen kleinen Punkt mit Rooneys Gesicht auf der Karte von Durham.

Sie schlug vor, dass wir gemeinsam ein Selfie vor unserem Schlafzimmerspiegel machten. Sie wusste genau, wie man posiert, das Kinn hinter einer hochgezogenen Schulter versteckt, die Augen verführerisch unter ihren Wimpern hochblickend. Ich stemmte eine Hand in die Hüfte und hoffte auf das Beste.

Wenn ich ganz ehrlich mit mir selbst war: Ich wollte einfach Rooney Bach sein.

Sunil wartete im Empfangsbereich auf uns. Es sah so aus, als ob die meisten, wenn nicht alle Erstsemester des St. John's gekommen waren, um ihren ersten Vorgeschmack auf das Nachtleben der Universität zu bekommen. Obwohl er uns gesagt hatte, dass wir uns nicht in Schale werfen müssen, trug Sunil ein eng anliegendes Hemd mit einem hellen Paisleymuster und eine enge Hose. Mir fiel allerdings auf, dass seine Schuhe aussahen, als wäre er damit durch ein schlammiges Feld getrampelt und geschleift worden. Das hätte mich vermutlich auf das vorbereiten sollen, was mich im Club erwartete.

Sunil und ein paar Andere aus dem dritten Jahr begleiteten uns durch die kalten Straßen von Durham zum Club. Rooney hatte bereits eine kleine Schar von »Freunden« angezogen, wenn man sie schon so nennen konnte, und ich hielt mich ängstlich im hinteren Teil der Gruppe.

Alle waren freudig erregt.

Niemand außer mir schien nervös zu sein.

Die meisten Leute in meinem Alter waren natürlich schon in Clubs gewesen. Die meisten Schüler, die ich in der 13. Klasse gekannt hatte, hatten den Club in unserer nächstgelegenen Stadt besucht. Der war, nach allem, was ich gehört hatte, ein ekliges, widerliches Höllenloch des Bedauerns. Aber jetzt war ich voll Bedauern, weil ich nicht mit ihnen dahingegangen war. Es war nur ein weiteres Beispiel dafür, was ich in meinem Teenagerleben alles versäumt hatte.

Der Eingang befand sich in einer Gasse, und vor 23 Uhr war der Eintritt frei. Wir brauchten keine Ausweise, weil wir alle Erstsemester-Armbänder trugen. Drinnen war es so, wie ich mir meine eigene persönliche Hölle vorstelle – eine dicht gedrängte Menschenmenge, klebrige Böden und Musik, die so laut war, dass Rooney sich dreimal wiederholen musste, bevor ich kapierte, dass sie mich fragte, ob ich mit an die Bar gehen wollte.

Ich wollte zuerst hören, was sie bestellte, damit ich wusste, was ich verlangen sollte – Wodka mit Limonade. Dann haben wir gequatscht und gequatscht und noch mehr gequatscht. Na ja, eigentlich haben wir geschrien. Meistens wollten die Leute von mir wissen, *was ich im Hauptfach studierte* und *woher ich komme* und *wie ich das alles bisher finde*. Ich fing an, Sätze Wort für Wort zu wiederholen, weil die Leute mir dieselben Fragen stellten. Wie ein Roboter. Oh Gott. Ich wollte doch nur Freunde finden.

Und dann fingen sie auch noch an zu tanzen. Ich bemerkte zum ersten Mal, wie viele der Songs von Romantik oder Sex handelten. Wieso war mir das vorher nie aufgefallen? Fast alle Songs, die je geschrieben wurden, handeln von Romantik oder Sex. Es fühlte sich an, als wollten sie mich verhöhnen.

Rooney versuchte, mich dazu zu bringen, mit ihr zu tanzen, einfach auf eine lockere, lustige Art. Und ich habe es versucht, ich schwöre, ich habe es versucht, aber sie gab schnell auf und fand jemand anderen. Ich wippte am Rand der Tanzfläche weiter mit, während ich mich mit Leuten unterhielt. Ich hatte Spaß.

Ich hatte Spaß.

Ich hatte keinen Spaß.

Es war fast elf Uhr, als ich Pip eine Nachricht schickte, hauptsächlich, weil ich jemanden zum Reden suchte, den ich nicht anschreien musste.

Georgia Warr
HEY wie geht's dir heute?

Felipa Quintana
Alles ist vollkommen in Ordnung, warum fragst du?
Ich hab möglicherweise ein Weinglas zerschlagen

Georgia Warr
pip …………..

Felipa Quintana
Lass mich mein Leben leben!

Georgia Warr
Warum trinkst du?

Felipa Quintana
Weil ich Herrin meines eigenen Schicksals bin und für das Chaos lebe.
Auf unserem Korridor hat heute Nacht jeder eine Pizza und alle trinken.
Übrigens, ich glaube, ich habe gestern Abend meine Jacke in deinem Zimmer vergessen …

Georgia Warr
Oh nein!!! Ich bringe sie mit, wenn ich zu dir komme, keine Sorge.

»Mit wem textest du?«, rief Rooney mir ins Ohr.
»Pip!« rief ich zurück.
»Was sagt sie?«
Ich zeigte Rooney die Nachricht von Pip über das zerbrochene Glas. Rooney grinste darüber und lachte dann.
»Ich mag sie!«, rief sie. »Sie ist so lustig!« Und dann ging sie zurück zum Tanzen.

Georgia Warr
rate mal, wo ich bin

Felipa Quintana
Omg wo?

Georgia Warr
IN EINEM CLUB

Felipa Quintana
DU MACHST WITZE!
Ich hätte nie gedacht, dass ich diesen Tag erleben würde
Babys erster Club!!!
Warte, war das Rooneys Idee? Setzt sie dich unter Druck?

Georgia Warr
Nein, ich wollte gehen, haha!!

Felipa Quintana
Okay, sei vorsichtig!!!!! Lass die Finger von Drogen!!!!! Und
nimm dich vor bösen Männern in Acht!!!!!!!

Ich hing in dem Club rum und wippte vor mich hin, bis Rooney
etwas frische Luft schnappen wollte. Na ja, so viel frische Luft,
wie man im Raucherbereich hinten im Club bekommen konnte.

Wir lehnten uns gegen die Ziegelwand des Gebäudes. Ich zitterte, aber Rooney schien es gut zu gehen.

»Und?«, fragte sie. »Wie lautet Ihr offizielles Clubbing-Urteil?«

Ich verzog das Gesicht. Ich konnte nicht anders.

Sie warf den Kopf zurück, lehnte ihn gegen die Wand und
lachte.

»Wenigstens bist du ehrlich«, sagte sie. »Manche Leute hassen
es und machen es trotzdem immer wieder.«

»Kann sein.« Ich nippte an meinem Drink. »Ich wollte es einfach ausprobieren. Ich wollte auch dazugehören, zu diesem Teil
der Uni-Erfahrung, weißt du?«

Sie nickte. »Eklige Clubs sind ein Eckpfeiler des Universitätslebens, ja.«

Ich wusste nicht, ob das sarkastisch gemeint war.

Ich war ein bisschen betrunken, um ehrlich zu sein.

»Ich wollte nur … Ich wollte Leute treffen und … normale Sachen machen«, sagte ich und trank den Rest meines Drinks in einem Zug. Es schmeckte mir noch nicht mal wirklich, aber alle hatten was zu trinken, und es hätte komisch ausgesehen, wenn ich als Einzige nicht mitgemacht hätte, oder? »Ich hab das in der Vergangenheit nicht gerade super hingekriegt.«

»Hast du nicht?«

»Nein. Ich hab kaum Freunde. Ich hab immer nur ganz wenige Freunde gehabt.«

Rooney hörte auf zu lächeln. »Oh.«

»Ich hab auch noch nie einen festen Freund gehabt. Oder jemanden geküsst.«

Die Worte sprudelten aus meinem Mund, bevor ich sie aufhalten konnte.

Ich krümmte mich sofort innerlich. Scheiße. Das war genau das, was ich nicht mehr jedem auf die Nase binden wollte. Das war es, worüber sich die anderen lustig gemacht hatten.

Rooney zog die Augenbrauen hoch. »Wow, wirklich?«

Sie war nicht sarkastisch. Das war purer, ehrlicher Schock auf ihrem Gesicht. Ich weiß nicht, warum mich das überrascht hat. Die Reaktion der anderen bei »Wahrheit oder Pflicht« während unserer Abschlussparty hätte mich darauf vorbereiten sollen. Damals, in diesem Moment, hat es mich erschüttert. Die merkwürdigen Blicke. Die Leute, die mich plötzlich ansahen, als wäre ich ein Kind, als wäre ich unreif. All die Kinofilme fielen mir ein, in denen es genau darum ging, dass die Hauptfiguren mit sechzehn noch Jungfrauen waren.

»Wirklich«, sagte ich.

»Fühlst du dich schlecht deshalb?«

Ich zuckte mit den Schultern. »Ja.«

»Und du möchtest das ändern? Jetzt, wo du an der Uni bist?«

»Idealerweise ja.«

»Okay. Gut.« Sie sah mich an, mit der Schulter an die Wand gelehnt. »Ich glaube, ich kann dir dabei helfen.«

»Oooh … kay.«

»Ich will, dass du da wieder reingehst und einen Menschen findest, der deiner Meinung nach heiß ist. Oder ein paar Menschen, damit steigen die Chancen, dass es klappt.«

Ich mochte die Idee von Anfang an nicht. »Oh.«

»Versuch ihre Namen rauszukriegen oder merk dir wenigstens ganz genau, wie sie aussehen. Und dann helf ich dir, dass du bei ihnen landest.«

Ich mochte diesen Plan nicht. Ich mochte das alles überhaupt nicht. Mein Körper schaltete in den Überlebensmodus. Ich wollte wegrennen.

»Oh«, wiederholte ich.

»Vertrau mir«, sagte sie grinsend. »Ich weiß sehr viel über Beziehungen.«

Was sollte das denn heißen?

»Okay«, sagte ich. »Also, ich suche eine Person aus, und du … verkuppelst uns?«

»Ja. Hört sich das gut an?«

»… Jaah.«

In der Uni ging es vor allem darum, schlechte Entscheidungen zu treffen, also zumindest das machte ich schon mal richtig.

Ich fühlte mich ein bisschen wie David Attenborough.

Ich zog allein meine Kreise rund um die Tanzfläche, während Rooney an der Bar stand. Zuerst konzentrierte ich mich auf die Jungs. Es gab wahnsinnig viele, die Hoodies anhatten. Viele, deren T-Shirts Schweißflecken hatten. Viele hatten denselben Haarschnitt: kurz an den Seiten, länger auf dem Oberkopf.

Ich sah mich weiter um. Ganz bestimmt würde ich *letztendlich* jemanden finden, den ich anziehend fand. Der Club war zum Brechen voll – bestimmt waren hier drin um die zweihundert Leute, die sich eng an eng in diesen einen Raum quetschten.

Und doch – ich konnte niemanden finden.

Es gab Typen, die objektiv »attraktiv« waren, nach allen modernen Medien-Standards. Es gab Typen, die offensichtlich regelmäßig ins Fitnessstudio gingen. Es gab Typen, die coole Klamotten trugen oder auffallende Haare hatten oder ein nettes Lächeln.

Aber ich fühlte mich zu keinem von ihnen hingezogen.

Ich fühlte nicht den leisesten Ansatz von *Begehren*.

Wenn ich versuchte, mir vorzustellen, wie ich einem von ihnen nahe kam, wie ich einen von ihnen küsste oder gar *berührte* ...

Ich verzog das Gesicht. Eklig, eklig, *eklig*!

Ich beschloss, eine andere Strategie zu fahren und mir stattdessen die Mädchen genauer anzusehen. Ich fand eigentlich alle Mädchen hübsch, um ehrlich zu sein. Und es gibt eine so viel größere Bandbreite, was das Aussehen anbelangt.

Aber auf einer grundlegenden, körperlichen Ebene – fand ich mich zu ihnen hingezogen? Nein.

Eine ganze Menge der Leute im Club hatten inzwischen angefangen, mit jemandem zu knutschen. Sie küssten einander unter den blitzenden Lichtern und bei Songs, die in unseren Köpfen lauter zu hören waren als unsere eigenen Gedanken. Es war ein bisschen eklig für mich, hatte aber auch diesen besonderen Aspekt der Gefahr, der dem Ganzen etwas Schönes verlieh. Einen Fremden zu küssen, den du nie wieder sehen würdest, dessen Namen du nicht mal kanntest, einfach um sich in diesem einen Augenblick irgendwie high zu fühlen. Einfach um die Wärme der Haut eines anderen zu spüren. Sich für eine kurze Weile einfach nur lebendig zu fühlen.

Gott, ich wünschte, ich könnte das tun.

Aber schon der Gedanke, etwas mit einem aus dieser Menge anzufangen – egal welchen Geschlechts – war, ganz ehrlich, nervenaufreibend. Ich war unruhig. Vielleicht sogar ein bisschen zittrig. Da war eine schreckliche, eigenartige Befürchtung in meiner Magengrube und ein Warnton in meinem Gehirn. Es fühlte sich an, als würden meine Antikörper dagegen ankämpfen.

Aber was sollte ich bloß Rooney sagen?

Unter Hunderten von Leuten konnte ich keine einzige Person finden, die ich sexy fand. Tut mir leid.

Vielleicht konnte sie ja jemanden für mich aussuchen. Gott, das wäre so viel einfacher gewesen.

Es wäre überhaupt alles einfacher gewesen, wenn ich jemanden gehabt hätte, der mir einfach sagte, was ich tun und mit wem ich es tun sollte, wie ich mich benehmen sollte – und was letzten Endes Liebe bedeutete.

Ich brach meine Suche ab. Heute Nacht würde ich kuss-los bleiben. Romantik-los. Und das war in Ordnung. Richtig? Das war in Ordnung.

Ich wusste nicht, ob ich es so gewollt hatte oder eher nicht. Vielleicht eine Mischung aus beidem? Genau wie mit Tommy.

Wollen und gleichzeitig auch wieder nicht wollen.

Nicht ganz eine Stunde später fand ich Rooney endlich in der Masse aus verschwommenen, von blitzenden Lichtern erleuchteten Körpern wieder. Sie war mitten auf der Tanzfläche und knutschte mit einem großen Typen, der zerfetzte Jeans anhatte.

Seine Arme lagen um ihre Taille. Sie hatte ihm eine Hand auf die Wange gelegt. Es war ein Bild reinster Leidenschaft. Kinoromantik. Begehren.

Wie?

Wie konnte jemand an diesen Punkt gelangen, innerhalb einer einzigen Stunde?

Wie konnte sie in einer einzigen Stunde erreichen, worum ich mich mein ganzes Teenagerleben lang vergeblich bemüht hatte?

Ich hasste sie. Ich wollte sein wie sie. Ich hasste mich.

Da traf es mich plötzlich wie ein Schlag. Die Musik war so laut, ich spürte, wie mein Blick verschwamm, und ich drängte Menschen aus dem Weg, um auf die andere Seite des Raums zu kommen, wo ich mich gegen die Wand presste, die nass von Kondenswasser war. Ich sah mich verzweifelt nach der Tür um, dann bahnte ich mir meinen Weg nach draußen, in die kühle, leere Oktoberluft.

Ich atmete.

Ich würde ganz bestimmt nicht weinen.

Drei Studenten von St. John's, garantiert schon im dritten Jahr, unterhielten sich im Raucherbereich. Sie lehnten an der Wand und sprachen – zu meiner großen Überraschung – mit Sunil.

Er war mein Uni-Elternteil. Ich wusste, dass er mir helfen würde. Ich hätte ihn fragen können, ob er mich zurück zum Wohnheim brachte. Aber sobald ich einen Schritt auf ihn zu machte, schämte ich mich. Ich war so eine Versagerin. Ein Kind. Sunil drehte sich um und sah mich neugierig an. Ich versuchte, ihn mit meinen Gedanken dazu zu bringen, mich zu fragen, ob ich zurück zur Uni gehen wollte. Ob ich wollte, dass er mich begleitete. Aber er sagte nichts. Also ging ich allein.

Nach mehreren Stunden in dem lauten Club hallte die Stille der Hauptstraße wie ein Echo in mir. Ich konnte mich kaum noch daran erinnern, wie ich wieder zurückfinden sollte, weil ich so gestresst gewesen war, dass ich überhaupt nicht darauf geachtet hatte, wo wir langgingen. Glücklicherweise landete ich irgendwie auf dem Kopfsteinpflasterweg, der über den Hügel führte, vorbei am Schloss und der Kathedrale. Und dann konnte ich die Steintreppe des St. John's College sehen.

»Gar nichts stimmt bei dir«, murmelte ich vor mich hin. Dann schüttelte ich den Kopf und versuchte, den Gedanken abzuschütteln. Das war keine gute Einstellung. Natürlich war mit mir alles in Ordnung. Ich war einfach die, die ich war. *Hör auf, darüber nachzudenken. Hör auf, über irgendwas nachzudenken.*

Ich hätte Pip eine Nachricht schicken können. Aber was sollte ich ihr sagen? Dass ich schrecklich schlecht im Clubbing war? Dass ich jemanden hätte küssen können, aber beschlossen hatte, es nicht zu tun. Dass ich auch meinen Neuanfang total verkackte. Bemitleidenswert. Es gab überhaupt nichts zu erzählen.

Ich könnte mit Jason darüber reden, aber er würde mir wahrscheinlich bloß sagen, dass ich mich nicht verrückt machen sollte. Weil ich genau das tat. Ich wusste, diese ganze Sache war lächerlich.

Also ging ich einfach weiter. Ich hielt den Kopf gesenkt. Ich wusste nicht mal, was nicht stimmte. Alles. Ich. Ich wusste es nicht. Wie konnte es sein, dass alle anderen funktionierten, bloß ich nicht? Wie konnten alle anderen anständig leben – nur ich nicht? War ich falsch programmiert worden?

Ich dachte an all die Leute, denen ich in den letzten Tagen begegnet war. Hunderte Leute meines Alters, aller Geschlechter, Persönlichkeiten und Aussehen.

Mir fiel kein einziger Mensch ein, den ich attraktiv gefunden hätte.

Ich stieß die Tür zum Wohntrakt so heftig auf, dass der Mann in dem kleinen Bürohäuschen mich streng ansah. Ich nahm an, er dachte, ich wäre betrunken, eine betrunkene Erstsemester-Studentin. Gott, ich wünschte, er hätte recht. Ich sah an mir runter, sah das Kleid, das meine Mutter im Schaufenster bei River Island gesehen hatte. Oh, ist das perfekt oder was?, hatte sie gerufen. Und ich hatte zugestimmt, und sie hatte es für mich gekauft, damit ich hübsch aussah und mich hübsch fühlen würde bei meinem Neuanfang an der Uni. Mir schossen die Tränen in die Augen. Gott, noch nicht, bitte jetzt noch nicht.

Mein Zimmer war leer – natürlich war es das. Rooney war da draußen und lebte ihr Leben und machte neue Erfahrungen. Ich schnappte meine Kosmetiktasche und meinen Pyjama und ging ins Bad. Als ich unter der Dusche stand, fing ich an zu weinen.

HOHE ANSPRÜCHE

»Dann hast du eben sehr hohe Ansprüche«, sagte Rooney am nächsten Tag zu mir, während sie sich vor dem Spiegel schminkte und ich im Bett einen Bagel futterte.

Wir hätten sicher schon letzte Nacht darüber geredet, aber ich war beim Lesen einer Fanfiction-Geschichte über Steve/Bucky während der Regency Era in Australien eingeschlafen. Als ich mitten in der Nacht aufwachte, schlief Rooney tief und fest in ihrem Bett. Sie hatte sich nicht die Mühe gemacht, sich abzuschminken, und ihre Stiefel mitten auf dem aquamarinblauen Teppich abgestreift.

»Damit triffst du's exakt«, stimmte ich zu. Ich hatte hohe Ansprüche. Ich hatte keine Vorstellung davon, was ich für Ansprüche hatte, aber sie waren zweifellos sehr hoch.

»Mach dir keine Sorgen«, sagte sie unbeeindruckt. »Wir haben haufenweise Möglichkeiten, jemanden für dich zu finden. So schwer wird das nicht.«

»Wird es nicht?«

»Nö.« Ihr Mund klappte auf, als sie sorgfältig Mascara auf ihre Wimpern auftrug. »Es gibt noch jede Menge andere Leute, die diese Woche versuchen, jemanden zu finden. Da gibt's tausend Gelegenheiten für dich, jemanden kennenzulernen. Wir werden nicht lang brauchen, um jemanden aufzutreiben, der dir gefällt.«

»Okay.«

»Wirst schon sehen.«

»Okay.«

»Wer ist dein Typ?«, fragte mich Rooney beim Mittagessen. Mittagessen am College war genauso wie Mittagessen in der Schule: Es gab Essen in der Cafeteria, wir saßen auf Bänken an Tischen, nur der soziale Druck war zehnmal so schlimm, weil es hier so viele Leute gab, die ich alle nicht kannte. So irritierend ich Rooneys Fähigkeit fand, sich derart mühelos an der Uni zurechtzufinden – ich war tatsächlich heilfroh, sie in Situationen wie dieser an meiner Seite zu haben.

»Typ?«, fragte ich zurück und hatte dabei sofort Pokémon-Arten im Kopf. Dann fragte ich mich, ob sich die Frage vielleicht aufs Essen bezog, und musterte meine Spaghetti eingehend.

»Jungs. Auf welchen Typ Jungs du stehst«, sagte Rooney mit vollem Mund.

»Oh.« Ich zuckte mit den Schultern und rollte meine Spaghetti auf. »Das weiß ich nicht.«

»Komm schon. Du musst doch eine *ungefähre* Vorstellung haben. Zum Beispiel, welche Jungs findest du normalerweise anziehend?«

Keinen, hätte ich vermutlich sagen sollen. *Ich habe noch nie jemanden anziehend gefunden.*

»Keinen besonderen Typ«, sagte ich stattdessen laut.

»Groß? Sportlich? Streber? Musiker? Tattoos? Lange Haare? Jungs, die aussehen wie Piraten?«

»Ich weiß es nicht.«

»Hm.« Rooney kaute langsam und sah mich dabei erwartungsvoll an. »Mädchen?«

»Was?«

»Magst du Mädchen lieber?«

»Äh.« Ich blinzelte. »Na ja … Ich glaub nicht? Nicht wirklich.«

»Hm.«

»Was?«

»Es ist bloß interessant.«

»Was ist interessant?«

Rooney schluckte und grinste. »Du, nehm ich an.«

Ich war zu ungefähr achtzig Prozent sicher, dass sie das Wort »interessant« synonym mit dem Wort »merkwürdig« verwendete. Aber gut.

»Ich hab eine Idee«, verkündete Rooney am selben Abend in äußerst ernstem Tonfall.

Ich hätte sie bestimmt ernst genommen, wenn sie nicht als sexy Spiegelei verkleidet gewesen wäre. In der St. John's College Bar gab es heute Abend nämlich eine Kostümparty. Rooneys Körper sah aus wie ein Spiegelei, aber darunter trug sie Overkneestrümpfe und Schuhe mit gigantischen Absätzen. Ich war total beeindruckt. Das war eine hervorragende Möglichkeit, um gleichzeitig zu sagen: »Ich möchte gut aussehen, dich aber wissen lassen, dass ich auch einen guten Sinn für Humor habe.«

Ich wollte nicht auf die Kostümparty gehen. Ich hatte Rooney gesagt, dass ich nicht mitkommen würde, weil ich eine Nacht für mich allein brauchte. Ich würde *About Time* gucken und gleich danach *La La Land*. Zu meiner Überraschung sagte sie, das könne sie verstehen.

»Was hast du denn für eine Idee?«, fragte ich von meinem Bett aus.

Rooney kam zu mir und ließ sich neben mich aufs Bett fallen. Ich rutschte ein Stück, damit mich ihr Spiegelei-Kostüm nicht zerquetschte.

»Wegen deiner No-mance-Situation.«

»Die stört mich gar nicht so sehr«, sagte ich, was eine recht offensichtliche Lüge war. Ich war extrem und permanent gestört durch diese Situation, aber nach dem Fiasko von gestern wollte ich lieber aufgeben, als so etwas noch mal zu erleben.

Rooney hielt ihr Handy hoch. »Hast du's mal mit Dating-Apps versucht?«, fragte sie.

Ich schaute auf ihr Handy und zögerte.

»Sind Leute in unserem Alter auf Dating-Apps?«, fragte ich.

Ich wusste zumindest, dass es Tinder gab. »Ich glaub nicht, dass Tinder was für mich ist.«

»Woher willst du das denn wissen, wenn du's nie versucht hast?«

»Ich glaub, ich muss nicht alles ausprobieren, um zu wissen, dass ich es nicht mag.«

Rooney seufzte. »Schau ... okay. Das ist ja auch nur ein Vorschlag, aber Tinder ist eine gute Möglichkeit, um dir Jungs einfach mal anzugucken, zu sehen, was es für ein Angebot *in deiner Nähe* gibt. Du musst ja gar nicht mit ihnen sprechen, aber es könnte dir zumindest helfen rauszufinden, auf welche Art von Jungs du überhaupt stehst.«

Sie öffnete die Tinder-App auf ihrem Handy, und sofort erschien ein Foto von einem Jungen. »Kieran, 21, Student«.

Ich sah Kieran genauer an. Er wirkte ein bisschen wie eine große Ratte. Was, nun ja ... manchen Leuten gefällt dieser Look.

»Ich glaub nicht, dass das was für mich ist«, sagte ich.

Rooney rollte sich seufzend in eine sitzende Haltung und stand von meinem Bett auf. Ihr Eierkostüm warf beinahe das Glas Wasser von meinem Nachttisch. »Es ist nur eine Idee. Mach's, falls dir heute Nacht langweilig ist.« Sie ging zu ihrem eigenen Bett und nahm ihre Tasche. »Wenn du nach links wischst, heißt das Nein. Nach rechts heißt Ja.«

»Ich glaub nicht, dass ich –«

»Es ist nur ein Vorschlag! Du musst ja keinen von denen *lie-*

ben, aber schau dich einfach mal um, bei wem du nichts dagegen hättest, etwas mehr über ihn zu erfahren.«

Und damit war sie aus der Tür.

Ich hatte gerade die erste halbe Stunde von *About Time* geguckt, als ich mein Handy zückte und den Download der Tinder-App startete.

Ich würde da definitiv mit keinem reden. Ich war bloß neugierig.

Ich wollte einfach herausfinden, ob ich jemals einen Typen sehen und bei seinem Anblick sofort denken würde: *Ja, der ist heiß!*

Also legte ich mir ein Tinder-Profil an. Ich suchte fünf meiner allerbesten Selfies auf Instagram aus und verbrachte eine halbe Stunde mit der Überlegung, was ich in meiner Bio schreiben sollte. Schließlich war ich mit »Kitschige-Romantic-Comedy-Genießerin« ganz zufrieden.

Der erste Typ, der auf meinem Bildschirm auftauchte, war »Myles, 20, Student«. Er hatte braunes Haar und grinste schief. Auf einem anderen Foto spielte er Snooker. Auf mich machte er keinen guten Eindruck, also wischte ich nach links.

Der zweite Typ war »Adrian, 19, Student«. In seiner Bio erklärte er, er wäre Adrenalinjunkie und auf der Suche nach seinem »manic pixie dream girl«, deshalb wischte ich sofort nach links.

Ich wischte auch bei den nächsten vier Jungs nach links, bis ich feststellte, dass ich sie mir gar nicht richtig angesehen hatte – ich las nur die Bios und versuchte einzuschätzen, ob wir uns wohl gut verstehen würden oder eher nicht. Aber darum ging's ja gar nicht. Ich sollte versuchen, jemanden zu finden, den ich *körperlich anziehend* fand.

Also versuchte ich mich von da an wirklich auf ihr Aussehen zu konzentrieren. Ihre Gesichter, ihre Augen, ihre Münder, ihr

Haar, ihren Stil. Das waren doch die Sachen, auf die ich abfahren sollte. Also, was gefiel *mir*? Was hatte *ich* für Ansprüche? Wo lagen *meine* Vorlieben?

Nachdem ich das zehn Minuten probiert hatte, stieß ich auf einen Jungen, der aussah wie ein Model, also war ich nicht überrascht, als ich in seiner Bio las, »Jack, 18, Model«. Er hatte ein kantiges Kinn und ein symmetrisches Gesicht. Das Hauptfoto, das er eingestellt hatte, war ganz klar aus einer professionellen Werbekampagne für ein Magazin.

Ich versuchte mir vorzustellen, dass ich ein Date mit Jack, 18, Model hatte. Versuchte mir vorzustellen, wie ich ihn küsste. Wie wir Sex hatten.

Ich meine, wenn es schon jemand sein musste, dann, allein von seinem Aussehen her, doch ganz gewiss Jack, 18, Model, mit der coolen Jeansjacke und den Grübchen.

Ich stellte mir vor, sein Gesicht zu küssen.

Stellte mir vor, mich ihm zu nähern.

Stellte mir seine Haut an meiner vor.

Mein Daumen zögerte über dem Handybildschirm, während ich versuchte zu ignorieren, dass mir bei all den Gedanken in meinem Kopf kotzübel wurde.

Dann wischte ich nach links.

Georgia Warr
hallo, spiegelei, es gibt neuigkeiten
ich hab bei allen nach links gewischt

Rooney Bach
Haha, was soll das heißen bei allen?

Georgia Warr
nur bei denen, die ich mir angesehen hab

Rooney Bach
Und wieviele waren das?

Georgia Warr
keine ahnung … vielleicht vierzig?
ich glaub, tinder ist nichts für mich lol
sorry, dass ich dich enttäuschen muss

Rooney Bach
Ich bin nicht enttäuscht haha.
Hab bloß gehofft, es würde helfen.
VIERZIG
Wow!!
Okay!

Georgia Warr
dann sind das viele linke wischer??

Rooney Bach
Du hast wirklich sehr hohe Ansprüche.
Aber das ist nicht unbedingt was Schlechtes.
Wenigstens wissen wir's jetzt

Georgia Warr
und was mach ich jetzt?

Rooney Bach
Vielleicht musst du dich drauf einlassen, ganz altmodisch Leute
im echten Leben kennenzulernen

Georgia Warr
Iiie
so was hass ich ja

Ich löschte die Tinder-App von meinem Handy, dann drückte ich wieder Play und schaute weiter *About Time*. Ich konnte nicht aufhören, darüber nachzudenken, warum mir übel wurde oder ich meilenweit davonlaufen wollte, sobald ich mir mich selbst in einer romantischen oder sexuellen Situation vorstellte, während ich gleichzeitig romantische Filme und Bücher verschlang, als wären sie der einzige Sinn meines Lebens.

PRIDE

Mit einer Sache hatte Rooney recht: Echte Menschen im realen Leben kennenzulernen war wahrscheinlich das Einzige, was für mich funktionieren konnte. Zum Glück war es immer noch die erste Woche am College mit jeder Menge Veranstaltungen und damit Gelegenheiten, Leute zu treffen. Am Freitag ging ich mit Rooney zum Erstsemester-Jahrmarkt.

»Ich werde *ganz vielen* Societys beitreten«, sagte Rooney, aber ich nahm sie nicht ernst, bis wir um die verschiedenen Stände in der Zentrale des Studentenwerks schlenderten und sie so viele Flyer sammelte, dass ich ihr schließlich helfen musste, sie zu tragen.

Ich hatte mich mit Pip und Jason verabredet, war aber nicht sicher, ob ich sie überhaupt finden würde, weil das Gebäude so groß war. Sie warteten wahrscheinlich schon auf mich. Heute ging es vor allem darum, sich Societys anzuschließen. Neben dem Clubbing, bei dem ich legendär versagt hatte, waren diese Societys ein wichtiger Bestandteil des Studentenlebens und angeblich eine der einfachsten Möglichkeiten, neue Freunde zu finden, mit denen man viel gemeinsam hatte.

Aber als wir um die Stände marschierten, fühlte ich mich zunehmend nervöser. Vielleicht sogar ein bisschen überwältigt. Zögerlich schrieb ich mich bei der Englisch Society ein, was Rooney auch machte, aber abgesehen davon konnte ich mich kaum noch dran erinnern, was mich eigentlich interessierte. Society für Kreatives Schreiben? Ich hatte nicht übermäßig viel Spaß am Schreiben – die paarmal, wo ich versucht hatte, Fanfiction zu schreiben, waren *furchtbar* gewesen. Film Society? Ich könnte einfach im Bett bleiben und Filme gucken. Es gab ein paar echte Nischen-Societys wie Anime Soc., Quidditch Soc. Und Snowboarding Soc., aber die schienen alle von je einem engen Freundeskreis gegründet worden zu sein, der die Society nur als Vorwand benutzte, um zusammen rumhängen und sich seinem liebsten Hobby widmen zu können.

Ich wusste nicht mal mehr, was meine liebsten Hobbys waren, außer dass ich mich nach Romantik sehnte und gern Fanfiction las.

Tatsächlich war die einzige andere Society, der ich mich anschließen wollte, die des Durham Student Theatre. Ich konnte den gigantisch großen Stand am anderen Ende der Halle schon sehen. Dort würde ich garantiert neue Leute kennenlernen, wenn ich jedes Jahr in einem Stück mitspielte.

Rooney lief vor mir her, ganz aufgeregt, dass sie mit so vielen Leuten an den verschiedenen Ständen reden konnte. Ich latschte hinter ihr her und fühlte mich immer mehr, als würde ich eigentlich nirgendwohin passen, bis ich mich vor dem Stand der Durham Pride Society wiederfand.

Er fiel mit seiner gewagten Deko aus großen Regenbogenfahnen sofort ins Auge, und eine beachtliche Zahl Erstsemester hatte sich davor versammelt und unterhielt sich angeregt mit den älteren Studenten hinter dem Tresen.

Ich nahm eine der Broschüren in die Hand und blätterte darin, um etwas zu tun zu haben. Das Cover listete einige der Identitäten und Sexualitäten auf, die in der Society vertreten waren. Die ganz oben kannte ich alle: lesbisch, schwul, bisexuell, transgender. Und dann kamen welche, auf die ich bisher nur hin und wieder im Internet gestoßen war: pansexuell, asexuell, aromantisch, non-binär. Und noch viele mehr. Bei einigen wusste ich nicht einmal, was sie bedeuteten.

»College-Kind?«, sagte eine Stimme.

Ich blickte auf und sah Sunil Jha, mein College-Elternteil.

Wieder trug er seine sämtlichen Anstecknadeln an der Strickweste und lächelte mich warmherzig an. Er war definitiv der netteste Mensch, den ich in Durham bisher getroffen hatte, wenn ich Rooney mal außen vor ließ. Könnte er vielleicht mein Freund werden? Zählen College-Eltern überhaupt als Freunde?

»Möchtest du bei uns beitreten?«, fragte er.

»Ähm«, machte ich. Um ehrlich zu sein, hatte ich nicht die Absicht. Was gab mir das Recht, mich so einer Society anzuschließen? Ich meine, in aller Fairness: Ich hatte wirklich keine Ahnung, was ich war. Ja, klar, ich hatte über die Möglichkeit nachgedacht, dass ich nicht auf Jungs stehen könnte. Sehr viel sogar. Aber auf der anderen Seite schien ich mir auch nicht rasend viel aus Mädchen zu machen. Ich schien niemanden auf die Art zu mögen. Ich war niemandem über den Weg gelaufen, den ich gut fand, hatte keine niedlichen Schmetterlinge im Bauch gehabt und nicht voller Stolz erklärt: »Aha! Jetzt hab ich's! Ich stehe auf folgendes Geschlecht!« Ich hatte noch nicht mal eine besondere Vorliebe bei den Pärchen in den Fanfiction-Liebesgeschichten, die ich verschlang, jedes Geschlecht war mir recht.

Sunil hielt mir ein Clipboard und einen Kuli vor die Nase. »Schreib einfach deine Mailadresse auf! Dann kriegst du unseren Newsletter.«

Es gab absolut keine Möglichkeit, dazu Nein zu sagen, also murmelte ich ein Okay und schrieb meine E-Mail-Adresse auf. Sofort fühlte ich mich wie eine Betrügerin.

»Du heißt Georgia, richtig?«, fragte Sunil, während ich schrieb.

»J-ja«, stotterte ich, wirklich überrascht, dass er sich an meinen Namen erinnern konnte.

Sunil nickte zustimmend. »Super. Ich bin der Repräsentant der Pride Society am St. John's.«

Ein Mädchen, das hinter dem Tresen neben Sunil stand, lehnte sich zu uns rüber. »Und Sunil ist außerdem der Präsident der Pride Society. Das vergisst er immer zu erwähnen. Wahrscheinlich Bescheidenheit oder so was.«

Sunil lachte gutmütig. Er strahlte auf jeden Fall Bescheidenheit aus, aber auch Selbstsicherheit. Er war sicher richtig gut in seinem Job, aber er wollte wohl nicht damit angeben.

»Das ist Jess«, sagte er. »Sie ist die Vizepräsidentin. Und das hier ist Georgia, eins meiner College-Kinder.«

Ich sah Jess an, die schon im dritten Jahr war. Sie hatte hüftlange Zöpfchen, ein breites Lächeln und ein buntes Kleid an, auf dem Lollipops zu sehen waren. Sie trug außerdem ein kleines Namensschild, auf dem sie/ihr stand.

»Oooh«, sagte sie. »Das ist eins deiner College-Kinder?«

Sunil nickte. »Genau!«

Jess klatschte in die Hände. »Und du trittst der Pride Society bei. Das muss Schicksal sein.«

Ich zwang mich zu einem Lächeln.

»*Wie auch immer*«, sagte Sunil und sah Jess fast liebevoll an. »Wir sind immer offen für alle Erstsemester, die sich bei queeren Veranstaltungen in Durham einbringen wollen. Clubbing, Treffen, offizielle Empfänge, Kinoabende. Alles, was so anfällt.«

»Cool«, sagte ich und versuchte, möglichst begeistert zu klingen.

Vielleicht sollte ich ja versuchen, mich einzubringen. Vielleicht würde ich bei der Pride Society ein nettes Mädchen kennenlernen, mein lesbisches Erwachen erleben und endlich romantische Gefühle für ein anderes menschliches Wesen entwickeln. Ich war mir ziemlich sicher, dass ich irgendwann mal eine Fanfiction-Geschichte mit genau diesem Plot gelesen hatte. Ich gab Sunil sein Clipboard zurück.

»Wir haben in zwei Wochen eine Willkommens-Party«, sagte Sunil lächelnd. »Vielleicht sehen wir uns da?«

Ich nickte und schämte mich sofort ein bisschen, als hätte ich irgendwas über mich preisgegeben, was komplett bescheuert war, weil es wirklich nichts Interessantes gab, was ich hätte preisgeben können. Außerdem hatte ich längst beschlossen, nicht zu einer Veranstaltung von Sunils Pride Society zu gehen.

EINEN VERSUCH WAGEN

Als letzten Stand auf dem Jahrmarkt für Studienanfänger besuchten wir den Stand des Durham Student Theatre, der größer war als alle anderen in der Halle des Studentenwerks. Pip und Jason standen davor und warteten auf mich.

Rooney stürmte sofort auf den Stand zu, der mit einem großen roten Vorhang und zahlreichen Masken aus Papp-Machee dekoriert war. Das Durham Student Theatre war die übergeordnete Dachorganisation, die eine ganze Gruppe kleinerer Theatergruppen förderte: die Musical Theatre Society, die Opera Society, die Erstsemester-Drama Society, Studenten-Komödien und viele andere.

Die Studenten hinter dem Tresen sahen schon von Weitem laut und selbstbewusst aus. Der Stand sah nicht ansatzweise so beruhigend und einladend aus wie der der Pride Society, aber das störte mich nicht. Theater war mir vertraut. Es war seit über sieben Jahren ein fester Teil meines Lebens und ich wollte es trotz meines Lampenfiebers nicht aufgeben.

Außerdem würden Pip und Jason mit mir zusammen beitreten, also alles wunderbar.

»Pip? Jason?«

Sie drehten sich zu mir um. Pip Quintana hatte einen Flyer in der Hand und einen verwirrten Ausdruck auf dem Gesicht. Sie schob ihre Schildpattbrille hoch und blinzelte mich an. Jason

Farley-Shaw hatte dunkle Ringe unter den Augen und sah aus, als würde er am liebsten ein Nest aus seiner Flanelljacke bauen und sich darin einrollen. Er hatte definitiv einen Kater.

»GEORGIA!«, quiekte Pip, rannte auf mich zu und erdrückte mich fast mit ihrer Umarmung.

Ich drückte zurück, bis sie einen Schritt zurücktrat. Sie lächelte mich breit an. Es hatte sich nichts geändert: Sie war immer noch Pip, ihr dunkles Haar bildete immer noch einen fluffigen Rahmen um ihren Kopf, und sie trug immer noch Sweatshirts im Oversize-Look. Gut, wir waren auch erst seit fünf Tagen in Durham, auch wenn es sich für mich anfühlte wie ein halbes Leben und als wäre ich schon ein ganz anderer Mensch.

»Hey«, sagte Jason. Seine Stimme klang rau.

»Geht's dir gut?«, fragte ich ihn.

Er machte unverständliche Grunz-Geräusche und verkroch sich noch tiefer in seiner Jacke. »Ich bin verkatert. Und wir haben dich überall gesucht. Guck mal auf dein Handy.«

Ich warf einen schnellen Blick aufs Display. Mehrere ungelesene Nachrichten in unserem Gruppen-Chat, in denen Jason und Pip fragten, wo ich sei.

Pip verschränkte die Arme und sah mich vorwurfsvoll an. »Ich nehm mal an, du hast dein Handy völlig ignoriert, weil du so damit beschäftigt warst, einen guten Eindruck zu machen und haufenweise neuen Societys beizutreten?«

»Ähm …« Ich versuchte, nicht allzu schuldig dreinzuschauen. »Ich bin der English Society beigetreten.«

Ich wollte Pip gegenüber nicht zugeben, dass ich mich bei der Pride Society auf den Mail-Verteiler hatte setzen lassen. Wahrscheinlich, weil ich das Gefühl hatte, da nicht wirklich hinzugehören.

Pip verzog das Gesicht. »Georgia. Das ist eine Society.«

Ich zuckte mit den Schultern. »Ich könnte ja immer noch anderen beitreten, später.«

»Georgia?«

»Welchen seid ihr denn beigetreten?«

Pip zählte ihre an den Fingern ab. »Ich bin dem Durham Student Theatre beigetreten, klarerweise. Und der Science Society, der Lateinamerika Society, Pride Society, Schach, Ultimatives Frisbee und ich glaube, bin aber nicht sicher, dass ich auch in Quidditch bin.«

Selbstverständlich war Pip der Pride Society beigetreten. Ich fragte mich, was sie wohl sagen würde, wenn ich ganz plötzlich bei einer der Veranstaltungen auftauchen würde.

»Quidditch?«, fragte ich nach.

»Ja, und wehe, die Besen können nicht wirklich fliegen – dann wären wir echt fucking enttäuscht.«

»Wir?« Ich sah Jason an. »Du bist auch Quidditch beigetreten? Du magst *Harry Potter* doch gar nicht.«

Jason nickte. »Der Präsident der Quidditch Society war unheimlich überzeugend.«

»Wo bist du noch beigetreten?«

»Durham Student Theatre, Geschichte, Film und Rudern.«

Ich verzog das Gesicht. »Rudern?«

Jason zuckte mit den Schultern. »Das machen ganz viele, also hab ich gedacht, ich versuch's einfach mal und –« Er unterbrach sich plötzlich und starrte über meine Schulter. »Was macht Rooney denn da?«

Ich drehte mich um. Rooney hatte ganz offensichtlich eine hitzige Debatte mit einem der Mädchen am Theater-Stand.

»Das kapier ich nicht«, sagte Rooney laut. »Was soll das heißen *geschlossen*?«

Das Mädchen hinter dem Tresen wirkte zunehmend verzweifelter. »I-ich denke, die hatten wohl einfach keine Mitglieder im ersten oder zweiten Studienjahr, und als die aus dem dritten Jahr ihren Abschluss gemacht haben – ist sie einfach verschwunden.«

»Warum kann ich sie nicht einfach wieder eröffnen?«

»Ähm ... Ich weiß nicht. ... Ich weiß echt nicht, wie das funktioniert ...«

»Bist du nicht die Präsidentin? Kann ich mit der Präsidentin sprechen?«

»Ähm ... nein, sie ist gerade nicht da ...«

»Ach, vergiss es. Ich kümmer mich später drum.«

Rooney stürmte auf uns zu, pures Feuer in den Augen. Es war reiner Instinkt, dass ich hinter Pip und Jason in Deckung ging.

»Kannst du dir das vorstellen?«, fing sie an. »Die Shakespeare Society ist weg, einfach ... fucking ... weg! Das war echt die einzige Society, der ich unbedingt beitreten wollte, und jetzt ist sie einfach ...«

Sie hielt inne, als sie sah, dass Jason und Pip neben mir standen und Rooney mit so etwas wie Faszination anstarrten. »Oh. Hallo.«

»Alles klar?«, sagte Pip.

»Hi«, sagte Jason.

»Wie geht's Roderick?«, fragte Pip.

Rooneys Mundwinkel zuckten amüsiert. »Gefällt mir, wie dein Gehirn als Allererstes zu der Frage kommt, wie es meiner Zimmerpflanze geht, bevor du dich nach meinem Befinden erkundigst.«

»Ich mach mir halt was aus Zimmerpflanzen«, erwiderte Pip.

Mir fiel sofort auf, dass ihr Ton kühler geworden war. Das atemlose Gebrabbel, mit dem sie in meinem Zimmer über Rooney gesprochen hatte, war verschwunden. Sie wurde weder rot noch zupfte sie ständig an ihrem Haar herum.

Nach dem, was sie in unserer Küche gesehen hatte, war Pip nun auf der Hut.

Das machte mich traurig. Aber das war nun mal genau das, was Pip machte, wenn sie sich in jemanden verknallt hatte, der garantiert nicht in sie verknallt war: Sie unterdrückte mit purer Willenskraft ihre eigenen Gefühle.

Auf die Art schützte sie sich.

»Hast du vor, mich beim Pflanzen-Sozialamt zu melden?«, fragte Rooney und grinste verschmitzt.

Sie schien es unglaublich zu genießen, jemanden zu haben, mit dem sie sich Wortgefechte liefern konnte, als wäre es eine hochwillkommene Pause von ihrem sonstigen beschwingten und höflichen Benehmen.

Pip legte den Kopf schief. »Vielleicht bin ich vom Pflanzen-Sozialamt und ermittle verdeckt?«

»Deine Tarnung ist nicht gerade großartig. Man merkt dir von Weitem an, dass du wahrscheinlich mindestens drei Kaktusse in deinem Bücherregal hast.«

Das war offenbar ein Tropfen zu viel, der Pips Fass zum Überlaufen brachte, denn sie fauchte sofort zurück: »Ich habe nur drei, um genau zu sein – und es heißt Kakteen, nicht Kaktusse –«

»Äh …« Jason unterbrach die beiden. Falls er vorher noch keine Kopfschmerzen gehabt hatte – jetzt hatte er sie garantiert. »Also, habt ihr nun vor, dem Durham Student Theatre beizutreten, oder was?«

»Klar«, sagte ich sofort. Auch, um damit dieses komisch aggressive Wort-Duell zwischen Rooney und Pip zu beenden.

»Ich weiß eigentlich nicht, wozu das jetzt noch gut sein soll«, sagte Rooney und seufzte dramatisch. »Die Shakespeare Society gibt es nicht mehr, weil ihr die Mitglieder ausgegangen sind.«

»Kannst du nicht irgendwo anders eintreten?«, fragte Pip, aber Rooney sah sie nur an, als hätte sie etwas unvorstellbar Dämliches vorgeschlagen.

Jason hatte keinerlei Anstalten gemacht, sich an ihrem Gespräch zu beteiligen. Er war stattdessen zum Clipboard gegangen und hatte sich in die Liste des Durham Student Theatre eingetragen.

»Ich hätte nicht gedacht, dass du beitreten würdest«, sagte er zu mir. »Nachdem du bei *Les Mis* so oft kotzen musstest.«

»Ich liebe Theater immer noch«, sagte ich. »Und ich muss außer der English Society doch noch irgendwo anders mitmachen, oder?«

»Aber du könntest dir doch zum Beispiel was aussuchen, was dich nicht zum Kotzen bringt.«

»Ich kotze lieber umgeben von meinen Freunden, als einer Gesellschaft beizutreten, in der ich allein und traurig bin.«

Jason dachte darüber nach, dann sagte er: »Ich glaube, das hat sich in deinem Kopf deutlich tiefschürfender angehört, als es wirklich ist.«

Ich schrieb meine Mailadresse auf die Liste, legte den Kuli weg und sah Jason an. Er wirkte ehrlich besorgt um mich.

»Ich will das wirklich machen«, sagte ich. »Ich will das wirklich versuchen und … du weißt schon … neue Leute kennenlernen … schöne Erinnerungen an die Universität sammeln.«

Darüber dachte Jason wieder nach. Dann nickte er und sah mich verständnisvoll an. »Doch, das ergibt Sinn.«

Wir traten beiseite, um Pip und Rooney an die Liste zu lassen, damit sie sich eintragen konnten. Die beiden waren immer noch damit beschäftigt, irgendwelche albernen Argumente hin- und herzuschießen, darüber, welcher Theater Society sie sich anschließen wollten. Jede der beiden bemühte sich sehr, ihre Wahl als die einzig richtige und die der anderen als vollkommen daneben darzustellen. Nachdem wir mehrere Minuten zugehört hatten, beschlossen Jason und ich, das Gespräch zu beenden, indem wir vorschlugen, beim Domino-Stand Pizza zu holen, weil die heute nämlich kostenlos waren.

»Ich will mich erst noch eine Weile umsehen«, sagte Rooney. Sie ließ ihren Blick von mir zu Pip und wieder zurück schweifen. »Treffen wir uns in zwanzig Minuten wieder beim Eingang?«

Ich nickte.

»Cool.« Rooney sah Pip an, als würde Jason gar nicht existieren. »Wie wäre es, wenn wir uns heute alle in St. John's Bar treffen? Das ist so 'ne winzig kleine Kellerbar, mega Spaß …«

Die meisten Menschen hätten Pip absolut nichts angemerkt, aber ich kannte sie zu dem Zeitpunkt bereits seit sieben Jahren, und sie hatte diesen *Ausdruck* im Gesicht. Ihre Augen waren leicht zusammengekniffen, und sie ließ die Schultern hängen.

Tatsache war: Pip hatte beschlossen, Rooney zu hassen.

»Klar kommen wir«, sagte Pip und verschränkte die Arme.

»Juhu«, sagte Rooney und lächelte breit. »Ich kann's kaum erwarten.«

Rooney mischte sich zwischen die anderen Studenten und Stände. Pip, Jason und ich gingen in die entgegengesetzte Richtung zum Pizza-Stand, doch Pip starrte Rooney hinterher, solange sie zu sehen war.

Erst da fragte Jason: »Was zur *Hölle* ist da gerade passiert?«

SHAKESPEARE UND ZIMMERPFLANZEN

Eigentlich war ich sehr froh über die Möglichkeit, aus meinen drei Freunden einen Freundeskreis zu machen. Aber diese Möglichkeit wurde etwas weniger wahrscheinlich aufgrund der Tatsache, dass Rooney mit großer Begeisterung versuchte, Pip zu ärgern und aufzustacheln, während Pip schon allein deshalb verärgert zu sein schien, weil Rooney überhaupt in unser Leben getreten war. Außerdem hatte ich bereits festgestellt, dass ich kein großer Fan von Clubs oder Bars oder dergleichen war.

Felipa Quintana
IHRE VIBES, GEORGIA. DIE VIBES.

Georgia Warr
was ist denn mit ihren vibes?

Felipa Quintana
SIE SIND SCHLECHT
Ich hätte es von Anfang an sehen sollen.
Sie gibt furchtbar schlechte Vibes ab

Georgia Warr
eigentlich ist rooney echt nett.

bist du sicher, du sagst das alles nicht nur, weil du gesehen hast, wie sie mit jemand anderem als dir rumgemacht hat?? du weißt: slut-shaming geht gar nicht in unserem gruppen-chat!

Felipa Quintana
NATÜRLICH NICHT! Sie kann mit jedem so lang und so oft rummachen, wie sie will, ich hab absolut kein Problem damit, wenn Leute mit anderen Leuten rummachen.
Ich empfange einfach schlechte Vibes von ihr.
... Sie hat sich über meine Kakteen lustig gemacht

Jason Farley-Shaw
Themenwechsel
Wo treffen wir uns und wann?
Ich weiß nicht mal, wo St. John's Bar ist!!

Georgia Warr
ich hole euch beide in pips zimmer ab
sonst kommt pip noch als erste an und fängt sofort an, sich mit rooney in die haare zu kriegen

Jason Farley-Shaw
Ah, gut gedacht. Smart.

Felipa Quintana
FICKT EUCH alle beide

»Ich bin absolut in der Lage, in diese Bar zu gehen und mich mit niemandem in die Haare zu kriegen, auch wenn ich *eine Person* nicht ausstehen kann«, sagte Pip, sobald sie mir später an diesem Abend die Tür öffnete.

Sie hatte mir ganz genau beschrieben, wie ich ihr Zimmer im Castle finden würde, trotzdem musste ich sie schließlich anrufen und erneut nach dem Weg fragen, um in den schier endlosen Gängen nicht verloren zu gehen. Als wäre das noch nicht genug Chaos für einen einfachen Freitagabend gewesen, musste ich auch noch feststellen, dass Pips Zimmer unter den absoluten Favoriten für den Titel des *unordentlichsten Zimmers von Durham* war. Auf den ersten Blick schätzte ich, dass sie deutlich mehr Klamotten auf dem Boden liegen hatte, als in ihrem offenen Schrank zu sehen waren. Auf ihrem Schreibtisch stapelten sich wissenschaftliche Bücher und Papierstapel, die unglaublich langweilig aussahen. Ihr Bettzeug lag in einem Knäuel in einer Ecke, mehrere Meter von ihrem Bett entfernt.

»Natürlich bist du dazu in der Lage«, sagte ich und tätschelte Pips Kopf.

»Sei bloß nicht so herablassend, Georgia Warr. Hast du meine Jeansjacke mitgebracht?«

»Deine Jeansjacke?« Ich klatschte die Hand an die Stirn. Ich sah sofort vor meinem geistigen Auge, wo Pips Jeansjacke in meinem Zimmer war – sie hing über der Lehne meines Schreibtischstuhls. »Oh nein, ich hab's total vergessen. Entschuldige.«

»Macht nichts«, sagte Pip, aber sie warf einen nervösen Blick auf ihr Outfit. »Ich wollte sie heute Abend anziehen, aber … findest du, ich sehe auch ohne die Jacke okay aus? Oder sollte ich stattdessen die Bomberjacke anziehen?«

Sie sah richtig gut aus. Sie trug ein kurzärmeliges gestreiftes Shirt, das sie locker in ihre schwarze Skinny-Jeans gesteckt hatte. Ihr Haar war sehr sorgfältig gestylt. Was meiner Ansicht nach aber am wichtigsten war: Sie sah ganz und gar aus wie *sie selbst*.

Pip war immer ein bisschen unsicher gewesen wegen ihres Aussehens. Aber jetzt, wo sie sich endlich so anzog, wie sie sich immer schon anziehen wollte, und die Frisur hatte, die sie wollte, strahlte sie eine Form von Selbstsicherheit aus, die zu besitzen ich niemals auch nur ansatzweise hoffen konnte. Eine Sicherheit, die sagte: *Ich weiß ganz genau, wer ich bin.*

»Du siehst wirklich hübsch aus«, sagte ich.

Sie lächelte. »Danke.«

Ich hatte beschlossen, mich diesmal ein bisschen weniger herauszuputzen als das letzte Mal, als ich ausgegangen war. Ich trug Jeans mit hoher Taille und ein enges, bauchfreies Top. Ich fühlte mich trotzdem, als hätte ich mich verkleidet. Mein üblicher Stil mit Sachen aus Wolle und Strick passte nicht in Bars und Clubs.

Jason kam ein paar Minuten nach mir an. Er trug wie immer seine Flanelljacke und seine übliche Kombination aus T-Shirt und Jeans. Nach einem kurzen Blick auf den Boden fing er wortlos an, Klamotten aufzuheben und zu falten. »Heilige verdammte Scheiße, Pip«, sagte er. »Du musst endlich lernen, wie man Ordnung hält.«

»Es ist vollkommen in Ordnung, so wie es ist. Ich weiß ganz genau, wo alles ist.«

»Kann sein, aber es ist nicht vollkommen in Ordnung, wenn Spinnen anfangen, unter deinen Sweatshirts zu brüten.«

»Iiiieh, Jason! Sag nicht *brüten*!«

Wir räumten trotzdem noch schnell Pips Zimmer auf, bevor wir uns auf den Weg machten. Man brauchte nur ein paar Minuten zu Fuß vom Castle zu St. John's Bar. Der Weg führte vorbei am Palace Green und der Kathedrale durch eine kleine Seitenstraße, und – als wir so weit gegangen waren, beschloss ich, Pip wegen der »schlechten Vibes« zur Rede zu stellen, die Rooney angeblich abgab.

»Ich bin so was von nicht in sie verknallt«, sagte Pip sofort, was nur bestätigte, dass sie total in Rooney verknallt war. »Ich verknalle mich nicht in hetero Mädchen. Nicht mehr.«

»Also hast du beschlossen, dass sie deine Todfeindin ist, weil …?«

»Du willst wissen, woran es liegt?« Pip verschränkte die Arme, zog ihre Bomberjacke enger um ihren Oberkörper. »Sie ist einfach dieser Typ Mädchen, der glaubt, er ist besser als alle anderen. Bloß, weil sie in Clubs und in Bars geht und diese gigantische Zimmerpflanze hat und weil sie Shakespeare mag.«

»Du magst Shakespeare und du hast Zimmerpflanzen«, sagte Jason. »Warum darf sie nicht Shakespeare mögen und Zimmerpflanzen haben?«

Pip sah ihn bloß genervt an.

Jason warf mir einen Blick zu und zog die Augenbrauen hoch. Wir wussten beide, dass Pip sich komplett bescheuerte Gründe aus den Fingern sog, um Rooney nicht mögen zu müssen und um damit ihre eigentlichen Gefühle unterdrücken zu können. Aber wir wussten auch, dass wir's lieber gut sein lassen und nicht weiter dran rühren sollten.

Wir hatten mehr als einmal erlebt, wie sich Pip in ein heterosexuelles Mädchen verliebt hatte. Das war nie lustig für sie gewesen. Je schneller sie über diese Gefühle hinwegkam, desto besser.

»Du hättest sagen können, dass du heute nicht mit ihr ausgehen willst«, stellte ich fest.

»Konnte ich eben nicht«, sagte Pip. »Dann hätte sie ja gewonnen.«

Jason und ich verdauten das einen Augenblick lang.

Dann sagte ich: »Sie hat mir bei ein paar Sachen geholfen, mich beraten.«

Pip verzog das Gesicht. »Beraten? Wobei?«

»Na ja … Ihr wisst ja, dass ich mich nicht gut gefühlt hab, wegen …« Oh Mann. Es war mir immer so unangenehm, darüber reden zu müssen. »Ihr wisst doch noch, was auf der Prom-Afterparty passiert ist. Ich war danach so niedergeschlagen, weil ich noch niemanden geküsst hatte, und … ihr wisst schon. Rooney hat mir dabei geholfen, ein bisschen was zu probieren.«

Pip und Jason starrten mich an.

»Was?« Pip schüttelte ungläubig den Kopf. »Du hast nicht – Warum zwingt sie dich denn, irgendwas zu probieren? Du musst gar nichts machen … einfach … Mann. Du musst das in deinem eigenen Tempo machen, Mann. Warum zwingt sie dich? … Was? Hat sie versucht, dich dazu zu bringen, was mit Leuten in Bars anzufangen? Wenn sie so was machen möchte, ist das ihre Entscheidung, aber so bist du doch nicht.«

»Sie zwingt mich zu gar nichts! Sie hilft mir nur, ein bisschen offener zu sein und mich mal was zu trauen.«

»Aber du solltest das nicht erzwingen müssen! So bist du einfach nicht«, wiederholte sie und runzelte die Stirn.

»Tja, und wenn ich nun genau so sein möchte?«, fauchte ich zurück. Sofort hatte ich ein schlechtes Gewissen deshalb. Pip und ich stritten uns nie.

Pip klappte den Mund zu. Darauf schien auch sie keine Antwort zu haben.

Schließlich sagte sie: »Ich mag Rooney nicht, weil sie die Dynamik unseres Freundeskreises durchbricht. Und sie ist außerdem extrem nervig. Besonders mir gegenüber.«

Ich machte mir nicht die Mühe, darauf was zu sagen.

Jason nestelte unbeholfen an seinen Haaren herum. »Äh … Ich finde es gut, dass du eine neue Freundin gefunden hast, Georgia.«

»Ja«, sagte ich.

Ich spürte, wie mein Handy in meiner Tasche vibrierte, und zog es heraus, um einen Blick aufs Display zu werfen.

Rooney Bach
Ich bin in der Bar!
Hey, vielleicht finden wir hier heute Abend jemanden für dich …

Ich antwortete mit einem Daumen-hoch-Emoji.

CHAOTISCHE ENERGIE

Rooney hatte es irgendwie geschafft, einen ganzen Tisch für uns zu reservieren, wofür sie eine Auszeichnung verdient gehabt hätte, weil St. John's Bar zum Brechen voll war. Die Bar war nur ein kleines Kellerlokal im College, richtig alt und richtig stickig. Ich konnte den Schweiß der Leute praktisch in der Luft fühlen, als wir uns durch die Menge und zu unserem Tisch drängten.

Rooney hatte sich für die Nacht so richtig in Schale geworfen: Overall, High Heels und in lockere Wellen gelegtes, offenes Haar. Wahrscheinlich hatte sie für später noch andere Pläne, nachdem sie sich mit uns um neun Uhr traf – praktisch Kinder-Bettzeit für Rooney. Während sie auf uns gewartet hatte, schien sie sich mit einer größeren Gruppe am Nebentisch angefreundet zu haben.

»Hallo, ihr Lieben«, begrüßte uns Rooney in einem gekünstelten Südstaatendialekt, während wir uns zu ihr setzten. Sie wandte sich von ihren neuen Freunden ab und uns zu. »Ihr seht alle zum Anbeißen aus.« Dabei sah sie Pip direkt an. »Streifen sind also dein Ding, ja, Felipa?«

Pips Augen wurden zu schmalen Schlitzen, als Rooney ihren vollen Namen benutzte. »Hast du mir etwa auf Facebook hinterherspioniert?«

»Mehr Instagram. Ich fand die Fotos von dir als Kreide zu Halloween ganz besonders reizend.«

Dafür schenkte ihr Pip ein überhebliches Grinsen. »Na, da musst du ja sehr weit zurückgescrollt haben.«

Wir mussten uns noch einige Minuten länger anhören, wie Pip und Rooney sich zankten, was ziemlich nervig war, weil Jason und ich keine Chance hatten, uns irgendwie einzubringen. Also schaute ich mir die anderen Leute in der Bar genauer an. Manche waren für ein kurzes Bier um die Ecke anständig angezogen, und andere hatten sich richtig in Schale geworfen, andere trugen einfach Jeans und College-Sweatshirt. Alles in allem waren wirklich viele Leute megaschick gekleidet, was wohl immer noch mit dem Semesterbeginn zusammenhing.

»Also, wie habt ihr drei euch kennengelernt?«, fragte Rooney.

»In der Schule«, sagte ich. »Und dann waren wir alle in derselben Theatergruppe.«

»Oh Mann, richtig! Ihr seid alle Theaterleute! Hatte ich ganz vergessen!« Rooney strahlte. »Das ist umwerfend. Wir können gemeinsam zum Willkommenstreffen nächste Woche gehen!«

»Es tut mir echt leid, dass deine Lieblings-Society nicht mehr existiert«, sagte Jason.

»Stimmt. Die Shakespeare Society. Ich hatte mich so drauf gefreut, da beizutreten, aber … die gibt's eben nicht mehr. Ich bin sicher, das ist irgendeine Form von Straftat Großbritannien gegenüber.«

»Du magst also Shakespeare?«, fragte Pip. Sie klang fast ein bisschen misstrauisch.

Rooney nickte. »Ja, ich liebe ihn! Du auch?«

Pip nickte ebenfalls. »Ja. Ich hab in ein paar Stücken in der Schule mitgespielt.«

»Ich auch. In *Romeo und Julia*, *Komödie der Irrungen*, *Viel Lärm um nichts* und *Hamlet*.«

»Wir haben *Romeo und Julia*, *Sommernachtstraum* und *Der Sturm* aufgeführt.«

»Dann hab ich mehr Erfahrung mit Shakespeare als du?«,

fragte Rooney, und ihre Lippen kräuselten sich unübersehbar. Es war fast, als würde sie es darauf anlegen, einen Streit anzufangen.

Pips Kiefer zuckte.

»Sieht so aus«, sagte sie.

Ich fing Jasons Blick von der gegenüberliegenden Seite des Tisches auf. Seine geweiteten Pupillen waren ein Zeichen, dass ich mir das Ganze nicht einbildete. Jason wusste auch, was los war.

Da saßen sie, Rooney und Pip, zwei sehr verschiedene Bündel völlig chaotischer Energien, die vor meinen Augen aufeinanderprallten. Ich fühlte mich überfordert.

»Also … Du und Georgia seid jetzt beste Freundinnen, oder was?«, fragte Pip mit einem schwachen Kichern.

Ich wollte mich gerade dagegen verwehren, in die Geschichte reingezogen zu werden, als Rooney an meiner Stelle antwortete.

»Ich würde sagen, wir sind schon ziemlich gute Freunde«, sagte sie und blickte mich lächelnd an. »Stimmt's?«

»Stimmt«, sagte ich, weil ich in dem Moment wirklich nichts anderes hätte sagen können.

»Immerhin wohnen wir zusammen«, fuhr Rooney fort. »Also: ja. Wo ist das Problem? Bist du eifersüchtig?«

Pip wurde ein bisschen rot. »Ich hab mich nur gefragt, ob ich mich mit dir duellieren muss. Um den Titel von Georgias ultimativ bestem Kumpel.«

»Dann hab ich von Anfang an keine Chance?«, fragte Jason, aber beide Mädchen ignorierten ihn.

Rooney nahm einen großen Schluck von ihrem Bier, dann lehnte sie sich näher zu Pip. »Du siehst nicht aus wie eine große Kriegerin.«

»Machst du dich über meine Größe lustig?«

»Ich mein ja nur. Ich glaube, du könntest einen angeborenen Nachteil haben, den meisten anderen Menschen gegenüber.«

»Oh, ich hab einen großen Vorteil: den beständigen Zorn klein gewachsener Menschen.«

Rooney grinste schief. »Das sagt mir gar nichts.«

»Hey!«, rief ich laut, und Pip und Rooney sahen mich überrascht an. »Wir sind hier, um Spaß zu haben und um einander besser kennenzulernen.«

Sie blinzelten mich an.

»Das ist doch genau das, was wir machen, oder?«, sagte Rooney.

»Ich brauch was zu trinken«, sagte Jason laut und stand auf. Ich folgte seinem Beispiel und nahm zur Unterstützung seinen Arm. Wir überließen Rooney und Pip ihrem merkwürdigen Wettbewerb.

Ich wusste, dass es nicht die beste Einstellung war, sich auf Alkohol zu verlassen, um Nervosität loszuwerden. Auf einer rein körperlichen Ebene genoss ich den Geschmack von Alkohol nicht mal. Blöderweise war ich an einem Ort aufgewachsen, an dem jeder in meinem Alter Alkohol trank, und hatte Trinken deshalb immer als »normal« empfunden, wie so viele Dinge, die ich selbst eigentlich gar nicht unbedingt machen wollte.

Jason bestellte Apfelwein und ich einen doppelten Wodka mit Zitronenlimonade. Für Pip und Rooney bestellten wir je ein Bier mit.

»Ich weiß ja, dass sie das schon ein paar Mal abgezogen hat«, sagte Jason düster, während wir an der Bar auf die Drinks warteten. »Von ihren wahren Gefühlen ablenken, indem sie so tut, als wäre sie wütend. Aber so hab ich sie nicht mehr gesehen seit Kelly Thornton in der Zehnten.«

»Das hier ist auf jeden Fall schlimmer«, sagte ich. Ich dachte zurück an die Zeit, als Pip sich auf einen lang gezogenen Streit mit Kelly eingelassen hatte wegen eines angeblich gestohlenen Bleistifts, der damit endete, dass Pip Kelly einen halb gegessenen Apfel an den Kopf warf und zwei Wochen von der Schule suspendiert wurde. »Ich möchte einfach, dass wir alle Freunde sind.«

Jason kicherte und stupste mich in die Seite. »Na ja, immerhin hast du mich. Wir sind ja ziemlich dramafrei.«

Ich sah zu Jason auf. Seine großen braunen Augen und sein sanftes Lächeln waren mir so vertraut. Wir hatten niemals irgendeine Art von Drama gehabt. Bis dahin wenigstens nicht.

»Ja«, sagte ich. »Ziemlich.«

ALLEIN FÜR IMMER

Ich schaffte es, in Rekordzeit betrunken zu werden. Vermutlich, weil ich das Abendessen ausgelassen und stattdessen Fanfiction gelesen und einen Bagel im Bett gefuttert hatte. Oder vielleicht, weil ich innerhalb von fünfundvierzig Minuten ungefähr sechs Kurze runterstürzte. Woran auch immer es lag, gegen zehn Uhr abends war ich ehrlich entspannt und glücklich, was definitiv ein Zeichen dafür war, dass mit meinem Kopf was nicht stimmte.

Um es klar zu sagen: Ich empfehle mein Verhalten nicht gerade weiter. Aber zu dem Zeitpunkt wusste ich einfach nicht, wie ich sonst mit dieser langen und stressigen Woche umgehen sollte, ganz zu schweigen von dem Gedanken an viele weitere lange und stressige Wochen, die in den nächsten drei Jahren auf mich zukommen würden.

Ich glaube, ich kann ehrlich sagen, dass meine Uni-Erfahrung bis dahin nicht gerade spaßig gewesen war.

Um zehn Uhr zogen wir weiter in die Stadt. Rooney bestand darauf. Ich hätte bestimmt protestiert, aber ich war neugierig, herauszufinden, ob Clubbing für mich besser lief, wenn ich meine Freunde dabei hatte. Vielleicht würde ich es ja genießen, wenn ich Jason und Pip um mich hatte.

Pip und Rooney waren gelinde gesagt ein bisschen beschwipst und bestritten mindestens achtzig Prozent der Unterhaltung. Jason war die ganze Zeit auffallend still, aber das war nicht ungewöhnlich für ihn. Er schien nichts dagegen zu haben, als ich mich auf dem Weg ins Stadtzentrum bei ihm einhängte, um nicht ganz so große Zickzack-Linien zu laufen.

Rooney war nach wie vor in ihr Gezanke mit Pip vertieft, drehte sich aber immer mal wieder zu mir um und brüllte: »Wir müssen einen MANN für dich finden, Georgia! Wir müssen einen MANN für dich finden!«

Ihr langes Haar wehte wild im Oktoberwind.

Allein das Wort »Mann« führte dazu, dass mir übel wurde, weil ich sofort Bilder von einem sehr viel älteren Mann im Kopf hatte. Ich meine, niemand in unserem Alter würde sich als *Mann* bezeichnen, oder?

»Ich werd schon noch einen finden!«, brüllte ich zurück, obwohl ich genau wusste, dass das Schwachsinn war, dass es keine Sicherheiten im Leben gab und dass ich möglicherweise überhaupt keine Zeit hatte, um »die Dinge auf mich zukommen zu lassen«, weil ich jeden Moment einen Hirnschlag haben und tot sein könnte, ohne mich je verliebt zu haben, ohne überhaupt zu wissen, wer ich war und was ich wollte.

Sobald wir im Club waren und uns in die Schlange vor der Bar einreihten, lallte mir Pip ins Ohr: »Du brauchst überhaupt keinen Mann zu finden, Georgia.«

Es war nicht derselbe düstere, klebrige Club, in dem ich schon mal gewesen war, sondern ein neuer. Dieser war schick und modern und schien so gar nicht zum historischen Durham zu passen. Sie spielten wirklich coole Indie-Pop-Songs … Pale Waves und Janelle Monáe, Chvrches … Wir waren umgeben von Leuten, die unter den Neonlichtern tanzten. Ich hatte zwar leichte Kopfschmerzen, aber ich wollte wenigstens versuchen, den Abend so gut es ging zu genießen. Ich wollte mir einen Ruck geben.

»Ich weiß«, sagte ich zu Pip, froh, dass Rooney außer Hörweite war, die sehr angeregt mit Jason über irgendwas Unverständliches redete. Jason sah leicht überfordert aus.

»Ich jedenfalls hab längst akzeptiert, dass ich niemals jemanden finden werde«, sagte Pip.

Es dauerte einen Augenblick, bis diese Aussage in meinem Gehirn angekommen war.

»Was? Was wurde aus *Du findest irgendwann jemanden, weil alle am Ende jemanden finden*?«

»Die Regel gilt nur für Heterosexuelle«, sagte Pip, und das ließ mich erstmal verstummen. Die Tausenden Male, die sie mir garantiert hatte, ich würde letztlich jemanden finden ... hatte sie auch nur ein einziges Mal wirklich daran geglaubt in Bezug auf sich selbst? »Auf mich trifft die Regel nicht zu.«

»Wa- sag so was doch nicht. Es gab einfach nicht viele offen lesbische Mädchen an unserer Schule. Du hattest einfach keine große Auswahl!«

Pip hatte in der Zeit, die wir einander kannten, genau zwei Mädchen geküsst. Die eine hatte danach mehrfach abgestritten, dass es überhaupt passiert war, und die andere hatte Pip rundheraus gesagt, dass sie ihre Gefühle nicht erwiderte und gedacht hatte, das Ganze wäre nichts weiter als ein Witz unter Freunden.

Pip starrte auf die verklebte Oberfläche der Theke. »Ja, aber, also ... Ich weiß gar nicht, wie das geht mit ... Dates. Ich meine, wie fängt man das an?«

Ich wusste nicht, was ich ihr sagen sollte. Ich war nun wirklich nicht die, die ihr darauf antworten konnte. Und selbst wenn ich gewusst hätte, was ich sagen sollte, wir hätten uns wahrscheinlich trotzdem nicht verstanden, weil wir beide zu betrunken waren.

»Stimmt irgendwas nicht mit mir?«, fragte sie plötzlich und sah mir direkt in die Augen. »Bin ich ... total nervig? Gehe ich jedem auf die Nerven?«

»Pip …« Ich legte einen Arm um ihre Schultern. »Nein, Himmel, natürlich nicht, das bist du nicht. Mann. Wie kommst du denn auf so was?«

»Ich weiß auch nicht«, murmelte sie. »Ich hab nur gedacht, es gibt vielleicht einen konkreten Grund dafür, dass ich immer und ewig allein bin.«

»Du bist nicht immer und ewig allein, solange es mich gibt. Ich bin deine beste Freundin.«

Sie seufzte. »Na gut.«

Ich drückte sie fest, und dann kamen unsere Drinks.

»Meinst du, nachdem ich deine allerbeste Freundin bin, du könntest *versuchen*, Rooney nicht mit jeder Faser deines Wesens zu verachten? Wenigstens heute Abend nicht?«

Pip nahm einen Schluck von ihrem Apfelwein. »Ich kann es *versuchen*. Ich kann nichts versprechen.«

Damit musste ich mich wohl oder übel zufriedengeben.

Sobald wir mit unseren Drinks fertig waren, zog es Rooney auf die Tanzfläche. Sie kannte offenbar auch in diesem Club zahlreiche Leute und grüßte mal hier, mal da oder verschwand an andere Tische.

Ich hatte deshalb zwar ein schlechtes Gewissen, aber ich war erleichtert, weil ich so mehr Zeit mit meinen beiden besten Freunden verbringen konnte.

Dabei stellte sich heraus, dass Clubbing tatsächlich etwas besser war, wenn man Leute dabeihatte, die man lieb hat. Pip brachte uns alle dazu, unsere üblichen albernen Moves auf der Tanzfläche zu vollführen. Danach lächelte ich und lachte sogar laut und fühlte mich beinahe *glücklich*.

Rooney stieß wieder zu uns, und Pip bemühte sich mir zuliebe, ihr nur giftige statt tödliche Blicke zuzuwerfen. Wäre da nicht die bedrohliche Nähe der älteren Studenten gewesen und die immerwährende Gefahr, dass Rooney versuchen könnte, mich mit einem Typen zu verkuppeln – ich hätte mich richtig gut amüsiert.

Bedauerlicherweise hielt dieser Zustand nur eine halbe Stunde an, bis Rooney sich tatsächlich einmischte.

Jason, Pip und ich hatten es uns auf Ledersofas gemütlich gemacht, als Rooney mit einem mir unbekannten Jungen im Schlepptau bei uns auftauchte. Er trug ein Ralph-Lauren-Hemd, aprikotfarbene Hosen und Halbschuhe.

»Hey!«, rief Rooney, damit ich sie über die laute Musik hinweg hören konnte. »Georgia!«

»Ja?«

»Das ist Miles!« Sie deutete auf den Typen. Ich sah ihn genauer an. Er lächelte auf eine Art, die mich sofort nervte.

»Hi?«, sagte ich.

»Komm und tanz mit uns!« Rooney streckte mir ihre Hand entgegen.

»Ich bin müde«, sagte ich, was ich wirklich war.

»Ich hab das Gefühl, Miles und du, ihr würdet euch wirklich gut verstehen«, sagte Rooney. Es war schmerzhaft offensichtlich, was sie vorhatte.

Und ich hatte nicht vor, dabei mitzuspielen.

»Vielleicht später«, sagte ich.

Miles schien das nicht groß was auszumachen, aber Rooneys Lächeln gefror. Sie trat näher zu mir, damit Miles nicht hören konnte, was wir sagten.

»Lern ihn doch einfach mal kennen!«, sagte sie. »Du könntest ihn einfach küssen und schauen, was passiert.«

»Sie hat keine Lust«, sagte Jason hinter uns. Ich hatte nicht bemerkt, dass er zuhörte.

»Ich versuche doch nur, ihr zu helfen –«

»Ich weiß«, sagte Jason. »Aber Georgia will nicht. Das siehst du doch schon an ihrem Gesicht.«

Rooney starrte ihn daraufhin lange an.

131

»Verstehe«, sagte sie. »Interessant.«

Miles war bereits davongeschlendert und hatte sich zu seinen Freunden gesellt. Rooney wandte sich an Pip, die unserem Gespräch mit einem ernsten Ausdruck zugehört hatte, und sagte: »Quintana? Willst du tanzen?«

Sie sagte es, als würde sie Pip damit zu einem Duell herausfordern, also blieb Pip natürlich nichts anderes übrig, als die Herausforderung anzunehmen und mit Rooney zu tanzen. Rooney war nicht mehr nüchtern genug, um zu kapieren, dass Pip ihr damit nur eines beweisen wollte: dass Rooney ihr gar nichts konnte. Natürlich war es genau umgekehrt. Ich ließ mich wieder aufs Sofa neben Jason sinken, und wir sahen Rooney und Pip beim Tanzen zu.

Es sah fast so aus, als hätte Pip richtig Spaß, nur dass sie jedes Mal, wenn Rooney ihr ein bisschen zu nah kam, ein Gesicht machte wie Mr. Darcy. Die Lichter zuckten über ihre tanzenden Körper, und immer wieder wurden sie von anderen Tänzern mit lachenden Gesichtern verdeckt. Aber dann tauchten sie wieder auf und waren einander jedes Mal ein bisschen näher, während sie sich weiter im Takt bewegten. Rooney ragte über Pip auf, hauptsächlich wegen der gigantisch hohen Absätze ihrer Stiefel, aber sie war auch ohne ein gutes Stück größer als Pip, und als Rooney ihre Arme um Pip legte, machte ich mir auf einmal Sorgen, dass sie umfallen würden. Doch dann protestierte Pip, auch wenn Rooney das nicht zu bemerken schien. Und schließlich sah Pip ein, dass sie sich in diese Situation gebracht hatte und jetzt auch damit klarkommen musste.

Eine Sekunde lang dachte ich, Rooney würde sich zu Pip runterbeugen und sie küssen, aber das tat sie nicht.

Pip warf mir einen schnellen Blick zu, und ich lächelte sie an. Dann hörte ich auf, die beiden zu beobachten. Sie würden sich wenigstens nicht gegenseitig umbringen. Hoffentlich.

Jason und ich futterten eine Packung Chips, die Jason an der

Bar organisiert hatte, und wir redeten. Es erinnerte mich an die Zeit während der Proben unserer Schultheaterstücke. Immer, wenn wir in Szenen nicht gebraucht wurden, hatten wir die Pausen miteinander verbracht. Pip hatte fast immer eine Hauptrolle, also war sie den ganzen Tag auf der Bühne, aber Jason und ich konnten uns davonstehlen und uns irgendwo hinter einen Vorhang verdrücken, Snacks futtern und TikTok-Videos auf meinem Handy gucken. Wir mussten nur aufpassen, dass wir nicht zu laut kicherten.

»Vermisst du Zuhause?«, fragte Jason.

Ich dachte darüber nach. »Ich weiß nicht. Du?«

»Ich weiß es auch nicht«, sagte er, schloss die Augen und legte den Kopf zurück. »Ich meine, ich hab schon ein bisschen Heimweh, glaub ich.« Er kicherte. »Ich vermisse meine Väter, auch wenn sie mich jeden Tag anrufen. Und ich hab *Scooby Doo – der Film*, schon vier Mal geguckt. Um mich zu beruhigen. Aber die Highschool war die Hölle, die vermisse ich keine Sekunde.«

»Hmm.« Für mich lief es an der Uni keinen Deut besser. Aber offenbar nur für mich.

»Was denn?«

»Ich bin gern *hier*«, sagte ich.

»An der Uni?«

»Nein, hier. Mit dir.«

Jason machte die Augen auf und drehte den Kopf zu mir. Er lächelte. »Ich auch.«

»GEORGIA!«, kreischte Rooney und stolperte von der Tanzfläche zu uns herüber. »Du hast ja einen MANN gefunden.«

»Nein«, sagte ich. »Das ist immer noch mein Kumpel Jason. Hast du's vergessen?«

»Ich weiß, wer er ist«, sagte sie und ging vor uns in die Hocke. »Ich weiß haargenau, was hier vorgeht.« Sie deutete mit einem Finger auf mich. »*Du.*« Sie deutete auf Jason. »Und *er.*« Sie klatschte ihre Hände zusammen. »Große. Chaotische. Gefühle.«

Ich schüttelte nur den Kopf und spürte, wie Jason ein kleines bisschen von mir wegrückte, auch wenn er unbeholfen lachte. Was meinte Rooney denn nur?

Rooney klopfte Jason auf die Schulter. »Das ist nett. Du solltest es Georgia aber sagen, weißt du.«

Jason sagte gar nichts. Ich sah ihn an, um mich zu vergewissern, dass auch er keine Ahnung hatte, wovon Rooney redete, aber der Ausdruck auf seinem Gesicht verriet mir genauso wenig.

»Ich kapier's nicht«, sagte ich.

»Du bist sehr interessant«, sagte Rooney zu Jason. »Und gleichzeitig auch sehr langweilig, weil du nie irgendwas unternimmst.«

»Ich geh aufs Klo«, sagte Jason und stand auf. Jetzt hatte er einen Ausdruck auf dem Gesicht, den ich kannte. So sah er aus, wenn er sehr betrunken war – tiefste Verwirrung. Nur war Jason nicht betrunken. Er war ehrlich angefressen. Und er ging davon.

»Das war echt unhöflich«, sagte ich zu Rooney. Ich glaube, ich war auch richtig angefressen.

»Ist dir klar, dass Jason total in dich verknallt ist?«

Die Worte trafen mich wie Blitzeinschläge.

Ist dir klar, dass Jason total in dich verknallt ist?

Jason. Einer meiner beiden besten Freunde auf der ganzen Welt. Wir kannten uns seit über vier Jahren, wir hatten mehr Zeit miteinander verbracht, als ich überblicken konnte. Ich kannte sein Gesicht so gut wie mein eigenes. Wir konnten einander alles erzählen.

Aber *das* hatte er mir nicht erzählt.

»Was?«, krächzte ich atemlos.

Rooney lachte. »Machst du Witze? Es ist so offensichtlich, dass er in dich verknallt ist, dass es einem schon fast wehtut beim Zusehen.«

Wie konnte das sein? Ich hatte ein exzellentes Gespür dafür, wenn jemand romantische Gefühle hat. Ich konnte es immer ganz früh spüren, wenn jemand mit mir flirtete oder wenn zwei miteinander flirteten. Ich wusste es immer sofort, wenn Pip oder Jason in jemanden verknallt waren.

Wie konnte mir das entgehen?

»Er ist wirklich ein total lieber Kerl«, sagte Rooney mit sanfter Stimme und setzte sich neben mich aufs Sofa. »Hast du wirklich noch nie über ihn nachgedacht?«

»Ich …« Ich wollte Rooney sagen, dass ich ihn nicht auf die Art mochte, aber … wusste ich das mit Sicherheit? Wusste ich überhaupt, wie sich romantische Gefühle anfühlten? Ich hatte sieben Jahre lang gedacht, ich wäre in Tommy verknallt – um dann festzustellen, dass da gar nichts war.

Jason *war* ein unheimlich lieber Kerl. Ich meine, ich hatte ihn lieb.

Und plötzlich nahm der Gedanke in meinem Kopf Gestalt an, und ich konnte nicht mehr anders, als daran zu denken. Vielleicht war es so wie in all den romantischen Komödien, die ich mein ganzes Teenagerleben lang geguckt hatte. Vielleicht waren Jason und ich füreinander bestimmt wie die Hauptfiguren in »30 über Nacht« oder »Einfach zu haben«, vielleicht hatte ich mein Glück die ganze Zeit direkt vor der Nase gehabt. Vielleicht hatte ich deshalb nie tiefere romantische Gefühle für jemanden gehabt, weil ich mich immer so wohl und sicher in Jasons Nähe gefühlt hatte. Dabei hatte ich ihn als »besten Freund« abgestempelt und dabei übersehen, dass er stattdessen mein »fester Freund« sein könnte.

Vielleicht, wenn ich mich bemühte, wenn ich mich dazu brachte – vielleicht war Jason die Liebe meines Lebens.

»W-was mach ich denn jetzt?«, flüsterte ich.

Rooney steckte die Hände in die Taschen ihrer Hose. »Ich bin noch nicht ganz sicher. Aber ...« Sie stand auf und ließ ihre langen Haare wie einen Superhelden-Umhang über die Schultern fallen. »Ich glaube, wir werden es zumindest schaffen, deine *Ich-hab-noch-nie-jemanden-geküsst*-Situation zu lösen.«

UNREIF

In dieser Nacht wachte ich aus einem Traum auf, als Rooney in unser Zimmer zurückkam. Sie hatte uns gesagt, wir sollten ohne sie zum College zurückgehen. Ich konnte sie ohne meine Brille nicht gut erkennen, aber sie schien auf Zehenspitzen zu laufen wie eine Zeichentrickfigur. Sie machte den Wasserkocher an, um sich ihren üblichen Nach-dem-Ausgehen-Tee zu kochen, und als sie ihren Kleiderschrank aufmachte, fielen zahlreiche Kleiderbügel auf den Boden und machten irre Lärm. Sie erstarrte und murmelte »Oh nein.«

Ich setzte gerade rechtzeitig meine Brille auf, um den zerknirschten Ausdruck auf ihrem Gesicht zu erkennen.

»Tschuldige«, flüsterte sie sehr laut und blickte mich verlegen an.

»Schon okay«, murmelte ich zurück, meine Stimme kratzig vom Schlaf. Ich warf einen Blick auf mein Handy. 5:21 morgens. Wow. Wie schaffte man es als menschliches Wesen, so lange aufzubleiben, ganz zu schweigen davon, so lang von Club zu Club zu ziehen? Ja, auch ich hatte diesen Fehler gemacht, als ich die ganze Nacht hindurch Fanfiction gelesen hatte, aber da saß ich nur im Bett. »Ich wusste gar nicht, dass irgendein Club so lang auf hat.«

Rooney kicherte. »Oh, nein, hat auch keiner. Ich war bei diesem Typen zu Hause.«

Ich runzelte die Stirn, ein bisschen irritiert. Aber dann kapierte ich's. Sie war bei irgendeinem Typen zu Hause und hatte Sex mit ihm.

»Oh«, sagte ich. »Cool.«

Ich fand eigentlich nicht wirklich, dass es cool war. Aber ich war ein bisschen neidisch auf Menschen, die so super sex-positiv waren und kein Problem damit hatten, jeden zu bumsen, der ihnen gefiel. Ich konnte mir nicht mal vorstellen, mich wohl genug in meiner Haut zu fühlen, um mich von jemandem küssen zu lassen, ganz zu schweigen davon, mit einem völlig Fremden nach Hause zu gehen und mich mit ihm nackt zu machen.

Sie zuckte mit den Schultern. »War nicht so doll, um ehrlich zu sein. Bisschen enttäuschend. Aber, du weißt schon … Warum nicht? In der ersten Woche sind alle für alles zu haben.«

Ich war schon ein bisschen neugierig zu erfahren, in welcher Hinsicht der Typ eine Enttäuschung gewesen war, aber traute mich nicht zu fragen.

Rooney seufzte übertrieben dramatisch, drehte sich zu mir um und flüsterte: »Ich hab vergessen, Roderick zu gießen.« Sie füllte schnell eine Tasse mit Wasser, lief zu ihrer Zimmerpflanze und schüttete das Wasser in den Blumentopf.

»Findest du …«, fing ich an, unterbrach mich aber. Ich war verschlafen und auf der Suche nach Ehrlichkeit.

Ich war nicht gern ehrlich.

»Was?«, fragte sie. Die erste Hilfe für Roderick war abgeschlossen. Sie ging zu ihrem Bett und streifte die Schuhe ab.

»Findest du, dass ich unreif bin?«, fragte ich sie mit glasigen Augen und nur halb wachem Gehirn.

»Warum sollte ich das finden?«

Sie zog den Reißverschluss ihres Overalls auf.

»Weil ich noch keinen Sex hatte oder jemanden geküsst habe… so was eben. Und ich … fange nichts mit irgendwelchen

Typen an … du weißt schon.« *Ich bin eben nicht du. Mache nicht, was du machst.*

Sie sah mich an. »Findest du, dass du unreif bist?«

»Nein. Ich glaube nur, dass mich viele andere Leute für unreif halten.«

»Haben sie dir das gesagt?«

Ich dachte an den Abend der Prom-Afterparty.

»Ja«, sagte ich.

Rooney zog ihren Overall aus und setzte sich in Unterwäsche aufs Bett. »Das ist furchtbar.«

»Also … bin ich unreif?«

Rooney schwieg kurz. »Ich finde es ziemlich herausragend, dass du nicht dem Gruppendruck nachgegeben und dich zu irgendwas hast drängen lassen. Du hast nicht deshalb irgendwen geküsst, weil du Angst hast, was zu verpassen. Das ist das absolut Reifste, was ich je gehört habe, um ehrlich zu sein.«

Ich schloss die Augen und überlegte, ob ich ihr erzählen sollte, was mit Tommy passiert war. Ich hätte es fast durchgezogen.

Aber als ich die Augen öffnete, sah ich, dass sie einfach auf dem Bett saß und das Foto von sich mit Meerjungfrau Beth anstarrte. Beth musste eine richtig gute Freundin sein. Es war das einzige Foto, das Rooney an ihre Wand gehängt hatte.

Dann riss sie den Blick los, drehte sich um und sah mich an. »Dann wirst du jetzt mit Jason ausgehen?«

Damit kam alles zurück und flutete durch mein Gehirn, und das war alles, was nötig war.

Dieser Vorschlag.

Rooney sagte: »Du wirst es nie wissen, wenn du's nicht wenigstens versuchst.«

Rooney sagte: »Er ist wirklich niedlich. Bist du sicher, dass du nichts für ihn empfindest, vielleicht ein kleines bisschen? Ihr versteht euch *so* gut.«

Rooney sagte: »Ehrlich, ihr benehmt euch, als wärt ihr füreinander bestimmt.«

Mehr brauchte es nicht für mich, um darüber nachzudenken.

Ja.

Vielleicht.

Vielleicht könnte ich mich in Jason verlieben.

WIR STEHEN EINFACH AUF DRAMA

Vier Tage später fand das erste Treffen des Durham Student Theatre im Veranstaltungsraum der Society statt. Es war der Dienstag meiner zweiten Woche an der Universität. Nachdem ich fast das gesamte Wochenende in unserem Zimmer verbracht hatte, schleifte mich Rooney buchstäblich zu der Veranstaltung. Dabei war ich einfach erschöpft gewesen, nach fünf Tagen intensivster Sozialkontakte in der Woche davor. Aber ich erinnerte mich immer wieder, dass es das war, was ich tun musste, was ich tun wollte, um ein bisschen mehr aus meinem Schneckenhaus herauszukommen und neue Erfahrungen zu machen. Jason und Pip würden auch da sein, also konnte es nicht ganz so schlimm werden.

Die Plätze waren schon gut gefüllt, also hatten offenbar ziemlich viele Leute Interesse am Durham Student Theatre, aber Rooney und ich entdeckten Pip, die allein in der letzten Reihe unter den Logen saß, also gingen wir zu ihr. Ich hätte mich vermutlich diplomatisch zwischen Rooney und Pip setzen sollen, aber Rooney marschierte vor mir in die Sitzreihe, was zu einem eher unbeholfenen Wiedersehen der beiden führte.

Gleich darauf tauchte auch Jason auf. Er war außer Atem und sah ein bisschen verschwitzt aus.

Ich fragte mich, ob ich das attraktiv finden sollte, weil es wirkte, als hätte Jason Sport gemacht.

»Ist … der Platz … besetzt?«

Ich schüttelte den Kopf. »Nein.« Ich schwieg kurz, während Jason sein T-Shirt von der Brust wegzog und sich damit seinen eigenen Luftzug schaffte. Dann zog er seine Flanelljacke aus. »Geht's dir gut?«

Er nickte. »Ich bin nur … den ganzen Weg gerannt … von der Bibliothek … und jetzt … sterbe ich.«

»Na ja, du hast es wenigstens rechtzeitig geschafft.«

»Ich weiß.« Er drehte sich zu mir, sah mich zum ersten Mal richtig an und lächelte warm. »Hallo.«

Ich lächelte zurück. »Hi.«

»Und du bist ganz sicher, dass du das hier machen willst?«

»Ja. Und selbst wenn ich es nicht wäre, bin ich ziemlich sicher, dass mich diese beiden dazu gezwungen hätten.« Ich deutete auf Rooney und Pip, die einander dickköpfig ignorierten.

»Bestimmt.« Jason legte ein Bein aufs andere und fing an, in seinem Rucksack zu kramen, bevor ich noch etwas sagen konnte. Nach einer Weile zog er eine Familienpackung mit gesalzenem Popcorn hervor und hielt sie mir vor die Nase. »Popcorn?«

Ich stopfte mir sofort eine Handvoll in den Mund. »Mit Salz. Du bist mein Held.«

»Wir haben alle unsere Rolle zu spielen in dieser grausamen Welt.«

Ich wollte ihm gerade zustimmen, als das Licht gedimmt wurde, genau wie immer im Theater, kurz bevor der Vorhang aufging. Das erste Treffen des Durham Student Theatre des Jahres begann.

Der Name der Präsidentin war Sadie, und sie hatte die hellste, angenehmste Stimme, die ich je gehört hatte.

Sie erklärte uns, wie das Studententheater als Dachverband fungierte, und das war unglaublich kompliziert, aber der Grundgedanke war wohl, dass jede Tochtergesellschaft unter dem Dach des DST einen bestimmten Förderbetrag bekam, um eine eigene Produktion auf die Beine zu stellen, an der ausschließlich Studenten dieser Tochtergesellschaft mitwirkten.

Rooney machte sich die ganze Zeit Notizen, während Sadie das alles erklärte.

Das Treffen dauerte eine Stunde, und Jason und ich futterten die ganze Zeit Popcorn. Bedeutete das irgendwas? War das etwa Flirten? Nein. Nein, das waren einfach zwei gute Freunde, richtig? Das waren einfach Jason und ich, wie wir uns ganz normal verhielten.

Ich hatte immer gedacht, dass ich so etwas einschätzen könnte. Ich dachte, ich würde Flirten verstehen. Aber jetzt, wo es um Jason ging, merkte ich, dass ich keine Ahnung hatte.

Als das Treffen schließlich vorbei war, stellten sich Rooney und Pip in die Schlange der Erstsemester, um Präsidentin Sadie noch etwas zu fragen. Sie gingen zwar gemeinsam hin, sahen einander aber nicht mal an.

Jason und ich blieben sitzen und tauschten Erinnerungen an unsere besten Jugendtheater-Erfahrungen. *Hairspray*, zum Beispiel. Da hatte der Musik-Regisseur eine billige Coverversion statt des Original-Soundtracks runtergeladen, und alle Songs klangen irgendwie falsch. Oder *Dracula*, als Pip in einer Pfütze von Kunstblut ausrutschte und die Bühnen-Vorhänge mit sich riss. *Romeo und Julia*, als Jason und ich die Kulissen malen sollten, und stattdessen zwei Stunden auf dem Balkon festsaßen, weil alle Abendessen gingen und komplett vergessen hatten, dass wir noch da waren.

Vielleicht lag es daran, dass ich die letzte Stunde mit lauter Theater-Leuten verbracht hatte.

Vielleicht lag es auch daran, weil ich Jason tatsächlich auf diese besondere Art mochte.

Was auch immer es war, es gab mir den Mut zu sagen: »Hey, ich hab mir überlegt … wir sollten … was zusammen machen.«

Er zog die Augenbrauen hoch. »Was zusammen machen?«

Oh Mann! Warum tat ich mir das an? Wie sollte ich es am besten anfangen? War ich vielleicht kurzfristig von einer Person besessen, die tatsächlich Selbstvertrauen hatte?

»Wenn du keine Lust hast, ist das okay. Wir können es auch einfach vergessen.« Ich konnte spüren, wie meine Wangen heiß wurden. Nicht, weil Jason mich nervös machte, sondern weil ich schlicht eine Katastrophe war und alles, was ich machte, ein tragischer Fehler war.

»Okay«, sagte er. »Ja. Wir … machen wir das.«

»Ja?«

»Ja.«

Wir sahen einander an. Jason war ein gut aussehender Typ, und er war ein guter Mensch. Er war ganz klar genau der Typ, in den ich mich verlieben sollte. In den ich mich verlieben *konnte*. Er sah aus wie ein fester Freund.

Ich liebte seinen Charakter. Ich hatte seinen Charakter schon seit Jahren geliebt.

Also konnte ich mich bestimmt auch in ihn *verlieben*. Mit ein bisschen Mühe. Garantiert.

Jason musste los zu einer Vorlesung, und ich blieb ein bisschen geschockt zurück, weil ich tatsächlich den Mut gehabt hatte, das zu machen, was ich gerade gemacht hatte. Aber dann lenkten mich die lauten Stimmen vorn bei der Bühne ab. Die Stimmen gehörten Rooney und Präsidentin Sadie.

Das Theater war jetzt fast leer, also ging ich auf die Bühne zu, wo Rooney und Pip mit Sadie diskutierten. Pip saß in der ersten Reihe und hörte der Diskussion eher zu – oder dem Streit, das konnte ich noch nicht so genau sagen.

»Wir haben dieses Jahr nur Fördergelder für eine neue Society«, sagte Sadie bestimmt. »Und die bekommt die Society der Pantomimen.«

»Pantomimen?«, platzte Rooney heraus. »Machst du Witze? Seit wann sind Pantomimen wichtiger als Shakespeare?«

Sadie sah Rooney an, als wäre sie es sehr, sehr leid, sich mit Leuten wie Rooney rumschlagen zu müssen. »Wir halten übrigens nicht viel von Snobs im DST.«

»Ich bin kein Snob. Ich bin nur –« Rooney atmete tief ein und versuchte offensichtlich, nicht zu brüllen. »Ich verstehe einfach nicht, warum die Shakespeare Society überhaupt abgeschafft wurde!«

»Weil sie einfach nicht genügend Mitglieder hatte, um fortgeführt zu werden«, sagte Sadie kühl.

Ich setzte mich neben Pip in die erste Reihe. Sie beugte sich zu mir und flüsterte: »Ich wollte bloß fragen, was dieses Jahr als erstes Stück für uns Erstsemester auf dem Programm steht.«

»Und? Welches?«

»Keine Ahnung. Das da ist dazwischengekommen.«

»Was, wenn ich die Society selbst finanziere?«, fragte Rooney.

Sadie zog eine Augenbraue hoch. »Ich höre.«

»I-ich brauch kein Geld vom DST. Ich will einfach nur Shakespeare spielen.« Sie sah ehrlich *verzweifelt* aus.

»Hast du eine Vorstellung davon, was es kostet, ein Stück aufzuführen?«

»Äh … nein, aber …«

»Das Theater mieten? Die Kostüme? Die Kulissen? Der Probenraum? Für all das brauchst du die Zeit und die Mittel des DST.«

»Äh, okay, aber ich …«

Sadie seufzte wieder.

»Du brauchst fünf Mitglieder, um eine neue Gesellschaft zu gründen«, sagte sie. »Wenn du das schaffst, mieten wir für dich das Theater. Für *eine* Aufführung.«

Rooney klappte den Mund zu. Blinzelte einmal. Dann sagte sie: »Warte, echt jetzt?«

»Ich will dir nichts vormachen«, sagte Sadie. »Ich mache das bloß, damit du aufhörst, mir auf die Nerven zu gehen.« Sadie zog einen Notizblock aus dem Stapel mit Flyern, den sie auf der Bühne dabei gehabt hatte. »Wie heißen die Mitglieder deiner Society?«

»Rooney Bach«, sagte Rooney, dann sah sie Pip und mich an. Wir hatten nicht mal Zeit zu protestieren.

»Felipa Quintana«, sagte Rooney.

»Hey, warte mal, nein«, sagte Pip.

»Georgia Warr.«

»Warte, was?«, sagte ich.

»Und Jason Farley-Shaw.«

»Ist das legal?«, fragte Pip.

»Wer ist das fünfte Mitglied?«, fragte Sadie.

»Äh …« Rooney zögerte. Ich nahm an, sie würde einfach den Namen von einem ihrer zahlreichen Freunde aus dem Hut ziehen, aber sie schien nicht in der Lage, auch nur einen weiteren Namen zu nennen. »Äh, ich fürchte, wir haben noch kein fünftes Mitglied.«

»Tja, dann solltest du mal besser ganz schnell eines finden, okay? Wir geben dir die Fördergelder dafür. Aber ich muss sichergehen, dass du's ernst meinst.«

»Das tu ich.«

»Wenn du's schaffst, bis zum Ende des Jahres eine gute Aufführung auf die Beine zu stellen, überleg ich, ob ich euch fürs kommende Jahr wieder eine Förderung zuspreche. Klingt das annehmbar?«

»Äh. Ja. Absolut.« Rooney verschränkte die Arme. »D-danke.«

»Gern geschehen.« Sadie langte in ihren Rucksack, zog eine Plastikflasche heraus und nahm einen großen Schluck. Die Art, wie sie trank, ließ mich vermuten, dass es sich nicht um Wasser handelte. »Ich glaube nicht, dass du den Ansatz einer Vorstellung davon hast, wie viel Arbeit es macht, eine Produktion auf die Beine zu stellen. Sie muss außerdem *gut* sein, okay? Einige unserer Stücke werden sogar in Edinburgh aufgeführt.«

»Sie wird gut sein«, sagte Rooney und nickte. »Ich verspreche es.«

»Okay.« Sadie sah mich direkt an, vollkommen ausdruckslos. »Willkommen im Durham Student Theatre. Wir stehen einfach auf Drama.«

»Ich verstehe nicht, warum du mir nicht helfen willst und einfach in meinem Stück mitspielst«, schnauzte Rooney Pip an, als wir zurück zum College gingen. »Was hast du denn stattdessen vorgehabt? Wolltest du dich bei den Pantomimen anmelden?«

»Ich wollte im Stück für Erstsemester mitspielen wie eine ganz normale Erstsemester-Studentin«, schnauzte Pip zurück. »Sie geben *Bunbury – oder Ernst sein ist alles*, um Himmels willen. Einen Klassiker.«

»Shakespeare bedeutet mir einfach sehr viel, okay? Shakespeare war praktisch das Einzige, was mir in der Schule gefallen hat –«

»Na und? Soll ich jetzt alles liegen und stehen lassen, was ich an Hobbys und Interessen habe, nur weil du mir deine traurige Geschichte erzählst? Das ist nicht fucking *X-Factor* hier.«

Ich ging ein paar Schritte hinter ihnen her, während Rooney und Pip sich zankten und ihre Stimmen immer lauter und lauter wurden. Leute auf der Straße drehten sich nach uns um, um zu sehen, was zwischen den beiden abging.

Pip zog ihre Bomberjacke enger um den Oberkörper und fuhr sich mit der Hand durch die Haare. »Ich versteh schon, dass du so 'ne Art Schauspiel-Superstar warst, aber das war ich auch. Und du kannst hier nicht einfach reinstolzieren und dich aufführen, als wärst du besser als ich, nur weil du Shakespeare magst.«

Rooney verschränkte die Arme. »Na ja, ich finde schon, dass es etwas bemerkenswerter ist, Shakespeare aufzuführen, als irgendeine kleine Komödie.«

»*Irgendeine kleine Komödie?* Du entschuldigst dich auf der Stelle bei Oscar Wilde, verfickt noch mal!«

Rooney blieb stehen. Wir blieben alle stehen. Ich dachte darüber nach, einfach ins erstbeste Café zu gehen. Rooney trat einen Schritt auf Pip zu, überlegte es sich aber offenbar wieder anders und beließ es bei einem Sicherheitsabstand zwischen ihnen.

»Du bist hier, um *Spaß zu haben.* Tja, ich bin hier, um etwas zu tun, was einen bleibenden Eindruck hinterlässt.«

Pip schüttelte den Kopf. »Fuck, was redest du denn da, Mann? Das ist die Theater Society, keine politische Partei.«

»Ooooh, du bist so *nervig*!«

»Du auch!«

Für einen Augenblick herrschte Schweigen.

»Bitte tritt meiner Society bei«, sagte Rooney. »Ich brauche fünf Mitglieder.«

Pip sah sie mit steinernem Gesichtsausdruck an. »Welches Stück willst du aufführen?«

»Das weiß ich noch nicht.«

»Könnten wir eine Komödie machen? Ich mache nicht mit, wenn du irgendein scheißlangweiliges historisches Stück machen willst.«

»Es wird eine Komödie oder eine Tragödie, kein historisches Stück.«

Pip kniff die Augen zusammen.

»Ich denk drüber nach«, sagte sie.

»Ja?«

»Ja. Aber ich mag dich noch immer nicht.«

Rooney grinste breit. »Ich weiß.«

Pip marschierte los in Richtung Castle und ließ Rooney und mich auf der Kopfsteinpflasterstraße vor der Kathedrale stehen.

»Was war das denn, bitte?«, fragte ich sie.

Rooney atmete tief aus. Dann lächelte sie.

»Wir führen ein Stück auf.«

DATING-KÜNSTE

Ich hatte es irgendwie hingekriegt, einen meiner beiden besten Freunde zu einem Date einzuladen, und es gab absolut keine Möglichkeit, das wieder zurückzunehmen, was bedeutete, dass ich die Sache durchziehen und mit Jason Farley-Shaw auf ein Date gehen musste.

Letztlich war er es, der mir am Tag nach dem DST-Treffen eine Nachricht schickte.

Jason Farley-Shaw
Hey ;-) also, wie wär's mit Kino/Essen?

Ich bekam seine Nachricht in einer Poesie-Vorlesung, in der ich neben Rooney saß. Statt dem Professor zuzuhören, der eine Vorlesung über Keats hielt, verbrachte ich die Stunde damit, Jasons Nachricht zu analysieren. Ich hatte sie nicht wirklich geöffnet, sondern nur in der Vorschau angeguckt, damit er nicht sah, dass ich sie schon gelesen hatte, denn wenn er wusste, dass ich sie gelesen hatte, musste ich auch antworten, damit er nicht dachte, ich würde ihn ignorieren. Aus irgendeinem Grund führte der Gedanke daran, dieses unglaublich merkwürdige Geflirte mit Jason fortzuführen, dazu, dass ich ernsthaft überlegte, mein Studium sausen zu lassen und stattdessen eine Klempnerlehre bei meinem Bruder zu machen.

Dass er ein ganz normales Smiley-Emoji verwendet hatte und eine einzige, einfache Frage mit einem vernünftigen Fragezeichen geschickt hatte, passte ganz und gar *nicht* zu Jason. Ich hatte also Grund zur Annahme, dass Jason – genau wie ich – viel zu viel über diese Konversation nachgedacht hatte. Wie sollte ich darauf antworten? Sollte ich grammatikalisch korrekt, höflich und regelkonform antworten?

Um absolut und vollkommen ehrlich zu sein, wollte ich eigentlich nicht zu einem Date mit Jason gehen.

Aber ich *wollte* es wollen.

Und das war der Kern meines Problems.

»Warum starrst du dein Handy an, als möchtest du es mit der Kraft deiner Gedanken zum Explodieren bringen?«, fragte Rooney, als wir nach der Vorlesung zu unserem Zimmer gingen.

Ich beschloss, ehrlich zu sein. Rooney wusste wahrscheinlich, wie ich die Sache angehen sollte.

»Jason hat mir eine Nachricht geschickt«, sagte ich.

»Oh.« Sie ließ ihren Rucksack auf den Boden fallen und sich selbst auf ihr Bett, trat die Converse von den Füßen und zog das Haargummi von ihrem Pferdeschwanz. »Wie süß. Was sagt er?«

Ich setzte mich auf mein Bett und hielt ihr mein Handy vor die Nase. »Ich hab ihn gestern irgendwie um ein Date gebeten.«

Rooney sprang von ihrem Bett.

»Du hast WAS?«

Ich stutzte. »Äh. Ich hab ihn gefragt, ob er mit mir auf ein Date gehen will. War das … falsch?«

Sie starrte mich lange einfach nur an.

»Ich kapier dich überhaupt nicht«, sagte sie schließlich.

» … Okay.«

Sie setzte sich wieder hin und presste ihre Finger gegen die Lippen.

»Okay, nun, … gut. Das ist gut.« Sie atmete tief ein. »Wie ist das denn *passiert*?«

»Ich weiß auch nicht, ich hab einfach dran gedacht, was du mir gesagt hast, und – ich meine, ich glaube, ich hab einfach gedacht, irgendwie eingesehen …« Ich verschränkte die Arme. »Ich tu's wirklich.«

»Du tust was wirklich?«

»Ich mag ihn.«

»Romantisch?«

»Hm.«

»Sexuell?«

Ich machte ein grunzendes Geräusch, weil ich plötzlich Bilder von mir und Jason im Kopf hatte, wie wir Sex hatten. »Wer denkt denn an dem Punkt schon an Sex?«

Rooney schnaubte. »Ich.«

»Wie auch immer, ich mag ihn.« Das *tue* ich. Das tat ich. Wahrscheinlich tat ich das.

»Oh, ich *weiß*, dass du ihn magst. Ich habe es kommen sehen seit dem Moment, als ich ihn das erste Mal gesehen hab.« Sie seufzte glücklich. »Das ist wie im Film.«

»Ich weiß nicht, was ich ihm zurückschreiben soll«, sagte ich. »Hilf mir.«

Es war mir ein bisschen unangenehm. Das war der einfache Teil, um Himmels willen. Das war es, was Zwölfjährige machten, wenn sie sich verabredeten. Meine Dating-Künste waren auf dem Level von Zwölfjährigen.

Rooney blinzelte. Dann stand sie von ihrem Bett auf, kam zu mir und bedeutete mir, dass ich rutschen sollte. Ich gehorchte, und sie warf sich neben mir auf meine Decke und schnappte sich mein Handy. Sie öffnete die Nachricht, bevor ich sie daran hindern konnte.

Ich beobachtete sie, als sie las.

»Okay«, sagte sie und tippte eine Nachricht für mich, die sie sofort abschickte.

Georgia Warr
Aber klar! Hast du diese Woche überhaupt mal Zeit?

»Oh«, sagte ich.

Sie klatschte das Handy zurück in meine Hand. Ich erwartete, dass sie mich fragen würde, wie es sein konnte, dass ich so etwas Simples nicht allein hinbekam. Ich erwartete, dass sie vielleicht über mich lachen würde, auf eine nette Art, darüber, wie ich gerade Panik geschoben hatte.

Sie sah mich nur lange an und ich wartete darauf, dass sie sagte: *War das jetzt so schwer? Warum konntest du das denn nicht selbst machen? Willst du dich überhaupt mit Jason unterhalten? Hast du Panik geschoben, weil du in ihn verknallt bist oder weil du keine Ahnung hast, was du da gerade abziehst oder warum du es tust oder ob du es überhaupt tun willst? Hast du Panik, weil du Angst hast, wenn du dir das hier nicht mal wünschen kannst, dann wirst du vielleicht nie in der Lage sein, es auch durchzuziehen?*

Stattdessen lächelte sie und sagte: »Kein Problem.«

WIE AUS EINEM LIEBESROMAN

Jason und ich vereinbarten unser erstes Date für den kommenden Samstag, was bedeutete, dass ich fünf ganze Tage hatte, um Panik zu schieben.

Glücklicherweise war meine zweite Woche an der Universität eine willkommene Abwechslung.

Aber Rooney und ich standen jetzt vor der Herausforderung, uns dem Teil des Unilebens zu stellen, der echte Arbeit bedeutete: echte Vorlesungen und Übungsstunden und ungefähr zehn komplette Bücher pro Monat lesen. Und wir gewöhnten uns nach und nach an unser gemeinsames Leben in ein und demselben Zimmer. Wir gingen zusammen zu Vorlesungen und zusammen zum Mittagessen, aber sie ging abends mit anderen Freunden in die Bar oder in Clubs, während ich lieber im Bett saß, Kekse aß und Fanfiction las. Manchmal redete Rooney mit mir über ihre Ideen für das Shakespeare-Stück, dann plauderte sie ganz aufgeregt darüber, wie sie die Kulissen und die Kostüme machen würde und die Beleuchtung. Dann wieder redeten wir einfach über Fernsehserien oder was auch immer. College-Gerüchte. Unsere Leben zu Hause.

Ich konnte noch immer nicht verstehen, warum Rooney mich ausgewählt hatte. Es lag auf der Hand, dass sie jeden und jede haben konnte, wofür auch immer sie wollte: als Freund, Partner, Liebhaber oder einfach, um sich spielerisch zu zanken. Aber abgesehen davon, dass sie sich mit so ziemlich jedem anfreunden konnte und der Tatsache, dass sie bereits fünfzig Bekannte hatte, aß sie mit mir, lief mit mir durch Durham und verbrachte ihre Zeit mit mir, solange sie nicht um die Häuser zog.

Wahrscheinlich war ich einfach bequem. Immerhin war ich ihre Mitbewohnerin.

Aber das war, alles in allem, in Ordnung. Ich war in Ordnung. Vielleicht war ich kein buntes Partygirl, wie ich es mir für die Universität gewünscht hatte, aber mit Rooney zusammen zu wohnen war in Ordnung, und ich hatte es sogar geschafft, ein Date zu vereinbaren. Ein richtiges, romantisches Date.

Die Dinge standen gut.

Es stellte sich bald heraus, dass es in Durham nichts weiter zu tun gab, als in Restaurants essen zu gehen, in Bars trinken zu gehen oder ins Kino zu gehen. Es sei denn, man stand darauf, alte Häuser anzustarren. Aber auch das wurde irgendwann langweilig, wenn du ohnehin jeden Tag mehrfach an denselben Häusern vorbeilaufen musstest.

Ich hätte sogar was besonders Tolles gefunden, was ich mit Jason machen konnte. So was wie Eislaufen oder Bowling oder in eine dieser coolen Bars gehen, in denen man zugleich Minigolf spielen konnte. Aber Jason schlug gleich vor, dass wir in das kleine Eiscafé in der Saddler Street gehen sollten, und nachdem mir nichts Besseres eingefallen war, stimmte ich zu. Außerdem ist Eis immer nett.

»Bist du auf dem Weg zu deinem Date?«, fragte Rooney, als ich am Samstagnachmittag gerade aus der Tür gehen wollte. Es war zehn Minuten vor der vereinbarten Zeit. Sie musterte mein Outfit von oben bis unten.

»Ja?«, sagte ich und schaute an mir runter.

Ich trug meine normalen Klamotten. Jeans mit hohem Bund, einen kurzen Wollpullover und meinen Mantel. Ich fand, ich sah ganz gut aus, in meinem üblichen Buchverkäuferinnen-Look. Ich meine, wir gingen nur Eis essen, um Himmels willen.

»Du siehst süß aus«, sagte Rooney, und es fühlte sich an, als würde sie es wirklich meinen.

»Danke.«

»Freust du dich denn drauf?«

In Wahrheit freute ich mich nicht wirklich auf das Date. Wahrscheinlich lag es an meinen Nerven. Jeder ist nervös bei einem ersten Date. Und ich war eben sehr nervös. Ich wusste, dass ich mich entspannen musste und einfach ich selbst sein, und wenn ich nach einer Weile diesen berühmten Funken nicht spürte, dann sollte es eben nicht so sein.

Aber ich wusste auch, dass es eine Chance für mich war, dass ich endlich mal wirkliche Romantik erleben konnte, dass ich jemand sein konnte, der einfach Spaß hatte und verrückte Erfahrungen machte und der nicht allein sterben würde.

Gar kein Druck also, schätzte ich.

»Pistazie«, sagte Jason und begutachtete meine Eissorten-Auswahl. Wir saßen an einem kleinen Tisch. Er trug seine Flanelljacke, die ich liebte, weil sie so vertraut und kuschelig war. »Ich hab ganz vergessen, dass du buchstäblich ein ekliger kleiner Gremlin bist, wenn es um Eis-Geschmack geht.«

Das Eiscafé war süß, klein, in Pastellfarben gehalten und mit Blumen dekoriert. Ich bewunderte Jason für die Idee, hierher zu kommen. Es war wie einem Liebesroman entsprungen.

Ich warf einen Blick auf die Eissorten, die Jason ausgewählt hatte. »Vanille. Wirklich? Ich meine, die haben auch Sahne-Keks-Geschmack.«

»Sag bloß nichts gegen Vanille. Vanille ist ein Klassiker.« Er schob sich einen Löffel in den Mund und grinste.

Ich zog die Augenbrauen hoch. »Ich hab ganz vergessen, wie simpel du bist.«

»Ich bin nicht simpel!«

»Das ist eine sehr simple Wahl. Mehr sag ich nicht.«

Wir saßen an unserem kleinen runden Tisch im Eiscafé und redeten über eine Stunde lang.

Wir redeten hauptsächlich über die Uni. Jason erzählte mir, dass seine Geschichtsvorlesungen ein bisschen langweilig waren, und ich beschwerte mich, wie lang meine Leseliste war. Jason gab zu, dass auch er mit Clubbing und nächtlichen Besäufnissen nicht viel anfangen konnte, und ich stimmte ihm da voll zu. Lange redeten wir darüber, dass die erste Woche als Erstsemester für uns eine gigantische Enttäuschung gewesen war. Vor allem deshalb, weil es angeblich die beste Woche unserer Zeit an der Uni sein sollte, sich dann aber herausstellte, dass es hauptsächlich darum ging, eklige Clubs zu besuchen, sich dort zu besaufen und letztlich doch keine richtigen Freunde zu finden.

Schließlich wurde unser Gesprächsfluss etwas langsamer, weil wir uns schon seit Jahren kannten und wir schon Hunderte, wenn nicht Tausende äußerst tiefschürfende Gespräche geführt hatten. Wir waren aber längst an dem Punkt, an dem sich auch Schweigen nicht unangenehm anfühlte. Wir *kannten* einander.

Aber wir wussten nicht, wie wir das hier machen sollten.

Romantisch sein.

Daten.

»Okay, also das ist irgendwie komisch, oder?«, fragte Jason. Wir waren längst fertig mit unseren Eisbechern.

Ich hatte den Ellenbogen auf den Tisch und den Kopf auf die Hand gestützt. »Was ist komisch?«

Jason senkte den Blick. Es war ihm unangenehm. »Na ja … Die Tatsache, dass wir … du weißt schon … das hier machen.«

Oh. Ja.

»Es ist …« Ich wusste nicht, was ich sagen sollte. »Ich glaube, das ist es wirklich. Ein bisschen. Irgendwie.«

Jason hielt seinen Blick strikt gesenkt und sah mich nicht an.

»Ich hab die ganze Woche kaum an was anderes gedacht, und ich … Ich meine, ich wusste nicht mal, dass du mich auf die Art magst.«

Ich auch nicht. Aber ich hatte auch keine Vorstellung davon, wie es sich anfühlen sollte, jemanden »auf die Art« zu mögen. Aber wenn es mit irgendjemandem klappen konnte, dann wahrscheinlich mit ihm.

Seine Stimme wurde noch etwas leiser, und er lächelte unsicher, als wollte er nicht, dass ich sehe, wie nervös er war. »Machst du das nur wegen dem, was Rooney gesagt hat, als wir zusammen ausgegangen sind?«

Ich setzte mich auf. »Nein, nein – na ja, ich meine, vielleicht ein bisschen? Ich glaube, dass sie es gesagt hat, hat mir erst so richtig *klargemacht*, dass ich das wollen könnte. Also … Ich schätze, ich habe angefangen darüber nachzudenken, nachdem sie es gesagt hat, und … ja. Es hat sich wohl … es hat sich einfach richtig angefühlt.«

Jason nickte, und ich hoffte, dass es wirklich logisch war, was ich gerade gesagt hatte. Ich musste einfach ehrlich sein. Jason war mein bester Freund. Ich musste dafür sorgen, dass das hier funktionierte und zwar in meiner ganz eigenen Geschwindigkeit.

Ich liebte Jason. Ich wusste, dass ich ihm gegenüber ehrlich sein konnte.

»Du weißt ja, dass ich so was noch nie gemacht habe«, sagte ich.

Er nickte wieder. Verstehend. »Ich weiß.«

»Ich … wollte es langsam angehen.«

Er wurde ein bisschen rot. »Ja. Na klar.«

»Ich mag dich«, sagte ich. Zumindest glaubte ich, dass ich das tat. Ich könnte ihn mögen, wenn ich mich bemühte, wenn ich mich selber ermunterte, wenn ich so tat, als wäre es wahr, bis es wirklich wahr wurde. »Ich meine, ich – ich denke, ich könnte – ich will dem eine Chance geben, und ich will es nicht bereuen, dass ich es nicht versucht habe, wenn ich auf dem Totenbett liege.«

»Okay.«

»Ich weiß nur nicht so wirklich, was ich tue. Also, in der Theorie schon, aber in der Praxis … nicht.«

»Okay. Das ist okay.«

»Okay.« Ich glaube, ich wurde auch ein bisschen rot. Meine Wangen fühlten sich heiß an. Lag es daran, dass ich mich in Jasons Nähe nervös fühlte, oder daran, dass mir dieses ganze Gespräch einfach etwas unangenehm war?

»Es macht mir nichts aus, es langsam anzugehen«, sagte Jason. »Ich meine, meine ganzen romantischen Erlebnisse bisher waren alle irgendwie scheiße.«

Ich wusste alles über Jasons vergangene romantische Erlebnisse. Ich wusste von seinem ersten Kuss mit einem Mädchen, von dem er dachte, er würde es wirklich mögen, aber der Kuss war dann so schrecklich gewesen, dass er es überhaupt nicht mehr versuchen wollte. Und ich wusste von der festen Freundin, mit der er fünf Monate lang zusammen gewesen war, als wir in der dreizehnten Klasse waren – Aimee aus unserer Jugendtheatergruppe. Aimee war irgendwie nervig, was vor allem an ihrer Einstellung lag: *Jason ist mein Eigentum, und ich will nicht, dass er noch Zeit mit irgendwem anders als mir verbringt.* Pip und ich konnten sie nie leiden, aber Jason war eine Weile glücklich mit ihr, also unterstützten wir die Beziehung.

Oder zumindest so lange, bis wir herausfanden, dass Aimee Jason gegenüber immer wieder Bemerkungen darüber machte, dass er nicht mit bestimmten Leuten rumhängen sollte und dass er aufhören sollte, mit anderen Mädchen zu reden – was Pip und mich einschloss. Jason ließ sich das *monatelang* gefallen, bis er endlich erkannte, dass sie tatsächlich ein Arschgesicht war.

Mit ihr hatte Jason zum ersten Mal Sex, und es machte mich richtig sauer, dass er diese Erfahrung ausgerechnet mit so einem Typ Mensch machte.

»Das hier wird nicht scheiße«, sagte ich. Dann formulierte ich es anders. »Das … wird nicht scheiße, oder?«

»Nein«, sagte er. »Bestimmt nicht.«

»Wir gehen es langsam an.«

»Ja. Das ist unbekanntes Gebiet für uns.«

»Ja.«

»Und falls es nicht klappt …«, fing Jason an, änderte dann aber offenbar seine Meinung und sagte nichts weiter.

Ich will ehrlich sein: Ich war noch immer nicht sicher, dass ich auf Jason stand. Er war supernett, lustig, interessant und attraktiv, aber ich wusste nicht, ob ich etwas anderes für ihn empfand als platonische Freundschaft.

Aber das würde ich niemals wissen, wenn ich nicht weitermachte. Wenn ich es nicht versuchte.

»… dann sind wir immer noch Freunde«, schloss ich. »Egal, was kommt.«

»Ja.« Jason lehnte sich in seinem Stuhl zurück und verschränkte die Arme. Oh Mann, was war ich froh, dass ich das mit Jason machte und nicht mit einer beliebigen Person, die mich nicht kannte, die nichts verstand, die Sachen von mir erwarten würde und mich für verdreht halten würde, wenn ich nicht mitmachen wollte …

»Da ist noch ein Thema, über das wir vermutlich reden sollten«, sagte Jason.

»Was denn?«

»Was erzählen wir Pip?«

Danach herrschte Schweigen. Ich hatte ganz ehrlich nicht mal daran gedacht, wie Pip sich wegen dieser Geschichte fühlen würde.

Irgendwas sagte mir, dass sie nicht glücklich darüber wäre,

dass ihre beiden besten Freunde miteinander ausgingen und damit ganz krass die Dynamik unserer Freundschaft zu dritt aus dem Gleichgewicht brachten.

»Wir sollten es ihr sagen«, sagte ich. »Wenn sich eine gute Gelegenheit bietet.«

»Ja. Einverstanden.« Jason sah aus, als wäre er erleichtert, dass ich das gesagt hatte. Dass er nicht der sein musste, der den Vorschlag machte.

»Es ist sicher am besten, einfach ehrlich zu sein.«

»Genau.«

Als wir aus dem Eiscafé kamen, umarmten wir uns zum Abschied. Es fühlte sich wie eine ganz normale Umarmung zwischen uns an. Eine normale Jason-und-Georgia-Umarmung, die Art von Umarmung, die wir uns seit Jahren gaben.

Es gab keinen einzigen merkwürdigen Moment, in dem einer von uns das Gefühl hatte, wir müssten uns küssen. Wir waren wohl auch noch nicht an dem Punkt, schätzte ich.

Das würde später kommen.

Und das war gut für mich.

Das war das, was ich *wollte*.

Dachte ich.

Ja.

DER FUNKE

Als Rooney an diesem Abend in unser Zimmer zurückkam, wollte sie jede Einzelheit über mein Date mit Jason wissen. Damit hatte ich im Prinzip kein Problem, nur war es 4:38 morgens.

»Also ist es gut gelaufen?«, fragte sie, nachdem ich ihr die kurze Version erzählt hatte. Ich selbst war längst wie ein Burrito in meine Decke gewickelt.

»Ja?«, sagte ich unsicher.

»Bist du sicher?«, fragte sie. Sie saß auf ihrem Bett, hatte ihre übliche Tasse Tee in der Hand und ein Wattepad zum Abschminken in der anderen.

Ich runzelte die Stirn. »Warum?«

»Du bist nur …« Sie zuckte mit den Schultern. »Du klingst nur nicht so wahnsinnig begeistert.«

»Oh«, sagte ich. »Ich meine … ich glaube, ich …«

»Was?«

»Ich bin nicht sicher, ob ich ihn wirklich auf die Art mag, noch nicht. Keine Ahnung.«

Rooney stutzte. »Na ja, wenn der Funke nicht da ist, ist er nicht da.«

»Nein, ich meine, wir kommen super miteinander aus. Ich – ich liebe ihn als Menschen.«

»Ja, aber ist da ein Funke?«

Woher sollte ich das denn wissen? Was verfickt noch mal war *der Funke*? Wie fühlte sich *der Funke* an?

Ich dachte, ich hätte komplett durchschaut, wie sich diese romantischen Gefühle anfühlen würden – *Schmetterlinge* und *der Funke* und es *einfach wissen*, wenn du jemanden magst. Ich hatte über diese Gefühle Hunderte Male in Romanen und in Fanfiction gelesen. Ich hatte mehr romantische Komödien geguckt, als es wahrscheinlich für eine Achtzehnjährige normal war.

Aber jetzt fing ich an, mich zu fragen, ob diese ganzen Sachen vielleicht einfach erfunden waren.

»… vielleicht?«, sagte ich.

»Na ja, du kannst genauso gut abwarten und gucken, wie es sich entwickelt. Wenn du es weißt, dann weißt du es.«

Das führte dazu, dass ich am liebsten laut geschrien hätte. Ich wusste nicht, *wie* ich es wissen sollte.

Ehrlich, wenn ich irgendwelche Gefühle für Mädchen gehabt hätte, hätte ich mich gefragt, ob ich wirklich heterosexuell war. Vielleicht waren Jungs im Allgemeinen das Problem.

»Wie fühlt es sich an, wenn du *den Funken* spürst?«, fragte ich. »Ich meine, heute Nacht zum Beispiel? Ich nehm mal an, du warst mit einem Typen zusammen?«

Ihr Gesicht verdüsterte sich augenblicklich. »Das ist was anderes.«

»Warte – wie? Warum?«

Sie stand von ihrem Bett auf, drehte sich um und schnappte sich ihren Pyjama. »Es ist einfach anders. Das hat nichts mit deiner Situation zu tun.«

»Ich frage doch nur –«

»Wenn ich mit einem x-beliebigen Typen Sex habe, dann ist das nicht ansatzweise vergleichbar damit, wie wenn du deinen besten Freund datest. Vollkommen verschiedene Situationen.«

Ich blinzelte. Sie hatte wahrscheinlich recht.

»Aber warum hast du dann Sex mit irgendwelchen x-beliebigen Typen?«, fragte ich. Sobald ich es ausgesprochen hatte, realisierte ich, wie grob und aufdringlich die Frage an sich war. Aber ich wollte es unbedingt wissen. Es war nicht, als würde ich mir ein Urteil über sie bilden – ehrlich, ich wünschte nichts mehr, als ihr Selbstvertrauen zu haben. Aber ich verstand nicht, wie sie es machen konnte. Warum sie es machen wollte. Warum sie zu einem Fremden nach Hause ging, dort ihre Klamotten auszog … wenn sie stattdessen in ihrem sicheren, bequemen Zuhause sein und es sich selbst besorgen konnte. Das Endergebnis war doch exakt dasselbe.

Rooney drehte sich wieder zu mir um. Sie sah mich mit einem langen Blick an, den ich nicht deuten konnte.

»Ganz ehrlich?«, fragte sie.

»Ja«, sagte ich.

»Ich *genieße* es einfach, Sex zu haben«, sagte sie. »Ich bin Single, und ich mag Sex, also habe ich Sex. Es fühlt sich einfach gut an. Ich fühle keinen Funken, weil es nicht um Romantik geht. Es ist etwas rein Körperliches, Unverbindliches.«

Ich hatte den Eindruck, dass sie mir wirklich die Wahrheit sagte, dass es tatsächlich nicht mehr darüber zu sagen gab.

»Wie dem auch sei«, fuhr sie fort. »Wir haben sehr viele wichtigere Dinge, über die wir uns Gedanken machen müssen.«

»Und die wären?«

»Die Shakespeare Society.« Rooney zog ihren Pyjama an, schnappte sich ihre Kosmetiktasche und ging zur Zimmertür. »Schlaf jetzt.«

»Okay.« Und das machte ich auch. Aber nicht, bevor ich eine ganze Weile über den Funken nachgedacht hatte. Er klang magisch. Wie aus einem Märchen. Aber ich konnte mir nichts darunter vorstellen. War es eine körperliche Sache? Oder einfach Intuition?

Warum hatte ich ihn nie gespürt? *Niemals?*

Es war der Sonntag unserer zweiten Woche an der Uni, und Rooney und ich entspannten uns in unserem Zimmer, als es an der Tür klopfte. Als Rooney öffnete, strömten mindestens dreißig ihrer Bekannten herein. Sie hatten Ballons dabei und Partyhüte auf und pusteten in Partytröten, und dann fiel ein Typ vor Rooney – und allen anderen – auf die Knie und fragte Rooney, ob sie seine College-Ehefrau sein wollte.

Rooney kreischte und sprang ihm um den Hals. Sie erdrückte ihn fast mit ihrer Umarmung und stimmte zu, seine College-Ehefrau zu werden. Und damit war das erledigt. Ich sah die ganze Sache von meinem Bett aus und war wirklich amüsiert. Es war irgendwie süß.

Sobald alle wieder abgezogen waren, half ich Rooney dabei, die Überbleibsel der Party wegzuräumen. Wir brauchten eine ganze Stunde dafür.

Sie war in der Woche an ein paar Abenden ausgegangen, und sie war immer mit einer Geschichte nach Hause gekommen – von einem One-Night-Stand, einem betrunkenen Abenteuer oder irgendeinem College-Drama. Und ich hatte immer zugehört, entweder fasziniert oder verwirrt oder eifersüchtig. Ein Teil von mir wollte auch diese Aufregung in meinem Leben, aber gleichzeitig war der Gedanke an eine Nacht, wie Rooney sie regelmäßig erlebte, für mich der blanke Horror. Ich wusste, ich wollte nicht wirklich betrunken mit irgendeinem Fremden im Bett landen, so lustig sich das auch von außen anhörte. Ich musste das aber auch gar nicht machen, jetzt, wo ich Jason hatte.

Als ich Rooney das erste Mal gesehen hatte, wollte ich so sein wie sie. Ich dachte, ich müsste sie nachahmen.

Jetzt war ich nicht mehr so sicher, dass ich das hinkriegen konnte.

EINE KURZE, ABER ERGREIFENDE PRÄSENTATION VON ROONEY BACH

Es war der Mittwoch unserer dritten Woche an der Universität, als Rooney und ich uns an einem Tisch im Studentencafé gegenübersaßen. Sie sah mich lange an, dann zog sie ihr MacBook aus der Tasche.

»Worum geht's denn?«, fragte ich sie.

»Oh, du wirst schon sehen. Wart's nur ab.«

Sie hatte mich hierher geschleift, sobald unsere Vorlesung über das Heldenzeitalter vorbei war, hatte sich aber geweigert, mir zu sagen, worum es ging, um die Spannung nicht kaputt zu machen, wie sie erklärte. Das führte vor allem dazu, dass ich ziemlich genervt war.

»Ich nehme mal an, dass es was mit der Shakespeare Society zu tun hat«, sagte ich.

»Das ist korrekt.«

Es war zwar nicht meine Idee gewesen, mich in der Shakespeare Society einzubringen, aber ich war aufrichtig froh, dass ich dabei war. Es fühlte sich an, als würde ich damit etwas wagen, etwas Neues ausprobieren. Und hoffentlich würde es zu einem Jahr voller Proben und Spaß führen und dazu, dass ich viele neue Leute kennenlernte und meine Universitätserfahrungen genoss.

Aber in diesem Augenblick sah es ganz danach aus, als wäre es eine Society für nur vier Leute, die ich alle bereits kannte. Und ohne mindestens ein weiteres Mitglied konnten wir ohnehin nicht als Society arbeiten.

»Hast du schon entschieden, welches Stück du aufführen möchtest?«

»Viel besser.« Sie grinste.

Bevor ich eine Gelegenheit hatte, sie zu fragen, was sie damit meinte, kam Pip zu uns. Sie trug ein weites Hemd, das ihren Oberkörper umspielte, hatte ihren Rucksack über einer Schulter und ein gigantisches Chemiebuch im Arm. Sie schob ihre Brille hoch und setzte sich neben mich.

»Ich bin davon ausgegangen, dass du irgendeine Ausrede finden würdest, um dich darum herumzudrücken. So was wie Studium abbrechen oder weglaufen, um Ziegenhirtin zu werden.«

»Hey!« Ich machte ein enttäuschtes Gesicht. »Ich will dabei sein! Ich will Spaß haben, Erfahrungen machen, gute Erinnerungen an die Uni sammeln!«

»Erinnerungen wie sich viermal an einem einzigen Abend übergeben zu müssen?«

»Ich bin sicher, das war eine einmalige Sache.«

Rooney ignorierte uns beide und warf einen Blick auf ihre Uhr. »Jetzt warten wir nur noch auf Jason.«

Pip und ich sahen sie an.

»Du hast tatsächlich Jason dazu gebracht mitzumachen?«, fragte Pip. »Er hat mir nicht erzählt, dass er zugestimmt hat.«

»Ich habe meine Methoden«, sagte Rooney. »Ich bin sehr überzeugend.«

»Eher nervig.«

»Das ist doch dasselbe.«

Genau da marschierte Jason, das vierte Mitglied unserer Shakespeare-Truppe, ins Studentencafé, setzte sich neben Rooney und zog seine Flanelljacke aus. Darunter hatte er Sportklamotten an, darunter ein Sweatshirt, auf dem das Logo des *University College Rowing Club* stand.

»Hallo«, sagte er.

Pip runzelte die Stirn. »Kumpel, seit wann bist du denn im *Ruderclub*?«

»Seit dem Jahrmarkt für Erstsemester. Du warst buchstäblich neben mir, als ich meinen Namen eingetragen hab.«

»Ich hab nicht gedacht, dass du's wirklich durchziehen würdest. Die trainieren doch nicht jeden Tag um sechs Uhr morgens, oder?«

»Nicht jeden Tag. Nur dienstags und donnerstags.«

»Warum tust du dir denn so was an?«

Jason schnaubte ein bisschen verärgert. »Weil ich etwas Neues ausprobieren wollte, okay? Ist das so furchtbar?«

»Nein. Nein. Sorry.« Pip stupste ihn mit dem Ellenbogen an. »Das ist cool.«

Rooney klatschte laut in die Hände und beendete damit die Unterhaltung. »Aufgepasst, bitte.« Sie klappte ihr MacBook auf. »Die Präsentation geht los.«

»Die was?«, fragte Pip.

»Oh Mann«, sagte ich.

Auf ihrem Bildschirm tauchte das erste Bild einer PowerPoint-Präsentation auf.

Ein Shakespeare-Mix: eine kurze, aber ergreifende Präsentation von Rooney Bach

»Kurz … aber ergreifend …«, wiederholte ich.

»Wie ich«, sagte Pip.

»Was soll das werden?«, fragte Jason.

Rooney klickte, und die nächste Seite erschien.

Teil 1: Die Prämisse

a) Ein Mix aus verschiedenen Szenen aus Shakespeare-Stücken (nur die guten) (KEINE historischen Stücke)

b) Wir spielen alle unterschiedliche Rollen in verschiedenen Szenen aus verschiedenen Stücken
c) Alle Szenen drehen sich um dasselbe Thema: LIEBE. Alle sind tief und bedeutungsvoll

Das fand ich tatsächlich sehr ergreifend. Und es schien auch für Pip und Jason interessant zu sein, denn beide lehnten sich näher an den Laptop, als Fotos auf dem Bildschirm erschienen: Leonardo DiCaprio und Claire Danes, die in ihrem *Romeo & Julia*-Film ziemlich mitgenommen aussahen. Dem folgten David Tennant und Catherine Tate während einer Pause bei ihrer West-End-Aufführung von *Viel Lärm um nichts*. Dann ein Foto von jemandem, der eine Eselsmaske trug, was darauf hindeutete, dass er im *Sommernachtstraum* mitspielte.

»Ich habe beschlossen«, fing Rooney an, »dass wir nicht nur ein Stück aufführen, sondern dass wir die besten Szenen aus einem ganzen Haufen von Stücken rauspicken. Nur die allerbesten, klarerweise.« Sie warf Pip einen Blick zu. »Und keins von den historischen Stücken. Nur Komödien und Tragödien.«

»Ich hasse es, das zugeben zu müssen«, sagte Pip. »Aber das ist echt eine coole Idee.«

Rooney warf mit einem triumphierenden Lächeln ihren Pferdeschwanz zurück. »Danke, dass du zugibst, dass ich recht habe.«

»Warte mal, das hab ich nicht –«

Jason unterbrach sie. »Das heißt, jeder von uns spielt mehrere Rollen?«

Rooney nickte. »Genau.«

»Oh. Cool. Doch, das klingt nach viel Spaß.«

Ich sah ihn mit erhobenen Augenbrauen an. Ich hätte erwartet, dass er lieber der Musical Society beitreten würde, um ehrlich zu sein. Er hatte Musicals immer Theaterstücken vorgezogen.

Jason zuckte mit den Schultern. »Ich will dieses Jahr in einer Aufführung mitspielen. Und wenn wir jetzt für das Erstsemester-Stück vorspielen oder für ein Musical bei der Musical Society, dann kommen wir entweder gar nicht rein, weil so viele Leute vorsprechen, oder wir kriegen nur eine winzige Rolle. Erinnerst du dich noch an die zehnte Klasse, wo ich im *Sommernachtstraum* einen Baum spielen musste?«

Ich nickte. »Eine sehr aufregende Erfahrung für dich.«

»Ich habe nicht wirklich Lust, noch mal ein Jahr meines Lebens damit zu verschwenden, bei Proben herumzuhängen, nur um auf der Bühne zu stehen und die Arme hin und wieder im Wind zu schwenken.«

Jason warf Rooney einen Blick zu. »Bei der Nummer hier weiß ich wenigstens, dass wir alle auch mal Hauptrollen spielen und auch Text haben werden. Und wir arbeiten mit Freunden zusammen. Das klingt nach Spaß.« Er klatschte sich auf die Oberschenkel und lehnte sich in seinem Stuhl zurück. »Ich bin dabei.«

Rooney strahlte übers ganze Gesicht. »Ich hätte dich anheuern sollen, um die Präsentation für mich zu machen.«

»Oh mein Gott«, sagte Pip und verschränkte die Arme. »Ich kann nicht fassen, dass du Jason auf deine Seite gezogen hast.«

»Das liegt an meiner Intelligenz und meinem Charme.«

»Fick dich.«

Rooney klickte zum nächsten Bild.

Teil 2: Der Plan
a) Ich werde die Szenen aus den Stücken aussuchen,
    die wir aufführen
b) Ich werde die Regie machen
c) Wir proben jede Woche bis zu unserer Aufführung
    im März (IHR MÜSST AN ALLEN PROBEN TEILNEHMEN)

»Warte mal«, platzte Pip heraus. »Wer hat dich zum Oberkommandeur der Shakespeare Society gemacht?«

Rooney grinste sie schief an. »Ich glaube, das wäre vermutlich ich gewesen, nachdem das Ganze meine Idee war.«

»Ja, tja …« Pip wurde ein bisschen rot. »Ich … ich finde, wir sollten ein Mitspracherecht bekommen bei der Regie.«

»Ach, wirklich?«

»Ja.«

Rooney lehnte sich über den Tisch, damit sie Pip direkt ins Gesicht sehen konnte. »Und was hast du dazu zu sagen?«

»Ich –« Pip räusperte sich. Sie war nicht in der Lage, Rooney in die Augen zu sehen. »Ich will Co-Regisseurin sein.«

Rooneys Grinsen verschwand. Sie sagte einen Augenblick lang gar nichts. Und dann –

»Warum?«

Pip wich nicht zurück. »Weil ich es will.«

Das war nicht der Grund. Ich glaube, ich wusste genau, warum Pip das machen wollte.

Sie wollte auf Augenhöhe mit Rooney sein. Oder wenigstens nicht ihr untergeordnet sein.

»Das ist meine Bedingung«, sagte sie. »Wenn du willst, dass ich mitmache, dann will ich Co-Regisseurin sein.«

Rooney schürzte die Lippen. »Einverstanden.«

Pip lächelte. Sie hatte eine Runde gewonnen.

»Also weiter mit dem nächsten Bild«, sagte Rooney.

Teil 3: Das fünfte Mitglied

a) Findet jemanden
b) Lockt ihn in die Society
c) Shakespeare Society wird als eigenständige Gesellschaft anerkannt
d) SIEG

»Lockt ihn?«, fragte ich.

»Bäh«, machte Pip.

Jason kicherte. »Klingt, als würden wir versuchen, Leute für eine Sekte zu rekrutieren.«

»Ja, na ja …« Rooney schnaubte. »Wie hätte ich es sonst formulieren sollen? Wir müssen einfach ein fünftes Mitglied finden«, fuhr sie fort. »Könnt ihr mal alle fragen, die ihr kennt und gucken, ob jemand Interesse hat? Diese ganzen Ideen spielen nämlich alle überhaupt keine Rolle, wenn wir keine fünfte Person finden. Ich frag auch rum.«

Wir stimmten zu, dass wir alle fragen würden, die wir kannten, obwohl ich nicht wusste, wen ich noch fragen sollte, nachdem alle meine Freunde bereits an diesem Tisch saßen.

»Du hast dir wirklich viele Gedanken gemacht«, sagte Pip.

Rooney grinste. »Beeindruckt?«

Pip verschränkte die Arme. »Nö, nur – nicht wirklich, nein. Du hast einfach das absolut Notwendige gemacht, was du als Regisseurin …«

»Gib's zu. Du bist beeindruckt von mir.«

Jason räusperte sich. »Also … erste Probe diese Woche?«

Rooneys Lächeln wurde zu einem breiten Grinsen. Sie klatschte die Hände auf den Tisch, worauf sich die meisten Leute im Café zu uns umwandten. »Und wie!«

Wir einigten uns auf Datum und Uhrzeit, dann mussten Pip und Jason los – Pip zum Chemiesaal und Jason zu einer Übung. Sobald sie das Café verlassen hatten, stand Rooney auf und warf ihre Arme um mich. Ich stand einfach da und ließ es passieren. Das war unsere erste Umarmung.

Ich wollte gerade meine Arme heben, um sie auch zu umarmen, als sie schon zurücktrat und sich wieder setzte. Sie glättete ihren Pferdeschwanz, und auf ihrem Gesicht erschien wieder der übliche Rooney-Ausdruck mit dem sorglosen Lächeln.

»Das wird wunderbar«, sagte sie.

Unsere Truppe bestand aus zwei Star-Schauspielerinnen, die beide das Sagen haben wollten, einem Mädchen, das sich jedes Mal übergeben musste, bevor sie auf die Bühne trat, und einem Jungen, der möglicherweise die Liebe meines Leben war.

Es würde eine absolute Katastrophe werden, aber das würde keinen von uns abhalten.

HAND IN HAND

»Das ist perfekt«, sagte Rooney.

Genau in dem Moment kam Jason in den Raum und knallte mit der Stirn so hart gegen den Türrahmen, dass er ein Geräusch ausstieß wie eine verbrannte Katze.

Ich muss sie in Schutz nehmen: Rooney hatte versucht, einen anständigen Probenraum für unsere allererste Probe der Shakespeare Society zu organisieren. Sie hatte versucht, einen der gigantischen Räume im Universitätsgebäude neben der Kathedrale zu buchen, wo jede Menge andere Musik- und Schauspiel-Societys übten. Sie hatte auch versucht, eins der Klassenzimmer im Elvet-Riverside-Gebäude zu bekommen, wo wir unsere Vorlesungen und Übungen hatten und am Ende des Jahres unsere Examen ablegen würden.

Aber Sadie antwortete auf keine von Rooneys E-Mails, und ohne grünes Licht vom Durham Student Theatre hatte Rooney keine Möglichkeit, für die Shakespeare Society Räume anzumieten.

Ich hatte vorgeschlagen, dass wir einfach in unserem Zimmer proben könnten, aber Rooney bestand darauf, dass wir einen anständigen Probenraum fanden. »Um uns in die richtige Stimmung zu versetzen«, sagte sie.

Und so landeten wir in einem verwinkelten Zimmer in der jahrhundertealten College-Kapelle, das eine so niedrige Decke hatte, dass Jason, der einsneunzig ist, tatsächlich den Kopf einziehen musste, um sich bewegen zu können. Der Teppichboden war verblichen und verschlissen, und an den Wänden hingen vergilbte Poster der Sonntagsschule, aber es war ruhig, und der Raum konnte frei benutzt werden – perfekt für uns.

Pip sprach gerade auf FaceTime mit ihren Eltern, als sie ins Zimmer kam. Ihr Spanisch war zu schnell, als dass ich es mit meinen Schulkenntnissen verstanden hätte, aber sie sah ein bisschen frustriert aus, als ihre Mutter sie immer wieder unterbrach.

»Sie redet jetzt schon seit einer Stunde mit ihnen«, sagte Jason, als er sich setzte. Er massierte seine Kopfhaut. Ich setzte mich auf den Stuhl neben ihm. Pips Eltern waren immer ein bisschen überbesorgt gewesen, aber auf eine reizende Art. Ich hatte mit meinen Eltern seit letzter Woche nicht mehr geredet.

»Mit wem redest du denn da?«, fragte Rooney, schlich sich hinter Pip und schaute über ihre Schulter.

»*Wer ist das denn, Nena?*«, hörte ich Pips Vater fragen. »*Hast du etwa endlich eine feste Freundin?*«

»NEIN!«, quiekte Pip sofort. »Sie ist – sie ist definitiv nicht meine Freundin.«

Rooney winkte Pips Eltern breit grinsend zu. »Hi! Ich bin Rooney!«

»Hört zu, ich muss jetzt auflegen«, keifte Pip in ihr Handy.

»*Was ist denn dein Hauptfach, Rooney?*«

Rooney lehnte sich näher ans Handy und damit auch näher an Pip. »Ich studiere Englische Literatur! Und Pip und ich sind zusammen in der Shakespeare Society.«

Pip fing an, ihre Haare zurechtzuzupfen. Für mich sah es aus, als ginge es ihr hauptsächlich darum, ihren Arm als Barriere zwischen ihren Körper und den von Rooney zu drängen. »Ich lege jetzt auf. Ich liebe euch. *Ciao!*«

»Ooch«, sagte Rooney, als Pip den Anruf beendete. »Deine Eltern sind so süß. Und sie mögen mich!«

Pip seufzte. »Jetzt werden sie mich bei jedem Anruf nach dir fragen.«

Rooney zuckte die Schultern und trat zurück. »Sie können eben ganz klar erkennen, dass ich eine großartige feste Freundin wäre. Mehr sag ich nicht.«

»Wie kommst du denn darauf?«

»Einerseits mein Charme und meine Intelligenz, klarerweise. Aber das hatten wir doch alles schon.«

Ich erwartete, dass Pip zurückkeifen würde, aber das tat sie nicht. Sie wurde nur ein bisschen rot und lachte, als fände sie Rooney unheimlich amüsant. Rooney wandte sich um, und ihr Pferdeschwanz fegte durch die Luft. Den Ausdruck auf ihrem Gesicht konnte ich nicht richtig zuordnen.

Wir brauchten zwanzig Minuten, bis wir wirklich mit der Probe anfangen konnten, weil Pip und Rooney nicht aufhören konnten, sich zu zanken. Erst ging es darum, wer wen spielen sollte bei *Romeo und Julia*. Und dann ging es darum, welche Szene und wie wir diese Szene aufführen würden.

Sogar nachdem sie sich darauf geeinigt hatten, Jason und mich als Romeo und Julia zu besetzen, marschierten sie noch mindestens fünfzehn Minuten lang durch den Raum, besprachen, wie die Szene inszeniert werden müsste, und waren in buchstäblich allen Punkten vollkommen gegensätzlicher Meinung, bis Jason beschloss, dass wir uns einschalten sollten.

»So funktioniert das nicht«, sagte er. »Ihr könnt nicht beide Regie führen.«

»Äh … doch, können wir«, sagte Pip.

»Wir haben nur ein paar kleinere künstlerische Differenzen«, sagte Rooney. »Aber abgesehen davon funktioniert unsere Zusammenarbeit ganz wunderbar.«

Ich schnaubte. Pip sah mich böse an.

Rooney stützte eine Hand in die Hüfte. »Wenn Felipa es schaffen würde, ein kleines bisschen *kompromissbereiter* zu sein, dann würde hier alles super glatt laufen.«

Pip baute sich vor Rooney auf. Oder zumindest versuchte sie das zu machen, aber das war ein bisschen schwierig, weil Rooney ein gutes Stück größer war als sie, selbst wenn man Pips Haar in die Rechnung einfließen ließ.

»Du hast *nicht* die Erlaubnis, mich *Felipa* zu nennen«, sagte sie.

»Das ist nicht gut«, flüsterte ich Jason zu. Er nickte zustimmend.

»Wie wär's denn, wenn wir beide improvisieren?«, sagte Jason. »Lasst Georgia und mich die Szene einfach mal probieren, und dann sehen wir, wo wir stehen.«

Die beiden Regisseurinnen stimmten widerwillig zu, und für einen kurzen Augenblick war alles in Ordnung.

Bis mir klar wurde, dass ich drauf und dran war, eine Liebesszene aus *Romeo und Julia* mit Jason Farley-Shaw zu spielen.

Ich liebte die Schauspielerei. Ich liebte es, mich in eine Figur hineinzuversetzen, so zu tun, als wäre ich jemand anders. Ich liebte es, Dinge sagen zu können und mich so verhalten zu können, wie ich es im echten Leben nie tun würde. Und ich wusste, dass ich gut darin war.

Es war nur das *Publikum*, das mich nervös machte, was in diesem Fall Pip und Rooney waren. Und dann gab es auch noch den zusätzlichen Druck, der darin bestand, dass ich *eine Liebesszene mit Jason spielen sollte, meinem besten Freund, mit dem ich auf einem Date gewesen war.* Ich hoffe, es ist nachvollziehbar, dass ich sehr nervös war, diese Szene spielen zu müssen.

Jason und ich hatten je eine Ausgabe von *Romeo und Julia* in der Hand – na ja, meine hatte ich eher im Arm, weil ich meine gigantische Shakespeare-Oxford-Anthologie dabeihatte. Jason sprach die ersten Sätze. Pip und Rooney sahen zu, jede auf ihrem Stuhl. Den zwischen sich hatten sie aber leer gelassen.

»Entweihet meine Hand verwegen dich,
O Heil'genbild, so will ich's lieblich büßen.
Zwei Pilger, neigen meine Lippen sich,
Den herben Druck im Kusse zu versüßen.«

Okay. In die richtige Stimmung kommen. Ich war eine romantische Hauptfigur.

»Nein, Pilger«, sagte ich und versuchte mich darauf zu konzentrieren, die Wörter aus dem Buch vorzulesen, »*lege nichts der Hand zu schulden –*«

»Okay. Georgia?«, schaltete sich Pip ein. »Könntest du ein bisschen weiter von Jason weggehen, bitte? Einfach, um die *Sehnsucht* zu unterstreichen.«

»Und dann könntest du immer einen Schritt näher zu ihm gehen, während du sprichst«, sagte Rooney. »Ich mein, das ist euer erstes richtiges Treffen, und ihr seid schon absolut *besessen* voneinander.«

Pip sah sie an. »Ja. Gute Idee.«

Rooney erwiderte ihren Blick mit einer leicht zuckenden Augenbraue. »Danke.«

Ich machte, was sie wollten, und fuhr fort.

»Nein, Pilger, lege nichts der Hand zu schulden
Für ihren sittsam-andachtsvollen Gruß.
Der Heil'gen Rechte darf Berührung dulden,
Und Hand in Hand ist frommer Pilger Kuss.«

»An der Stelle sollten sich eure Hände berühren«, sagte Rooney.

Jason hielt seine ausgestreckte Hand hoch, und ich legte meine an seine.

Ich fühlte eine Welle der Nervosität durch mich hindurchfluten.

»*Hat nicht der Heil'ge Lippen*«, sagte Jason und starrte mich direkt an. »*Wie der Pilger?*«

Ich fühlte, wie ich knallrot anlief. Nicht, weil mir warm ums Herz wurde oder weil die Romantik der Szene mich berührte. Sondern weil ich mich total unwohl fühlte.

»*Ja, Pilger*«, antwortete ich. »*Doch Gebet ist die Bestimmung aller.*«

»Georgia«, sagte Pip. »Darf ich offen sein?«

»Jah?«

»Das sollte eine Flirterei sein zwischen euch, aber du schaust drein, als müsstest du dringend kacken.«

Ich prustete los. »Wow.«

»Ich weiß, wir lesen einfach mal den Text, aber könntest du … romantischer sein?«

»Ich versuch's.«

»Wirklich?«

»Oh mein Gott.« Ich knallte mein Buch zu. Ich war richtig sauer. Ich war keine schlechte Schauspielerin. Schauspielerei war sogar eins der wenigen Gebiete, auf denen ich hervorragend war. »Du bist total gefühllos.«

»Können wir noch mal von vorn anfangen?«

»Na gut.«

Jason und ich fingen noch mal von vorn an. Ich schlug mein Buch wieder auf.

Okay. Ich war *Julia*. Ich war verliebt. Ich hatte gerade diesen superheißen, total verbotenen Jungen getroffen und war praktisch besessen von ihm. Ich *konnte* das.

Wir lasen die Rollen erneut vor, bis wir schließlich zu der Stelle kamen, an der es um *Lippen* ging und Jason meine Hand in seine nahm.

»Oh, so vergönne, teure Heil'ge, nun«, sagte Jason.
»Dass auch die Lippen wie die Hände tun.
Voll Inbrunst beten sie zu dir: erhöre,
Dass Glaube nicht sich in Verzweiflung kehre!«

Jason spielte sich die Seele aus dem Leib. Mann, fühlte ich mich unwohl.

»Du weißt, ein Heil'ger pflegt sich nicht zu regen,
Auch wenn er eine Bitte zugesteht.«
»So reg' dich, Holde, nicht, wie Heil'ge pflegen,
Derweil mein Mund dir nimmt, was er erfleht.«

Jason sah mich plötzlich irgendwie verlegen an, dann wandte er sich an Rooney und Pip. »An dieser Stelle sollten wir uns wohl küssen.«

Rooney klatschte begeistert in die Hände. »Ja.«

»Auf jeden Fall«, sagte Pip.

»Nur ein kleiner Kuss.«

»Ich weiß nicht. Ich glaube, es sollte schon ein anständiger Kuss sein.«

Rooney wackelte mit den Augenbrauen. »Oooh. Felipa fährt voll drauf ab.«

»Ich würde es vorziehen«, sagte Pip, »wenn du aufhörst, mich so zu nennen.«

Pip konnte es wirklich, wirklich nicht ausstehen, Felipa genannt zu werden. Sie hatte sich Pip nennen lassen, seitdem wir uns kannten. Sie hatte es immer lieber gehabt, dass ihr Name maskuliner klang und – abgesehen davon, dass ihre Familienmitglieder sie so nannten – fühlte sie sich einfach nicht wie eine Felipa.

Auch Rooney bemerkte, dass sich an Pips Tonfall etwas verändert hatte, und sie hörte auf zu grinsen.

»Okay«, sagte Rooney und klang dabei aufrichtiger, als ich sie Pip gegenüber je gehört hatte. »Na klar. Entschuldige.«

Pip richtete ihr Haar und räusperte sich. »Danke.«

Sie starrten einander an.

Und dann sagte Rooney: »Wie wäre es, wenn ich dich stattdessen *Pipchen* nenne?«

Pip sah aus, als würde sie jeden Moment explodieren, aber Jason fuhr dazwischen, bevor sie einen ausgewachsenen Streit haben konnten. »Also, der Kuss.«

»Ihr müsst euch nicht jetzt sofort küssen«, sagte Pip schnell.

»Nein«, stimmte Rooney zu. »In den späteren Proben, aber nicht jetzt schon.«

»Okay«, sagte ich erleichtert und trat ein bisschen zurück.

Klarerweise wollte ich Jason nicht vor anderen Leuten küssen. Und ich wollte nicht, dass unser erster Kuss im Rahmen eines Stückes passierte.

Das war vermutlich der Grund dafür, dass ich mich so unwohl fühlte. Das war vermutlich auch der Grund dafür, dass ich nicht so gut spielte wie sonst.

Das war vermutlich auch der Grund dafür, dass mir beim Gedanken, Julia zu spielen, die romantischste Rolle in der Geschichte der Literatur, kotzübel wurde.

»Das war jetzt nicht … irgendwie … unangenehm, oder?«, flüsterte mir Jason zwanzig Minuten später zu, als wir unsere Sachen packten.

»Was? Nein. Nein, das war – das war okay. Großartig. Es war großartig. Du warst großartig. Wir werden großartig sein.« Reiß dich zusammen, Georgia.

Er seufzte erleichtert. »Okay. Gut.«

Ich brauchte einen Augenblick, um darüber nachdenken zu können. Bevor ich es mir wieder ausreden konnte, sagte ich: »Ich will nicht, dass unser erster Kuss in einem Stück ist.«

Jason hielt mitten in der Bewegung inne, nur für einen Moment. Seine Wangen waren rot. »Äh nein. Nein, sicher nicht.«

»Ja.«

»Ja.«

Als wir uns umdrehten, konnten wir sehen, dass uns Pip von der anderen Seite des Raumes beobachtete, ihre Augen waren misstrauisch zusammengekniffen. Aber bevor sie etwas sagen konnte, meldete sich Rooney zu Wort.

»Hat einer von euch versucht, ein fünftes Mitglied zu finden?«

»Ich hab außer euch keine Freunde«, sagte ich sofort, als wären sich nicht alle ohnehin dieser Tatsache bewusst.

Jason ging aus dem Zimmer, damit er sich endlich wieder aufrichten konnte. »Ich kann versuchen, jemanden aus dem Castle zu fragen, aber … Ich bin nicht sicher, ob die was mit Schauspielerei am Hut haben.«

»Ich hab meine Freunde im Castle schon gefragt«, sagte Pip. »Sie haben alle Nein gesagt.« Sie wandte sich an Rooney. »Hast du nicht so um die fünfzig beste Freunde? Und du kannst niemanden finden?«

Rooneys Gesichtsausdruck verfinsterte sich kurz, und für einen Moment wirkte sie ehrlich wütend. Aber dann war sie wieder ganz sie selbst. Sie verdrehte die Augen und sagte: »Ich hab nicht fünfzig Freunde.« Aber mehr sagte sie nicht.

Ich musste Pip zustimmen. Es war etwas merkwürdig, dass Rooney, die mindestens zweimal die Woche um die Häuser zog und fast jeden Abend in der College Bar rumhing, nicht mal einen einzigen Menschen kannte, der uns beitreten wollte.

»Was ist mit deinem College-Ehemann?«, schlug ich vor. Sie mussten doch wenigstens Freunde sein.

Rooney schüttelte den Kopf. »Ich glaube nicht, dass er auf Theater steht.«

Vielleicht war sie mit diesen Leuten doch nicht so eng.

Wir standen draußen in der Herbstluft auf der Kopfsteinpflaster-straße und verabschiedeten uns. Und ich fragte mich, warum Rooney das hier so wichtig war. So wichtig, dass sie sich die ganze Arbeit machte, ihre eigene Society gründete, Regie führte, ihr eigenes Stück aufführte.

Wir kannten uns jetzt ein paar Wochen. Ich wusste, dass sie ein sexpositives Partygirl war und eine Shakespeare-Enthusias-tin, die jedem ein Lächeln aufs Gesicht zaubern und ihn dazu bringen konnte, sie zu mögen.

Aber *warum* sie all das machte?

Ich hatte keine Ahnung.

DER ELEFANT IM RAUM

GEORGIA WARR, FELIPA QUINTANA

Felipa Quintana
ROONEY

Georgia Warr
also eigentlich heiße ich georgia

Felipa Quintana
Ich möchte bloß wissen, wie jemand, der so megaheiß ist, gleichzeitig so fucking anstrengend sein kann

Georgia Warr
oh gut
dann reden wir also endlich über den elefanten im raum

Felipa Quintana
Welchen Elefanten???

Georgia Warr
deine gigantonormische verknalltheit in rooney bach

Felipa Quintana
Oh, warte, warte, warte.
Ich meinte nur, dass sie OBJEKTIV gesehen heiß ist.
Ich steh nicht auf sie

Georgia Warr
aldsehiijfeilsoioekl

Felipa Quintana
ICH VERKNALL MICH NICHT IN HETERO-MÄDCHEN

Georgia Warr
lol

Felipa Quintana
Wir würden uns gegenseitig umbringen, wenn wir miteinander
ausgehen würden!
Was wir nicht tun könnten, weil sie hetero ist.
Und ich mag sie gar nicht auf die Art.
Und sie ist super nervig, und immer muss alles nach ihrem Kopf
gehen.
Und ich bin dazu verdammt, eine einsame Lesbe zu sein

Georgia Warr
du gräbst dir nur ein immer tieferes loch

Felipa Quintana
THEMENWECHSEL
Ich hab eine Frage

Georgia Warr
frag einfach, kumpel

Felipa Quintana
Wahrscheinlich bilde ich mir das alles nur ein, aber ... läuft da irgendwas zwischen Jason und dir???
Er hat mir erzählt, dass ihr euch zu zweit getroffen habt, nur du und er und ich weiß auch nicht ... es hat sich irgendwie angehört wie ein Date oder so hahaha

Georgia Warr
würdest du das merkwürdig finden? wenn wir ausgehen?

Felipa Quintana
Weiß nicht ...
Es würde alles ändern

Georgia Warr
na ja, ich schätze, ich weiß noch gar nicht so wirklich, was es damit auf sich hat

Felipa Quintana
Also magst du ihn??

Georgia Warr
ich weiß es wirklich nicht.
vielleicht?
wir haben ausgemacht, dass wir gucken, wo das hinführt

Felipa Quintana
Hm
Okay

GEORGIA WARR, JASON FARLEY-SHAW

Georgia Warr
ich hab pip gerade gesagt, dass wir möglicherweise ausgehen

Jason Farley-Shaw
Oh scheiße. Okay!
Wow
Was hat sie gesagt?

Georgia Warr
sie hat gesagt »hm okay«

Jason Farley-Shaw
Oh Mann, dann ist sie sauer

Georgia Warr
ich glaub nicht, dass sie sauer ist,
sie ist nur verwirrt

Jason Farley-Shaw
Verständlich, muss man sagen.
Das ist eine ziemliche Wendung

Georgia Warr
sie kommt aber damit klar, oder?
ich meine, sie kommt mit uns klar?

Jason Farley-Shaw
Ja, doch.
Auf jeden Fall

GEORGIA WARR, ROONEY BACH

Georgia Warr
wann kommst du nach hause?
ich würde gern mit dir reden

Rooney Bach
Uuuuh, mit mir reden.
Worüber denn? Ich liebe es zu reden!

Georgia Warr
na ja
ich weiß nicht so recht, was ich mit jason machen soll
also brauch ich dich als beraterin
es sei denn, du willst dich lieber raushalten, dann will ich dich
nicht unter druck setzen, haha

Rooney Bach
Nein, die Leute hier sind eh fad und betrunken und ich bin nicht
in Stimmung, jemanden abzuschleppen.
Spiegelei ist auf dem Rückweg

Georgia Warr
beeil dich, Spiegelei

DER BUCHSTABE »X«

»Na, also«, sagte Rooney, als ich die Nachricht abgeschickt hatte.

Georgia Warr
Alsooooo, wollen wir uns dieses Wochenende wieder verabreden?

Wir saßen nebeneinander auf meinem Bett und lehnten uns ans Kopfteil, Rooney immer noch in ihrem kompletten Ausgeh-Outfit und ich in meinem Weihnachtspyjama, obwohl wir erst November hatten.

»Was mach ich denn auf dem Date?«, fragte ich und betrachtete die Nachricht, die ich eben versendet hatte, um zu sehen, wann Jason sie lesen würde.

Sie schlürfte ihren Abendtee. »Was du möchtest.«

»Aber müssen wir uns nicht küssen? Es ist das zweite Date.«

»Du *musst* überhaupt nichts.«

Ich wandte mich Rooney zu, aber wir saßen zu nah beieinander, als dass ich mehr von ihr sehen konnte als die dunklen Locken, die über ihre Schultern fielen. »Würdest *du* jemanden beim zweiten Date küssen?«

Rooney schnaubte. »Ich gehe nicht auf Dates.«

»Aber du warst schon auf Dates.«

Sie wurde eine Weile sehr still.

»Ich schätze schon«, sagte sie schließlich. »Aber im Großen und Ganzen ziehe ich reinen Sex vor.«

»Oh.«

»Versteh mich nicht falsch, es wäre schon schön, in einer Beziehung zu sein, nehme ich an. Und manchmal treffe ich jemanden und denke: vielleicht …« Sie unterbrach sich mitten im Satz, rollte von meinem Bett und ging zu ihrem eigenen. »Es ist nur … Na ja, ich verlieb mich eben immer in die falschen Leute. Also, wozu das Ganze?«

»Oh.«

Sie sagte nicht mehr dazu, und es fühlte sich an, als wäre es unhöflich, sie zu drängen und nach Details zu fragen. Stattdessen zog sie sich aus und ihren Pyjama an, und ich sah ganz eindeutig, wie sie dem Foto von Meerjungfrau Beth einen langen Blick zuwarf.

Vielleicht war Beth eine Ex-Freundin. Oder eine alte Liebe. Ich hatte keinerlei Belege dafür gesehen, dass Rooney auf Mädchen stand, aber es war nicht unmöglich.

»Es ist nichts falsch daran, einfach nur Sex zu haben«, sagte sie, sobald sie ins Bett geklettert war.

»Ich weiß«, sagte ich.

»Beziehungen sind einfach nichts für mich, glaube ich. Die gehen nie gut.«

»Okay.«

Sie sprang plötzlich wieder aus dem Bett und murmelte: »Roderick«, um ihm schnell Wasser zu geben. Roderick sah tatsächlich eher mitgenommen aus, um ehrlich zu sein – Rooney schien regelmäßig zu vergessen, ihn zu gießen. Als sie fertig war, legte sie sich wieder hin und war fünf Minuten später im Reich der Träume, während ich aufblieb und abwechselnd unsere blau gestrichene Zimmerdecke anstarrte oder durch mein Handy scrollte und mich fragte, ob ich nun Jason bei unserem zweiten Date küssen sollte oder nicht.

Was, wenn ich in Wahrheit gar nicht auf Jungs stand und sich die ganze Angelegenheit deshalb so schwer durchschauen ließ?

Sobald der Gedanke in meinem Kopf auftauchte, betrachtete ich ihn genauer. Ich öffnete Safari auf meinem Handy und tippte ein: »Bin ich lesbisch?«

Sofort kamen mehrere Links, hauptsächlich Internet-Fragebogen, von denen ich wusste, dass sie entweder komplett sinnlos oder bestenfalls ungenau sein würden. Aber ein Link machte mich neugierig: der *Kinsey-Skalentest*.

Ich suchte nach Informationen zum Kinsey-Skalentest. Wikipedia erklärte, dass es eine Skala für Sexualität gibt, die von null (ausschließlich heterosexuell) bis sechs (ausschließlich homosexuell) reicht.

Ich war neugierig und zunehmend frustriert von mir selbst, also machte ich den Test und versuchte die Fragen so instinktiv wie möglich zu beantworten und nicht zu lang darüber nachzudenken. Als ich fertig war klickte ich auf »Antworten abschicken« – und wartete.

Aber statt einer Zahl erschien auf dem Bildschirm der Buchstabe X.

Du hast keinerlei sexuelle Präferenzen angedeutet. Versuche, deine Antworten entsprechend anzupassen.

Ich las die Sätze wieder und wieder.

Ich hatte … wohl den Test falsch gemacht.

Ich musste den Test falsch gemacht haben.

Ich ging zurück zu den Fragen und suchte nach Antworten, die ich ändern könnte, aber ich konnte keine Antworten finden, die ungenau gewesen wären, also schloss ich die Seite.

Wahrscheinlich war es einfach ein fehlerhafter Test.

MR. SELBSTBEWUSST

»Du siehst hübsch aus!«, war das Erste, was Jason zu mir sagte, als wir uns am Samstagnachmittag vor dem Gala-Kino trafen.

»Oh, äh, danke?«, sagte ich und blickte an mir runter. Ich hatte einen khakifarbenen Overall angezogen mit einem Fair-Island-Pulli darunter, aber der Großteil des Outfits war unter meinem gigantischen Mantel verborgen, weil es bereits deutlich unter null Grad war und ich mit Kälte nicht gut zurechtkomme.

Jason hingegen trug wie üblich seine Flanelljacke und schwarze Jeans, wie das ganze Jahr über.

»Ich hab mir überlegt«, fing er an, als wir ins Kino gingen, »dass es vermutlich keine glänzende Idee war, ins Kino zu gehen für unser – ähm … Treffen.«

Eigentlich hatte er »Date« sagen wollen. Er wusste also auch, dass es ein Date war.

Die Würfel waren gefallen.

Ich kicherte. »Ja. Wir treffen uns, um uns dann zwei Stunden komplett zu ignorieren.«

»Im Prinzip ja. Aber, also, ich meine: Es klingt ziemlich entspannend, um ehrlich zu sein.«

»Das ist wahr.«

»Ich glaube, die perfekte Ehe wäre für mich, zwei Leute, die nebeneinander sitzen und einfach schweigen können, ohne dass es unangenehm wird. Und das auch über längere Zeit.«

»Genau das«, sagte ich. »Aber wir sind ja noch nicht verheiratet.«

Daraufhin prustete Jason ein leicht entsetztes Lachen heraus. Gut. Ich konnte offenbar flirten. Zumindest konnte ich *so tun als ob*.

Der Film lief seit einer halben Stunde, als der Feueralarm losging.

Bis zu dem Moment war alles ziemlich gut gelaufen. Jason hatte weder versucht, meine Hand zu halten, noch seinen Arm um mich gelegt, noch – Gott sei Dank – versucht, mich zu küssen. Wir waren einfach zwei Freunde, die sich einen Film im Kino ansahen.

Klarerweise wollte ich nicht, dass er irgendwas davon probierte, weil es so klischeehaft und praktisch nachlässig gewesen wäre.

»Und, was jetzt?«, fragte Jason, als wir vor dem Kino in der Kälte standen. Keiner schien zu wissen, ob es wirklich ein Feuer gab oder nicht, aber es sah nicht so aus, als würde man uns in absehbarer Zeit zurück ins Kino lassen. Ein Angestellter des Kinos kam heraus und verteilte Gutscheine für neue Tickets.

Ich zog meinen Mantel fester um mich. Das war nicht so, wie ich mir diesen Nachmittag ausgemalt hatte. Ich hatte gehofft, wir könnten diese zwei Stunden schweigend nebeneinandersitzen, uns einen guten Film ansehen und dann nach Hause gehen.

Aber wir konnten das Date nicht nach einer halben Stunde abbrechen. Das wäre wirklich unbeholfen gewesen. Das wäre richtig schlechtes Dating-Verhalten.

»Ähm … Ich schätze, wir können auch einfach zurück zum College gehen und Tee trinken oder so was«, sagte ich. Das schien genau das zu sein, was Leute am College machten, wenn sie Zeit miteinander verbrachten. Tee trinken auf ihren Zimmern.

»Ja!« Jason lächelte und stopfte die Hände in die Taschen. »Ja, das hört sich gut an. Willst du zu mir rüberkommen? Wir könnten in meinem Zimmer einen Film gucken oder so?«

Ich nickte auch. »Ja, das klingt wirklich gut.«

Okay.

Es war okay.

Ich konnte das.

Ich konnte normal sein.

Ich konnte mit einem Jungen auf sein Zimmer gehen und ein Date haben und alles machen, was normalerweise damit in Verbindung gebracht wurde. Reden. Flirten. Küssen. Sex vielleicht.

Ich war mutig. Ich brauchte nicht auf meine eigenen Gedanken zu hören. Ich konnte all das tun.

Ich mag Tee eigentlich gar nicht, und Jason wusste das offenbar, weil er mir automatisch heiße Schokolade machte.

Jason hatte genau wie Pip und die meisten anderen Studenten in Durham ein eigenes Zimmer, was bedeutete, dass es klein war. Es war vielleicht ein Drittel der Größe des Zimmers, das Rooney und ich uns teilten. Und es gab nur ein Einzelbett. Die Einrichtung war allerdings ganz ähnlich wie unsere: ein verblichener alter Teppichboden, gelbe Rigips-Wände und nicht ganz neue IKEA-Möbel.

Jasons Bettwäsche war blau. Er hatte einen Laptop und einige Bücher auf seinem Nachttisch liegen, und einige Paar Schuhe standen ordentlich aufgereiht unter der Heizung.

Aber nichts davon fiel mir auf den ersten Blick auf. Das Erste, was mir ins Auge stach, war die Wand.

Die Wand war völlig leer bis auf ein einziges gerahmtes Foto von *Sarah Michelle Gellar* und *Freddie Prinze Jr* in *Scoobie Doo 2*: *Die Monster sind los.*

Ich starrte das Bild an.

Jason sah mich an, während ich das Bild anstarrte.

»Ich habe Fragen«, sagte ich.

»Verständlich«, sagte er, nickte und setzte sich auf sein Bett.

»Ähm ... erinnerst du dich an Edward? Aus meiner alten Schule? Er hat es mir gegeben.«

Der letzte Satz klang, als wäre er das Ende der Geschichte.

»Weiter«, sagte ich.

»Also ... Okay, du musst dich aber erst mal hinsetzen, bevor ich dir das weiter erkläre.« Er klopfte auf das Bett neben sich.

Das machte mich ein bisschen nervös. Dummerweise gab es im ganzen Zimmer keine andere Sitzgelegenheit, und er machte es auch nicht auf eine besonders verführerische Art, also nahm ich an, dass es schon okay sein würde.

Ich setzte mich neben ihn an die Ecke des Bettes und umklammerte meine heiße Schokolade.

»Also, wir wissen ja alle, dass ich ein Scooby-Doo-Fan bin.«

»Selbstverständlich.«

»Und von Sarah Michelle Gellar und Freddie Prinze Junior.«

»Ich ... wenn du's sagst, sicher.«

»Okay. Also, an meiner alten Schule, also bevor ich an eure Schule gewechselt bin, in der sechsten Klasse, da war ich so ein bisschen berühmt als der Typ, der noch nie jemanden geküsst hatte.«

»Was?«, sagte ich. »Das hast du mir nie erzählt.«

»Na ja, du weißt ja, dass ich von der Schule abgegangen bin, weil ...« Er verzog das Gesicht. »Ein Haufen von den Jungs war ... ich meine, es war eine reine Jungenschule, und die Typen da machten sich andauernd gegenseitig fertig wegen jeder Kleinigkeit.«

»Ja.«

Jason hatte uns schon ein bisschen von der Zeit erzählt. Wie die Leute an seiner alten Schule irgendwie eklig waren und er nicht mehr länger in dieser Umgebung sein wollte.

»Die haben mich alle dauernd fertiggemacht, weil ich noch

nie jemanden geküsst hatte. Die haben mir das Leben echt schwer gemacht deshalb. Nichts richtig Dramatisches, aber, na ja, es war halt ein Thema. Alle fanden es ziemlich verdreht.«

»Aber jetzt hast du Mädchen geküsst«, sagte ich. »Ich meine, du hast schon eine Freundin gehabt und alles.«

»Das war später. Aber vorher war es die eine Sache, wegen der mich die anderen fertiggemacht haben. Weißt du, sie haben halt gesagt, es würde daran liegen, dass ich hässlich wäre und Pickel hätte und weil ich Musicals mochte und so dämlichen Scheiß halt. Das wäre mir heute alles egal, aber damals war ich viel jünger.«

»Oh«, sagte ich, und meine Stimme klang plötzlich ganz heiser. »Das ist furchtbar.«

»Als wir in der elften von der Schule abgegangen sind, hat mir Ed dieses gerahmte Foto geschenkt.« Er deutete auf das Foto. »Sarah und Freddie. Und Ed war voll so: Das ist ein Glücksbringer, der wird dir dabei helfen, dass du eine Freundin findest. Wir haben beide die Scooby-Doo-Filme total geliebt. Und irgendwann war's dann so ein Running Gag, dass Sarah Michelle Gellar und Freddie Prinze jr. so was wie das ultimative Liebespaar waren, weil sie im echten Leben verheiratet waren und im Film auch ein Liebespaar gespielt haben. Jedes Mal, wenn jemand, den wir gekannt haben, mit jemandem zusammengekommen ist, haben wir sie auf der Sarah-und-Freddie-Skala bewertet. Ich ... ja. Okay. Es klingt komisch, wenn ich es so beschreibe.«

»Nein, das ist lustig«, sagte ich. »Ich hoffe bloß, sie lassen sich nicht demnächst scheiden.«

Er nickte. »Ja. Das würde das Ganze irgendwie kaputt machen.«

»Ja.«

»Wie dem auch sei. Nachdem er mir das Foto gegeben hat, ist noch genau eine Woche vergangen, bis ich zum ersten Mal ein

Mädchen geküsst habe.« Jason kicherte. »Ich meine, es war ein beschissener Kuss, aber … ich glaube, damit war es einfach aus dem Weg. Seitdem ist das Bild mein Glücksbringer.«

Jason erzählte die Geschichte, als wäre es eine lustige Anekdote, über die ich lachen sollte. Aber sie war nicht lustig.

Sie war fucking traurig.

Ich erinnerte mich an die Geschichte von seinem ersten Kuss mit einem Mädchen, das er nicht mal besonders mochte. Er hatte Pip und mir erzählt, dass es nicht schön gewesen war, aber dass er froh war, es hinter sich gebracht zu haben. Jetzt, wo ich die ganze Geschichte gehört hatte, wurde mir klar, was in Wahrheit passiert war.

Er hatte sich so unter Druck gefühlt, dass er einfach jemanden küssen musste. Weil Leute ihn gemobbt hatten. Er hatte sich selbst gezwungen, jemanden zu küssen, in den er nicht verliebt war, und es war schlimm gewesen.

Viele Teenager machten es genauso. Aber zu hören, dass es auch Jason passiert war, machte mich richtig, richtig wütend.

Ich wusste genau, wie schlimm es sich anfühlte, noch nie geküsst zu haben.

Und wie es sich anfühlte, so sehr unter Druck zu stehen, dass man etwas tat, nur weil es alle anderen machten.

Weil du abartig bist, wenn du es nicht machst.

Weil es einzig und allein darum geht, wenn du ein menschliches Wesen bist.

Zumindest sagten das alle anderen.

Jason riss seinen Blick von dem Foto los. »Oder vielleicht ist es kein Glücksbringer. Ich schätze, meine romantischen Erfahrungen bisher waren alle nicht … großartig.« Er wandte den Blick ab. »Ein beschissener erster Kuss und dann … Aimee.«

»Ja, Aimee war eine wirklich abstoßende Kreatur.«

»Ich glaube, ich war nur deshalb so lang mit Aimee zusammen, weil ich Angst davor hatte, Single zu sein und … wieder dieser Typ zu werden. Der, den die anderen über Jahre fertig-gemacht hatten. Dieser Typ, der irgendwie … nicht liebenswert war oder so. Ich dachte, wenn ich mit Aimee Schluss mache, dann werde ich für immer ungeliebt bleiben.« Seine Stimme wurde leiser. »Ich hab wirklich gedacht, ich hätte nichts Besseres verdient als sie.«

»Du hast mehr verdient«, sagte ich sofort. Ich wusste, dass es so war, weil ich ihn liebte. Vielleicht war ich nicht in ihn *verliebt*, noch nicht, aber ich liebte ihn.

»Danke«, sagte er. »Ich meine, ich weiß, dass es so ist, ich weiß das heute.«

»Okay, Mr. Selbstbewusst.«

Er lachte. »Ich wünschte nur, ich könnte das meinem sech-zehnjährigen Selbst sagen.«

Ich war so scheinheilig.

Ich machte genau das, wozu sich Jason vor all den Jahren ge-zwungen gesehen hatte. Ich zwang mich dazu, Erfahrungen zu machen, zu küssen, eine Beziehung zu haben – einfach weil ich Angst davor hatte, anders zu sein. Er hatte so große Angst davor gehabt, der Typ zu sein, der nie geküsst wurde.

Das war exakt das, was ich jetzt machte. Und ich würde ihm am Ende wehtun.

Vielleicht sollte ich es ihm jetzt sagen. Ihm sagen, dass wir auf-hören sollten, es beenden, einfach Freunde bleiben sollten.

Aber vielleicht, wenn ich nur noch ein kleines bisschen länger durchhielt, würden wir uns verlieben, und ich würde mich nicht länger selbst hassen.

Bevor ich die Möglichkeit hatte, noch etwas zu sagen, schob sich Jason zum Kopfende des Bettes hoch und klappte seinen Laptop auf.

»Wie dem auch sei. Film?« Er klopfte auf die Stelle neben sich im Bett und zog eine Decke hervor. »Du kannst dir einen Film aussuchen, ich hab den Kinofilm ausgesucht.«

Ich setzte mich neben ihn und sah mir die Auswahl an Filmen an. Er legte die Decke über unsere Beine. War das alles nur die Vorbereitung für Sex? Oder für einen Kuss? Das war der Zeitpunkt, wo wir normalerweise anfangen würden, uns zu küssen, richtig? Leute, die auf einem Date waren, saßen nicht bloß nebeneinander und schauten sich einen Film an. Sie guckten die ersten zehn Minuten und fingen dann an zu knutschen. Würde ich das tun müssen? Allein daran zu denken brachte mich fast zum Weinen.

Ich suchte einen Film aus, und wir guckten den Film schweigend. Ich rutschte unruhig hin und her. Ich wusste nicht, was ich tun sollte. Ich wusste nicht, was ich tun *wollte*.

»Georgia?«, sagte Jason nach etwa zwanzig Minuten. »Bist du … okay?«

»Ähm …« Ich war dabei, komplett die Nerven zu verlieren. Ich war kurz vor einer Panikattacke. Ich mochte Jason und wollte so gern entspannen und mit ihm den Film gucken. Aber ich wollte nichts von dem anderen Zeug machen. Was, wenn meine Sexualität wirklich X war, wie die Kinsey-Skala behauptet hatte? »Ehrlich gesagt geht's mir nicht so gut.«

Jason setzte sich sofort auf. »Oh nein! Was ist denn los?«

Ich schüttelte den Kopf. »Nichts Schlimmes, ich hab … ich hab nur ein bisschen Kopfweh, um ehrlich zu sein.«

»Wollen wir's gut sein lassen? Du solltest dich vielleicht hinlegen oder so.«

Gott, Jason war so lieb.

»Wäre das okay für dich?«, fragte ich.

Er nickte ernsthaft. »Natürlich.«

Als ich ging, überflutete mich eine Welle unglaublicher Erleichterung.

Aber als die abgeebbt war, hasste ich mich umso mehr.

SUNIL

Letztlich ging ich nicht mal wirklich zurück zum St. John's.

Ich lief die Treppe runter und raus aus dem Castle College. Eigentlich wollte ich zum Supermarkt und Schokolade kaufen, um mir den Abend zu versüßen. Aber sobald ich rauskam, setzte ich mich erst mal auf die Treppe und konnte mich nicht mehr bewegen.

Ich war dabei, das hier so richtig, richtig zu versauen.

Ich würde Jason verletzen und für immer allein sein.

Wenn ich es nicht schaffte, einen Typen zu mögen, der liebenswert war und lustig und attraktiv und mein bester Freund ... wie sollte ich jemals irgendwen mögen?

Es lief nicht so wie im Kino. Im Kino stellten zwei Leute, die seit Kindertagen Freunde waren, irgendwann fest, dass sie trotz aller Schwierigkeiten von Anfang an füreinander gemacht waren. Dass ihre Beziehung über bloße körperliche Anziehung hinausging. Und sie lebten für immer glücklich zusammen.

Warum lief es für mich nicht so?

»Georgia?«, sagte eine Stimme hinter mir.

Ich drehte den Oberkörper, erschrocken, dass jemand meinen Namen rief, dessen Stimme ich nicht sofort erkannte. Ich war überrascht, Sunil zu sehen, meinen College-Elternteil, der das Selbstbewusstsein eines Team-Mitglieds der Show *Queer Eye* hatte.

»Sunil«, sagte ich.

Er kicherte. Er trug einen dicken, bunten Mantel über einem klassischen Smoking.

»So ist es«, sagte er.

»Warum bist du im Castle?«

»Orchesterprobe«, sagte er und lächelte warm. »Ich bin im Studentenorchester und musste mit den anderen Cellisten ein paar Stücke durchspielen.«

Er setzte sich neben mich auf die Stufen.

»Du spielst Cello?«

»Tu ich. Es macht mir auch echt Spaß, aber das Orchester ist stressig. Der Dirigent kann mich nicht leiden, weil Jess und ich immer quatschen.«

»Jess … vom Stand der Pride Society? Ist sie auch im Orchester?"

»Ja. Violine. Deshalb war sie heute nicht hier. Aber sonst machen wir so ziemlich alles gemeinsam.«

Ich fand, das hörte sich richtig süß an, aber ich hatte gerade Probleme, irgendwas Positives zu empfinden. Deshalb musste ich mich zu einem Lächeln zwingen, was offenbar nicht überzeugend war.

»Bist du okay?«, fragte er und zog die Augenbrauen hoch.

Ich machte den Mund auf, um Ja zu sagen, dass ich vollkommen in Ordnung war, aber ich fing stattdessen an, hysterisch zu lachen.

Ich glaube, das war für mich das, was für andere Weinen vor anderen Leuten ist.

»Oh nein«, sagte Sunil, seine Augen waren vor Überraschung geweitet. »Du bist definitiv nicht okay.«

Er wartete darauf, dass ich etwas sagte.

»Es geht mir gut«, sagte ich. Wenn ich eine Puppe wäre, könnte das der Satz sein, der aus meinem Mund kommt, wenn man mich bewegt.

»Oh *nein*.« Sunil schüttelte den Kopf. »Das war die schlechteste Lüge, die ich je gehört habe.«

Das brachte mich richtig zum Lachen.

Sunil wartete darauf, ob ich noch was sagen würde. Ich sagte nichts weiter.

»Du warst nicht bei der ersten Clubnacht der Pride Society«, fuhr er fort und sah mich weiter an.

»Oh, äh, ja.« Ich zuckte schwach mit den Schultern. »Äh ... Clubs sind nicht so wirklich mein Ding.«

Ich hatte natürlich die E-Mail mit der Einladung bekommen. Das war vor zwei Wochen. Die Pride Society heißt dich willkommen! Komm zur Party mit deiner neuen Familie von QUILTBAGS. Ich musste googeln, was Quiltbags sind, aber schon während ich das machte, wusste ich, dass ich nicht hingehen würde. Ich wäre auch nicht gegangen, wenn ich Clubs und Alkohol gemocht hätte. Ich gehörte da nicht hin. Ich wusste ja nicht mal, ob ich ein Quiltbag war oder nicht.

Er nickte. »Weißt du was? Meins auch nicht.«

»Echt?«

»Ja. Ich kann Alkohol überhaupt nicht ausstehen. Ich fange an zu zittern, und ich vertrage praktisch nichts. Ich geh viel lieber zu einem queeren Filmabend oder zu einer queeren Tee-Party, weißt du?«

Während er sprach, warf ich einen Blick auf seine Jacke und sah, dass er wieder diese Anstecknadeln trug. Ich konzentrierte mich auf die Nadel mit dem lila, schwarzen, grauen und weißen Streifen.

Mann, ich wollte doch nachschlagen, wofür das steht. Ich wollte es wirklich gern wissen.

»Apropos Pride Society«, sagte er und deutete auf seinen Smoking. »Ich bin gerade auf dem Weg zum Herbstempfang. Die anderen vom Organisationsteam bereiten es jetzt gerade vor, und ich *hoffe*, dass es keine Katastrophen gegeben hat.«

Ich weiß nicht, was in mich gefahren ist, aber das Nächste, was ich sagte, war: »Darf ich mitkommen?«

Er zog die Augenbrauen hoch. »Du willst mitkommen? Du hast nicht auf die Einladung geantwortet.«

Ich hatte auch diese E-Mail bekommen. Ich hatte sie auch nicht gelöscht. Ich hatte mir sehr lebhaft ausgemalt, wie es sein würde, wenn ich an dem Empfang teilnehmen würde. Wenn ich das Selbstbewusstsein hätte, Teil von so etwas zu sein.

»Ich könnte ... beim Aufbau helfen?«, schlug ich vor.

Ich mochte Sunil. Ich mochte ihn wirklich. Ich wollte einfach noch ein bisschen länger in seiner Nähe bleiben. Ich wollte sehen, wie es bei der Pride Society aussah.

Und ich wollte vergessen, was gerade mit Jason passiert war.

Er sah mich ziemlich lange an, dann lächelte er. »Weißt du was? Warum nicht? Wir können immer jemanden brauchen, der hilft, Ballons aufzublasen.«

»Bist du sicher?«

»Ja!«

Plötzlich bekam ich kalte Füße. Ich schaute an mir runter, sah meinen Overall und meinen Wollpullover. »Ich bin nicht richtig angezogen für einen Empfang.«

»Es interessiert niemanden einen Scheiß, was du anhast, Georgia. Das ist die Pride Society.«

»Aber du siehst sexy aus, und ich sehe aus, als wäre ich gerade aus dem Bett gerollt, um rechtzeitig zur Neun-Uhr-Vorlesung zu kommen.«

»Sexy?« Er lachte, als hätten wir einen Insider-Joke, der aus diesem einen Wort bestand. Dann stand er auf und streckte mir die Hand hin.

Ich wusste nicht, was ich sonst sagen oder tun sollte, also nahm ich seine Hand.

ES HÄTTE EIN PAAR REGEN-BOGEN-FLAGGEN MEHR GEBRAUCHT

Sunil hielt meine Hand weiter in seiner, als wir durch Durham schlenderten, auf eine etwas kühle, aber umso beruhigendere Art. Ich fühlte mich, als wäre ich mit einem richtigen Elternteil unterwegs. Ich nehme an, auf eine gewisse Art war das auch so.

Er schien nicht unbedingt reden zu wollen. Er wollte einfach laufen. Manchmal schwang er unsere Arme ein bisschen hin und her. Auf halbem Weg fing ich an, mich zu fragen, was ich eigentlich vorhatte. Ich wollte mich doch eigentlich im Bett einrollen, eine Jimmy/Rowan Spider-Man AU Fanfiction zu Ende lesen, mit der ich gestern angefangen hatte. Ich sollte nicht auf diesen Empfang gehen. Ich hatte es nicht verdient, auf diesen Empfang zu gehen.

Ich musste Jason eine Nachricht schicken, ihm erklären, was mit mir los war.

Ich musste mich entschuldigen.

»Wir sind da«, sagte Sunil lächelnd. Wir waren bei einer roten Tür stehen geblieben, die in eines der vielen Gebäude in Durham führte, das aussah wie aus einem Dickens-Roman. Ich betrachtete den angrenzenden Shop.

»Gregg's?«

Sunil lachte. »Ja, Georgia. Wir haben unseren Empfang in einem Laden, der *Gregg's* heißt.«

»Ich beschwer mich nicht. Ich mag Hot Dogs.«

Er machte die Tür auf, die in einen schmalen Flur führte, der wiederum in einer Treppe mündete. Auf einem Schild stand: *Big's Digs: Restaurant und Bar.*

»Wir haben das *Big's* für heute Abend gemietet«, sagte Sunil gut gelaunt, als er mich die Treppe rauf ins Restaurant führte. »Wir haben auch Abende in Clubs, was in Ordnung ist, aber ich bestehe darauf, dass wir dieses Jahr auch ein paar formelle Anlässe haben. Nicht alle stehen auf Clubbing.«

Es war ein riesengroßer und wunderschöner Raum, der uns am Ende der Treppe erwartete. Das Gebäude war eines dieser typischen alten Gemäuer in Durham, also war die Decke eher niedrig mit Holzbalken und sanftem, warmem Licht. Die Tische waren so angeordnet, dass sie mehrere Rechtecke bildeten, gedeckt mit weißen Tischtüchern, Kerzen, glänzendem Besteck und bunten Blumengestecken mit zahlreichen bunten Fähnchen darin. Einige von den Motiven erkannte ich wieder, andere nicht. In den Ecken des Raums hingen ein paar mehrfarbige Ballons an der Decke. Die Fenster waren mit Luftschlangen dekoriert. An der Rückwand, die die gesamte Breite des Raums einnahm, hing eine riesige Regenbogen-Flagge.

»Es hätte ein paar Regenbogen-Flaggen mehr gebraucht«, sagte Sunil mit zusammengekniffenen Augen. Ich wusste nicht, ob er einen Witz machte oder nicht.

Wir waren nicht allein – eine kleine Gruppe von Leuten war damit beschäftigt, den Raum fertig zu dekorieren. Ich entdeckte schnell die andere Studentin aus dem dritten Jahr, die ich am Pride-Stand gesehen hatte: Jess. Diesmal hatte sie ihre Zöpfe ganz anders gestylt. Sie hatte ein Kleid an, auf dem winzige Hunde drauf waren. Sie winkte und hüpfte zu Sunil, um ihre Arme um ihn zu werfen.

»Oh mein Gott, endlich«, sagte sie.

»Wie läuft's denn?«

»Gut, eigentlich. Wir streiten nur gerade, ob wir Platzkarten machen sollen oder nicht.«

»Hm. Die Leute werden bei ihren Freunden sitzen wollen, meinst du nicht?«

»Genau das, was ich denke. Aber Alex meint, das würde ein Chaos auslösen.«

Während die beiden die Frage der Platzkarten diskutierten, stand ich halb hinter Sunil, wie ein Kleinkind hinter seinen Eltern bei einem Familientreffen. Die Studenten, die aufbauten, schienen alle in ihrem dritten Studienjahr zu sein. Einige trugen helle, durchgeknallte Outfits – Pailletten, gemusterte Anzüge und hohe Absätze – während andere normalere Kleider und Smokings anhatten. Ich fühlte mich in meinem Overall komplett fehl am Platz, egal was Sunil sagte.

»Ach, und ich hab Georgia mitgebracht, um beim Aufbauen zu helfen«, sagte Sunil und unterbrach damit meinen Gedankengang. Er drückte leicht meinen Arm.

Jess lächelte mich an, und ich wurde etwas panisch. Würden sie mich fragen, was ich hier machte? Irgendwas über meine Sexualität? Warum ich bisher nicht bei einem ihrer anderen Events gewesen war?

»Würdest du Ballons aufblasen?«, fragte sie.

»Äh, ja.«

»Gott sei Dank, ich kann das nämlich nicht, körperlich nicht. Und Laura beschwert sich, weil sie angeblich Husten hat und es trotzdem machen muss.« Damit reichte sie mir eine Tüte mit Ballons.

Sunil musste sich auch um die Vorbereitungen kümmern, und ich hatte schnell das Gefühl, einen gewaltigen Fehler gemacht zu haben. Ich würde garantiert gezwungen sein, mit jeder Menge Leute zu reden, die ich nicht kannte. Aber Jess schien nichts dagegen zu haben, dass ich mich ihr anschloss und die Ballons aufpustete, während sie mit ihren Freunden und Bekannten redete. Ich lernte sie sogar ein bisschen kennen und fragte sie nach dem Orchester und der Violine und ihrer Freundschaft mit Sunil.

»Ich hatte keinen einzigen echten Freund, bis ich ihm begegnet bin«, sagte sie, nachdem wir die letzten Ballons aufgehängt hatten. »Wir setzten uns im Orchester nebeneinander und fingen gleich an, uns gegenseitig Komplimente zu machen wegen unserer Outfits. Und seitdem sind wir wie an der Hüfte zusammengewachsen.« Sie lächelte und sah zu Sunil rüber, der sich mit einigen verschüchtert wirkenden Erstsemestern unterhielt. »Alle lieben Sunil.«

»Na ja, das ist ja auch logisch, weil er unheimlich nett ist«, sagte ich.

»Nicht nur das, er ist auch ein richtig guter Präsident. Er hat die Pride-Society-Wahlen mit gewaltigem Stimmenvorsprung gewonnen. Alle hatten die Schnauze voll von dem, der letztes Jahr Präsident war. Der wollte nur seine eigenen Vorstellungen durchsetzen und hat sich die Meinung anderer nicht mal angehört. Ach, wenn man vom Teufel spricht ...« Jess huschte zu Sunil rüber und sagte leise: »Lloyd ist da. Nur eine kleine Vorwarnung.« Sie deutete zum Eingang.

Sunil warf einen Blick zur Tür, wo ein dünner, blonder Typ stand, der eine Samtweste anhatte. In dem Moment huschte ein Ausdruck über Sunils Gesicht, den ich bisher noch nie bei ihm gesehen hatte: Ärger.

Lloyd sah zu ihm rüber, lächelte nicht – und ging zu einem Tisch auf der anderen Seite des Raumes.

»Lloyd *hasst* Sunil«, sagte Jess, während Sunil sich wieder seinem Gespräch mit den Erstsemestern zuwandte. »Also ist das hier bei uns ein bisschen ein heißes Thema.«

»Ein Drama?«, fragte ich.

Jess nickte. »Drama.«

Ich weiß nicht, woran es lang – vielleicht hatte er Mitleid mit mir, vielleicht wollte er mich auch wirklich kennenlernen – aber ich saß während des Abendessens neben Sunil an seinem Tisch. Gegen acht Uhr abends war der Raum gepackt voll und voller Leben. Kellner servierten Drinks und Vorspeisen.

Zwischen den Gängen bemühte sich Sunil, den ganzen Raum im Blick zu behalten und mit den Leuten an allen Tischen zu reden, ganz besonders mit den Erstsemestern. Die schienen ehrlich aufgeregt, ihm zu begegnen. Es war irgendwie toll, das zu beobachten.

Ich schaffte es, zwischendurch ein bisschen mit den anderen Leuten an meinem Tisch zu reden, war erleichtert, als Sunil fürs Dessert zurückkam und ich mich wieder richtig mit ihm unterhalten konnte. Er erzählte mir, dass er Musik studierte, was in seinen Augen ziemlich sicher ein Fehler war, den er aber genoss. Er kam aus Birmingham, was diesen leichten Einschlag in seinem Akzent erklärte, den ich noch nicht hatte einordnen können. Er hatte noch keine Ahnung, was er nach der Uni machen würde, obwohl er schon im letzten Studienjahr war.

Ich erzählte ihm von unserer Shakespeare Society und dass es vermutlich ein Desaster werden würde.

»Ich hab auch ein bisschen Schauspielerei versucht, als ich noch in der Schule war«, sagte Sunil, als ich ihm erzählte, dass wir noch ein fünftes Mitglied suchten. Erst erzählte er energiegeladen von einer kleinen Rolle, die er in einer Schulaufführung von *Wicked* gespielt hatte – um dann zu schließen mit dem Satz: »Vielleicht könnte ich in eurem Stück mitspielen. Ich vermisse das Theater.«

Ich sagte, dass ich das großartig finden würde.

»Ich hab nur immer so viel zu tun«, sagte er. »Ich müsste … Ich hab nicht so viel Zeit.« Dem erschöpften Ausdruck auf seinem Gesicht nach zu schließen, war das keine Übertreibung. Deshalb sagte ich ihm, es wäre okay, wenn er es doch nicht schaffte.

Aber er versprach, darüber nachzudenken.

Ich hatte bisher nicht viele offen queere Leute getroffen. Es hatte zwar eine Gruppe an unserer Schule gegeben, mit der sich Pip hin und wieder traf, aber das waren höchstens sieben oder acht. Ich weiß nicht, was ich erwartet hatte. Es gab nicht den einen Typ Studenten hier, der irgendwie herausstach, keinen eindeutigen Look oder Stil. Aber sie waren alle unheimlich freundlich. Auf den ersten Blick erkannte ich ein paar Grüppchen, die offenbar miteinander befreundet waren, aber im Großen und Ganzen redeten alle offen mit allen anderen, die gerade in der Nähe waren.

Sie waren alle so sehr *sie selbst*.

Ich weiß nicht, wie ich es erklären soll.

Sie gaben nicht vor, jemand anders zu sein. Sie versteckten sich nicht. Sie fakten nichts.

In diesem kleinen Restaurant, versteckt in den alten Straßen von Durham, traf ein Haufen queerer Leute aufeinander und war ganz einfach *da*.

Ich glaube, ich hatte bis zu diesem Augenblick nie verstanden, wie sich das anfühlen konnte.

Nach dem Dessert schoben alle die Tische an die Wand und der gesellige Teil des Abends begann. Die Lichter wurden gedimmt, die Musik lauter gemacht. Fast alle standen herum, plauderten, lachten und tranken. Ich stellte schnell fest, dass mein Reservoir für Geselligkeit aufgebraucht war nach diesem Tag, der sich anfühlte wie der längste meines Lebens. Außerdem hatte ich schon genug Alkohol getrunken, um diesen komischen Zustand zu erreichen, in dem sich alles wie ein Traum anfühlte. Deshalb suchte ich mir einen leeren Sessel in einer Ecke und verkroch mich mit einem Glas Wein und meinem Handy, um eine halbe Stunde lang durch Twitter und Instagram zu scrollen.

»Versteckst du dich in der Ecke, mein College-Kind?«

Ich hob überrascht den Kopf. Aber es war nur Sunil, der ein Glas Limonade in der Hand hatte. Er sah in seinem Smoking mit den zurückgekämmten Haaren aus wie ein Star. Ich schätze, hier in diesem Umfeld war er das auch.

Er setzte sich in den Sessel neben mich. »Wie geht es dir?«

Ich nickte ihm zu. »Gut. Doch. Das war echt nett.«

Er lächelte und ließ seinen Blick durch den Raum schweifen. Er sah glückliche Menschen, die Spaß hatten. »Ja. Es war ein Erfolg.«

»Hast du so was schon mal organisiert?«

»Noch nie. Ich war letztes Jahr zwar Mitglied des Führungsteams, aber mit den Veranstaltungen hatte ich nichts zu tun. Letztes Jahr hatten wir buchstäblich nur Barnächte und Clubbing.«

Ich verzog das Gesicht. Sunil sah es und lachte. »Ja. Genau.«

»Ist es sehr stressig? Der Präsident zu sein?«

»Manchmal. Aber es lohnt sich auch. Es gibt mir das Gefühl, etwas Wichtiges zu tun. Und dass ich Teil von etwas bin.« Er atmete aus. »Ich … Ich hab lange alles mit mir allein ausgemacht. Ich weiß, wie es sich anfühlt, total allein zu sein. Jetzt versuche ich sicherzustellen … dass sich keine queere Person in dieser Stadt jemals so fühlen muss.«

Ich nickte wieder. Ich konnte das nachvollziehen.

»Ich bin kein Superheld oder so was. Das will ich auch nicht sein. Auch wenn mich einige Erstsemester so sehen. Wie einen queeren Engel, der auf die Erde geschickt wurde, um all ihre Probleme zu lösen. Das bin ich ganz, ganz sicher nicht. Ich bin nur ein Mensch. Aber ich glaube, ich kann etwas bewegen, ich verändere etwas zum Positiven, wenn auch nur im Kleinen.«

Ich hatte plötzlich das Gefühl, dass Sunil eine ganze Menge mitgemacht haben musste, bevor er diese Person wurde, die er heute war – selbstbewusst, eloquent, weise. Er war nicht immer der selbstsichere Präsident einer Society gewesen. Aber was auch immer er durchgemacht hatte – er hatte es überstanden. Er hatte überlebt. Und er machte die Welt besser.

»Aber ich bin immer müde«, sagte er mit einem leisen Lachen. »Ich glaube, manchmal vergesse ich darüber, mich um mich selbst zu kümmern ... Mal eine Show zu binge-watchen oder, ich weiß auch nicht, einen Kuchen zu backen. Ich mach so Sachen fast nie. Manchmal wünschte ich, ich könnte ein bisschen mehr Zeit damit verbringen, etwas vollkommen Sinnloses zu machen.« Er sah mir in die Augen. »Und jetzt laber ich dich hier voll.«

»Das macht nichts«, platzte ich heraus. Es machte mir wirklich nichts. Ich mochte tiefgründige Gespräche, und es fühlte sich an, als würde ich Sunil dadurch richtig kennenlernen. Ich wusste ja, dass er als mein College-Elternteil mein Mentor hier in Durham sein sollte, aber ich wollte ihn besser kennenlernen als nur in dieser Funktion. Ich wollte mit ihm befreundet sein.

Aber dann hörte ich eine Stimme.

»Georgia?«

Ich blickte auf, obwohl es eigentlich nicht nötig gewesen wäre, weil ich diese Stimme fast so gut kannte wie meine eigene.

Pip starrte mich mit völlig verdutztem Gesichtsausdruck an. Sie trug einen schwarzen Smoking, der ähnlich aussah wie der von Sunil.

»Was machst du denn hier?«

PIP

Ich sah Pip an. Pip sah mich an. Sunil sah Pip an. Dann sah er mich an. Ich blickte auf meine Hände und versuchte mich zu entscheiden, wie ich reagieren wollte oder wie ich erklären sollte, dass ich am Empfang der Pride Society teilnahm, während ich doch eigentlich auf einem Date mit Jason sein sollte, und Pip keinen Grund hatte anzunehmen, dass ich etwas anderes als heterosexuell wäre.

»Ich – ich bin Sunil über den Weg gelaufen«, sagte ich, aber wusste ab da nicht mehr weiter.

»Ich bin ihr College-Elternteil«, sagte Sunil.

»Genau.«

»Also …« Pip lächelte unbeholfen. »Du hast einfach beschlossen, dich ihm anzuschließen?«

Es herrschte Stille.

»Eigentlich«, sagte Sunil und setzte sich in seinem Stuhl auf, »habe ich Georgia gebeten, mitzukommen und beim Aufbauen zu helfen. Wir hatten zu wenig Leute für die ganze Arbeit.« Er sah mich an und lächelte mit einem etwas verschmitzten Einschlag. »Und im Gegenzug spiele ich in Georgias Theaterstück mit.«

»Oh!« Pips Gesicht hellte sich sofort auf, ihre Augen waren weit aufgerissen. »Scheiße! Ja! Wir brauchen dringend ein fünftes Mitglied!«

»Du machst auch mit?«

»Ja. Na ja, ich wurde irgendwie dazu gezwungen, aber ja.«

Ich hatte noch gar nicht so richtig registriert, dass Sunil gerade zugestimmt hatte, in unserem Theaterstück mitzuspielen, als er schon von einer anderen Gruppe gerufen wurde, mir freundschaftlich auf die Schulter klopfte und sich von uns beiden verabschiedete.

Pip sah mich wieder an. Sie schien immer noch etwas verwirrt zu sein. »Wollen wir … an die Bar gehen?«

Ich nickte. Ich hatte zu viel Wein getrunken und brauchte dringend etwas Wasser. »Gern.«

Wir brauchten letztlich fast zwanzig Minuten, um uns bis zur Bar durchzuschlagen, weil Pip ständig von irgendwelchen Leuten angesprochen wurde.

Pip hatte in der Pride Society einen ganzen Haufen neuer Freunde gefunden, was mich nicht groß überraschte. Sie war immer gut darin gewesen, neue Bekanntschaften zu schließen, aber sie war auch sehr wählerisch, und in unserer Heimatstadt hatte es nicht viele Leute gegeben, mit denen sie wirklich Zeit verbringen wollte. Es gab die anderen Mädchen in unserem Jahrgang und dann noch eine Handvoll queerer Kumpel in der sechsten Klasse, aber es gab an unserer Schule nichts, was mit der Pride Society vergleichbar gewesen wäre. Das ländliche Kent hatte keine queeren Zonen oder Geschäfte oder Clubs wie die großen Städte.

Pip hatte ihr Coming-out mir gegenüber, als wir fünfzehn waren. Es war weder besonders dramatisch noch besonders komisch noch besonders emotional, wenn man es an den Maßstäben misst, die Film und Fernsehen setzen.

»Ich glaube, ich stehe möglicherweise eher auf Mädchen«, sagte sie, während wir die Läden auf der High Street nach neuen Schultaschen durchkämmten. Das Gespräch war darauf hinausgelaufen. Wir hatten uns über Jungs unterhalten, die auf die

Jungenschule auf der anderen Straßenseite gingen. Ich hatte gesagt, dass ich nicht ganz verstand, was an denen so aufregend sein sollte. Pip war ganz meiner Meinung gewesen.

Ich muss wohl nicht extra erzählen, dass Pip im Allgemeinen eher eine beschissene Zeit durchlebt hatte. Sie hatte zwar einen ganzen Haufen von Bekannten, die definitiv alle gern richtig mit ihr befreundet gewesen wären, aber wenn sie über ihre Schwierigkeiten reden wollte, kam sie immer zu mir. Ich weiß nicht, ob es daran lag, dass ich eine gute Zuhörerin bin, oder daran, dass sie mir vertraute. Vielleicht beides. So oder so wurde ich ihr sicherer Hafen. Ich war damals froh, das für sie sein zu können, und das bin ich immer noch.

Ich war froh, ihr das geben zu können.

»Das tut mir leid«, sagte sie, sobald wir es uns auf Barstühlen gemütlich gemacht und zwei Gläser Apfelsaft bestellt hatten. Keine von uns war in der Stimmung für mehr Alkohol. Pip lächelte.

»Nein, tut es nicht«, sagte ich und grinste zurück. »Du bist extrem beliebt.«

»Okay, du hast mich erwischt.« Sie schlug die Beine übereinander und entblößte dabei gestreifte Socken, die unter ihrer Hose hervorguckten. »Ich bin extrem beliebt hier, und ich liebe es. Mach dir keine Sorgen: Jason und du seid trotzdem noch meine gemeinsame Nummer eins.«

Ich warf einen Blick auf die Menge der Pride Society Mitglieder, von denen einige herumstanden und plauderten, andere tanzten, wieder andere mit ihren Drinks in einer Ecke saßen und vertraulich miteinander plauderten.

»Ich war auch bei der Lateinamerikanischen Society«, sagte Pip. »Die hatten vor ein paar Tagen ihr Kennenlern-Treffen.«

»Ach! Und wie war das?«

Pip nickte aufgeregt. »Eigentlich ziemlich toll. Meine Mama hat mich förmlich gezwungen hinzugehen, weil, ich war nicht so voll begeistert von der Idee. Ich konnte mir nicht vorstellen, was die da machen würden. Aber es war schön, dort neue Freunde zu finden. Und die machen so wahnsinnig viele Sachen. Ich hab dieses Mädchen aus Kolumbien getroffen, und sie hat mir von einer kleinen Zusammenkunft letzten Dezember für *Dia de las Velitas* erzählt.« Sie lächelte. »Da hab ich mich gefühlt wie … Na ja, es hat mich an die Zeit erinnert, als ich in London gelebt hab.«

In unserer gemeinsamen Heimatstadt hatte sich Pip manchmal auf eine Art einsam gefühlt, gegen die Jason und ich nichts ausrichten konnten. Sie sagte oft, sie wünschte, ihre Familie wäre nie aus London weggezogen, weil sie da wenigstens ihre Großeltern und die ganzen Verwandten um sich gehabt hatte. Sie kam in unsere winzige Stadt in Kent, als sie zehn war – und verlor diese ganze Gemeinschaft. Pip war die einzige Latina in unserem Jahrgang an unserer Schule.

Es war einmal das und dann noch herauszufinden, dass sie lesbisch war, womit Pip einfach den Kürzeren gezogen hatte. *Zumindest was Menschen in ihrer Nähe anbelangte, mit denen sie auf einer tieferen Ebene eine Verbindung eingehen und sich zugehörig fühlen konnte, weil sie dieselben Lebenserfahrungen machten.*

»Ich hatte ganz vergessen, wie gut es sich anfühlt, von so vielen anderen Latinx-Leuten umgeben zu sein«, sagte sie. »Unsere Schule war so *weiß*. Und auch jetzt hier in Durham – Durham ist als Ganzes so weiß. Sogar die Pride Society ist hauptsächlich weiß!«

Sie deutete auf die Menschen um uns herum, und als ich mich umsah, merkte ich, wie recht sie hatte. Abgesehen von Sunil, Jess und ein paar wenigen anderen waren die Gesichter im Raum alle weiß.

»Ich fange an zu realisieren, wie sehr es mich beeinflusst hat, ständig nur von weißen Menschen umgeben zu sein. Ich meine, ich bin Latina *und* lesbisch … das heißt, dass ich *nie* jemanden kennengelernt habe, der wirklich so war wie ich. Es hat sich zwar gut angefühlt, als ich in der sechsten endlich ein paar queere Freunde hatte, aber die waren alle weiß, deshalb konnte ich mich auch mit denen nicht so wirklich identifizieren.« Sie kicherte plötzlich. »Aber ich hab diesen schwulen Typen bei der Lateinamerikanischen Society getroffen, und wir hatten ein laaaaanges Gespräch darüber, wie es sich anfühlt, schwul und Latinx zu sein, und ich schwöre bei Gott, ich hab mich in meinem ganzen *Leben* noch nie so vollkommen verstanden gefühlt.«

Ich stellte fest, dass ich breit lächelte. Weil meine beste Freundin hier *aufblühte*.

»Was?«, sagte sie, als sie das Lächeln auf meinem Gesicht sah.

»Ich bin einfach glücklich für dich«, sagte ich.

»Mann, du bist so ein Waschlappen.«

»Ich kann nichts dafür. Du bist einer der ganz wenigen Menschen auf der Welt, die mir wirklich wichtig sind.«

Pip strahlte, als fände sie diese Tatsache besonders schön. »Tja, ich bin eine äußerst beliebte und erfolgreiche Lesbe. Es ist eine Ehre, mich zu kennen.«

»*Erfolgreich?*« Ich zog die Augenbrauen hoch. »Das ist eine neue Entwicklung.«

»Zuallererst Mal: Wie kannst du es wagen?« Pip lehnte sich mit arrogantem Gesichtsausdruck auf ihrem Barhocker zurück. »Zweitens: Ja, ich habe möglicherweise gestern Nacht mit einem Mädchen der Pride Society auf der Clubnacht rumgemacht.«

»Pip!« Ich setzte mich aufrecht hin und grinste. »Warum erzählst du mir das denn nicht?«

Sie zuckte mit den Schultern, aber es war klar, dass sie äußerst zufrieden mit sich war. »Es war nichts Ernstes. Ich meine, ich will nicht, dass sie meine Freundin wird oder so was. Aber ich wollte sie küssen – wir wollten uns beide küssen, also, na ja, … wir haben's gemacht.«

»Und wie war sie so?«

Wir saßen an der Bar, und Pip beschrieb mir die ganze Begegnung. Das Mädchen war im zweiten Studienjahr am Hatfield College, studierte Französisch und trug einen süßen Rock, und obwohl die ganze Sache nichts bedeutete, war es doch schön gewesen und verrückt und gut und all das, was sie sich von der Universität erhofft hatte.

»Das ist so doof, aber es … es hat mir irgendwie Hoffnung gemacht. Nur ein bisschen.« Pip stieß einen Seufzer aus. »So als … als wenn ich doch nicht für immer allein sein würde. Als wenn ich eine Chance hätte, um … so wirklich ich selbst zu sein. Und als könnte es sich tatsächlich gut anfühlen, ganz ich selbst zu sein.« Sie lachte, schüttelte ihre Locken und wischte sie aus den Augen. »Ich weiß nicht, ob ich schon mal das Gefühl hatte, ich zu sein wäre was … *Gutes*.«

»Das war bestimmt nur eine Stimmung«, antwortete ich auf scherzende Art, aber ich glaube, irgendwie meinte ich es auch so.

»Also, wenn du mal darüber nachdenkst, lesbisch zu werden, lass es mich wissen. Ich könnte dich ganz schnell mit jemandem verkuppeln. Ich habe jetzt Beziehungen.«

Ich grunzte. »Wenn Sexualität bloß so funktionieren würde.«

»Was? Du meinst, wenn man es aussuchen könnte?«

»Ja. Ich glaube, ich würde sofort wählen, lesbisch zu sein.«

Pip sagte dazu einen Augenblick lang nichts, und ich fragte mich, ob ich sie vielleicht gekränkt hatte. Es war aber die Wahrheit. Ich hätte mir ausgesucht, lesbisch zu sein, wenn ich gekonnte hätte.

Ich wusste, dass es schwierig sein konnte, Mädchen zu mögen, wenn man selbst ein Mädchen war. Meistens war es das, zumindest für eine Weile. Aber es war auch wunderschön. So fucking wunderschön.

Mädchen zu mögen, wenn man ein Mädchen war, das war *Macht*. Es war Licht. Hoffnung. Freude. Leidenschaft.

Manchmal brauchten Mädchen, die auf Mädchen standen, eine Weile, um das herauszufinden. Aber wenn sie es herausfanden – war es, als könnten sie fliegen.

»Weißt du was?«, sagte Pip. »Heterosexuelle Leute denken so einen Scheiß nicht.«

»Ach, wirklich?«

»Ja. So was zu denken ist schon Schritt eins auf dem Weg, festzustellen, dass man eine Lesbe ist.«

»Oh. Alles klar.« Ich lachte unbeholfen. Ich war ziemlich sicher, dass ich keine Lesbe war. Oder vielleicht war ich es und hatte es bloß vollkommen verdrängt. Oder vielleicht war ich einfach ein X auf der Kinsey-Skala. Gar nichts.

Mann. Plötzlich bereute ich es, dass ich keinen Alkohol bestellt hatte.

Wir saßen einen Moment lang schweigend nebeneinander, keine von uns wollte weiter an dem Thema rühren. Normalerweise war Pip neugierig wie verrückt, wenn wir über tiefgründige Themen redeten, aber sie wusste wahrscheinlich, dass es ein paar Sachen gab, bei denen man nicht neugierig sein durfte.

Ich wünschte, sie wäre neugierig gewesen.

Ich wünschte, ich hätte die Worte finden können, um mit meiner besten Freundin über dieses Thema zu reden.

»Also ... du und Jason«, sagte Pip, und ich dachte nur *Oh nein!*

»Äh, ja?«, sagte ich.

Pip schnaubte. »Habt ihr euch schon geküsst?«

Ich fühlte, wie ich rot wurde. »Äh, nein.«

»Gut. Ich kann mir euch beide nicht beim Küssen vorstellen.« Sie verengte die Augen und schaute in die Ferne. »Ich wäre ... ich weiß auch nicht. Das wäre, wie wenn meine Geschwister sich küssen würden.«

»Na ja, wir werden uns aber wahrscheinlich früher oder später mal küssen«, sagte ich. *Auf jeden Fall.* Wir würden uns auf jeden Fall küssen.

Pip sah mich wieder an. Ich konnte ihre Gedanken nicht lesen. War sie sauer? Oder fand sie es nur merkwürdig?

»Du hast noch nie wirklich an jemandem Interesse gehabt bisher«, sagte sie. »Ich meine, die Sache mit Tommy … das war alles … du hast diese Verknalltheit bloß *erfunden*. Aus Versehen.«

»Ja«, stimmte ich ihr zu.

»Aber du … du magst jetzt Jason. Einfach so?«

Ich blinzelte sie an. »Was? Glaubst du mir etwa nicht?«

Sie lehnte sich ein bisschen nach vorn, dann wieder zurück. »Ich bin mir nicht sicher, ob ich dir glaube.«

»Warum nicht?«

Das wollte sie nicht sagen. Sie wusste, dass es respektlos gewesen wäre, etwas zu sagen, irgendwas *anzunehmen* in Bezug auf meine Sexualität, aber wir dachten es beide.

Wir dachten beide daran, dass ich vermutlich keine Männer mochte.

Ich wusste nicht, was ich sagen sollte, weil ich ihr nicht widersprechen konnte.

Ich wollte Pip sagen, dass ich mir wegen gar nichts sicher war, dass ich mich die ganze Zeit so komisch fühlte, bis zu dem Punkt, wo ich anfing, mich selbst zu hassen. Dieses Kind, das alles über Sexualität wusste, was es im Internet zu finden gab, aber nicht mal ansatzweise imstande war herauszufinden, wer sie selbst eigentlich war. Ich konnte es nicht mal ungefähr einschätzen, während es alle anderen so furchtbar einfach fanden. Oder wenn es nicht einfach für sie war, dann machten sie den schwierigen Teil davon in der Schule durch. Und wenn sie erst in meinem Alter waren, hatten sie längst geküsst und Sex gehabt und sich verliebt. So viel sie wollten.

Alles, was ich herausbrachte, war: »Ich weiß nicht, wie ich wirklich empfinde.«

Pip konnte sehen, dass ich ihr nicht alles sagte, was in meinem Kopf vorging. Sie konnte es immer sehen.

Sie nahm meine Hand und hielt sie fest.

»Das ist okay, mein Kumpel«, sagte sie. »Das ist in Ordnung.«

»Tut mir leid«, murmelte ich. »Ich bin … scheiße im Erklären. Es klingt falsch.«

»Ich bin immer hier, wenn du reden willst, Mann.«

»Okay.«

Sie zog mich zu sich und umarmte mich ganz fest, mein Gesicht wurde in ihre Schulter gepresst. »Geh ruhig ein bisschen mit Jason aus, wenn du willst. Nur … tu ihm nicht weh, okay? Er tut zwar so ruhig und gesetzt, aber er ist echt empfindlich nach dem ganzen Scheiß mit Aimee.«

»Ich weiß. Werd ich nicht.« Ich hob den Kopf. »Und es ist wirklich okay für dich?«

Ihr Lächeln war ein bisschen gezwungen und schmerzerfüllt und brach mir fast das Herz.

»Natürlich. Ich liebe dich.«

»Ich liebe dich auch.«

FATA MORGANA

Nach diesem Gespräch beschloss ich zu gehen. Pip wurde immer wieder in Gespräche mit Leuten gezogen, die ich nicht kannte, und ich hatte keine Energie mehr, um mit neuen Leuten zu reden. Jess war beschäftigt und mitten in der Menge, und Sunil konnte ich nirgendwo sehen.

Ich warf einen Blick auf mein Handy. Es war erst zwanzig nach zehn. Ich fragte mich, ob es Jason gut ging.

Wahrscheinlich saß er immer noch allein in seinem Zimmer und fragte sich, ob ich wirklich Kopfschmerzen gehabt hatte oder ihn einfach nicht mochte.

Ich wollte nicht länger über die Liebe nachdenken.

Als ich das Restaurant verließ und die enge Treppe runterging, hörte ich am Fuß der Treppe leise Stimmen. Ich blieb stehen, als ich erkannte, dass eine der Stimmen Sunil gehörte.

»Ich bin jetzt Präsident«, sagte er. »Und wenn es dich so wütend macht, dann komm einfach nicht mehr zu den gesellschaftlichen Anlässen.«

»Was, versuchst du jetzt auch noch, mich rauszuwerfen?«, sagte die zweite Stimme. »Typisch. Ich sollte echt nicht mehr überrascht sein, nach allem, was war.«

»Und du versuchst wieder, einen Streit vom Zaun zu brechen.« Sunil seufzte lange. »Wirst du's nie leid, Lloyd? Ich nämlich schon.«

»Es ist mein gutes Recht, etwas zu sagen, wenn ich mir Sorgen um die Society mache. Du hast all die Veranstaltungen geändert, die wir sonst machen, und du lässt einfach viel zu viele Leute rein.«

»Ich lasse zu viele – auf welchem Planeten lebst du eigentlich?«

»Ich hab die verfickten Flyer gesehen, die du auf dem Erstsemester-Jahrmarkt verteilt hast. Asexuell und bigender und was weiß ich nicht noch alles. Du lässt einfach alle rein, die sich irgendeine blödsinnige Identität aus dem Internet ausgesucht haben!«

Dem folgte eine kurze Stille, und dann hörte ich Sunil wieder, seine Stimme hart und kühl.

»Weißt du was, Lloyd? Ja. Ja, das tue ich. Weil die Pride Society für Inklusion steht, und für Offenheit und für Liebe. *Und weil nicht länger du das Sagen hast.* Und weil es immer noch traurige kleine cis-Schwule gibt wie dich, die schon die bloße Existenz anderer Queerer als Bedrohung ihrer Bürgerrechte empfinden. Sogar *Erstsemester*, die zum allerersten Mal hierher kommen, die offensichtlich noch *nie* in ihrem Leben auf einem queeren Event gewesen sind, die einfach einen Ort suchen, an dem sie entspannen und ganz sie selbst sein können. Und ich weiß nicht, ob dir das bewusst ist, Lloyd, weil du augenscheinlich keine andere Pride-Flagge als die Regenbogen-Fahne erkennst, aber ich bin selbst eine dieser *aus dem Internet ausgesuchten Identitäten.* Und weißt du, was? Ich bin der Präsident. Also verpiss dich von meinem Empfang.«

Ich konnte Schritte hören, die sich entfernten, und dann eine Tür, die aufschwang und sich einen Moment später wieder schloss.

Ich wartete noch einen Augenblick, aber es gab keine Chance so zu tun, als hätte ich das Gespräch nicht gehört, also ging ich die Treppe runter. Sunil schaute auf, als ich näher kam. Er lehnte sich gegen die Wand, die Finger jeder Hand umklammerten fest den jeweils anderen Oberarm.

»Ach, Georgia«, sagte er und zwang sich zu einem Lächeln. Ich muss sehr schuldbewusst dreingeschaut haben, denn er sagte sofort: »Aha, du hast das eben gehört.«

»Tut mir leid!«, sagte ich, als ich am Fuß der Treppe ankam. »Geht's dir gut? Brauchst du …«, ich wusste nicht, was ich tun konnte, um Sunil zu helfen. »Brauchst du einen Drink oder so was?«

Sunil kicherte. »Du bist süß. Es geht mir gut.«

»Er … hat sich angehört … wie ein richtig ekliger Typ.«

»Ja. Das ist er auch, sogar sehr. Nur weil du schwul bist, heißt das nicht, dass du nicht scheinheilig sein kannst.«

»Ich finde aber, du hast so ziemlich den Boden mit ihm aufgewischt.«

Sunil lachte wieder. »Danke.« Er ließ seine Arme los. »Bist du auf dem Weg nach Hause?«

»Ja. Es war wirklich schön.«

»Gut. Großartig. Du bist uns immer willkommen.«

»Danke. Und … danke für das, was du zu Pip gesagt hast … du weißt schon, warum ich hier war.«

Er zuckte mit den Schultern. »Keine große Sache.«

»Du musst auch nicht in unserem Stück mitspielen.«

»Oh, nein, ich spiele auf jeden Fall in eurem Stück mit.«

Mein Mund klappte auf. »Du … ja?«

»Definitiv. Ich hab so was wirklich dringend nötig – etwas, was mir *Spaß* macht. Also, ich bin dabei.« Er steckte die Hände in die Taschen. »Wenn du mich dabeihaben willst.«

»Natürlich! Wir brauchen sogar ganz dringend ein fünftes Mitglied, sonst wird die ganze Society aufgelöst.«

»Na ja, dann haben wir das ja gelöst. Schickst du mir die Daten?«

»Ja, auf jeden Fall.«

Es gab eine Pause.

Ich hätte gehen können. Es wäre das Logischste für mich gewesen, jetzt nach Hause zu gehen.

Aber stattdessen redete ich weiter.

»Ich war irgendwie auf einem Date, heute Abend, bevor du mich gefunden hast.«

Sunil zog die Augenbrauen hoch. »Ach ja?«

»Aber es ... es lief nicht so doll.«

»Oh. Warum? War er oder sie gemein zu dir?«

»Nein, es war ... Er ist ein total lieber Mensch. Ich bin das Problem. Ich bin merkwürdig.«

Sunil stutzte. »Und warum bist du merkwürdig?«

»Ich ...« Ich lachte nervös. »Ich glaube, ich kann einfach nie etwas empfinden.«

»Vielleicht ist er einfach der Falsche für dich.«

»Nein«, sagte ich. »Er ist wunderbar. Aber ich fühle nie etwas, für niemanden.«

Danach herrschte eine lange Pause.

Ich wusste nicht, wie ich anfangen sollte, es besser zu erklären. Es fühlte sich an, als hätte ich mir das Ganze nur ausgedacht. Ein Traum, an den ich mich nicht richtig erinnern konnte.

Und ein Wort.

Ein Wort, das Lloyd mit solcher Bosheit ausgesprochen hatte, das Sunil aber verteidigt hatte.

Ein Wort, das in meinem Gehirn etwas ausgelöst hatte.

Ich hatte endlich den Zusammenhang hergestellt.

»Äh ...« Ich war dankbar, dass ich noch etwas beschwipst war. Ich deutete auf seine Anstecknadel – die mit dem schwarzen, grauen, weißen und lila Streifen. »Ist das ... die Flagge für ... äh ... Asexualität?«

Sunils Augen weiteten sich. Für einen kleinen Augenblick schien er ehrlich geschockt, dass ich nicht wusste, was seine Anstecknadel bedeutete.

»Ja«, sagte er. »Asexualität. Weißt du, was das ist?«

Nun, ich hatte auf jeden Fall von Asexualität gehört. Ich hatte ein paar Blogs von Leuten online gelesen, und viele Leute verwendeten das Wort in ihren Twitter- oder Tumblr-Bios. Manchmal stieß ich sogar auf eine Fanfiction, in der eine asexuelle Figur vorkam. Aber ich hatte kaum je jemanden das Wort im echten Leben verwenden hören – oder im Fernsehen oder in Filmen. Ich nahm an, es hätte damit zu tun, dass jemand keinen Sex mochte. Aber ich wusste es nicht sicher.

»Ähm … nicht wirklich«, sagte ich. »Ich habe davon gehört.« Sofort fühlte ich mich schuldig, weil ich das zugegeben hatte. »Du musst dir wirklich nicht die Zeit nehmen, es mir zu erklären. Ich kann – ich könnte es einfach im Internet nachschlagen …«

Er lächelte wieder. »Das ist schon in Ordnung. Ich erkläre es gerne. Das Internet kann ein bisschen verwirrend sein.«

Ich klappte den Mund zu.

»Asexualität bedeutet, dass ich mich zu keinem Geschlecht sexuell hingezogen fühle.«

»Also …« Ich dachte darüber nach. »Das heißt … du willst mit niemandem Sex haben?«

Er lachte. »Nicht unbedingt. Manche asexuelle Menschen empfinden das so. Andere nicht.«

Jetzt war ich verwirrt. Sunil sah es mir wohl an.

»Das ist okay«, sagte er, obwohl es sich ehrlich nicht anfühlte, als wäre es okay, dass ich es nicht verstand. »Asexualität heißt, dass ich mich zu keinem Geschlecht sexuell hingezogen fühle. Also ich sehe weder Frauen noch Männer und denke: *Wow, ich will irgendwas Sexuelles mit ihnen anfangen.*«

Ich musste lachen. »Gibt es wirklich Leute, die so was denken?«

Sunil lächelte, aber es war ein trauriges Lächeln. »Vielleicht nicht in genau diesen Worten, aber die meisten Leute denken so was in der Art.«

Das erwischte mich eiskalt. »Ach.«

»Also, ich habe diese Gefühle einfach nicht. Nicht mal jemandem gegenüber, mit dem ich auf Dates bin. Nicht, wenn sie Models sind oder Berühmtheiten. Nicht mal, wenn ich auf einem grundlegenden Level weiß, dass sie auf die übliche Art attraktiv sind.«

»Oh«, sagte ich.

Es gab eine Pause, in der Sunil mich ansah und überlegte, was er als Nächstes sagen sollte.

»Es gibt auch Asexuelle, die trotzdem gern Sex haben, aus einer ganzen Reihe von Gründen«, fuhr er fort. »Ich glaube, das ist für viele Menschen verwirrend. Aber manche Asexuelle mögen Sex überhaupt nicht, und manche sind komplett neutral, was das Thema anbelangt. Manche Asexuelle empfinden trotzdem eine romantische Anziehung manchen Menschen gegenüber. Sie wollen Beziehungen haben, küssen und so was. Aber andere wollen überhaupt keine romantischen Beziehungen. Da gibt es eine sehr große Bandbreite an Gefühlen und Erfahrungen. Und es gibt wirklich keine Möglichkeit zu wissen, wie das eine spezielle Person empfindet, die sich selbst als asexuell beschreibt.«

»Also …« Ich wusste, es war aufdringlich, das zu fragen, aber ich musste es einfach wissen. »Willst *du* eine Beziehung haben?«

Er nickte. »Ja. Ich identifiziere mich auch als schwul. Schwul asexuell.«

»B … beides?«

»Die eigentliche Bezeichnung ist homoromantisch. Ich will eine Beziehung mit einem Mann, mit männlichen Leuten. Aber Sex ist mir vollkommen gleichgültig, weil ich weder Männer noch sonst ein Geschlecht gesehen und dabei irgendeine sexuelle Anziehung empfunden habe. Männer machen mich nicht an. Das tut keiner.«

»Also ist romantische Anziehung etwas anderes als sexuelle Anziehung?«

»Für manche Menschen fühlen sie sich an wie unterschiedliche Dinge, ja«, sagte Sunil. »Für diese Menschen ist es hilfreich, die beiden Aspekte von Anziehung zu definieren.«

»Oh.« Ich wusste nicht, wie das bei mir ankam. Was ich empfand, war etwas Ganzes – es fühlte sich nicht an wie zwei verschiedene Dinge.

»Jess – sie ist aromantisch, was bedeutet, dass sie sich zu niemandem romantisch hingezogen fühlt. Sie ist aber auch bisexuell. Es würde ihr nichts ausmachen, wenn ich dir das sage. Sie findet viele Menschen körperlich anziehend, aber sie verliebt sich niemals.«

Ist das nicht traurig?, wollte ich fragen. *Wie kommt sie damit zurecht?* Wie würde *ich* damit zurechtkommen?

»Sie ist glücklich«, sagte Sunil, als hätte er meine Gedanken gelesen. »Sie hat lange gebraucht, um an den Punkt zu kommen, aber sie ist glücklich in ihrer Haut … Ich meine, du hast sie kennengelernt. Sie ist *glücklich* damit, wer sie ist. Es ist vielleicht nicht der hetero-normative Traum, den sie sich vorgestellt hat, als sie klein war, aber … zu wissen, wer du bist, und dich zu *lieben*, so wie du bist – das ist so viel besser als jeder Traum, finde ich.«

»Das ist … gerade etwas viel«, sagte ich, meine Stimme leise und kratzig.

Sunil nickte wieder. »Ich weiß.«

»*Sehr viel* zu viel.«

»Ich weiß.«

»Warum muss bloß alles so kompliziert sein?«

»Ah, die ewige Weisheit in den Worten von Avril Lavigne.«

Ich wusste nicht, was ich dazu sagen sollte. Ich stand einfach da und versuchte, alles zu verarbeiten.

»Ist schon komisch«, sagte Sunil nach ein paar Minuten. Er schaute zu Boden, wie um sich an einen alten Witz zu erinnern. »So wenige Menschen wissen, was Asexualität und Aromantik sind. Manchmal glaube ich, ich lebe so tief in der Welt der Pride Society, dass ich vergesse, dass es Menschen da draußen gibt, die ... einfach noch nie von diesen Begriffen gehört haben. Oder irgendeine Vorstellung davon haben, dass das reale Dinge sind.«

»Es – es tut mir leid«, sagte ich sofort. Hatte ich ihn beleidigt?

»Oh mein Gott, es gibt nichts, was dir leidtun müsste. Es kommt nicht in Filmen vor. Es wird kaum je in Fernsehserien erwähnt, und wenn, dann ist es ein winziger Subplot, den die meisten Leute ignorieren. Wenn es in den Medien um das Thema geht, kommen die Trolle aus ihren Löchern und machen uns die Hölle heiß. Sogar einige queere Leute hassen den Gedanken daran, dass es Aromantik oder Asexualität gibt, weil sie es für unnatürlich halten oder für *fake*. Ich meine, du hast Lloyd ja gehört.« Sunil lächelte mich traurig an. »Ich freu mich, dass du neugierig bist.«

Ich war immer noch neugierig, so viel stand fest.

Und ich war absolut geschockt.

Ich meine, das war nicht, was ich war. Asexuell. Aromantisch.

Ich wollte immer noch irgendwann mit jemandem Sex haben. Sobald ich jemanden gefunden hatte, den ich mochte. Nur weil ich bisher nie jemanden gemocht hatte, hieß das nicht, dass ich nie jemanden finden *würde* ... oder?

Und ich wollte mich verlieben. Ich wollte es so, so sehr.

Das würde auch passieren, eines Tages.

Das konnte es nicht gewesen sein für mich.

Fuck. Ich wusste es nicht.

Ich schüttelte ein bisschen den Kopf und versuchte, diesen Hurrikan von Verwirrtheit, der sich in meinem Kopf formierte, zu bändigen.

»Ich ... sollte nach Hause gehen«, stotterte ich und fühlte mich plötzlich, als wäre ich eine Belastung für Sunil. Er wollte sicher nur einen netten Abend verbringen, und hier stand ich und bat ihn um eine Vorlesung zum Thema Sexualität. »Äh ... ich meine, ich sollte zurück zum College gehen. Tut mir leid – äh ... danke, dass du mir das erklärt hast ... das Ganze.«

Sunil sah mich lange an.

»Sicher«, sagte er. »Ich bin froh, dass du heute mitgekommen bist, Georgia.«

»Ja«, murmelte ich. »Danke.«

»Die Pride Society ist hier, wenn du sie brauchst«, sagte er. »Okay? Für mich war damals keiner da, bis ... bis ich Jess getroffen hab. Und wenn ich sie nicht getroffen hätte ...« Er ließ den Satz ausklingen. Ein Ausdruck, den ich nicht deuten konnte, erschien auf seinem Gesicht. Er ersetzte ihn durch sein vertrautes freundliches Lächeln. »Ich möchte einfach, dass du weißt, dass hier Leute sind, die für dich da sind.«

»Okay«, sagte ich heiser.

Und ging davon.

Ich glaube, ich kann es nicht besser beschreiben, als zu sagen, dass sich auf dem Heimweg die Gedanken in meinem Kopf überschlugen.

Entweder würde ich Jason wehtun, oder Jason und ich würden zusammen alt werden und sterben, die Eheringe noch an den Fingern. Pip lebte auf. Warum konnte ich nicht endlich irgendwas für irgendwen empfinden? War ich so wie Sunil und Jess? Diese wahnsinnig langen Wörter, von denen die meisten Menschen noch nie gehört hatten?

Warum konnte ich mich nicht in jemanden verlieben?

Ich lief vorbei an Geschäften und Cafés, am Institut für Geschichte, dem Hatfield College, betrunkenen Studenten und anderen Bewohnern von Durham, der Kathedrale, die im Dunkeln beleuchtet wurde. Ich blieb stehen und dachte daran, dass ich vor ein paar Stunden hier mit Jason entlanggegangen war, dass wir gelacht hatten und ich es beinahe geschafft hätte, mir vorzustellen, ich wäre jemand anderes.

Als ich zurück in meinem Zimmer war, hörte ich wieder, dass die Leute über mir Sex hatten. Ein rhythmisches Rumsen gegen die Wand über mir. Ich hasste es. Dann fühlte ich mich schlecht, weil ich damit vielleicht zwei Menschen hasste, die verliebt waren.

Letzten Endes war das genau das Problem mit Romantik. Es war so einfach, Romantik zu romantisieren, weil sie überall war. Sie war in der Musik und im Fernsehen und auf Instagram-Fotos mit Filter. Sie lag in der Luft, frisch und lebendig und voller neuer Möglichkeiten. Ich sah sie in den Blättern, die im Herbst fielen, in verfallenen hölzernen Türrahmen, abgenutztem Kopfsteinpflaster und in Narzissenfeldern. Ein kleines Gähnen, Lachen am frühen Morgen, Schuhe, die nebeneinander an der Tür standen. Augen, die sich quer über die Tanzfläche trafen.

Ich konnte sie sehen, immer, überall, aber sobald ich näher kam, stellte ich fest, dass nichts da war.

Eine Fata Morgana.

TEIL DREI

ICH LIEBE KEINEN

»GEORGIA«, sagte eine Stimme – oder kreischte, besser gesagt – als ich ein paar Tage später in den Probenraum der Shakespeare Society kam.

Es war unsere erste Probe in einem echten Probenraum. Wir waren in einem riesigen, alten Gebäude neben der Durham Kathedrale, das nur aus Klassenräumen bestand, die für Aktivitäten an Societys vermietet wurden. Ich stellte mir vor, dass es auf Privatschulen so eine Atmosphäre gab wie hier in diesem Gebäude. Alles war hölzern und unnötig groß.

Das Kreischen, das eben an meine Ohren gedrungen war, wurde mir immer vertrauter.

Rooney schoss aus dem Klassenzimmer. Sie trug einen roten Anzug, in dem sie aussah wie ein Model, während ich darin ausgesehen hätte wie jemand, der in einer Autowaschanlage arbeitet.

Sie umfasste meine Arme und zog mich in den Raum. Der war fast völlig leer bis auf einen Tisch auf der anderen Seite des Raumes, auf dem Pip und Jason saßen. Jason schien in irgendeine Lektüre für einen seiner Kurse vertieft, während Pip aufschaute und Rooney mit nichts weniger als Verachtung anstarrte.

»Ich sterbe, Georgia«, sagte Rooney. »Buchstäblich. Ich explodiere.«

»Bitte beruhige dich.«

»Nein, ich *werde* ganz sicher explodieren. Ich war bis sechs Uhr heute Morgen wach und hab den ganzen Rest der Show geplant.«

»Ich weiß. Wir wohnen zusammen.«

Seit ich Rooney die Information gegeben hatte, dass Sunil sich uns anschließen würde, war sie ein kleines bisschen durchgedreht. Sie hatte wöchentliche Proben für den Rest des Jahres geplant und uns alle in einem neuen Gruppen-Chat mit Nachrichten bombardiert. Den Chat nannte Pip »Ein Sommernachts-Geflüster«. Über diesen Namen stritten sich Rooney und Pip im Chat mehrere Stunden lang.

»Wir müssen wenigstens die ersten paar Szenen vor dem Bailey-Ball fertig haben«, fuhr Rooney fort. »Das ist unser Ziel.«

»Der ist in ein paar Wochen.«

»*Exakt.*«

Der Bailey-Ball war ein Ball im St. John's College, der jedes Jahr Anfang Dezember stattfand. Für unsere Society war er komplett irrelevant, aber Rooney hatte beschlossen, ihn trotzdem als Deadline zu setzen. Wahrscheinlich hauptsächlich deshalb, damit wir auch wirklich an den Proben teilnahmen.

»Was ist, wenn Sunil am Ende doch nicht kommen will?« Sie senkte die Stimme. »Was, wenn er denkt, das ist eine Scheißidee? Er ist im *dritten Jahr*. Er *weiß Sachen*.«

»Er ist wirklich nicht der Typ, der ein Studenten-Theaterstück kritisieren würde, um ehrlich zu sein.«

Genau in dem Moment kam Sunil in den Raum. Er trug eine dunkle Hose mit roten Streifen an den Seiten, ein enges Polohemd und eine Jeansjacke. Irgendwie schaffte er es, nicht so auszusehen, als würde er jeden Moment erfrieren, obwohl es für November schweinekalt war. Die Temperaturen im Norden waren brutal.

Er lächelte, als er näher kam, und mich überschwemmte eine

Welle von Schuldgefühlen, weil ich das Gefühl hatte, er war womöglich nur hier, weil ich ihn darum gebeten hatte.

Pip und Jason kamen zu uns, um ihn zu begrüßen.

»Du bist der Einzige aus der Gruppe, den ich noch nicht kenne«, sagte Sunil zu Jason und streckte ihm die Hand hin.

Jason schüttelte sie. Er sah ein bisschen eingeschüchtert aus. Wahrscheinlich war er tief beeindruckt von der schieren Coolness, die Sunil in jedem Moment ausstrahlte.

»Hi, ich bin Jason.«

»Hi, ich bin Sunil. Du bist sehr groß, Jason.«

»Äh ... okay. Kann ich nicht abstreiten.«

»Herzlichen Glückwunsch.«

»Danke?«

Rooney klatschte laut in die Hände. »Okay, los geht's!«

Jason und Sunil schickte sie sofort ans andere Ende des Raumes, um eine Szene aus dem *Sommernachtstraum* zu proben, während Rooney, Pip und ich uns zusammen auf den Boden setzten und unsere Texte zu *Viel Lärm um nichts* vor uns legten.

Viel Lärm ist wahrscheinlich eines der besten Shakespeare-Stücke, weil der Plot genauso verläuft wie in einer Feinde-werden-Lover-Fanfiction, mit ganz viel Verwirrung und Missverständnissen, bis zum Schluss. Die Prämisse ist: Beatrice und Benedikt hassen einander, und ihre Freunde finden das saukomisch, deshalb beschließen sie, die beiden reinzulegen und dazu zu bringen, dass sie sich ineinander verlieben. Und das funktioniert viel besser, als irgendjemand erwartet hätte.

Unglaublich.

Wieder suchten Rooney und Pip mich aus, um die romantische Hauptrolle zu spielen – Benedikt. Pip spielte Beatrice. Wir setzten uns zusammen und lasen die Szene, und ich hoffte, dass ich diesmal besser sein würde. Vielleicht war es nur mit Jason so furchtbar peinlich. Jetzt spielte ich mit Pip, und die Szene war auch noch lustig.

»*Ich frage mich, warum Ihr noch sprecht, Signor Benedikt*«, sagte Pip und verdrehte die Augen. »*Keiner achtet auf Euch.*«

Ich stülpte meine beste Sarkasmus-Stimme über und antwortete: »*Was denn, Fräulein Verachtung! Ihr seid noch am Leben?*«

»Ein bisschen weniger wütend, glaub ich«, sagte Rooney. »Benedikt nimmt sie mehr so auf den Arm. Er findet das lustig.«

Ich liebte Feinde-werden-zu-Lovern-Geschichten. Aber ich hatte Probleme, mich in dieser zurechtzufinden. Ich hätte viel lieber zugesehen, wie jemand anders die Rollen spielte.

Ich ließ Pip ihre nächste Zeile lesen, bevor ich mich wieder einbrachte. Diesmal versuchte ich, weniger wütend zu klingen.

»*Dann ist Höflichkeit ein Überläufer. Aber soviel ist gewiss, dass alle Damen in mich verliebt sind, Ihr allein ausgenommen*«, sagte ich. »*Und ich wollte, mein Herz sagte mir, ich hätte kein so hartes Herz; denn wahrhaftig, ich liebe keine.*«

»Hm«, machte Rooney.

»Schau«, sagte ich. »Das ist das erste Mal, dass wir das Stück lesen.«

»Ist schon okay. Vielleicht ist diese Rolle einfach nichts für dich.«

Diese Rolle und die Rolle der Julia? Konnte ich also keine der romantischen Heldinnen spielen? Aber ich hatte doch jede Menge romantische Rollen gespielt, sowohl im Schultheater als auch im Jugendtheater – und ich war gut gewesen.

Warum machten mich diese romantischen Rollen jetzt plötzlich so fertig?

»Hey!«, keifte Pip Rooney an. »Hör auf, Georgia zu beleidigen.«

»Ich bin die Regisseurin! Ich muss ehrlich sein!«

»Äh, ich bin auch die Regisseurin, und ich finde, du bist ein Miststück.«

»Drama«, sagte Jason von der anderen Seite des Raumes. Ich drehte mich um und sah, dass Sunil die Augenbrauen hochzog und Jason anblickte. Dann fingen beide an zu kichern.

»Wenn du findest, dass Georgia soooo Scheiße ist –« fing Pip an.

»Das hat sie zwar nicht gesagt, aber okay«, sagte ich.

»Dann zeig uns doch mal, wie du die Szene spielen würdest, Rooney Bach. Wenn du keine Probleme damit hast, für eine Szene lesbisch zu werden.«

»Oh, ich hab keinerlei Probleme damit, *lesbisch zu werden, Piepchen*«, sagte Rooney, womit sie aber etwas gänzlich anderes zu meinen schien als das Stück – was Pip auch auffiel, die daraufhin überrascht ein bisschen zurückwich.

»Na schön«, sagte Pip.

»Schön«, sagte Rooney.

»Schön.«

Rooney klatschte ihr Manuskript zu *Viel Lärm um nichts* auf den Boden. »Schön.«

Ich verzog mich auf die andere Seite des Raumes zu Sunil und Jason, damit wir alle zusammen Pip und Rooney zusehen konnten, die den ersten Streit zwischen Beatrice und Benedikt in *Viel Lärm um nichts* spielten. Ich konnte vorhersehen, dass es entweder saukomisch oder eine absolute Katastrophe sein würde. Möglicherweise beides.

Rooney richtete sich hoch auf und sah Pip von oben herab an. »*Und ich wollte, mein Herz sagte mir, ich hätte kein so hartes Herz; denn wahrhaftig, ich liebe keine.*« Sie schaute nicht mal in ihren Text. Sie kannte den Text auswendig.

Pip lachte und wandte sich ab, als würde sie sich an Zuseher wenden. »*Ein wahres Glück für die Frauen. Ihr wäret ihnen ein gefährlicher Bewerber geworden. Ich danke Gott und meinem kalten Herzen, dass ich darin mit Euch eines Sinnes bin. Lieber wollt ich meinen Hund eine Krähe anbellen hören, als einem Mann schwören, dass er mich liebe.*«

Rooneys Mundwinkel zuckte. Sie verhielt sich erschreckend ähnlich wie sonst, wenn sie *nicht* schauspielerte.

Sie trat etwas näher an Pip heran, wie um sie bewusst zu überragen. »*Gott erhalte dem gnädigen Fräulein immer diese Gesinnung!*« Rooney legte eine Hand auf Pips Schulter und drückte sie. »*So wird der eine oder andere ehrenwerte Mann dem Schicksal eines zerkratzten Gesichts entgehn.*«

»*Kratzen würde es nicht schlimmer machen*«, ätzte Pip sofort zurück, legte den Kopf zur Seite und grinste verschlagen. »*Wenn es ein Gesicht wie Eures wäre.*«

Wie konnte es sein, dass sie beide den Text dieser Szene schon auswendig konnten?

Rooney lehnte sich noch näher an Pip, ihre Gesichter waren nur noch ein paar Zentimeter voneinander entfernt. »*Tja, Ihr versteht Euch trefflich drauf, Papageien abzurichten*«, zischte sie heiser.

Pip atmete gepresst ein. »*Ein Vogel von meiner Zunge ist besser als ein Vieh von Eurer.*«

Und Rooney, die Wahnsinnige, ließ den Blick sinken, bis ihre Augen an Pips Mund hingen. »*Ich wollte, mein Pferd wäre so schnell wie Eure Zunge*«, murmelte sie. »*Und so ausdauernd.*«

Die Stille, die dem folgte, war ohrenbetäubend. Jason, Sunil und ich starrten wie gebannt. Die Luft im Raum war nicht nur aufgeladen, sie *brannte* förmlich.

Wir warteten darauf, dass der Augenblick enden würde. Es war Pip, die ihn schließlich auflöste. Mit hochrotem Kopf riss sie sich aus dem Bann. »Und genau so wird's gemacht, Kinder«, sagte sie und verbeugte sich.

Wir applaudierten.

Rooney wandte sich ab, löste ihren Pferdeschwanz und fasste ihre Haare neu zusammen. Sie war seltsam still.

»Dann spielt ihr zwei Beatrice und Benedikt, ja?«, fragte Jason.

Pip warf mir einen schnellen Blick zu. »Na ja, wenn es Georgia nichts ausmacht ...«

»Nein, natürlich nicht«, sagte ich. »Das war toll.«

Vielleicht sogar ein bisschen zu toll, wenn man danach gehen wollte, dass Pips Wangen immer noch gerötet waren.

»Was denn?«, fragte Pip und warf einen Blick über die Schulter zu Rooney, die immer noch damit beschäftigt war, ihren Pferdeschwanz zu lösen und die Haare wieder neu zusammenzufassen. »War die Szene zu sexy für dich?«

»Nichts ist zu sexy für mich«, schoss Rooney zurück. Aber sie drehte sich nicht um. Sie versteckte sich.

Pip grinste. Ich konnte sehen, dass sie das Gefühl hatte, gewonnen zu haben.

Wir verbrachten die verbleibende Übungszeit damit, Rooney und Pip zu helfen, die Szene zu inszenieren. Wir fügten Requisiten hinzu und gingen den Text noch ein paarmal durch. Sie schienen mit jedem Durchgang nervöser zu werden und erhöhten gleichzeitig mit jedem Mal die Berührungen und den Blickkontakt zwischen den beiden Charakteren.

Nach zwei Stunden stellten Sunil, Jason und ich die Stühle aufeinander. Dann warteten wir neben der Tür, weil Rooney und Pip in der Mitte des Raumes standen und sich darüber zankten, welche Sätze den Schluss der Szene bilden sollten. Jason zog seine Flanelljacke an.

»Also«, sagte er zu Sunil. »Bereust dus schon?«

Sunil lachte. »Gar nicht! Es hat Spaß gemacht. Ich bin froh, dass ich Zeuge wurde von ...« Er deutete vage auf Rooney und Pip. »... was auch immer *das* ist.«

»Es tut uns sehr leid wegen der beiden«, sagte ich.

Er lachte wieder. »Nein, ganz ehrlich. Das hat richtig Spaß gemacht. Es ist in Wahrheit eine willkommene Abwechslung zu dem dauernden Chaos und dem Drama in der Pride Society. Und vom ständigen Stress im dritten College-Jahr.« Er steckte die Hände in die Taschen und zuckte mit den Schultern. »Ich weiß auch nicht, aber ich glaube – ich glaube, ich hab's gebraucht, genau so was zu machen. Die Uni war bisher extrem stressig für mich. Als ich im ersten Semester war, ging's mir … richtig dreckig. Und dann habe ich das ganze zweite Jahr damit verbracht, Dinge für die Pride Society zu machen. Und … na ja, das ist in diesem Jahr natürlich genauso gewesen. Das Orchester macht mir zwar Spaß, aber das ist auch verdammt stressig. Ich glaub, ich nehm mir nie wirklich die Zeit, um einfach … etwas zu machen, nur weil es *Spaß macht*. Versteht ihr?« Er schaute auf, als wäre er überrascht, dass wir immer noch dastanden und ihm zuhörten. »Sorry, ich rede viel zu viel.«

»Nein, das ist völlig in Ordnung«, sagte ich, aber es fühlte sich nicht an, als wäre es genug. »Wir sind … wirklich froh, dass du hier bist.«

Jason klopfte ihm auf die Schulter. »Ja, du musst mal mit uns Pizza essen gehen. Schauspieler-Bonding.«

Sunil lächelte ihn an. »Das werd ich. Danke.«

Wir verabschiedeten uns von Sunil, der zu einem Tutorium musste. Jason und ich lehnten an gegenüberliegenden Seiten des Türrahmens und warteten auf Pip und Rooney.

Jason fing an, durch die Seiten seines Manuskripts zu blättern. »*Viel Lärm* ist so ein gutes Stück. Obwohl ich den Reiz von Beziehungen nicht verstehe, bei denen sie am Anfang gemein zueinander sind.«

»Das ist alles nur eine Art Vorspiel«, sagte ich und dachte an einige meiner liebsten Von-Feind-zu-Lovern-Geschichten. »Es läuft alles auf den Punkt hinaus, an dem die Figuren unweigerlich wilden Sex haben. Das Gestreite vorher macht den Sex aufregender.«

»Ich nehm an, das stimmt für Geschichten.« Jason blätterte eine Seite um. »Schon komisch, wie sehr sich alles um Sex dreht. Ich glaube nicht einmal, dass ich den in einer Beziehung brauchen würde.«

»Warte, echt jetzt?«

»Sex macht Spaß, aber ... ich glaube nicht, dass es ein Deal-Breaker für mich wäre, wenn meine Partnerin es nicht so gerne machen würde. Oder überhaupt nicht.« Er blickte von seinem Manuskript auf. »Was denn? Ist das komisch?«

Ich zuckte mit den Schultern. »Nein, das ist nur eine echt coole Art, mit dem Thema umzugehen.«

»Ich glaube, wenn man jemanden wirklich liebt, sind einem solche Sachen nicht so wahnsinnig wichtig. Ich weiß auch nicht. Ich glaube, wir wurden alle irgendwie darauf konditioniert, total davon besessen zu sein, obwohl es eigentlich ... weißt du, es ist nur eine Sache, die Leute zum Spaß machen. Man braucht Sex nicht mal mehr, um Babys zu machen. Es ist ja nicht so, dass man ohne Sex sterben würde.«

»Sterben ohne was?«, fragte Pip, die plötzlich nur noch ein paar Meter von uns entfernt war und sich ihre Bomberjacke anzog.

Jason klappte das Buch zu. »Pizza.«

»Oh mein Gott, wollen wir jetzt sofort Pizza holen? Ich *würde* ohne Pizza sofort sterben.«

Die beiden gingen zusammen raus und unterhielten sich, während ich auf Rooney wartete, die noch ihre Schnürsenkel band.

Gab es so etwas wie eine dritte Wahl, wenn es um meine und Jasons Beziehung ging? Könnten wir zusammen sein und einfach ... keinen Sex haben?

Ich stand in der Tür und versuchte, es mir vorzustellen. Keinen Sex, aber trotzdem eine romantische Beziehung zu haben. Eine *Beziehung*. Jason küssen, mit Jason Händchen halten. *Verliebt* sein.

Ich hatte viel Zeit damit verbracht, darüber nachzudenken, was ich für die Liebe empfand, aber wenig Zeit, um darüber nachzudenken, wie ich über *Sex* dachte. Ich war einfach davon ausgegangen, dass Sex automatisch dazugehörte. Aber das musste nicht so sein. Sunil hatte mir erzählt, dass manche Menschen keinen Sex wollen, aber in Beziehungen ohne Sex vollkommen glücklich sind.

Vielleicht mochte ich Jason ja *doch* auf romantische Art – ich wollte bloß keinen Sex mit ihm haben.

WICHSVORLAGE

Klarerweise verbrachte ich den Rest des Tages damit, über Sex nachzudenken. Nicht mal auf eine lustige, bloß auf eine ziemlich *verwirrte* Art.

Bis zur Party nach unserer Prom-Nacht hatte ich nicht viel darüber nachgedacht, was ich von Sex hielt. Damals hatte ich bloß angefangen, mich zu fragen, ob ich *seltsam* war, weil ich nicht all die Dinge getan hatte, von denen andere Leute behaupteten, sie hätten sie getan – inklusive Sex.

Na klar wissen wir alle, dass das Konzept der »Jungfräulichkeit« verdammt dumm ist und von Frauenhassern erfunden wurde. Aber das hat mich nicht davon abgehalten, mich so zu fühlen, als hätte ich etwas wirklich Großartiges verpasst. Aber *habe* ich etwas verpasst? Sunil sagte, Sex sei ihm *gleichgültig*. Ich hatte noch nie jemanden so über Sex reden hören. Als ginge es um einen Essens-Lieferdienst, den man für okay hält, obwohl man persönlich dort nicht bestellen würde.

Alles, was ich bisher in Bezug auf Sex empfunden hatte, war eine große Scham darüber, immer noch keinen gehabt zu haben.

In dieser Nacht, als ich schon im Bett lag, beschloss ich, dass ich mit jemandem sprechen musste, der tatsächlich etwas darüber wusste. Rooney.

Ich rollte mich auf die andere Seite, um sie ansehen zu können. Der größte Teil von Rooney war unter der Bettdecke verborgen. Sie tippte auf ihrem MacBook.

»Rooney?«, sagte ich.

»Hmm?«

»Ich hab nachgedacht über ... du weißt schon ... meine Situation mit Jason.«

Damit hatte ich sofort ihre Aufmerksamkeit. Sie setzte sich ein bisschen mehr auf, klappte ihr MacBook zu und sagte: »Ja? Habt ihr euch schon geküsst?«

»Ähm – nun, nein, aber –«

»Wirklich?« Sie hob die Augenbrauen, weil sie das anscheinend für seltsam hielt. »Wie kommt das?«

Ich wusste nicht, was ich sagen sollte.

»Mach dir keinen Stress«, sagte sie mit einer Handbewegung. »Es wird passieren. Wenn es der richtige Zeitpunkt ist, wird es einfach *passieren*.«

Das ärgerte mich. War Küssen wirklich so *beliebig*?

»Kann sein«, sagte ich. Ich hatte das Gefühl, dass ich einfach ehrlich sein sollte, »ich ... weiß nicht einmal, ob ... du weißt schon, ob ich mich zu Männern im Allgemeinen hingezogen fühle, oder ... so was in der Art.«

Rooney blinzelte. »Wirklich?«

»Ja.«

»Okay«, sagte Rooney. Sie nickte, aber ich konnte an ihrem Gesicht sehen, dass das für sie eine Überraschung war. »Okay.«

»Ich bin mir aber nicht sicher. Ich hab viel darüber nachgedacht, ähm ... na ja, wie ich mich bei ... körperlichen Dingen fühlen würde.«

Es gab eine Pause, und dann sagte sie: »Sex?«

Ich hätte mir denken können, dass sie das einfach so hinnehmen würde. »Na ja. Ja.«

»Okay.« Sie nickte wieder. »Ja. Das ist richtig. Sexuelle Anziehung ist nichts anderes als das: herausfinden, mit wem man Sex haben will.« Sie hielt inne, um nachzudenken, und dann drehte sie sich ganz zu mir um. »Alles klar. Wir werden's schon rausfinden.«

»Was meinst du?«

»Ich meine, lass uns deinen Gefühlen auf den Grund gehen und herausfinden, ob du dich zu Jason hingezogen fühlst oder nicht.«

Ich hatte absolut keine Ahnung, wohin dieses Gespräch führen würde, und ich hatte Angst.

»Frage eins: Wichst du?«

Ich hatte völlig zu Recht Angst gehabt.

»Oh Gott.«

Sie hielt ihre Hände hoch. »Du musst nicht antworten, aber ich glaube, das könnte ein guter Weg sein, um herauszufinden, ob du Jason wirklich magst.«

»Ich fühl mich so unwohl.«

»Ich bin's doch nur. Ich habe dich auch schon im Bett furzen hören.«

»Nein, *hast* du *nicht*.«

»Doch, hab ich. Es war laut.«

»Oh *Gott*.«

Ich wusste, dass ich das Gespräch jederzeit beenden konnte, wenn ich es wirklich wollte. Es *war* natürlich ein bisschen unanständig von Rooney, so persönliche Dinge zu fragen, wo wir uns doch erst seit eineinhalb Monaten kannten. Aber ich wollte mit jemandem über diese Dinge reden. Und ich war der festen Meinung, dass mir das Reden helfen würde, den Sachen auf den Grund zu gehen.

»Also«, fuhr Rooney fort. »Masturbation.«

Ich gehörte nicht zu der Sorte Menschen, die dachten, das sei nur etwas, was Männer machten. Ich hatte genug Zeit im Internet verbracht, um zu wissen, dass alle Geschlechter masturbierten.

»Mastur … masturbieren nicht alle?«, murmelte ich.

»Hm, nein, ich glaube nicht.« Rooney tippte mit dem Zeigefinger an ihr Kinn. »Ich hatte eine Freundin zu Hause, die sagte, dass sie es einfach nicht mochte.«

»Oh. Alles klar.«

»Ich nehme also an, dass du es tust.«

Damit hatte sie völlig recht. Ich wollte deshalb auch nicht lügen. Klarerweise wusste ich, dass es nichts war, wofür man sich schämen musste, aber es fühlte sich trotzdem unsäglich an, darüber zu reden.

»Doch, ja«, sagte ich.

»Okay. Also, woran denkst du, wenn du masturbierst?«

»Rooney. Heilige Scheiße nochmal.«

»Komm schon! Wir machen eine wissenschaftliche Studie, um herauszufinden, was du anziehend findest. Oh Mann, wir sollten Pip um Hilfe bitten! Sie ist doch Wissenschaftlerin!«

Ich wollte wirklich nicht, dass Pip in dieses ohnehin schon unangenehme Gespräch verwickelt würde. »Nein, das sollten wir nicht.«

»Denkst du an Männer? An Frauen? An beide? Ist es total beliebig oder … ?«

Die ehrliche Antwort war:

Beliebig.

Ich dachte buchstäblich an alle und jeden.

Aber ich wusste, dass diese Antwort Rooney nur verwirren würde. Und hier ist der Grund:

Die Situation, in der ich üblicherweise masturbierte, ergab sich, wann immer ich in der Stimmung war, versaute Fanfiction zu lesen. Es war eine sichere Art, sich antörnen zu lassen, die Spaß machte. Dabei fühlte ich mich gut. Ich dachte einfach an die Charaktere in der Geschichte, die ich gerade las. Welche Kombination von Geschlechtern auch immer das war – ich war nicht wählerisch, solange der Text gut war.

Für mich ging es nicht um die Körper und die Genitalien. Es ging um Chemie. Aber ich dachte, das wäre nichts Ungewöhnliches.

Leute guckten nicht *wirklich* nur auf die Brüste einer Frau oder auf das Sixpack eines Mannes und fühlten sich dadurch angetörnt. Oder?

»Georgia«, sagte Rooney. »Komm schon. Ich erzähl dir auch von meiner Wichsvorlage, wenn du mir von deiner erzählst.«

»Gut«, sagte ich. »Ich … das Geschlecht spielt eigentlich keine Rolle.«

»Oh mein Gott! Bei mir ist es dasselbe!« Rooney gestikulierte zwischen uns. »Wir sind voll die Wichs-Vorlagen-Schwestern!«

»Sag das nie wieder.«

»Nein, aber es ist cool zu wissen, dass ich damit nicht allein bin.« Sie wickelte ihre Decke etwas fester um sich. »Ich meine, ich treff mich ja nur mit Jungs, aber … du weißt schon. Es macht Spaß, über andere Dinge nachzudenken.«

Vielleicht war ich also bi oder pan. Vielleicht waren wir das beide. Wenn das Geschlecht für uns keine Rolle spielte, wäre das logisch, oder?

»Es gibt aber immer noch einige bestimmte Szenarien, die ich mir vorstellen muss«, fuhr sie fort. »Zum Beispiel kann ich mir nicht vorstellen, dass ich einfach alles mit irgendwem machen würde. Ich glaube, ich habe immer noch … Vorlieben. Aber die sind nicht auf das Geschlecht meines Partners beschränkt.«

Etwas, das sie gesagt hatte, irritierte mich.

»Warte«, sagte ich. »Ich meinte, ich stelle mir nie mich selbst mit jemandem vor, egal, welches Geschlecht mein Partner hat.«

Sie hielt inne. »Oh. Was?«

In meinem Gehirn machte es klick. Ich wusste plötzlich, was ich zu sagen versuchte.

»Ich stelle mir nicht vor, dass *ich* Sex habe«, sagte ich.

Rooney runzelte die Stirn, dann schnaubte sie. Dann, als sie merkte, dass ich keine Witze machte, runzelte sie die Stirn. »Woran denkst du dann? An andere Leute?«

»… ja.«

»Also … Leute, die du kennst?«

»Igitt, nein. Oh mein Gott. Mehr so … erfundene Menschen in meinem Kopf.«

»Hm.« Rooney holte tief Luft. »Also … du denkst nicht daran, mit Jason Sex zu haben?«

»Nein!«, rief ich. Der Gedanke, mit Jason Sex zu haben, machte mir Angst. »So was … so was macht doch keiner wirklich, oder?«

»Was, über jemanden phantasieren, in den man verknallt ist?«

Sobald sie es sagte, wurde mir klar, wie offensichtlich das war. Natürlich machten Leute genau das. Ich hatte es Dutzende Male in Filmen und im Fernsehen und in Fanfics gesehen und gelesen.

»Das wird schwieriger, als ich dachte«, sagte Rooney.

»Oh.«

»Okay, also, Frage zwei: Bei welchem Prominenten bist du gekommen?«

Ich blinzelte. »Also, das macht jetzt aber *bestimmt* keiner.«

»Was?«

»Masturbieren zu Fotos von Prominenten.«

»Äh, doch, tun sie. Ich zum Beispiel habe einen Ordner mit nichts anderem als Fotos von Henry Cavill oben ohne auf meinem Laptop.«

Ich lachte.

Rooney lachte nicht.

»Was?«, fragte sie.

Ich war davon ausgegangen, sie würde Witze machen. »Ich hab gedacht, das wäre etwas, was Leute nur in Filmen machen. Du schaust dir wirklich … Bauchmuskeln an und das reicht für dich?«

»Ich … ja.« Rooney sah ein wenig verärgert aus. »Was denn – findest du das abnormal?«

Ich hatte keine Ahnung, was normal und was abnormal war. Vielleicht war gar nichts normal. »Ich verstehe einfach nicht den Reiz dabei. Ich meine, ein Sixpack ist nichts anderes als ein klumpiger Bauch.«

Das brachte Rooney zum Lachen. »Okay. Gut. Frage drei –«

»Wie kann es sein, dass es immer noch mehr Fragen gibt –«

»Sexträume. Was ist in deinem letzten Sextraum passiert?«

Ich starrte sie an. »Ernsthaft?«

»Ja!«

Ich wollte ihr gerade sagen, dass ich noch nie einen Sextraum gehabt hatte, aber das war nicht ganz richtig. Vor ein paar Jahren hatte ich tatsächlich einen Traum gehabt, in dem ich, um meine Prüfungen zu bestehen, Sex mit einem Typen aus meiner Klasse haben musste. Im Traum wartete er auf meinem Bett – nackt. Und ich ging in meinem Schlafzimmer hin und her, immer wieder, voll angezogen – und ohne den Mut aufzubringen, es durchzuziehen. Es war kein Albtraum, aber ich hatte ein albtraumhaftes Gefühl. Wie in den Träumen, in denen du versuchst, vor einem Dämon wegzulaufen, aber deine Beine bewegen sich so langsam, als würden sie im Schlamm stecken. Und der Dämon holt dich ein, weil du dich nicht richtig bewegen kannst. Du wirst sterben.

Wenn ich es mir recht überlegte, war ich mir nicht sicher, ob so was als Sextraum zählte.

»Ich habe keine Sexträume«, sagte ich.

Rooney starrte mich wieder an. »Was … überhaupt keine?«

»Hat jeder Mensch Sexträume?«

»Na ja … das weiß ich nicht.« Rooney sah fast genauso verwirrt aus wie ich. »Ich bin davon ausgegangen, dass es etwas ist, was jeder hat, aber offenbar ist das nicht so.«

Ich bereute es fast, das Thema überhaupt angesprochen zu haben. Für jemanden, der schon oft Sex gehabt hatte, schien Rooney nicht viel mehr darüber zu wissen als ich. Kurz entschlossen griff ich nach meinem Handy. »Ich schreib jetzt Pip eine Nachricht.«

»*Ja.* Bitte hol sie ins Boot. Ich will wissen, was sie denkt.«

Ich warf Rooney einen Blick zu. »Du bist sehr dran interessiert zu hören, was Pip über Sex denkt, hm?«

Rooney stotterte. »Äh – nein, eigentlich nicht. Ich wollte nur – ich wollte nur eine dritte Meinung. Und sie ist der Typ, der am ehesten was ausplappert.«

Georgia Warr
entschuldige die späte nachricht, aber ich hab eine frage, liebste freundin

Felipa Quintana
Ich hoffe sehr, dass es nicht um den Namen für unseren Gruppenchat geht, weil ich nämlich »Sommernachts-Geflüster« bis zum Tod verteidigen werde

Georgia Warr
ich respektiere das geflüster, darum geht es nicht
alsoooooo
rooney und ich unterhalten uns gerade über sex

Felipa Quintana
OOOOH
Okay, ich bin dabei

Georgia Warr
Meine Frage ist . . .
Hast du Sexträume?

Felipa Quintana
Lol WOW

Georgia Warr
du musst nicht antworten, wenn es zu persönlich ist haha
aber ich hab dich auch schon bei verschiedenen Anlässen pinkeln
sehen
wir kennen uns zum jetzigen zeitpunkt wahrscheinlich eher zu gut
fürs protokoll, rooney ist hier und will wissen, was du antwortest

Felipa Quintana
Wow. Hi Rooney
Ja, ich hatte Sexträume
Nicht rasend viele
Aber gelegentlich
Ich mein, das ist doch ziemlich normal, oder?

»Sie sagt, sie hätte Sexträume gehabt«, sagte ich zu Rooney.
»Frag sie, ob sie masturbiert«, zischte Rooney vom anderen
Ende des Raumes.
»Rooney!«
»Tu's für die Wissenschaft!«

Georgia Warr
das ist im prinzip genau das, was wir versuchen, rauszukriegen
eine zweite frage – wenn du wichst, denkst du dabei daran, dass
DU SELBST mit jemandem sex hast? und wenn ja … mit welchem
Geschlecht?
rooney sagt, dass das geschlecht des anderen für sie keine rolle
spielt

Felipa Quintana
Was für ein Gespräch OMG

Moment – Rooney denkt daran, es mit Mädchen zu machen??????

Georgia Warr
ja

Felipa Quintana
Okay . . . . . Okay, interessant
Also, erstens: Ja, ich denke an mich selbst beim Sex. Ich wüsste nicht, an wen ich sonst denken sollte. Es sei denn, du guckst dir einen Porno an und wichst dabei ... aber selbst dann geht es zumindest ein bisschen um dich und deine Fantasien.
Und klarerweise denke ich nur an Mädchen, haha ... Der Gedanke, mit einem Mann zusammen zu sein, ekelt mich einfach an.
Ich meine, ich bin immer noch sehr lesbisch. Das hatten wir schon etabliert.
Das Ganze ist aber interessant

»Sie sagt, sie denkt an sich selbst beim Sex«, sagte ich.

Rooney nickte, obwohl sie begonnen hatte, ihr Haar zu stylen, sodass ich ihren Gesichtsausdruck nicht lesen konnte. »Ja. Ich meine, das machen vermutlich die meisten Leute, glaube ich.«

Georgia Warr
das hier gebe ich nicht an rooney weiter, das ist eine frage nur von mir
phantasierst du über echte leute? also, denkst du an jemanden, den du kennst, wenn du's dir selbst besorgst? also, wenn du jemanden kennenlernst, der echt heiß ist oder in den du verknallt bist, stellst du dir dann vor, mit derjenigen sex zu haben????

Felipa Quintana
Georgia, wie kommt es, dass du das wissen willst?

Geht's dir gut??
Hast du SEX mit Jason?
Oh Gott, ich weiß nicht, ob ich das überhaupt wissen will

Georgia Warr
beruhige dich, ich habe keinen sex
ich versuch nur, einige sachen zu verstehen

Felipa Quintana
Okay
Ja, ich schätze, das mach ich manchmal
Nicht bei jeder, die ich heiß finde, aber wenn ich jemanden wirklich mag ...
Ich meine, manchmal kann ich einfach nicht anders, glaub ich, haha

»Was schreibst du ihr?«, fragte Rooney.

Ich starrte auf mein Handy-Display.

Und dann schleuderte ich es quer über mein Bett.

»Das ist doch ein verfickter WITZ«, platzte ich wütend heraus.

Rooney hielt inne. »Was?«

Ich setzte mich auf und strampelte die Decke ab. »Ihr macht doch alle verfickt noch mal WITZE.«

»Was meinst –«

»Leute laufen wirklich da draußen rum und ... denken die ganze Zeit an Sex und *können* gar nicht *anders*?« Ich stammelte. »Die Leute träumen sogar davon, weil sie es *so sehr* wollen? Wie zum – ich verliere den Verstand. Ich dachte, die Filme übertreiben das total, aber ihr seid wirklich alle da draußen und sehnt euch nur nach Genitalien und Peinlichkeiten. Das muss eine Art gigantischer Witz sein.«

Darauf herrschte eine lange Stille.

Rooney räusperte sich. »Ich nehm an, wir sind wohl doch keine Wichsvorlage-Schwestern.«

»Verfickt noch mal, Rooney.«

Ich glaube, keine von uns hatte erwartet, dass unser Gespräch so ausgehen würde.

Ich hatte mir nie vorgestellt, wie ich Sex mit anderen Menschen habe. Und das war anders als bei den meisten anderen Menschen. *Ich* war anders. Wie hatte ich das bisher nicht merken können?

Stelle ich mir Fanfic-Charaktere vor, die miteinander Sex haben? Klar. Gut. Sexy. Aber mir vorzustellen, wie *ich* mit irgendjemandem Sex habe … egal, ob mit einem Typen, einem Mädchen oder wem auch immer – das hat mich nie überhaupt interessiert.

Nein – es war mehr als nur das. Es war sogar eine fucking kalte Dusche.

War es das, wovon Sunil mir erzählt hatte? War es das, was er empfand?

»Ich weiß nicht so recht, was ich sagen soll oder wie ich helfen kann«, sagte Rooney. Dann, mit größerer Aufrichtigkeit, als ich es von Rooney gewohnt war, setzte sie nach: »Tu nichts, was du nicht tun willst, okay?«

»… okay.«

»Ich meine, mit Jason.« Sie sah auf einmal so ernst aus, und mir wurde klar, wie selten sich so ein Gesichtsausdruck auf Rooneys Gesicht fand. »Tu nichts, womit du dich nicht wohlfühlst. Bitte.«

»Ja. Okay.«

Felipa Quintana
Hey, bist du sicher, dass es dir gut geht? Das war eine seltsame Unterhaltung

Georgia Warr
ich bin okay
entschuldige
das war schräg

Felipa Quintana
Das stört mich nicht!!! Ich liebe alles Schräge
Ich hoffe, ich konnte helfen?

Georgia Warr
hast du

COUNTDOWN TIMER SONG

»Also … ich schätze, das ist dann wohl ein richtiges Date«, sagte ich zu Jason, als wir unsere Pfannkuchen bekamen.

Unser drittes Date fand in einem Pfannkuchen-Café statt. Es lag auf einem Hügel etwa zehn Gehminuten außerhalb des Stadtzentrums von Durham und war so winzig, dass ich ein bisschen klaustrophobisch wurde. Das war vermutlich der Grund, warum ich mich so unwohl fühlte, sagte ich mir.

Meine Aussage schien Jason für einen Moment aus der Fassung zu bringen, aber schließlich lächelte er. »Ich schätze, das ist es.«

Er hatte sich heute Mühe gegeben, genau wie ich. Sein Haar war extra flauschig, und er trug ein neues Adidas-Sweatshirt zu seiner üblichen schwarzen Jeans.

»Haben die anderen beiden Male auch gezählt?«, fragte ich.

»Hm … Ich weiß nicht. Vielleicht das zweite?«

»Ja. Dass wir aus dem Kino rausgeschmissen werden und ich dann Migräne bekomme, klingt nach einem ziemlich guten ersten Date.«

»Einem, von dem man seinen Enkeln erzählen kann, würd ich sagen.« Als er das sagte, sah er sehr verlegen aus, unsicher, ob das ein angemessener Witz war. Ich lachte, um ihn zu beruhigen.

Wir aßen unsere Pfannkuchen und redeten. Wir sprachen

über das Shakespeare-Stück, über unsere Kurse, über den bevorstehenden Bailey-Ball, für den ich Pip und Jason Gastkarten besorgt hatte. Wir sprachen über Politik und die Einrichtung unserer Schlafzimmer und über das neue Pokémon-Spiel, das bald rauskommen sollte. Mann, es war so einfach, mit Jason zu reden.

Das war genau das, was ich brauchte, um meine Zweifel zu lindern. Um nicht mehr an das Gespräch mit Rooney und Pip denken zu müssen. Um zu vergessen, was Sunil mir erzählt hatte.

Jason und ich lachten über einen kleinen Scherz. Und ich dachte – vielleicht ... Vielleicht könnte es funktionieren, wenn ich es nur richtig versuche.

»Weißt du, was Rooney gesagt hat?«, sagte ich zu Jason, als wir wieder in seinem College angekommen waren. Wir saßen in der Küche auf Jasons Flur, und er hatte mir wieder eine heiße Schokolade gemacht.

Jason rührte Zucker in seinen Tee. »Was denn?«

Ich hatte auf dem Weg hierher die Entscheidung getroffen, einen Versuch zu starten. Ungeachtet dessen, was Rooney am Ende unseres Gesprächs gefolgert hatte. Ich musste diese Situation realistisch betrachten. Es würde mich einige Anstrengung kosten, mich dazu zu bringen, Jason zu mögen. Aber das konnte ich schaffen, oder? Ich konnte es schaffen.

»Sie fand es komisch, dass wir uns noch nicht geküsst haben.«

Okay, das war nicht *genau* das, was sie kurz vor unserem großen Sexgespräch gesagt hatte. Aber es war das, was sie angedeutet hatte.

Jason hörte auf, seinen Tee umzurühren. Einen Moment lang war sein Gesicht für mich nicht zu deuten.

Dann rührte er weiter.

»Findet sie?«, sagte er, und sein Mund zuckte ein bisschen.

»Ich glaube aber, sie hatte einfach schon viel mehr Beziehungen als wir«, sagte ich mit einem verlegenen Kichern.

»Und?«, antwortete Jason. Sein Gesichtsausdruck war immer noch nicht zu deuten.

»Ja.«

Mist. Machte ich die Situation merkwürdig? Ich machte sie merkwürdig.

»Nun …« Jason klopfte mit dem Löffel an den Rand seiner Tasse. »Das ist … Ich meine, jeder macht solche Sachen in einem anderen Tempo. Wir müssen es nicht überstürzen.«

Ich nickte. »Ja. Stimmt.«

Okay. Das ist gut so. Wir brauchten uns heute nicht zu küssen. Ich könnte es an einem anderen Tag wieder versuchen.

Erleichterung durchflutete mich.

Warte, nein.

So leicht konnte ich doch nicht aufgeben, oder?

Fuck.

Warum war das so verdammt schwer?

Rooney hatte gesagt, es würde einfach *passieren*. Aber wenn ich nichts tat, würde auch nichts passieren. Wenn ich es nicht versuchte, würde ich für immer so bleiben.

Jasons Tee war fertig. Wir hatten beschlossen, in sein Zimmer zu gehen und einen Film zu gucken. Es war später Sonntagnachmittag, und das schien dafür genau das Richtige zu sein.

Aber gerade als ich die Küchentür aufziehen wollte, stieß sie jemand von der anderen Seite so heftig auf, dass ich rückwärts über meine eigenen Füße stolperte – und gegen Jason prallte, der seine Tasse mit kochend heißem Tee hielt.

Weder Jason noch ich stürzten, aber der Tee spritzte *überall hin*.

Der Typ, der die Tür geöffnet hatte, zog sich sofort mit einem zerknirschten »Sorry, ich komm später wieder« zurück. Ich hatte nur ein paar Tropfen abgekriegt und sowieso noch meinen

Mantel an. Ich blickte zu Jason, der sich auf einen Stuhl in der Nähe gesetzt hatte, um den Schaden zu begutachten.

Sein Pullover war völlig durchnässt. Aber das schien ihn nicht zu stören – er starrte erschrocken auf seine linke Hand, die ebenfalls nass von Tee war. Frischem, kochendem Tee.

»Oh Scheiße«, sagte ich.

»Ja«, sagte er und starrte nur auf seine Hand.

»Tut das weh?«

»Äh … ein bisschen.«

»Kaltes Wasser«, sagte ich sofort. Ich packte sein Handgelenk, zog ihn zum Waschbecken, drehte das kalte Wasser auf und hielt seine Hand darunter.

Jason konnte nur starren, total verdattert. Wir warteten und ließen das eiskalte Wasser seine Wirkung entfalten.

Nach einem Augenblick sagte er: »Und ich hatte mich so auf den Tee gefreut.«

Ich stieß einen Seufzer der Erleichterung aus. Wenn er Witze machte, war es wahrscheinlich nicht allzu schlimm.

»Lässt sich Tee auswaschen?« Er sah auf die Flecken auf seiner Kleidung runter und kicherte dann nur. »Ich werd's rausfinden.«

»Es tut mir wirklich leid«, platzte ich heraus, als mir klar wurde, dass das wahrscheinlich meine Schuld war.

Jason stupste mich mit seinem Ellbogen an.

Wir standen sehr dicht vor dem Waschbecken.

»Es war nicht deine Schuld. Der Typ, der reinwollte, wohnt auf meinem Flur. Ich schwöre, der schaut nie, wo er hingeht. Ich bin schon bestimmt fünf Mal mit ihm zusammengestoßen.«

»Bist du – ist es okay? Wir müssen nicht in die Notaufnahme oder so?«

»Ich glaub, es geht mir gut. Ich sollte aber wahrscheinlich noch ein paar Minuten hier stehen.«

Wir verfielen wieder in Schweigen und lauschten dem Geräusch des fließenden Wassers.

Dann sagte Jason: »Äh, du musst meine Hand nicht halten, wenn du nicht willst.«

Ich hielt immer noch sein Handgelenk fest und hielt seine Hand unters Wasser. Ich ließ schnell los, aber dann wurde mir klar, dass das vielleicht eine Art Flirtversuch gewesen sein könnte und dass Jason möglicherweise wollte, dass ich seine Hand weiter festhielt ... oder vielleicht wollte er das nicht und es hatte nichts zu bedeuten? Ich war nicht sicher. Und jetzt war es zu spät.

Ich drehte den Kopf und bemerkte, wie er mich anstarrte. Er sah schnell weg, drehte sich aber fast sofort wieder um, sodass wir uns gegenseitig in die Augen sahen.

Plötzlich war da etwas wie eine Sirene, die überall um mich herum losging.

Wie ein Einbruchalarm, der dich so ruckartig aufweckt, dass du eine halbe Stunde nicht aufhören kannst zu zittern.

Rückblickend betrachtet, war es fast schon komisch.

Wann immer jemand versuchte, mich zu küssen, reagierte ich mit dem Kampf- oder Fluchtmodus.

Jasons Augen hefteten sich auf meine Lippen und huschten dann wieder nach oben. Er war nicht wie Tommy. Er bemühte sich sehr herauszufinden, ob das etwas war, was ich wollte. Er suchte nach *Signalen*. Hatte ich Signale gesendet? Vielleicht wäre es für ihn leichter gewesen, einfach zu fragen, aber wie formuliert man so was auf eine nicht-kitschige Art? Und um ehrlich zu sein, war ich froh, dass er nicht gefragt hatte, denn was hätte ich geantwortet?

Nein. Ich hätte Nein gesagt, denn es stellte sich heraus, dass ich niemanden anlügen konnte – außer mich selbst.

Als er sich auf mich zubewegte, nur den winzigen Bruchteil eines Zentimeters, hörte ich in meinem Kopf den Beginn des Songs *Countdown Timer*.

Ich wollte es versuchen.

Ich *wollte* ihn küssen wollen.

Aber eigentlich wollte ich ihn nicht küssen.

Aber vielleicht sollte ich es trotzdem tun.

Aber ich wollte es nicht.

Aber vielleicht wusste ich das nicht, bis ich es versuchte.

Aber ich wusste, dass ich es bereits wusste.

Ich wusste bereits, was ich fühlte.

Und Jason konnte es erkennen.

Er zog sich von mir zurück, augenscheinlich verlegen. »Äh … Entschuldigung. Falscher Moment.«

»Nein«, sagte ich zu meiner eigenen Überraschung. »Mach weiter.«

Ich wollte, dass er es einfach tat. Ich wollte, dass er den Gips abreißt. Den Knochen schiente. Mich reparierte.

Aber ich wusste bereits, dass es nichts zu reparieren gab.

Ich würde für immer so bleiben.

Er begegnete meinen Augen, fragend. Dann beugte er sich vor und drückte seine Lippen auf meine.

GEHIRNWÄSCHE

Mein erster Kuss fand im November meines ersten Studienjahres statt, als ich mit Jason Farley-Shaw vor seiner College-Küchenspüle stand.

Auch wenn ich eine große Romantikerin war, hatte ich nie groß darüber nachgedacht, wie mein erster Kuss sein würde. Rückblickend hätte das wahrscheinlich ein Indikator dafür sein sollen, dass ich eigentlich niemanden küssen wollte. Aber Jahre voller Filme, Musik, Fernsehen, Gruppenzwang und meine eigene Sehnsucht nach einer großen Liebesgeschichte hatten mir eine Gehirnwäsche verpasst. Deshalb glaubte ich insgeheim, dass es wunderbar sein würde, solange ich es nur versuchte.

Es war nicht wunderbar.

Tatsächlich hasste ich es. Ich glaube, ich hätte mich sogar weniger unwohl dabei gefühlt, wenn mich jemand herausgefordert hätte, in einem öffentlichen Verkehrsmittel laut zu singen.

Es war nicht Jasons Schuld. Ich hatte natürlich keinen Vergleich, aber objektiv gesehen war er ein ausgesprochen guter Küsser. Er küsste nicht zu tief oder zu brutal. Es gab keine Zwischenfälle mit den Zähnen oder, Gott bewahre, der Zunge.

Ich wusste, welche Art von Gefühlen Küssen hervorrufen *sollte*. Ich hatte zu diesem Zeitpunkt Hunderte, vielleicht *Tausende* Fanfic-Geschichten gelesen. Jemanden zu küssen, den man mochte, sollte einem den Kopf verdrehen, den Magen mit

Schmetterlingen füllen, den Herzschlag beschleunigen. Und man sollte es genießen.

Ich habe nichts davon gefühlt. Ich fühlte nur ein tiefes, leeres Grauen in der Magengrube. Ich hasste es, wie nahe er mir war. Ich hasste es, wie sich seine Lippen auf meinen anfühlten. Ich hasste die Tatsache, dass er das tun wollte.

Es dauerte nur ein paar Sekunden.

Aber das waren sehr unangenehme Sekunden für mich. Und, seinem Gesicht nach zu urteilen, waren sie das auch für ihn.

»Du siehst aus, als wäre das schrecklich gewesen«, platzte ich heraus. Ich wusste zu diesem Zeitpunkt nicht, was ich anderes sagen sollte als die Wahrheit.

»Du auch«, sagte Jason.

»Oh.«

Jason wandte sich mit einem gequälten Ausdruck ab. Er öffnete den Mund, dann schloss er ihn wieder.

»Tja, das hab ich verkackt«, sagte ich.

Er schüttelte sofort den Kopf. »Nein, es ist meine Schuld. Entschuldige. Scheiße. Es war der falsche Moment.«

Ich wollte lachen. Ich wünschte, ich hätte ihm erklären können, wie sehr es meine Schuld war.

Vielleicht *sollte* ich versuchen, es zu erklären.

Aber schließlich sprach Jason zuerst.

»Ich glaube, du stehst nicht auf mich«, sagte er.

Als er mich ansah, lag etwas Flehendes in seinem Blick. Als würde er mich bitten, ihm das Gegenteil zu versichern.

»Ich ... ich wusste nicht, ob ich auf dich stehe«, sagte ich. »Ich dachte, wenn ... wenn ich *es versuche*, dann könnte ich es schaffen – ich wollte nur sehen, ob ich mich verlieben *kann*, und du warst der eine Mensch, von dem ich dachte, ich könnte mich verlieben, wenn ich es versuche, weißt du?«

Als ich es sagte, wurde mir die Tragweite meiner Tat bewusst.

»Du ... hast mich also nur für ein Experiment benutzt«, sagte

Jason und wandte den Blick ab. »Obwohl du genau gewusst hast, dass ich dich wirklich mag.«

»Ich wollte dir nicht wehtun.«

»Na ja, hast du aber.« Er lachte. »Wie hast du dir vorgestellt, dass das ablaufen würde, ohne mir wehzutun?«

»Es tut mir leid«, war alles, was ich sagen konnte.

»Scheiße.« Dann lachte er ein furchtbar trauriges Lachen. »Warum hast du das mit mir gemacht?«

»Sag das nicht«, krächzte ich.

Jason drehte den Wasserhahn ab und studierte seine Hand, verglich sie mit der anderen Hand. Sie sah einige Nuancen röter aus, als sie sein sollte. »Okay. Ich glaube, es ist okay.«

»Bist du sicher?«

»Ja. Ich werde vielleicht einen Verband drüber machen.«

»Oh. Gott, ja, natürlich.« Ich stand unbeholfen da. »Willst du, dass ich mitkomme?«

»Nein.«

Scheiße. Alles ging den Bach runter.

»Es tut mir wirklich leid«, sagte ich und war nicht sicher, ob ich mich für die Verbrennung oder für den Kuss entschuldigte. Wahrscheinlich beides.

Jason schüttelte den Kopf. Es schien fast so, als würde er sich über sich selbst ärgern. Dabei war nichts, was heute Nachmittag passiert war, seine Schuld.

»Ich … ich muss einfach hier raus.«

Jason ging auf die Tür zu.

»Jason«, sagte ich, aber er drehte sich nicht um.

»Du musst mich eine Weile in Ruhe lassen, okay, Georgia?«

Und dann war er weg.

Jason hatte nichts davon verdient.

Jason war …

Jason hatte echte Gefühle für mich.

Er verdiente jemanden, der seine Gefühle erwidern konnte.

FANTASIE-ZUKUNFT

Es ging nicht nur darum, dass ich Jason verletzt hatte. Es ging noch nicht einmal darum, dass ich akzeptieren musste, eine sexuelle Orientierung zu haben, von der kaum jemand je gehört hatte. Oder dass ich einen Weg finden musste, das meiner Familie und allen anderen zu erklären. Es war dieses Wissen, diese absolute Gewissheit, dass ich mich nie, niemals in jemanden verlieben würde.

Ich hatte mein ganzes Leben damit verbracht zu glauben, dass romantische Liebe auf mich wartete. Dass ich sie eines Tages finden würde und dass ich dann endlich *glücklich* sein würde.

Jetzt musste ich einsehen, dass das nie passieren würde. Nichts von alledem. Keine Romantik. Keine Ehe. Kein Sex.

Es gab so viele Dinge, die ich nie tun würde. Ich würde sie nie tun *wollen*, weil ich mich dabei nie *wohlfühlen* würde. So viele kleine Dinge, die ich für selbstverständlich gehalten hatte. Wie mit meinem Partner in unsere erste gemeinsame Wohnung zu ziehen. Oder unseren ersten Tanz auf unserer Hochzeit. Oder ein Baby mit jemandem zu haben. Oder jemanden zu haben, der sich um mich kümmert, wenn ich krank bin, mit dem ich abends fernsehe, mit dem ich einen Pärchenurlaub in Disneyland machen konnte.

Und das Schlimmste daran war – auch wenn ich mich nach diesen Dingen gesehnt hatte, wusste ich, dass sie mich sowieso nie glücklich gemacht hätten. Die Idee davon war immer schön. Aber die Realität machte mich krank.

Wie konnte ich so traurig darüber sein, Dinge aufzugeben, die ich eigentlich gar nicht wollte?

Und ich fühlte mich erbärmlich, weil ich darüber traurig war. Außerdem fühlte ich mich schuldig, weil ich wusste, dass es da draußen Menschen wie mich gab, die *glücklich waren*, so zu sein.

Es fühlte sich an, als würde ich trauern. Ich trauerte um dieses falsche Leben, um eine Fantasie-Zukunft, die ich nie leben würde.

Ich hatte keine Ahnung, wie mein Leben jetzt aussehen würde. Und das machte mir Angst. Mann, das hat mir so eine wahnsinnige Angst gemacht.

SPIEGELWELT

Ich erzählte Pip nichts davon.

Ich wollte sie nicht auch noch enttäuschen.

Am Tag nach dem Date mit Jason begann ich mich zu fragen, ob er es Pip erzählen und ob Pip mich hassen würde. Aber dann schickte sie mir am Nachmittag eine Nachricht mit einem Link zu einem wirklich lustigen TikTok-Video, was definitiv bedeutete, dass Jason es ihr nicht erzählt hatte.

Am Tag drauf schrieb mir Pip eine Nachricht und fragte, ob ich mich mit ihr zu einer Lernsession in der großen Universitätsbibliothek treffen wolle, weil sie es hasste, alleine in ihrem Zimmer Uni-Arbeiten zu erledigen, und ich sagte zu. Sie erklärte mir, dass Jason Rudertraining hätte und nicht kommen konnte. Wir redeten nicht viel, während wir in der Bibliothek waren – ich musste einen Essay über das Zeitalter der Ritterlichkeit schreiben, und sie machte eine Chemiearbeit, die zehnmal schwieriger aussah als mein Aufsatz über »Das Schicksal in Chrétien de Troyes ›Perceval‹«. Ich war froh, dass wir nicht viel redeten. Denn wenn sie mich nach Jason gefragt hätte, hätte ich nicht lügen können.

Es war fast neun Uhr abends, als wir beide mit unserem Pensum durch waren, also beschlossen wir, uns *Fish and Chips* zu holen und dann zurück in mein Zimmer zu gehen, um *Killing Eve* zu gucken.

Es wäre wahrscheinlich ein ganz normaler Abend geworden. Er hätte mich wahrscheinlich ein bisschen aufgemuntert, nach allem, was passiert war.

Wenn wir nicht eine weinende Rooney in unserem gemeinsamen Zimmer vorgefunden hätten.

Sie hatte sich unter ihrem Laken zusammengerollt und versuchte sofort, sich nicht anmerken zu lassen, dass sie völlig durch den Wind war. Das missglückte schon allein deshalb, weil sie so laut schluchzte. Mein erster Gedanke war, dass Rooney um diese Zeit *nie* in unserem Zimmer war. Mein zweiter Gedanke war: *Warum weint sie?*

Pip neben mir war erstarrt. Es gab kein Entrinnen aus der Situation. Wir konnten schließlich sehen, dass Rooney weinte. Sie wusste, dass wir wussten, dass sie weinte. Keine von uns konnte so tun, als ob nichts wäre.

»Hey«, sagte ich und betrat den Raum. Pip blieb im Türrahmen stehen und versuchte wohl zu entscheiden, ob sie bleiben oder gehen sollte. Gerade als ich mich zu ihr umdrehte, um ihr zu sagen, dass sie gehen sollte, kam sie herein und schloss die Tür hinter sich.

»Mir geht es gut«, kam die tränenerstickte Antwort von Rooney.

Pip lachte, schien es dann aber sofort zu bereuen.

Beim Klang von Pips Stimme spähte Rooney über ihre Bettdecke. Als sie Pip sah, verengten sich ihre Augen.

»Du kannst gehen«, sagte sie, sofort weniger tränenerstickt und sehr viel mehr *Rooney*.

»Ähm ...« Pip räusperte sich. »Ich hab nicht über dich gelacht. Ich habe nur gelacht, weil du gesagt hast, es geht dir gut, obwohl es eindeutig nicht so ist. Ich meine, du weinst. Das macht es natürlich nicht *lustig*. Nur ein bisschen *dumm* –«

Rooneys Gesicht, das komplett tränenverschmiert war, verdüsterte sich. »Geh weg.«

»Ähm ...« Pip kramte in der Plastiktüte, in der ihre Portion *Fish and Chips* war, und holte eine große Rolle Papierservietten heraus. Sie hüpfte zu Rooneys Bett, legte sie am Fußende auf die Bettdecke und hüpfte dann zurück zur Tür. »Bitte.«

Rooney schaute auf die Servietten. Dann zu Pip. Und ausnahmsweise sagte sie gar nichts.

»Ich, äh ...« Pip fuhr sich mit der Hand durchs Haar und schaute zur Seite. »Ich hoffe, du fühlst dich bald besser. Und wenn du noch mehr Taschentücher brauchst, ähm ... dann kann ich noch welche holen gehen.«

Wir schwiegen alle kurz.

»Ich glaub, ich hab erst mal genug, danke«, sagte Rooney.

»Cool. Ich gehe dann mal.«

»Cool.«

»Bist du ... bist du okay?«

Rooney starrte sie einfach an, lange.

Pip wartete nicht auf die Antwort. »Okay. Nein. Tut mir leid. Ich geh jetzt.« Sie drehte sich um und rannte praktisch aus dem Zimmer. Sobald die Tür hinter ihr ins Schloss gefallen war, setzte sich Rooney langsam auf, nahm eine der Servietten und tupfte sich die Augen ab.

Ich setzte mich auf mein eigenes Bett und ließ meine Sachen aufs Laken fallen.

»Geht's dir denn gut?«, fragte ich.

Daraufhin hob sie den Kopf. Ihr Augen-Make-up war über ihre Wangen gelaufen, ihr Pferdeschwanz war halb aufgelöst, und sie trug Klamotten, als wollte sie ausgehen – ein Bardot-Top und einen engen Rock.

Einen Moment lang war es still.

Und dann fing sie wieder an zu weinen.

Okay. Ich musste mit dieser Situation fertigwerden. Irgendwie.

Ich stand auf und ging zu ihrem Wasserkocher, den sie auf

ihrem Schreibtisch eingesteckt hatte. Ich füllte ihn mit Wasser aus dem Waschbecken in unserem Schlafzimmer und schaltete ihn dann ein. Rooney mochte Tee. Das Erste, was sie jede Nacht machte, wenn sie in unser Zimmer zurückkam – sie kochte sich eine Tasse Tee.

Während ich darauf wartete, dass das Wasser kochte, setzte ich mich vorsichtig auf die Kante ihres Bettes.

Plötzlich bemerkte ich, dass etwas auf dem Boden unter meinen Füßen lag – das Foto von Rooney und Beth mit den Meerjungfrauenhaaren. Es musste von der Wand gefallen sein. Ich hob es auf und legte es auf ihren Nachttisch.

Warum war sie nur so am Boden zerstört? Ging es um das Shakespeare-Stück? Von all den Dingen, über die wir redeten, nahm das Stück bestimmt 80 % ein.

Vielleicht war es eine Beziehungsgeschichte. Vielleicht hatte sie Streit mit einem Typen? Oder vielleicht war es eine Familienangelegenheit. Ich wusste nichts über Rooneys Familie oder ihr Leben zu Hause, wirklich nichts.

Ich selbst habe es immer gehasst, wenn ich gefragt wurde, ob es mir »gut geht«. Die verfügbaren Antwortmöglichkeiten sind entweder zu lügen und zu sagen, dass es einem *gut geht*, oder krass und peinlich zu viel von sich preiszugeben.

Anstatt Rooney also noch einmal zu fragen, sagte ich: »Soll ich deinen Pyjama holen?«

Einen Moment lang wusste ich nicht, ob sie mich nicht gehört hatte.

Aber dann nickte sie.

Ich lehnte mich zurück und schnappte mir ihren Schlafanzug vom Ende des Bettes. Sie trug immer zweiteilige Pyjamas mit niedlichen Mustern.

»Hier«, sagte ich und hielt ihn ihr vor die Nase.

Sie schniefte. Dann nahm sie ihn mir aus der Hand.

Während sie sich umzog, ging ich zum Wasserkocher und

machte ihr einen Tee. Als ich zurückkam, hatte sie sich in Schlafenszeit-Rooney verwandelt und nahm die Tasse entgegen.

»Danke«, murmelte sie und nippte sofort daran. Leute, die Tee trinken, müssen völlig taube Zungen haben, anders kann ich mir das nicht erklären.

Ich verschränkte meine Finger unbeholfen in meinem Schoß.

»Willst du … darüber reden?«, fragte ich.

Sie schnaubte, was zumindest etwas besser war als das Schluchzen.

»Ist das … ein Nein?«, sagte ich.

Sie nippte erneut an ihrem Tee.

Es gab eine lange Pause.

Ich wollte gerade aufgeben und zurück in mein eigenes Bett kriechen, als sie sagte: »Ich hatte Sex mit einem Typen.«

»Oh«, sagte ich. »Was … gerade erst?«

»Ja. Vor ein paar Stunden.« Sie seufzte. »Mir war langweilig.«

»Oh. Na ja … schön für dich.«

Sie schüttelte langsam den Kopf. »Nein. Nicht wirklich.«

»Es … war schlecht?«

»Ich habe es nur getan, um zu versuchen, ein Loch zu füllen.«

Darüber musste ich kurz nachdenken.

»Ich bin zwar Jungfrau«, sagte ich, »aber irgendwie hab ich gedacht, dass es immer darum geht, ein Loch zu füllen.«

Rooney stieß ein Gackern aus. »Oh mein *Gott*. Den Witz hast du *nicht wirklich* gerade gemacht.«

Ich warf ihr einen Blick zu. Sie grinste.

»Meinst du ein anderes Loch?«, fragte ich. »Ein nicht-vaginales?«

»*Ja*, Georgia. Ich rede nicht über meine verdammte *Vagina*.«

»Okay. Wollte nur sichergehen.« Ich schwieg kurz. »Ich dachte, du wärst sex-positiv und so. Es ist nichts verkehrt an Gelegenheitssex.«

»Das weiß ich«, sagte sie und schüttelte den Kopf. »Ich glaube immer noch, dass das stimmt. Ich sage nicht, dass Gelegenheits-sex mich zu einem schlechten Menschen macht, weil er das nicht tut. Und ich genieße Sex normalerweise. Aber heute Abend … es war einfach …« Sie nippte an ihrem Tee, ihre Augen füllten sich wieder mit Tränen. »Kennst du das, wenn du zu viel Kuchen isst und dir davon schlecht wird? So ähnlich war es. Ich dachte, es würde Spaß machen, aber ich fühlte mich einfach … einsam.«

»Oh.« Ich wollte sie nicht mit Fragen löchern, also blieb ich einfach still.

Rooney trank den Rest ihres Tees mit ein paar großen Schlucken.

»Willst du ein bisschen YouTube gucken?«, fragte sie.

Das verwirrte mich. »Äh … sicher.«

Sie stellte ihre Tasse ab, rutschte zur Seite und warf ihre Bettdecke einladend zurück. Dann klopfte sie auf den Platz neben sich, um mir zu zeigen, dass ich mich neben sie setzen sollte.

»Ich meine … du musst nicht«, sagte Rooney, die mein Zögern spürte. »Hast du morgen früh eine Vorlesung oder so?«

Das hatte ich nicht. Ich hatte morgen einen vollkommen freien Tag ohne Termine.

»Nein. Und ich muss auch noch meine *Fish and Chips* essen.« Ich holte mein Essen und setzte mich dann neben Rooney auf ihr Bett. Das fühlte sich richtig an und zugleich falsch. Es war wie eine Spiegelwelt. Ihr Bett war genauso wie mein eigenes, aber alles war umgekehrt.

Sie lächelte, zog ihre geblümte Bettdecke über unsere Beine und kuschelte sich an mich, um es sich bequem zu machen. Dann schnappte sie sich ihren Laptop vom Nachttisch und machte YouTube auf. Ich folgte nicht wirklich irgendwelchen YouTubern. Ich benutze YouTube nur für Trailer, Fan-Videos und TikTok-Compilations. Aber Rooney schien Dutzende von Kanälen abonniert zu haben. Das überraschte mich. Sie war in meinen Augen nicht der Typ, der sich für YouTube interessiert.

»Es gibt diesen einen wirklich lustigen YouTuber, den ich oft schaue«, sagte sie.

»Klar«, sagte ich. »Willst du ein paar von meinen Chips?«

»Oh Mann, ja.«

Sie öffnete den Kanal und scrollte durch die Videos, bis sie eines fand, das ihr gefiel. Und dann lagen wir zusammen in ihrem Bett, teilten mein Essen und schauten uns das Video an.

Es war wirklich ziemlich lustig, um ehrlich zu sein. Dieser YouTuber und seine Freunde spielten ein seltsames Singspiel. Ich kicherte laut, was Rooney zum Lachen brachte, und ehe ich mich versah, waren zwanzig Minuten rum. Sie fand sofort ein anderes Video, das sie mir zeigen wollte, und ich ließ sie nur zu gerne machen. Nach dem halben Video legte sie ihren Kopf auf meine Schulter, und … ich weiß auch nicht. Ich glaube, so ruhig und entspannt hatte ich sie noch nie gesehen.

Wir schauten uns noch etwa eine Stunde lang alberne Videos an, bis Rooney ihren Laptop zuklappte und ihn beiseitelegte. Dann kuschelte sie sich wieder ins Bett. Ich wusste nicht, ob sie eingeschlafen war, und wenn ja, ob ich einfach zurück in mein eigenes Bett gehen sollte. Ich konnte auf keinen Fall so nahe neben einem anderen Menschen schlafen. Plötzlich sagte Rooney:

»Ich hatte mal einen festen Freund«, sagte sie. »Einen Langzeit-festen-Freund. Von vierzehn bis siebzehn.«

»Wow. Wirklich?«

»Ja. Wir haben uns getrennt, als ich in der zwölften Klasse war.«

Ich hatte angenommen, dass Rooney schon immer Rooney gewesen war. Dass sie immer diese sorglose, lebenslustige, leidenschaftliche Person war, die sich nicht um Verpflichtungen scherte.

Aber eine *dreijährige* Beziehung?

Das war nicht das, was ich erwartet hatte.

»Mit ihm lief es ... sehr schlecht«, sagte sie. »Ich ... es war eine sehr schlechte Beziehung in ... vielerlei Hinsicht, und ... es hat mich wirklich ... dazu gebracht, nie wieder eine Beziehung zu wollen.«

Ich musste sie nicht bitten, mir das näher zu erklären. Ich konnte mir vorstellen, was sie meinte.

»Seitdem habe ich niemanden mehr gern gehabt«, murmelte sie. »Ich hab Angst davor gehabt. Aber vielleicht ... fange ich an, jemand Neues zu mögen.«

»Ja?«

»Ich möchte das aber wirklich nicht.«

»Warum?«

»Es wird einfach nicht gut enden.« Sie schüttelte den Kopf. »Und sie hasst mich sowieso.«

Ich wusste sofort, dass sie Pip meinte.

»Ich glaube nicht, dass sie dich hasst«, sagte ich sanft.

Rooney sagte nichts.

»Außerdem bist du erst achtzehn, du hast noch so viel Zeit –«, fing ich an, wusste aber nicht, was ich weiter sagen sollte. Was meinte ich denn damit genau? Dass sie *bestimmt* eines Tages die perfekte Beziehung finden würde? Ich wusste jetzt, dass das nicht stimmte. Nicht für mich. Nicht für *irgendjemanden*.

Das war etwas, was Erwachsene immer gern sagten: *Du wirst deine Meinung ändern, wenn du älter bist. Man weiß nie, was passiert. Du wirst eines Tages anders empfinden.* Als ob wir Teenager so wenig über uns selbst wüssten, dass wir eines Tages als ein völlig anderer Mensch aufwachen könnten. Als ob die Person, die wir *jetzt* waren, überhaupt keine Rolle spielte.

Die ganze Vorstellung, dass Menschen immer erwachsen werden, sich verlieben und heiraten, war eine komplette Lüge. Wie lange würde ich noch brauchen, um das zu akzeptieren?

»Ich bin neunzehn«, sagte sie.

Ich runzelte die Stirn. »Warte, wirklich? Hast du ein Jahr wiederholt?«

»Nein. Ich hatte letzte Woche Geburtstag.«

Das verwirrte mich noch mehr. »Was? Wann?«

»Letzten Donnerstag.«

Letzten Donnerstag. Ich konnte mich kaum an den Tag erinnern. Die Tage an der Uni verschwammen zu einem endlosen Strom von Vorlesungen und Mahlzeiten und Schlaf.

»Du ... hast nichts gesagt«, sagte ich.

»Nein.« Sie lachte gedämpft in ihr Kissen. »Ich habe mir überlegt, was passieren würde, wenn die Leute wüssten, dass ich Geburtstag habe. Ich wäre wieder mit einem Haufen Leuten ausgegangen, die ich nicht wirklich gut kenne. Und sie würden alle so tun, als wären sie meine Freunde, und sie würden *Happy Birthday* singen und Fake-Happy-Selfies für Instagram machen. Dann würden wir uns verabschieden und uns mit wieder anderen Leuten treffen, und ich würde im Bett eines Fremden landen, unterdurchschnittlichen Sex haben – und mich hassen. Schon wieder.«

»Wenn du es mir gesagt hättest, hätten wir ... nichts von alledem machen können.«

Sie lächelte. »Was hätten wir gemacht?«

»Ich weiß nicht. Wir hätten hier gesessen und Pizza gegessen. Ich hätte dich zwingen können, *Bridesmaids* zu gucken.«

Sie schnaubte. »Das ist ein Scheißfilm.«

»Es ist nicht der beste Film aller Zeiten, aber der Liebesteil ist wirklich perfekt. Sie sitzen auf einem Auto und essen zusammen *Karottenstäbchen*.«

»Der absolute Traum.«

Wir lagen eine Zeit lang schweigend da.

»Du ... magst keinen Gelegenheitssex mehr«, sagte ich und erkannte, was sie vorhin versucht hatte zu sagen. Es ging ihr nicht darum, dass Gelegenheitssex sie verletzt hätte oder dass er sie zu einem schlechten Menschen machte – das tat er nicht. Es ging nicht einmal darum, dass sie eine Beziehung wollte. Nicht wirklich. Sie wollte das, was eine Beziehung *ihr geben* würde.

»Du willst, dass dich jemand kennt«, sagte ich.

Sie blieb einen Moment lang still. Ich wartete darauf, dass sie mir sagen würde, wie falsch ich lag.

Stattdessen sagte sie: »Ich bin einfach einsam. Ich bin einfach die ganze Zeit so einsam.«

Ich wusste nicht, was ich dazu sagen sollte, aber das brauchte ich auch nicht, denn sie schlief ein paar Minuten später ein. Über ihren Kopf hinweg sah ich, dass Roderick in seiner Zimmerecke eindeutig verwelkt war. Rooney hatte vergessen, ihn zu gießen. Ich starrte an die Decke und lauschte ihrem Atem neben mir. Aber ich wollte das Bett nicht verlassen. Denn auch wenn ich so nicht schlafen konnte und mir Sorgen machte, weil ich Rooney ansabbern oder aus Versehen auf sie draufrollen konnte – Rooney brauchte mich aus irgendeinem Grund. Vielleicht, weil sie wusste, dass trotz all ihrer Freunde und Bekannten niemand sie so gut kannte wie ich.

ABER WENN SIE SIE NICHT LIEBEN KANN

Jason erschien trotz allem zu unserer nächsten Shakespeare-Society-Probe in der folgenden Woche.

Ich hätte nicht gedacht, dass er kommen würde. Ich hatte ihm eine Nachricht geschickt, um mich noch einmal zu entschuldigen und um zu versuchen, es ihm zu erklären, auch wenn ich scheiße darin war, meine Gedanken und Gefühle zu artikulieren.

Er hatte meine Nachricht gelesen, aber nicht geantwortet.

In dieser Woche war ich während der meisten meiner Vorlesungen wie weggetreten, machte mir nicht genug Notizen und fragte mich stattdessen, wie ich unsere Freundschaft aus diesem Chaos retten sollte, das ich angerichtet hatte. Jason hatte romantische Gefühle für mich. Und ich hatte das ausgenutzt, um meine sexuelle Identität zu definieren, obwohl ich wusste, dass ich Jasons Gefühle nicht erwiderte. Egoistisch. Ich war so egoistisch.

Jason sah erschöpft aus, als er in voller Ruderclub-Ausrüstung zu unserer Probe kam, einen schweren Rucksack über der Schulter. Seine Flanelljacke hatte er nicht dabei. Ich war so daran gewöhnt, dass er sie trug, dass er ohne sie irgendwie verletzlich wirkte.

Er ging geradewegs an mir vorbei, ohne mich anzusehen, die Lippen zusammengepresst, und setzte sich neben Pip, die gerade die heutige Szene nochmal durchging.

Sunil kam kurz darauf an. Er trug eine karierte Hose mit einer schwarzen Jacke und einer Beanie-Mütze.

Er warf einen Blick auf Jason und sagte: »Du siehst erschöpft aus.«

Jason grunzte. »Rudern.«

»Ach, ja. Wie läuft das Training um sechs Uhr morgens?«

»Eiskalt und nass.«

»Du könntest aufhören«, sagte Pip. Sie wirkte ein bisschen hoffnungsvoll bei der Aussicht darauf.

Jason schüttelte den Kopf. »Nein, ich genieße es schon auch. Ich hab dort eine Menge Freunde gefunden.« Er warf mir einen kurzen Blick zu. »Es war einfach alles ein bisschen viel in letzter Zeit.«

Ich wandte mich ab. Es gab nichts, womit ich das besser machen konnte.

In wahrer Jason-Tradition bekam er die Rolle eines strengen älteren Mannes zugeteilt. Diesmal war es Herzog Orsino aus *Was ihr wollt*, einer weiteren Liebeskomödie von Shakespeare.

Die Prämisse von *Was ihr wollt* ist ein großes, chaotisches Liebesdreieck. Viola erleidet Schiffbruch im Land Illyrien und, da sie kein Geld hat, verkleidet sie sich als Junge und nennt sich Cesario, damit sie eine Stelle als Diener des Herzogs Orsino bekommt. Der Herzog ist in eine adlige Dame aus Illyrien, Olivia, verliebt. Also schickt er Viola, um Olivia seine Liebe zu erklären. Unglücklicherweise erwidert Olivia nicht nur die Gefühle des Herzogs nicht, sondern sie verliebt sich auch noch in Viola, die ja als Mann verkleidet ist. Und, um das Unglück zu verdoppeln, verliebt sich Viola in den Herzog. *Rein theoretisch* ist nichts davon schwul, aber seien wir mal ehrlich: Dieses Stück ist sehr, sehr schwul.

Sunil hatte sich bereits freiwillig für die Rolle der Viola gemeldet mit der Ansage: »Gebt mir bitte alle Rollen, die mit Geschlechterwandel spielen.«

Pip und ich hockten nebeneinander an der Wand mit meinem Mantel über unseren Beinen. Es war eiskalt in unserem riesigen Probenraum.

»Ihr zwei geht die Szene durch«, sagte Rooney. »Ich muss mir einen Tee holen, sonst sterbe ich ganz wirklich.« Sie hatte am Abend zuvor wieder eine ihrer langen Nächte gehabt.

»Bring mir einen Kaffee mit!«, rief Pip, als Rooney gehen wollte.

»Ich würde im wahrsten Sinne lieber auf einen Nagel treten!« rief Rooney zurück, und ich fand es sehr interessant zu sehen, dass Pip darüber *lachte*, statt wie sonst vor Ärger mit den Zähnen zu knirschen.

Jason und Sunil waren großartig. Jason war erprobt, da er schon viel Shakespeare gespielt hatte, und Sunil war ebenso gut, obwohl er bisher nur eine kleine Rolle in einer Schulproduktion von *Wicked* gespielt hatte.

Jason sagte: »*Noch einmal, Cesario*«, und Sunil sagte: »*Aber wenn sie Sie nicht lieben kann, Sir*«, und insgesamt war es ein sehr erfolgreicher Durchlauf.

Ich saß da und schaute zu und vergaß für den Moment das ganze Gedankenwirrwarr in meinem Kopf und alles, was in den letzten paar Monaten passiert war. Ich konnte einfach für eine Weile in der Welt von Viola und Orsino leben.

»*Ich bin alle Töchter des Hauses meines Vaters*«, sagte Sunil. Eine der letzten Zeilen der Szene. »*Und auch alle Brüder.*« Er sah lächelnd zu mir und Pip auf und brach für einen Moment die Rolle. »Das ist so eine gute Zeile. Neue Twitter-Bio.«

Sunil schien es wirklich zu genießen, bei der Produktion dabei zu sein. Vielleicht mehr als jeder von uns anderen, um ehrlich zu sein. Er zog sich mit Jason zurück, um weiter an der Szene zu arbeiten. Da ich gerade nichts zu tun hatte, blieb ich an der Wand sitzen, die Knie ans Kinn gezogen, und wartete darauf, dass Rooney vom Teeholen zurückkam.

»Georgia?«

Ich blickte auf und sah, wie Pip zu mir herüberkam, ihr aufgeschlagenes Exemplar von *Was ihr wollt* in der Hand.

»Ich hab eine Idee«, sagte sie. »Was du in dem Stück machen könntest.«

Ich war wirklich, wirklich nicht in der Stimmung, heute zu spielen. Ich war mir sowieso nicht sicher, ob ich so gut schauspielern konnte, wie ich mal gedacht hatte.

»Okay«, sagte ich.

»Es gibt noch eine Figur in *Was ihr wollt*, die eine ziemlich große thematische Rolle spielt – der Clown.«

Ich schnaubte. »Du willst, dass ich den Clown spiele?«

»Na ja, so wird er nur im Text genannt. Er ist eher ein Hofnarr.« Pip zeigte mir die entsprechende Szene. Der Clown hatte einige Zeilen, die auf die Szene hinwiesen, an der Jason und Sunil gerade arbeiteten. »Ich dachte, es wäre vielleicht ganz cool, wenn du ein paar von diesen Stellen vor der Viola-Orsino-Szene machen würdest.«

Ich las die Zeilen, skeptisch. »Ich weiß nicht.« Ich schaute sie an. »Ich … ich hab in letzter Zeit ziemlich beschissen gespielt.«

Pip runzelte die Stirn. »Kumpel. Das ist nicht wahr. Diese Rollen waren einfach … nicht *das Richtige* für dich. Du bist nicht *beschissen* in irgendwas.«

Ich antwortete nicht.

»Versuch es einfach mal? Ich verspreche, dass ich dich unterstützen werde. Und ich werfe etwas Schweres nach Rooney, wenn sie irgendwas Negatives über dich sagt.« Wie zur Demonstration zog Pip ihren Stiefel aus und hielt ihn in die Luft.

Das brachte mich zum Lachen. »Okay. Gut. Ich versuche es.«

»Da bin ich wieder!« Rooney galoppierte ins Zimmer und schaffte es irgendwie, dabei keine heißen Getränke zu verschütten. Sie ließ sich neben Pip und mich auf den Boden fallen, stellte ihren Tee auf den Boden und reichte Pip einen Kaffee.

Pip starrte ihn an. »Warte, du hast tatsächlich Kaffee für mich?«

Rooney zuckte mit den Schultern. »Ja?«

Pip sah zu Rooney auf, mit echter Überraschung und fast so etwas wie Zuneigung im Gesicht. »Danke.«

Rooney starrte zurück, dann schien sie den Blick losreißen zu müssen. »Und, wie läuft's mit der Szene? Es sind nur noch zwei Wochen bis zum Bailey-Ball, wir müssen bis dahin alles unter Dach und Fach haben.«

»Ich hatte eine Idee«, sagte Pip. »Wir könnten den Clown mit einbeziehen.«

Ich hatte halb erwartet, dass Rooney sofort dagegen protestieren würde, aber stattdessen setzte sie sich neben Pip und lehnte sich zu ihr rüber, um in ihrer Ausgabe von *Was ihr wollt* zu lesen. Pip wirkte etwas angespannt. Dann atmete sie aus und zupfte ihr Haar zurecht.

»Ich finde, das ist eine gute Idee«, sagte Rooney.

»Ja?«, fragte Pip.

»Ja. Manchmal hast du wirklich gute Ideen.«

Pip grinste. »Manchmal?«

»Manchmal.«

»Das bedeutet mir so viel.« Pip stupste sie an. »Weil es von dir kommt.«

Und ich schwöre bei Gott, Rooney wurde so rot, wie ich sie noch nie gesehen hatte.

Es war lange her, dass ich allein auf einer Bühne gestanden hatte. Na ja, eigentlich war es keine Bühne, aber die Art und Weise, wie die anderen vier vor mir saßen und zusahen, während ich vor ihnen stand, hatte denselben Effekt.

In *Was ihr wollt* taucht der Clown, der eigentlich Feste heißt, in regelmäßigen Abständen auf, um entweder für etwas Komik zu sorgen oder um ein Lied zu singen, das für die Themen der Geschichte relevant ist. Kurz vor der Szene mit Jason und Sunil singt Feste das Lied »Komm weg, Tod«, in dem es um einen Mann geht, der stirbt, aus Liebeskummer, weil eine Frau seine Liebe nicht erwidert. Er möchte allein begraben werden, weil er so traurig ist. Es ist im Grunde nur eine verschnörkelte Art zu sagen, dass unerwiderte Liebe schwer zu verkraften ist.

Wir beschlossen, dass ich das Lied als Monolog vortragen sollte, anstatt es zu singen, wofür ich dankbar war. Aber ich war immer noch nervös.

Ich konnte das. Ich wollte *beweisen*, dass ich das tun konnte.

»*Komm herbei, komm herbei, Tod*«, fing ich an und fühlte, wie mir der Atem stockte.

Ich konnte das.

»*Und versenk' in Cypressen den Leib*«, sagte ich sanft.

»*Lass mich frei, lass mich frei, Not,*
Mich erschlägt ein grausames Weib.«

Und ich las den Rest des Songs. Ich fühlte jedes Wort. Ich fühlte … alles. Die Trauer. Die Wehmut. Die Hoffnung auf etwas, was nie passieren wird.

Ich hatte nie Liebe empfunden, die nicht erwidert wurde. Das würde ich auch nie. Und Feste, der Clown, sprach noch nicht einmal über sich selbst – er erzählte die Geschichte von jemand anderem. Aber ich empfand trotzdem alles.

»*Keine Seel', keine Seel' grüß*
mein Gebein, wo die Erde es verbarg.
Um Ach und Weh zu wenden ab',
bergt alleine mich, wo kein Treuer find mein Grab
und weine.«

Ich machte eine Pause, bevor ich mein Buch zuklappte und zu meinen Freunden aufsah.

Sie starrten mich alle an, wie gebannt.

Und dann fing Pip an zu klatschen. »Fuck, ja. Absolut fucking JA. Ich bin ein Genie. Du bist ein Genie. Dieses Stück wird absolut *genial*.«

Rooney stimmte in den Beifall ein. Genau wie Sunil. Und ich sah, wie Jason sich unauffällig übers Auge wischte.

»War das okay?« fragte ich, obwohl es nicht das war, was ich eigentlich fragen wollte. *War ich okay? Würde ich okay sein?*

Alles in meinem Leben war auf den Kopf gestellt, aber hatte ich noch das hier? Hatte ich noch diese eine Sache, die mir Glück brachte?

»Das war mehr als okay«, sagte Pip und lächelte breit, und ich dachte: *Gut, okay.* Ich hasste mich zwar im Moment aus vielen verschiedenen Gründen, aber wenigstens hatte ich noch das.

ZWEI MITBEWOHNER

In den zwei Wochen zwischen der letzten Probe und dem Bailey-Ball hatten wir drei weitere Proben. Eigentlich hatte Rooney uns das Ziel gesetzt, dass wir eine Szene komplett fertig bekommen sollten. Das Ziel übertrafen wir bei Weitem. Wir schafften es, alle drei Szenen fertig zu proben: *Viel Lärm um nichts* mit Pip und Rooney, *Was ihr wollt* mit Jason, Sunil und mir und *Romeo und Julia* mit Jason und Rooney. Wir hatten beschlossen, dass ich nicht die beste Wahl für Julia war. Wir hatten sogar Zeit für den Pizza-Abend, den wir Sunil versprochen hatten. Dabei schienen Sunil und Jason schnell Freunde zu werden und vertieften sich in eine Diskussion über die Musicals, die sie gesehen hatten. Und Rooney und Pip schafften es, einen ganzen Kinofilm zu überstehen, ohne einen einzigen abfälligen Kommentar abzugeben. Irgendwann berührten sich sogar ihre Schultern und sie teilten sich durchaus freundschaftlich eine Packung Tortilla-Chips.

Trotz all dem, was sich hinter den Kulissen abspielte, schafften wir es, das Stück auf die Beine zu stellen. Wir produzierten tatsächlich ein Theaterstück.

Ich war so dankbar, dass ich das hatte. Dass ich mich daran festhalten konnte. Wäre das Theater nicht gewesen, wäre ich wahrscheinlich zwei Wochen lang nur im Bett geblieben. Die Entdeckung meiner sexuellen Identität hatte eine neue Form von Selbsthass zutage gefördert, auf die ich nicht vorbereitet war. Ich dachte, wenn man so etwas herausfand, sollte man stolz sein, oder so. Offensichtlich nicht.

Irgendetwas war auch mit Rooney los. Etwas hatte sich bei ihr verändert in dieser Nacht, in der sie in unserem Zimmer geweint hatte. Sie ging abends nicht mehr aus, sondern schaute stattdessen YouTube-Videos oder Fernsehsendungen oder schlief dann ein. Gerade hatte ich mich an das Klicken ihres hektischen Tippens neben mir in unseren Englischvorlesungen gewöhnt, da hörte es plötzlich auf. Ich ertappte sie oft dabei, wie sie einfach nur ganz still dasaß, in die Ferne starrte und dem Dozenten überhaupt nicht zuhörte.

Manchmal schien es ihr gut zu gehen. Manchmal war sie die »normale« Rooney, die unser Stück mit eiserner Faust inszenierte, die fröhlichste Person im Raum war und sich zur Essenszeit in der College-Cafeteria mit zwölf Leuten gleichzeitig unterhielt. Sie war am besten drauf, wenn Pip in der Nähe war. Sie machten Witze, lieferten sich scherzhafte Wortgefechte ... und Rooney wirkte so heiter, wie sie es mit niemandem sonst war. Aber sogar Pip gegenüber beobachtete ich, wie Rooney sich manchmal abwandte, räumlich auf Abstand ging, als ob sie nicht wollte, dass Pip sie überhaupt sah. Als hätte sie Angst davor, was passieren würde, wenn sie sich zu nahe kamen.

Ich hätte mich vergewissern können, ob es ihr gut ging, aber ich war zu sehr mit meinen eigenen Gefühlen beschäftigt. Und sie hat sich auch nicht vergewissert, ob es mir gut ging, weil sie zu sehr mit ihren eigenen Gefühlen beschäftigt war. Ich machte ihr keine Vorwürfe, und ich hoffte, sie machte mir auch keine.

Wir waren nur zwei Mitbewohner, die mit Dingen beschäftigt waren, über die zu sprechen schwierig war.

DER BAILEY-BALL

»Wenn du mir die Fotos von dir in deinem neuen Kleid schickst«, sagte Mum am Nachmittag vor dem Bailey-Ball über Skype, »dann lasse ich sie ausdrucken, und schick sie an deine Großeltern!«

Ich seufzte. »Das ist nicht dasselbe wie der Abschlussball. Ich glaube kaum, dass es offizielle Fotos geben wird.«

»Nun, dann lässt du halt selbst eins machen. Und sorg dafür, dass es mindestens *ein* Foto in voller Länge von dir in dem Kleid gibt. Ich habe es bezahlt, also muss ich es auch im Einsatz sehen.«

Mum hatte mir mein Bailey-Ball-Kleid gekauft, aber ich hatte es ausgewählt. Ich hatte eigentlich nicht vorgehabt, es zu kaufen, weil es zu teuer war, aber während wir über Messenger chatteten, schickte ich ihr Links von möglichen Kleidern, und sie bot mir an, es zu bezahlen. Das war wirklich lieb von ihr und sorgte dafür, dass ich das stärkste Heimweh empfand, seit ich an die Uni gekommen war.

»Haben dich irgendwelche Jungs gefragt, ob du mit ihnen zum Ball gehst?«

»Mum. So funktioniert das nicht an britischen Universitäten. Das sind amerikanische Unis, wo das so abläuft.«

»Na, es wäre aber schön gewesen, oder?«

»Jeder geht einfach mit seinen Freunden hin, Mum.«

Meine Mutter seufzte. »Du wirst *so schön* aussehen«, gurrte sie. »Versprich mir, dass du dir die Haare anständig machst.«

»Werd ich«, sagte ich. Rooney hatte mir schon angeboten, mir die Haare zu machen.

»Man weiß ja nie – vielleicht triffst du heute Abend deinen zukünftigen Ehemann!«

Ich wollte lachen, konnte mich aber zurückhalten. Vor zwei Monaten *hätte* ich noch von einem perfekten, magischen Treffen auf meinem ersten Uni-Ball geträumt.

Aber jetzt? Jetzt machte ich mich für mich selbst hübsch.

»Ja«, sagte ich und räusperte mich. »Man kann nie wissen.«

Rooney schwieg, während sie mein Haar mit einem dicken Lockenstab einrollte, ihre Stirn war in höchster Konzentration gerunzelt. Sie wusste, wie man diese großen lockeren Wellen machte, die man immer in amerikanischen Fernsehshows sieht, die ich aber absolut unmöglich selbst nachmachen konnte.

Rooney hatte ihr eigenes Haar bereits frisiert. Sie hatte es geglättet und aus der Stirn gekämmt. Ihr Kleid war blutrot und eng, mit einem langen Schlitz an einem Bein. Sie sah aus wie ein Bond-Girl, das sich später als der Bösewicht entpuppt.

Sie bestand darauf, auch mein Make-up zu machen. Sie hatte Make-overs schon immer geliebt, erklärte sie mir. Also ließ ich sie gewähren. Sie war definitiv besser im Schminken als ich. Sie mischte Gold- und Brauntöne auf meinen Augenlidern, wählte einen gedeckten rosa Lippenstift, füllte meine Augenbrauen mit einem winzigen Pinsel auf und zeichnete einen schöneren geflügelten Eyeliner, als ich es jemals allein geschafft hätte.

»Da«, sagte sie nach gefühlt mehreren Stunden, wobei es wahrscheinlich eher zwanzig Minuten gewesen waren. »Alles fertig.«

Ich überprüfte mein Aussehen in Rooneys Standspiegel. Ich sah tatsächlich umwerfend aus. »Wow. Das ist – wow.«

»Geh und schau in den großen Spiegel! Du musst die volle Wirkung des Kleides sehen. Du siehst aus wie eine Prinzessin.«

Ich tat, was sie sagte. Das Kleid war wie aus einem Märchenbuch: bodenlanger, rosafarbener Chiffon mit einem paillettenbesetzten Mieder. Es war nicht super bequem – ich hatte eine *Menge* Klebeband drunter, damit meine Brüste in Stellung blieben – aber mit meinen gewellten Haaren und dem schimmernden Make-up sah ich aus wie eine Prinzessin und fühlte mich auch wie eine.

Vielleicht würde ich den Abend ja sogar genießen können. Man hatte schon von wilderen Dingen gehört.

Rooney stand neben mir vor dem Spiegel. »Hm. Aber wir beißen uns irgendwie. Rot und rosa.«

»Ich finde eher, das hat Biss. Ich sehe aus wie ein Engel und du wie ein Teufel.«

»Ja. Ich bin das Anti-Du.«

»Oder vielleicht *bin ich* das Anti-Du.«

»Ist das die Zusammenfassung unserer ganzen Freundschaft?«

Wir sahen uns an und lachten los.

Seit Wochen gab es im St. John's College wilde Spekulationen darüber, was dieses Jahr das Thema des Bailey-Balls sein würde. Irgendwie war ich eine der Wenigen, die es nicht geschafft hatten herauszufinden, worum es ging, bevor die Ballnacht anbrach. Das lag wahrscheinlich daran, dass die einzige Freundin, die ich im St. John's College hatte, Rooney war. Und die hatte sich geweigert, es mir zu sagen. Ich hatte zwar gefragt, war aber nicht nervig genug, um es aus ihr herauszukitzeln.

Anscheinend hatte es bereits die Themen »Zirkus«, »Alice im Wunderland«, »Märchen«, »Roaring 20s«, »Hollywood«, »Vegas«, »Masquerade« und »Under the Stars« gegeben. Ich fing schon an mich zu fragen, ob ihnen langsam die Ideen ausgingen.

Sogar jetzt, als wir durch die Korridore des Colleges zur Rezeption gingen, konnte ich noch nicht entschlüsseln, was das Thema war. Das Foyer war mit Blumen geschmückt, und die Treppe war wie verwandelt und sah wie eine Burgmauer aus, komplett mit Türmchen und Balkon. Im Speisesaal waren die runden Tische mit Blumen geschmückt, aber auch mit Giftflaschen und Holzmessern.

Ich kapierte es erst, als aus den Lautsprechern über mir »I'm Kissing You« von Des'ree ertönte – ein Lied, von dem ich wusste, dass es in einem bestimmten *Baz-Luhrmann*-Film von 1996 eine wichtige Rolle spielte.

Das Thema war also »*Romeo und Julia*«.

Wir trafen Pip und Jason vor den Toren des St. John's. Jason nickte mir verlegen zu, sagte aber nichts.

Sie sahen beide unglaublich gut aus. Jason trug einen klassischen Smoking, der sich so perfekt an seine breiten Schultern schmiegte, dass es wirkte, als sei er maßgeschneidert worden. Pip hatte ihr Haar extra lockig gestylt und trug eine enge schwarze Hose mit einer Smokingjacke aus Samt in einem waldgrünen Farbton. Dazu hatte sie ein Paar klobige Chelsea-Stiefel aus Schlangenlederimitat an, die irgendwie genau auf die Farbe ihrer Schildpatt-Brille abgestimmt waren.

Rooneys Augen glitten an Pips Körper auf und ab.

»Du siehst gut aus«, sagte sie.

Pip bemühte sich, es Rooney in ihrem Bond-Girl-Kleid nicht gleichzutun, und hielt stattdessen ihren Blick fest auf Rooneys Gesicht gerichtet. »Du auch.«

Das Abendessen dauerte gefühlt ein Jahr, dabei war es gerade mal der Anfang der längsten Nacht meines Lebens.

Rooney, Jason, Pip und ich mussten uns einen Tisch mit vier anderen Leuten teilen, aber zum Glück waren das alles Freunde und Bekannte von Rooney. Während alle anderen sich gegensei tig kennenlernten, tat ich das, was ich immer tat, und blieb still, aber aufmerksam. Ich lächelte und nickte, wenn die Leute sprachen, wusste aber nicht wirklich, wie ich mich in eines der Gespräche einbringen sollte.

Ich fühlte mich kleiner als je zuvor.

Ich wollte mich zusammenreißen, aber ich konnte nicht.

Ich wollte nicht auf dieser Party sein, auf der Jason mich hasste und Rooney und Pip das erlebten, was ich nie haben würde.

Sunil und Jess kamen vorbei, um uns zu begrüßen, redeten dann aber hauptsächlich mit Rooney, weil sie bereits drei Gläser Wein intus hatte und sehr gesprächig war. Sunil trug einen babyblauen Smoking und Jess ein mit mintgrünen Pailletten besetztes Kleid. Als sie sich zum Gehen wandten, zwinkerte Sunil mir zu, was mich für etwa zwei Minuten aufmunterte, aber dann kehrten die bösen Gedanken zurück.

Das war es nun also, was ich war. Ich würde niemals romantische Liebe erfahren, wegen meiner Sexualität – einem so grundlegenden Teil meines Wesens, das ich ihn nicht ändern konnte.

Ich fing an, Wein zu trinken. Eine *Menge* Wein. Der war umsonst.

»Von jetzt an *noch acht Stunden*!« rief Pip, als wir nach dem Dessert aus dem Speisesaal kamen. Ich war absolut vollgestopft mit Essen und, um ehrlich zu sein, schon ziemlich betrunken.

Ich schüttelte den Kopf. »Ich werd's nicht bis sechs Uhr morgens schaffen.«

»Oh, das *wirst* du. Das wirst du. Ich werde dafür sorgen, dass du es schaffst.«

»Das klingt so richtig bedrohlich.«

»Ich bleib in deiner Nähe und schnips dir gegen die Stirn, wenn du anfängst einzuschlafen.«

»Bitte schnips mir nicht gegen die Stirn.«

»Ich kann, und ich werde.«

Sie versuchte, ihre Fähigkeit zu demonstrieren, aber ich wich ihr lachend aus. Pip wusste immer, wie sie mich aufmuntern konnte, auch wenn sie nicht wusste, dass es überhaupt nötig war, mich aufzumuntern.

Der Bailey-Ball beschränkte sich nicht auf einen Saal – der Festbereich reichte übers gesamte Erdgeschoss des Hauptgebäudes unseres College, und dann gehörte noch ein Festzelt auf dem Rasen vor dem College dazu. Im Speisesaal war die Haupt-Tanzfläche mit einer Live-Band und dem Barbereich. Es gab mehrere Themenräume, in denen Speisen und Getränke serviert wurden, von Toasties über Eis bis hin zu Tee und Kaffee. Und es gab einen Kinoraum, in dem die verschiedenen Verfilmungen von *Romeo und Julia* in chronologischer Reihenfolge gespielt wurden. Die Gänge, die wir noch nicht gesehen hatten, waren so krass dekoriert, dass man die Wände nicht mehr sehen konnte – sie waren mit Blumen, Efeu, Stoffen, Lichterketten und riesigen Wappen für »Capulet« und »Montague« bedeckt. Für nur eine Nacht waren wir in einer anderen Welt, jenseits der Regeln von Raum und Zeit.

»Wohin wollen wir zuerst gehen?«, fragte Pip. »Kinosaal? Festzelt?« Sie drehte sich um, dann runzelte sie verwirrt die Stirn. »Rooney?«

Ich drehte mich ebenfalls um und sah, dass Rooney ein paar Schritte von uns entfernt an der Wand lehnte. Sie war auf jeden Fall betrunken. Aber sie schaute Pip an, als hätte sie *Angst vor ihr* oder wäre zumindest nervös. Dann löschte sie den Ausdruck aus und zwang sich zu einem breiten Grinsen.

»Ich geh mal kurz zu meinen anderen Freunden!«, rief sie über die Menge und die Musik hinweg.

Und dann war sie weg.

»Andere Freunde?«, fragte Jason verwirrt.

»Sie kennt jeden«, sagte ich, aber ich war mir nicht mehr sicher, wie sehr das stimmte. Sie kannte eine Menge anderer Leute, aber mir wurde langsam klar, dass wir ihre einzigen wirklichen *Freunde* waren.

»Na, dann kann sie sich ja verpissen, wenn sie das so sieht«, sagte Pip, aber es klang nicht, als würde sie es wirklich meinen.

Jason verdrehte die Augen über sie. »Pip.«

»Was?«

»Nur ... du musst das nicht ständig machen. Wir wissen, dass du sie magst.«

»Was?« Pip riss den Kopf hoch. »Was – *nein*, nein, das tue ich nicht, wie – ich meine, *ja*, ich mag sie als *Person* – ich meine, ich bewundere sie als *Regisseurin* und kreative Person, aber ihre Persönlichkeit ist *sehr* anstrengend, also kann man nicht so einfach sagen, dass ich sie *mag*. Ich *schätze sie* nur – dafür, wer sie ist und was sie *tut* ...«

»Du stehst auf sie«, stellte ich fest. »Das ist kein Verbrechen.«

»*Nein.*« Pip verschränkte die Arme über ihrer Jacke. »*Nein*, absolut nicht, Georgia, sie ist – sie ist objektiv gesehen *extrem* heiß, und *ja*, in einer normalen Situation wäre sie genau mein Typ, und ich *weiß*, *dass* du das weißt, aber – ich meine, sie ist *hetero*, und sie *hasst* mich außerdem, also selbst wenn ich auf sie stehen würde, was hätte das denn für einen Sinn –«

»Pip!« rief ich verärgert.

Sie klappte den Mund zu. Sie wusste, dass es nichts mehr gab, was sie sagen konnte, um es zu verbergen.

»Ich glaube, ich sollte sie suchen«, fuhr ich fort.

»Warum?«

»Nur um zu sehen, ob es ihr gut geht.«

Pip und Jason protestierten nicht, also ging ich los, um Rooney zu suchen.

Ich hatte das Gefühl, dass sie, wenn sie noch betrunkener wurde, etwas tun könnte, was sie bereuen würde.

CAPULET VERSUS MONTAGUE

Rooney war nirgends zu finden. Im College wimmelte es nur so von Studenten, und es war schwierig, überhaupt durch die Gänge zu kommen, geschweige denn, jemanden in der Menge zu entdecken. Hunderte Studenten standen herum, schwatzten, lachten, sangen oder tanzten. Rooney war irgendwo unter ihnen, kein Zweifel. Es kam mir vor, als würde sie sich verhalten wie eine Videospielfigur in einer Welt voller Nicht-Spieler-Charaktere.

Ich hing eine Weile im Festzelt herum, in der Hoffnung, sie würde vielleicht auftauchen. Aber selbst wenn sie hier gewesen wäre, hätte ich sie wahrscheinlich nicht gefunden. Es war so voll, weil hier die ganzen lustigen Aktivitäten stattfanden. Dort stand ein Fotoautomat, es gab Popcorn- und Zuckerwatte-Stände, einen Rodeo-Bullen und die Hauptattraktion: »Capulet versus Montague«, was wie eine Hüpfburg mit zwei erhöhten Plattformen darin aussah, auf denen zwei Schüler mit aufblasbaren Schwertern gegeneinander kämpften, bis einer von ihnen runterfiel. Ich schaute ein paar Leuten beim Spielen zu und wollte es tatsächlich gern selbst mal versuchen, aber ich wusste nicht, wo Rooney war, und es wäre mir irgendwie peinlich gewesen, sie zu fragen. Ich glaube, ich hatte das Gefühl, dass sie einfach Nein sagen würde.

Ich holte mir noch einen Drink an der Bar, den ich nicht

brauchte, weil ich schon betrunken war, und stolperte ziellos durch die verschiedenen Räume. Je mehr ich trank, desto mehr konnte ich mich ablenken, und es war mir egal, dass ich alleine war, in praktisch jedem Sinne des Wortes.

Es war allerdings schwer, es zu vergessen, weil jedes einzelne Lied, das über die Lautsprecher lief, von romantischer Liebe handelte. Offensichtlich war das Absicht – das Thema des Balls war *Romeo und Julia*, um Himmels willen – aber es nervte mich trotzdem.

Alles begann mich an die Abschlussball-Afterparty zu erinnern. Die blinkenden Lichter auf der Tanzfläche, die Liebeslieder, das Lachen, die Anzüge und Kleider.

Als ich auf der Prom-After-Party gewesen war, hatte ich noch das Gefühl, dass ich in meiner Welt war, und dass ich eines Tages zu diesen Menschen gehören würde.

Nun fühlte ich mich nicht mehr so.

Ich würde nie zu ihnen gehören. Flirten. Mich verlieben. Gemeinsam glücklich sein bis ans Lebensende.

Ich ging in die Teestube und wollte mich auf einer Bank einrollen, fand aber mir gegenüber ein Pärchen, das in der Ecke rummachte. Ich hasste die beiden. Ich versuchte, sie zu ignorieren, und trank meinen Wein, während ich langsam durch Instagram scrollte.

»*Georgia.*«

Eine unglaublich laute Stimme durchbrach die entspannte Atmosphäre des Raumes und schreckte mich und das Pärchen auf. Ich drehte mich zur Tür um und sah Pip in ihrer grünen Jacke, eine Hand an der Hüfte und in der anderen einen Plastikbecher, der zweifelsohne mit Alkohol gefüllt war.

Sie grinste verlegen über die plötzliche Aufmerksamkeit. »Äh, Entschuldigung. Ich wusste nicht, dass das der Ruheraum ist.«

Sie ging auf Zehenspitzen zu mir und hockte sich neben mich, wobei sie einen Tropfen ihres Getränks auf den Boden verschüttete.

»Wo ist Rooney?«, fragte sie.

Ich zuckte nur mit den Schultern.

»Oh. Na ja, ich bin gekommen, um dich zu einem Duell *Capulet versus Montague* herauszufordern.«

»Das Ding mit der Hüpfburg?«

»Das ist so viel mehr als eine Hüpfburg, mein Kumpel. Das ist der ultimative Test für Ausdauer, Beweglichkeit und mentale Stärke.«

»Für mich sieht es aus wie eine Hüpfburg.«

Sie umfasste mein Handgelenk und zog mich hoch. »Komm einfach und probier's aus! Jason sagt, er braucht ein Nickerchen, also ist er zurück zum Castle gegangen.«

»Warte … Er ist weg?«

»Ja. Er kommt schon klar, du weißt, dass er nur schlecht lang aufbleiben kann.«

Ich fühlte mich sofort schuldig – es war meine Schuld, dass Jason schlecht drauf war. Ich stellte mich auf die Füße und bemerkte, dass die Welt um mich herum sich drehte. Beinahe fiel ich wieder um. Pip runzelte die Stirn. »Oh Mann. Wie viel hast du getrunken?«

»Ooooh«, sagte Pip, als wir das Festzelt betraten.

Zuerst dachte ich, dass sich ihre Überraschung auf den Zustand des Festzeltes bezog. Als ich zu Beginn der Nacht hier reingekommen war, war es glänzend, aufregend, bunt und neu gewesen. Jetzt sah es aus wie ein heruntergekommener Rummelplatz. Der Boden war klebrig und mit zertrampeltem Popcorn übersät. Die Stände waren weniger belebt, und das Verkaufspersonal, das dort bediente, sah müde aus.

Aber Pip meinte nichts davon, was mir klar wurde, als uns Rooney in ihrem Bond-Bösewicht-Kleid ansprach.

Sie trug immer noch, was mir vollkommen unmöglich erschien, ihre hohen Schuhe. Ihr Make-up musste sie gerade aufgefrischt haben, denn sie sah strahlend aus. Ihr Highlighter schimmerte, ihre Konturen waren scharf wie ein Messer. Und sie lächelte Pip mit großen, dunklen Augen von oben herab an.

Außerdem war sie offensichtlich ziemlich betrunken.

»Entschuldige mal«, sagte sie und grinste. »Wer hat dich denn eingeladen? Du bist keine Studentin am John's College.«

Pip grinste zurück und ging sofort auf den Scherz ein. »Ich hab mich reingeschlichen. Ich bin eine Meisterin der Tarnung.«

»Wo bist du hin verschwunden?«, fragte ich Rooney.

»Ach, weißt du«, sagte sie. Sie setzte eine Stimme auf, die sie wie eine reiche Erbin klingen ließ. »Ich war *unterwegs*.«

»Wir wollten uns gerade in der Hüpfburg eine Schlacht liefern«, sagte Pip. »Du kannst gern mitkommen. Jemand wird gleich absolut fertiggemacht.«

Rooney lächelte sie an, aber in dem Lächeln lag etwas Bedrohliches. »Nun, ich liebe es, Leute zu ruinieren.«

»*Okay*«, platzte ich heraus. Wäre ich nüchtern gewesen, hätte ich ihr Gezanke wahrscheinlich einfach über mich ergehen lassen, aber ich war betrunken und müde und hatte die Nase voll von den beiden. Und jedes Mal, wenn sie sich mit dieser feurigen Leidenschaft ansahen, die irgendwo zwischen Liebe und Wahnsinn lag, wollte ich am liebsten sterben, weil mir das nie passieren würde. Ich sah Pip an, deren Fliege schief und deren Brille zu weit vorn auf der Nase saß. Dann Rooney, deren Make-up nicht die vor Aufregung geröteten Wangen verbergen konnte.

Und dann schaute ich zwischen ihnen auf die »Capulet versus Montague« Hüpfburg.

»Ich finde, ihr zwei solltet zuerst gehen«, sagte ich und deutete auf die Hüpfburg. »Gegeneinander. Nur um es ein für alle Mal loszuwerden. Bitte.«

»Ich bin dabei«, sagte Rooney und sah Pip mit stechendem Blick an.

»Ich … okay«, stotterte Pip. »Gut. Aber ich werde dich garantiert nicht schonen.«

»Seh ich aus wie jemand, der es mag, wenn man ihn *schont*?«

Pips Augen wanderten an Rooneys Kleid hinunter, dann schnell wieder nach oben. »Nein.«

»Na dann.«

Das wurde langsam unerträglich, also ging ich zu dem Typen, der die Bude bediente, und sagte: »Die beiden wollen auch mal.«

Er nickte müde, dann gestikulierte er in Richtung der beiden erhöhten Plattformen. »Klettert rauf.«

Rooney und Pip sagten kein Wort, als sie in die Hüpfburg kletterten. Rooney streifte ihre Schuhe mit den hohen Absätzen ab, und dann kletterten beide auf die erhöhten Plattformen. Das war eindeutig schwieriger, als sie erwartet hatten – Pips enge Hose war nur wenig praktischer als Rooneys enges Kleid –, aber sie schafften es, und der Typ reichte ihnen etwas, das wie eine Schwimmbadnudel aussah.

»Ihr habt drei Minuten!«, rief er und deutete auf den Countdown-Timer, der an der Rückseite der Hüpfburg angezeigt wurde. »Das Ziel ist es, die andere Person von der Plattform zu stoßen, bevor die Zeit abgelaufen ist. Seid ihr bereit?«

Rooney nickte mit der intensiven Konzentration eines Tennisspielers in Wimbledon.

»Verdammt, ja«, sagte Pip und griff nach ihrer Nudel.

Der Mann seufzte. Dann drückte er einen Knopf auf dem Boden, und ein Piepton ertönte drei Mal. Ein Countdown.

Drei. Zwei. Eins.

Start.

Rooney ging sofort in den Kampfmodus. Sie schwang die Nudel wild in Richtung Pip, aber Pip sah sie kommen und blockte sie mit ihrer eigenen Nudel ab, allerdings nicht ohne auf ihrer

Plattform zu wackeln. Die Plattformen waren kreisförmig und hatten nur einen halben Meter Durchmesser. Das Ganze würde wahrscheinlich nicht sehr lange dauern.

Pip lachte. »Du fackelst also nicht lang rum?«

Rooney grinste. »Nein, ich versuche zu *gewinnen*.«

Pip stieß ihre Nudel nach vorne und versuchte, Rooney nach hinten zu schieben, aber Rooney wich mit ihrem Oberkörper aus und machte eine Neunzig-Grad-Biegung zur Seite.

»Ach, so machst du das, *Gymnastin*«, sagte Pip.

»Tänzerin, um genau zu sein«, gab Rooney zurück. »Bis ich vierzehn war.«

Sie schwang die Nudel noch einmal nach Pip, aber Pip blockte sie ab.

Und der Kampf begann.

Rooney schwang ihre Nudel wie wild herum, aber Pips Reflexe schienen durch den Alkohol, den sie getrunken hatte, nur geschärft worden zu sein, was überhaupt keinen Sinn ergab. Rooney schlug nach links, Pip parierte, Rooney schlug nach rechts, Pip wich aus. Pip stieß nach vorne und versuchte, Rooney an der Schulter zu treffen und nach hinten zu werfen. Und einen Moment lang dachte ich, es sei vorbei, aber Rooney fand mit einem verschmitzten Grinsen ihr Gleichgewicht wieder, und der Kampf ging weiter.

»Dein super konzentrierter Gesichtsausdruck ist *so lustig*«, sagte Rooney und lachte. Sie ahmte Pips angespannten Ausdruck nach.

»*Äh*, nicht so lustig wie dein Gesicht aussehen wird, wenn ich gewinne«, schoss Pip zurück. Aber auch auf ihrem Gesicht war ein Hauch von einem Lächeln zu sehen.

Es gab noch mehr Schläge und Stöße, und ab einem bestimmten Zeitpunkt führten sie praktisch einen Kampf der Lichtschwerter. Pip stieß Rooney in die Seite, und sie ging fast zu Boden. Sie rettete sich in letzter Sekunde, indem sie ihre Nudel als

Krücke benutzte, was Pip so sehr zum Lachen brachte, dass sie fast selbst runterkippte.

Da erst merkte ich, dass sie sich *amüsierten*.

Das war auch der Moment, in dem mir der ganze Alkohol in den Kopf schoss und ich das Gefühl hatte, ich würde umkippen.

Ich stolperte so vorsichtig wie möglich an die Seite des Festzeltes und lehnte mich gegen den Zeltstoff, um das Finale von dort aus zu beobachten.

Ich konnte nicht umhin zu bemerken, dass Rooney, so rücksichtslos sie durch ihre wilden, großen Schwünge auch wirkte, mit Absicht Pips Gesicht ausließ, um nicht ihre Brille zu treffen. Pip jedoch war auf Blut aus.

»Warum bist du so *biegsam*?«, rief Pip, als Rooney einem weiteren Schlag auswich.

»Nur einer meiner vielen Reize!«

»*Viele* Reize? Plural?«

»Ich glaube, du weißt ganz genau, was ich meine, Piepchen.«

Pip schwang ihre Nudel nach Rooney, aber Rooney blockte sie ab. »Du bist ein verdammter *Albtraum*.«

Rooney grinste zurück. »Kann schon sein – und du *liebst es*.«

Pip stieß ein Geräusch aus, das man nur als Kriegsschrei bezeichnen konnte. Sie stieß die Nudel nach Rooney, dann noch einmal und dann ein drittes Mal, wobei sie ihre Gegnerin jedes Mal leicht zurückstieß. Beim vierten Mal ging Rooney zu Boden, fiel mit perfekter Haltung rückwärts vom Podium auf die Hüpfburg und stieß dabei einen kurzen Schrei aus.

»JA!«, rief Pip und hielt ihre Nudel siegessicher in die Höhe.

Der Typ, der die Hüpfburg bediente, stoppte den Timer und machte eine vage Geste Richtung Pip. »Die mit der Brille gewinnt.«

Pip sprang vom Podium und hüpfte neben Rooney auf und ab, was es der schwer machte aufzustehen.

»Hast du ein Problem da unten, Kumpel?«

Rooney versuchte, auf die Beine zu kommen, aber sie purzelte einfach wieder um, während Pip neben ihr weiterhüpfte.

»Oh Mann, *hör auf* –«

»Ich dachte, du bist Tänzerin! Wo ist deine Haltung?«

»Wir haben nicht auf *Hüpfburgen* getanzt!«

Pip verlangsamte schließlich ihr Hüpfen, kam zum Stehen und hielt Rooney eine Hand hin, um ihr aufzuhelfen. Rooney schaute sie an, und ich konnte sehen, dass sie überlegte. Aber sie nahm Pips Hand nicht an, sondern stand ohne Hilfe auf.

»Gutes Spiel«, sagte sie, eine Augenbraue hochgezogen. Dann ging sie weg – oder besser gesagt, sie kletterte über die Hüpfburg und rollte über den Rand auf den Boden.

»Du wirst doch keine schlechte Verliererin sein, oder?«, rief Pip ihr hinterher, ließ sich ebenfalls fallen und rollte von der Hüpfburg.

Rooney steckte die Zunge zwischen die Lippen und prustete so laut, dass sogar ich sie von der anderen Seite des Festzeltes hörte.

»Oh.« Pip grinste. »Ist sie doch. Das hätte ich mir denken können.«

Rooney zog ihre hohen Schuhe wieder an. Wahrscheinlich wollte sie ihren signifikanten Höhenvorteil Pip gegenüber zurückgewinnen.

»Hey!« Pip erhob ihre Stimme und rief ihr nach. »Warum hasst du mich eigentlich so sehr?«

Rooney hielt inne.

»Ja, genau!« Pip hob die Arme. »Ich hab's gesagt! Warum hasst du mich? Wir sind beide betrunken, also können wir es genauso gut einfach aussprechen! Ist es, weil ich Georgias beste Freundin bin und dir deshalb im Weg stehe?«

Rooney sagte nichts, aber sie hatte jetzt ihre Schuhe wieder an und richtete sich zu ihrer vollen Größe auf.

»Oder hasst du mich einfach als Person?«

Rooney drehte sich um und sagte: »Du bist sehr dumm. Und du hättest mich gewinnen lassen sollen.«

Es gab eine Pause.

»Manchmal bekomme ich halt, was *ich* will«, sagte Pip mit beunruhigender Gelassenheit. »Manchmal darf ich diejenige sein, die gewinnt.«

Ich hatte kaum Zeit, über diese Aussage nachzudenken, denn Rooney war kurz davor zu explodieren. Sie ballte ihre Hände zu Fäusten, und ich spürte, dass ein riesiger Streit bevorstand, der von Alkohol angeheizt war und im Nachhinein allen peinlich sein würde. Ich musste das verhindern. Ich musste das beenden, bevor es noch schlimmer wurde. Die beiden waren die einzigen Freunde, die ich noch hatte.

Also hievte ich mich auf die Beine, was in meinem Kleid schon eine echte Leistung war.

Ich öffnete den Mund, um etwas zu sagen. Um zu versuchen, dem Ganzen ein Ende zu setzen. Vielleicht sogar, um zu versuchen, irgendwie zu helfen.

Aber was tatsächlich passierte, war, dass das ganze Blut in meinen Kopf rauschte. Sterne tauchten in meinen Augenwinkeln auf, und mein Gehör wurde komisch unklar.

Und dann wurde ich ohnmächtig.

BESIEGT

Als ich wieder zu mir kam, tätschelte Pip mein Gesicht etwas zu fest.

»Oh mein Gott, oh mein Gott, oh mein Gott«, stammelte sie.

»Bitte hör auf, mich zu ohrfeigen«, murmelte ich.

Rooney war auch da, die Verärgerung war völlig aus ihrem Gesicht verschwunden und durch ernste Besorgnis ersetzt. »Heilige Scheiße, Georgia. Wie viel hast du getrunken?«

»Ich … vierzehn.«

»Vierzehn was?«

»Vierzehn Drinks.«

»Nein, *hast* du *nicht*.«

»Okay, ich kann mich nicht erinnern, wie viel ich getrunken habe.«

»Warum hast du dann vierzehn gesagt?«

»Hörte sich nach einer guten Zahl an.«

Wir wurden von ein paar anderen Studenten unterbrochen, die über Pips und Rooneys Schultern schauten und höflich fragten, ob es mir gut ginge. Ich merkte, dass ich immer noch auf dem Boden lag, was peinlich war, also setzte ich mich auf und versicherte allen, dass es mir gut ginge und ich nur ein bisschen zu viel getrunken hätte, worüber sie kicherten und sich verzogen, um den Ball weiter zu genießen. Wäre ich nicht total besoffen gewesen, wäre mir das zutiefst peinlich gewesen, aber zum

Glück war das Einzige, was mir durch den Kopf ging, wie dringend ich mich übergeben wollte.

Rooney zog mich auf die Füße, einen Arm um meine Taille, was Pip aus irgendeinem Grund zu stören schien.

»Wir sollten ein bisschen im Kinoraum chillen«, sagte Rooney. »Wir haben noch sechs Stunden rumzukriegen. Da können wir dich ausnüchtern.«

Sechs Stunden? Nüchtern war das Letzte, was ich jetzt sein wollte.

»*Neeein*«, murmelte ich, aber Rooney ignorierte mich entweder oder hörte mich nicht. »Lass mich gehen. Mir geht's gut.«

»Offensichtlich nicht, wir werden die nächste halbe Stunde auf einem Sitzsack verbringen. Mit Wasser, ob du willst oder nicht.«

»Du bist nicht meine Mum.«

»Stimmt, aber deine Mutter würde mir danken.«

Rooney stützte den größten Teil meines Gewichts, als wir durch die blumigen, glitzernden Korridore des Colleges gingen, Pip folgte uns. Niemand sprach, bis wir die Tür zum Kinoraum erreichten und eine Stimme hinter uns rief: »*PIP!* Oh mein Gott, hi!«

In meinem benebelten Zustand spähte ich hinter mich nach der Stimme. Sie gehörte einem Mann, der eine große Gruppe von Leuten anführte, die ich nicht kannte, wahrscheinlich, weil sie von Pips College waren.

»Komm mit uns!«, forderte der Typ sie auf. »Wir wollen ein bisschen tanzen.«

Pip druckste unbeholfen herum. »Oh – äh …« Sie drehte sich um und sah mich an.

Ich wusste nicht wirklich, was ich sagen sollte, aber zum Glück sprach Rooney für mich. »Geh einfach. Ich kümmer mich schon um sie.«

Ich nickte zustimmend und gab ihr einen wackeligen Daumen nach oben.

»Okay, also ... ähm ... wir treffen uns hier in etwa einer Stunde wieder?«, sagte Pip.

»Ja«, sagte Rooney, und dann drehten wir uns um, und Pip war weg.

»Hier«, sagte Rooney und reichte mir ein großes Glas Wasser und einen Toast in einer gefalteten Serviette. Dann ließ sie sich neben mich auf einen Sitzsack plumpsen.

Ich nahm alles gehorsam entgegen.

»Was ist da drin?«, fragte ich und wedelte mit dem Toast.

»Käse und Marmite.«

»Riskante Wahl«, sagte ich und biss hinein. »Was, wenn ich Marmite hasse?«

»Es war die einzige Füllung, die sie übrig hatten, also wirst du sie essen und damit klarkommen.«

Zum Glück liebe ich Marmite, und selbst wenn ich es nicht geliebt hätte, hätte ich es wahrscheinlich trotzdem gegessen, weil ich plötzlich *Heißhunger* hatte. Die Übelkeit war verflogen und mein Magen fühlte sich schmerzhaft leer an, also mampfte ich den Toast, während wir den Film anschauten, der gerade auf der Leinwand lief.

Wir waren die einzigen Menschen im Raum. Aus der Ferne konnten wir das Wummern der Musik im Tanzsaal hören, in dem sich zweifellos die meisten Leute aufhielten. Auch aus dem Raum gegenüber, in dem kostenloser Tee und Toasts serviert wurden, war ein bisschen Geplapper zu hören, und gelegentlich drangen lautes Lachen und lautere Stimmen durch die Tür, wenn Studenten vorbeigingen. Alle versuchten, sich die Zeit bis zum Ende des Balls im Morgengrauen zu vertreiben. Es fühlte sich aber gar nicht mehr an wie ein Ball – es fühlte sich an wie eine riesige Pyjamaparty, bei der niemand der Erste sein wollte, der ins Bett ging.

Der Film, der lief, war Baz Luhrmanns aus den Neunzigern mit Leonardo DiCaprio und meiner Ansicht nach die beste Verfilmung von *Romeo und Julia*. Wir hatten noch nicht viel verpasst – Romeo lief gerade am Strand entlang –, also kuschelten wir uns in den Sitzsack, schauten den Film und redeten nicht.

So vertieft verbrachten wir die nächsten fünfundvierzig Minuten.

So lange dauerte es auch ungefähr, bis ich ein bisschen nüchterner wurde und mein Gehirn wieder anfing zu arbeiten.

»Wohin bist du verschwunden?« war das Erste, was ich sagte.

Rooney schaute nicht vom Bildschirm weg. »Ich bin hier.«

»Nein … vorhin. Du bist gegangen und warst weg.«

Es gab eine Pause.

»Ich wollte nur mit ein paar Leuten rumhängen. Entschuldigung. Ich … ja. Das tut mir leid.« Sie schaute mich an. »Dir ging's aber gut, oder?«

Ich konnte mich kaum daran erinnern, wie ich die Zeit zwischen dem Abendessen und der Hüpfburgschlacht verbracht hatte. Ich war durch den Tanzsaal geschlendert, hatte in der Teestube gesessen, das Festzelt erkundet, ohne mich an einem der Stände zu versuchen.

»Ja, mir ging es gut«, sagte ich.

»Gut. Hast du mit Jason getanzt?«

Oh. Und da war das Thema.

»Nein«, sagte ich.

»Oh. Wie das?«

Ich wollte ihr alles erzählen.

Ich würde ihr alles erzählen.

War es der Alkohol? Der Rausch der Ballnacht? Die Tatsache, dass Rooney anfing, mich besser als jeder andere zu kennen, weil sie jede Nacht zwei Meter neben mir schlief?

»Das mit Jason und mir wird nicht klappen«, sagte ich.

Sie nickte. »Ja, ich … ich schätze, den Eindruck hatte ich auch, aber … ich habe einfach angenommen, dass ihr noch zusammen seid.«

»Nein. Ich habe es beendet.«

»Warum?«

»Weil ...«

Die Worte lagen mir auf der Zunge. *Weil ich aromantisch und asexuell bin.* Aber es klang klobig. Die Worte fühlten sich immer noch falsch an in meinem Gehirn, wie geheime Worte, geflüsterte Worte, die nicht in die reale Welt gehörten.

Es war nicht so, dass ich dachte, Rooney würde blöd reagieren – sie würde nicht mit Abscheu oder Wut reagieren. So war sie nicht.

Aber ich dachte, sie würde verlegen werden. Verwirrt. Sie würde sagen: »*Okay, was zum Teufel ist das denn?*« Sie würde höflich nicken, sobald ich es erklärt hätte, aber in ihrem Kopf würde sie denken: »*Oh Mann, Georgia ist wirklich seltsam.*«

Irgendwie fühlte sich das fast genauso schlimm an.

»Weil ich keine Jungs mag«, sagte ich.

Kaum hatte ich es gesagt, wurde mir mein Fehler bewusst.

»*Oh*«, sagte Rooney. »Oh Mann.« Sie setzte sich auf, nickte und nahm diese Information auf. »Das ist okay. Mist. Ich meine, ich bin froh, dass du es *gemerkt hast*. Glückwunsch, glaube ich?« Sie lachte. »Es kommt mir vor, als wäre es *viel* besser, sich nicht zu Jungs hingezogen zu fühlen. Mädchen sind alles in allem viel netter.« Dann machte sie einen gequälten Gesichtsausdruck. »Oh mein *Gott*. Ich habe *so viel Zeit und Energie darauf* verwendet, dich mit Jason zu verkuppeln. Warum hast du nichts *gesagt*?«

Bevor ich Zeit hatte zu antworten, unterbrach sie sich selbst.

»Nein, tut mir leid, das ist idiotisch, so etwas zu fragen. Offensichtlich hast du die ganze Scheiße erst mal verarbeiten müssen. Das ist in Ordnung. Ich meine, dafür ist die Uni doch da, oder nicht? Experimentieren und herausfinden, wen man eigentlich will.« Sie klopfte mir auf den Schenkel. »Und weißt du, was das bedeutet? Jetzt können wir uns darauf konzentrieren, ein nettes

Mädchen für dich zu finden! Oh mein *Gott!* Ich kenne so viele süße Mädchen, die dich mögen würden. Du *musst* nächste Woche mit mir mal abends ausgehen. Ich kann dich *so* vielen Mädchen vorstellen.«

Die ganze Zeit, in der sie monologisierte, fühlte ich, wie mir immer heißer wurde. Wenn ich jetzt nichts sagte, würde ich die Nerven verlieren und mit dieser neuen Lüge anfangen, und dann müsste ich die ganze Sache mit dem Daten noch einmal durchmachen.

»Das will ich aber nicht«, sagte ich und fummelte an der nun leeren Toast-Serviette herum.

»Oh. Okay, ja. Sicher. Das ist in Ordnung.«

Rooney nippte an ihrem eigenen Glas Wasser und schaute ein paar Minuten auf den Bildschirm.

Dann fuhr sie fort. »Du musst dich nicht sofort auf ein Date einlassen. Du hast noch *so* viel Zeit.«

So viel Zeit. Ich wollte lachen.

»Ich glaube nicht, dass ich das tun werde«, sagte ich.

»Was tun?«

»Daten. Niemals. Ich mag auch keine Mädchen. Ich mag niemanden.«

Die Worte hallten durch den Raum. Es gab eine lange Pause.

Und dann lachte Rooney.

»Du bist *betrunken*«, sagte sie.

Das war ich, ein bisschen, aber daran lag es nicht.

Sie hatte gelacht. Das hat mich geärgert.

Genau das, was ich erwartet hatte, wie sie reagieren würde. So hatte ich erwartet, dass jeder reagieren würde.

Mitleidiges, unbeholfenes Lachen.

»Ich mag keine Jungs«, sagte ich. »Und ich mag keine Mädchen. Ich mag niemanden. Also werde ich mich nie wieder mit jemandem verabreden.«

Rooney sagte ein paar Augenblicke lang nichts.

Und dann meinte sie: »Hör zu, Georgia. Du magst dich jetzt so fühlen, aber ... gib die *Hoffnung* nicht auf. Vielleicht machst du gerade eine schwere Zeit durch, das ist der Stress zu Beginn an der Uni oder so, aber... du *wirst eines Tages* jemanden treffen, den du magst. Das tut jeder.«

Nein, tun sie nicht, wollte ich sagen.

Nicht jeder.

Ich nicht.

»Das ist eine Realität«, sagte ich. »Es ist eine ... es ist eine echte Sexualität. Niemanden zu mögen, auf niemanden zu stehen.«

Ich konnte aber die eigentlichen Begriffe nicht aussprechen.

Es hätte wahrscheinlich nicht geholfen, wenn ich es getan hätte.

»Okay«, sagte Rooney. »Nun, woher *weißt* du, dass du ... so bist? Woher weißt du, dass du nicht eines Tages jemanden treffen wirst, den du wirklich magst?«

Ich starrte sie an.

Natürlich verstand sie es nicht.

Rooney war nicht die Romantik-Expertin, für die ich sie gehalten hatte. Ich war mir ziemlich sicher, dass ich zu diesem Zeitpunkt mehr wusste als sie.

»Ich war noch nie in meinem Leben in jemanden verknallt«, sagte ich, aber meine Stimme war leise und *klang* nicht einmal selbstbewusst, geschweige denn, dass ich mich sicher gefühlt hätte. »Ich ... ich mag den Gedanken daran, aber ... die Realität ...« Ich brach ab und spürte einen Kloß im Hals. Wenn ich weiter versuchte, es zu erklären, das wusste ich, würde ich nur anfangen zu weinen. Es war noch so neu. Ich hatte noch nie versucht, es jemandem zu erklären.

»Hast du denn schon mal ein Mädchen geküsst?«

Ich sah sie an. Sie blickte mich sehr direkt an. Fast wie eine *Herausforderung.*

»Nein«, sagte ich.

»Und woher weißt du, dass du das nicht magst?«

Tief im Inneren wusste ich, dass dies eine unfaire Frage war. Man *musste* nicht alles ausprobieren, um sicher zu wissen, dass man es nicht mochte. Ich wusste, dass ich Fallschirmspringen nicht mochte. Ich brauchte es definitiv nicht auszuprobieren, um es zu beweisen.

Aber ich war betrunken. Und sie war es auch.

»Ich weiß nicht«, sagte ich.

»Vielleicht solltest du es erst einmal versuchen, bevor du … du weißt schon, die Idee, dass du möglicherweise jemanden finden könntest, komplett verwirfst.« Rooney lachte wieder. Sie *wollte* bestimmt nicht gemein klingen. Aber so fühlte es sich für mich an.

Ich wusste, dass sie nur helfen wollte.

Und das machte es irgendwie noch schlimmer.

Sie versuchte, eine gute Freundin zu sein, aber sie sagte all die falschen Dinge, weil sie nicht die geringste Ahnung hatte, wie es war, ich zu sein.

»Vielleicht«, murmelte ich und lehnte mich zurück in den Sitzsack.

»Warum versuchst du es nicht mit mir?«

Warte.

Was?

»Was?«, sagte ich und drehte meinen Kopf, um sie anzusehen.

Sie rollte sich auf die Seite, sodass ihr ganzer Körper mir zugewandt war, und hob dann beide Hände in einer Geste der Kapitulation. »Ich möchte wirklich nur helfen. Ich mag dich absolut nicht auf diese Art – *nichts für ungut* –, aber du könntest vielleicht ein Gefühl dafür bekommen, ob es etwas ist, was dir gefallen könnte. Ich möchte helfen.«

»Aber … ich mag dich nicht so«, sagte ich. »Selbst wenn ich lesbisch *wäre*, würde ich nicht unbedingt etwas empfinden, nur weil du ein Mädchen bist.«

»Okay, vielleicht nicht«, sagte sie mit einem Seufzer. »Ich will nur nicht sehen, dass du aufgibst, ohne *es versucht zu haben.*«

Sie nervte mich. Und das lag vor allem daran, dass das, was ich tat, gar kein »Aufgeben« war.

Es war Akzeptanz.

Und vielleicht, nur vielleicht, konnte das etwas Gutes sein.

»Ich will nicht, dass du das Gefühl hast, für immer traurig und einsam sein zu müssen!«, sagte sie. Und das war der Moment, in dem ich ein bisschen zusammenbrach.

War das alles, was ich sein würde? Traurig und einsam? Für immer?

Hatte ich mich selbst dem Untergang geweiht, indem ich es wagte, über diesen Teil von mir nachzudenken?

Hatte ich gerade angefangen, ein Leben in Einsamkeit zu akzeptieren?

Sobald sich mir diese Fragen stellten, öffneten sie die Schleuse zu all den Zweifeln, von denen ich dachte, dass ich sie bekämpft hatte.

Vielleicht war alles nur eine Phase.

Vielleicht war es doch ein Aufgeben.

Vielleicht sollte ich es weiter versuchen.

Vielleicht, vielleicht, vielleicht.

»Gut, einverstanden«, sagte ich.

»Du willst es versuchen?«

Ich seufzte besiegt, *müde.* Ich war so erschöpft von all dem. »Ja. Mach mal.«

Schlimmer als das mit Jason konnte es doch eigentlich nicht werden, oder?

Und so beugte sie sich vor.

Es war anders. Rooney war tiefere, längere Küsse gewohnt.

Sie führte. Ich versuchte, es ihr gleichzutun.

Ich hasste es.

Ich hasste es, genau wie ich den Kuss mit Jason gehasst hatte.

Ich hasste es, wie nah ihr Gesicht an mir war. Ich hasste das Gefühl, wie sich ihre Lippen auf meinen bewegten. Ich hasste ihren Atem auf meiner Haut. Meine Augen gingen immer wieder auf. Ich versuchte, ein Gespür dafür zu bekommen, wann es endlich vorbei sein würde, während sie ihre Hand auf meinen Hinterkopf legte und mich näher zu sich zog.

Ich versuchte mir vorzustellen, das mit jemandem zu machen, auf den ich stand, aber es war eine Fata Morgana. Je mehr ich versuchte, mir dieses Szenario auszumalen, desto schneller löste es sich auf.

Ich hätte so was nie und nimmer genießen können. Mit niemandem.

Es war nicht nur eine Abneigung gegen das Küssen. Es war keine Angst oder Nervosität oder dass ich »noch nicht die richtige Person getroffen« hatte. Es war ein Teil von mir. Ich spürte nicht die Anziehung, die Romantik, das Verlangen. Nichts von den Gefühlen, die andere Menschen spürten.

Und das würde ich auch nie können.

Ich hätte wirklich niemanden küssen müssen, um das herauszufinden.

Rooney hingegen ließ sich darauf ein. Ich nahm an, dass sie das mit jedem so machte. Die Art, wie sie küsste, gab mir das Gefühl, dass sie mich wirklich mochte, aber ich merkte plötzlich, dass ich sie besser kannte. Dass es bei ihr nie um die andere Person ging. Sie benutzte das Küssen, um sich selbst gut zu fühlen.

Ich hatte nicht die Energie, um jetzt schon zu begreifen, was das genau bedeutete.

»Oh«, sagte eine Stimme hinter uns.

Rooney zog sich sofort zurück, und ich, benebelt und ein wenig verwirrt von dieser ganzen Situation, drehte mich um, um zu sehen, wer es war.

Ich hätte es mir denken können, wirklich.

Denn das Universum schien es auf mich abgesehen zu haben.

Pip hatte ihre Jacke über einen Arm gelegt und einen Toast in der Hand.

»Ich …«, sagte sie und brach dann ab. Sie schaute mich mit großen Augen an, dann Rooney, dann wieder mich. »Ich hab dir einen Toast mitgebracht, aber …« Sie schaute auf den Toast. »Es – äh, verdammte Scheiße.« Sie schaute wieder zu uns beiden. »Wow. Fickt euch beide.«

PAPIERBLUMEN

Rooney sprang auf ihre Füße. »*Warte mal*, du verstehst überhaupt nicht, was gerade passiert ist.«

Pips Gesicht verhärtete sich.

»Ich denke, es ist ziemlich klar, was gerade passiert ist«, sagte sie. »Also versuch nicht, mich mit einer Lüge zu beleidigen.«

»Will ich nicht, aber –«

»Wenn das mit euch ein Thema ist, hättet ihr mir wenigstens davon erzählen können.« Sie wandte sich mir zu, ihr Gesicht war erschreckend emotionslos. »Du hättest mir wenigstens davon erzählen können.«

Und dann ging sie weg.

Rooney verschwendete keine Zeit und rannte ihr hinterher, und ich folgte schnell. Ich musste es erklären. Rooney musste es erklären.

Jeder musste einfach aufhören zu lügen und zu schauspielern und sich ständig zu verstellen.

Rooney erwischte Pip an der Schulter, als sie das Ende des Korridors erreichte, und drehte sie herum.

»Pip, *hör* einfach *zu* –«

»WAS?«, rief Pip, dann senkte sie ihre Stimme, als sich ein paar vorbeigehende Schüler neugierig umdrehten. »Wenn ihr was miteinander habt, schön, dann geht Ficken und habt Spaß, aber ihr hättet mir wenigstens die Höflichkeit erweisen können,

mich zu informieren, damit ich versuchen kann, *meine* Gefühle zu unterdrücken und nicht völlig *am Boden zerstört zu sein* –«
Ihre Stimme brach, und es standen Tränen in ihren Augen.

Ich wollte es erklären, aber ich konnte nicht sprechen.

Ich hatte meine Freundschaft mit Jason ruiniert und jetzt auch noch die Freundschaft mit Pip zerstört.

»Ich bin nicht – wir sind nicht – wir sind nicht zusammen!«
Rooney gestikulierte wild. »Ich schwöre! Es war meine verdammte Idee, weil ich ein Idiot bin! Georgia hat Sachen über sich herausgefunden, und ich habe alles nur noch schlimmer gemacht, indem ich sie als Experiment mit Jason zusammengebracht habe, obwohl sie das nie wirklich wollte, und jetzt das –«

Es fühlte sich an, als ob die Wände um uns herum zerbrachen. Pip ballte die Fäuste. »Warte ...« Sie drehte sich zu mir um. »Du – Jason war nur ein *Experiment*?«

»Ich ...« Ich wollte sagen: *Nein, das war er nicht, ich dachte, ich mag ihn, ich wollte mich wirklich in ihn verlieben, aber ...* war das eine Lüge?

Pips Gesicht verfinsterte sich. Sie machte einen Schritt auf mich zu, und jetzt *schrie* sie. »Wie konntest du *das tun*? *Wie konntest du ihm das antun?*«

Ich trat zurück und spürte, wie Tränen in meine Augen schossen. Nicht weinen. Nicht weinen.

»Hör auf, ihr die Schuld zu geben!« Rooney brüllte zurück. »Sie hat nur versucht, etwas über ihre Sexualität herauszufinden!«

»Das hätte sie nicht auf Kosten von unserem besten Freund machen sollen, der gerade erst aus einer Beziehung kommt, in der er sich wie ein Stück Scheiße gefühlt hat!«

Sie hatte recht. Ich hatte es verkackt. Ich hatte es so sehr verkackt.

Rooney legte einen Arm zwischen mich und Pip. »Hör auf, daraus was zu machen, worum es überhaupt nicht geht!«

»Ach?« Pips Stimme wurde leiser. Auf ihren Wangen glitzerten Tränen. »Worum geht es denn?«

»Um die Tatsache, dass *du mich hasst*. Du denkst, dass ich dir Georgia wegnehme. Weil du nur zwei Freunde auf der Welt hast. Du *verachtest mich*, weil du denkst, dass ich dich aus ihrem Leben verdränge.«

Daraufhin herrschte Schweigen. Pips Augen weiteten sich.

»Du kapierst gar nichts«, sagte sie heiser und wandte sich um. »Ich gehe jetzt.«

»Warte!«, sagte ich. Das war das Erste, was ich überhaupt rauskriegte.

Pip drehte sich um und hatte Mühe, etwas durch ihre Tränen hindurch zu sehen. »Was? Hast du was zu sagen?«

Ich konnte es nicht. Ich konnte die Worte nicht finden.

»Das habe ich mir gedacht«, sagte sie. »Du hast nie etwas zu sagen.«

Und dann war sie weg.

Rooney ging direkt hinter ihr her, aber ich blieb, wo ich war, im Korridor. Die Wände um mich herum waren mit Papierblumen bedeckt. Über mir hingen funkelnde Lichterketten. Leute gingen vorbei, lachend, Händchen haltend, in schicken Anzügen und glitzernden Kleidern. Das Lied, das über mir lief, war »Young Hearts Run Free« von Candi Staton.

Ich hasste das alles.

ÜBERLEBENDE

Ich wanderte durch schummrig beleuchtete Gänge und lärmende Menschenmassen. Ich stand am Rande des Tanzsaals, als die Band ihr Set beendete und ein letztes langsames Lied spielte, damit die Pärchen eng umschlungen schunkeln konnten. Mir war schlecht.

Rooney und Pip waren nirgends zu sehen, also ging ich zurück in mein Zimmer. Das war das Einzige, was ich tun konnte. Ich betrachtete mich lange im Spiegel und fragte mich, ob dies der Moment war, in dem ich einfach zusammenbrechen würde. Ich konnte es einfach rauslassen und anfangen zu schluchzen, weil ich nun endgültig alles versaut hatte. Ich hatte *alles versaut* auf der Suche nach dem, was ich war. Trotz der Tatsache, dass Pip und Jason selbst genug auf den Schultern hatten, hatte ich nur an mich gedacht.

Aber ich weinte nicht. Ich war still. Ich wollte nicht mehr wach sein.

Ich schlief ein paar Stunden, und als ich aufwachte, hörte ich im Zimmer über mir das rhythmische Stampfen von Menschen, die Sex hatten.

Das war vielleicht der letzte Strohhalm.

Hatten alle die ganze Zeit nur Sex und verliebten sich? Warum? Wie konnte es fair sein, dass jeder das fühlen durfte, nur ich nicht?

Ich wünschte, alle würden damit aufhören. Ich wünschte, Sex und Liebe würden nicht existieren.

Ich stürmte aus dem Zimmer, nahm nicht einmal mein Telefon mit, rannte die Treppe hoch zum Flur darüber, zwei Stufen auf einmal, nicht ganz sicher, was ich tun würde, wenn ich ankam. Aber ich konnte wenigstens sehen, wessen Zimmer es war, und vielleicht konnte ich die Bewohner zu einem späteren Zeitpunkt aufspüren und ihnen sagen, sie sollten aufhören, so laut zu sein …

Als ich zu der Stelle des Korridors kam, der über meinem Zimmer lag, blieb ich stehen und stand lange still.

Es war ein Hauswirtschaftsraum. Darin: sechs Waschmaschinen und sechs Trockner.

Eine der Waschmaschinen lief. Sie machte ein rhythmisches, pochendes Geräusch, wenn sie gegen die Wand stieß.

Zurück in meinem Zimmer stellte ich fest, dass es nur noch zehn Minuten bis 6 Uhr morgens waren – der Zeitpunkt, an dem das sagenumwobene »Survivors Photo« gemacht wurde.

Ich würde einfach hingehen und gucken. Sehen, wie viele Leute es geschafft hatten.

Die Antwort war: nicht sehr viele. Von den Hunderten von Studenten, die sich vorhin im College herumgetrieben hatten, waren höchstens um die achtzig übrig, und sie hatten sich alle im Tanzsaal versammelt. Ein müde aussehender Fotograf wartete darauf, dass sich die betrunkenen, verschlafenen Überlebenden in Reihen aufstellten. Ich wusste nicht, ob ich mich ihnen anschließen sollte oder nicht. Ich fühlte mich ein bisschen wie eine Betrügerin, da ich die letzten fünf Stunden praktisch durchgeschlafen hatte.

»Georgia!«

Ich drehte mich um, weil ich Angst hatte, Jason oder Rooney oder Pip zu begegnen, aber es war keiner von ihnen.

Sunil näherte sich mir von der Tür des Tanzsaals. Seine Krawatte war offen, seine babyblaue Jacke hatte er über einen Arm gelegt. Er sah eigentümlich wach aus für 6 Uhr morgens.

Er umfasste meine Oberarme und schüttelte mich ein wenig. »Du *hast es geschafft*! Du hast es bis sechs Uhr morgens geschafft! Ich bin sehr beeindruckt. Ich habe um Mitternacht aufgegeben, als ich noch ein Erstsemester war.«

»Ich … hab ein Nickerchen gemacht«, sagte ich.

Sunil grinste. »Gute Entscheidung. Man muss bei solchen Sachen strategisch vorgehen. Jess wollte vor ein paar Stunden ein Nickerchen machen, ist aber noch nicht wieder aufgetaucht, also fürchte ich, dass sie dieses Jahr wieder versagt hat.«

Ich blinzelte. Ich wusste nicht, was ich ihm sagen sollte.

»Und, hat es sonst keiner geschafft? Rooney? Pip? Jason?«

»Äh …« Ich sah mich um. Weder Rooney noch Pip noch Jason waren irgendwo zu sehen. Ich hatte keine Ahnung, wo sie alle waren. »Nein. Nur ich.«

Sunil nickte. »Ah, gut. Dann kannst du morgen damit angeben.« Er legte einen Arm um meine Schultern und führte uns zu den anderen. »Du bist eine *Überlebende*!«

Ich versuchte zu lächeln, aber es reichte nur zu einem Zucken meiner Lippen. Sunil sah es nicht, er war zu sehr damit beschäftigt, dass wir es rechtzeitig aufs Foto schafften.

Ich blinzelte.

Und dann sagte ich es.

»Ich glaube, ich bin vielleicht … asexuell. Und auch aromantisch. Beides.«

Sunil blieb stehen.

»Ja?«, fragte er.

»Äh … ja«, sagte ich und blickte auf den Boden. »Ähm. Ich weiß nicht so recht, was ich damit anfangen soll.«

Sunil blieb einen Moment lang ganz still. Dann ließ er seinen Arm von meinen Schultern fallen und drehte sich so, dass er direkt vor mir stand. Er legte seine Hände auf meine Schultern

318

und beugte sich ein wenig runter, sodass unsere Gesichter auf gleicher Höhe waren.

»Es gibt nichts *anzufangen*, Georgia«, sagte er leise. »Es gibt überhaupt nichts, was du tun musst.«

Und dann wurde der Fotograf ungeduldig und brüllte uns alle an, dass wir uns gefälligst aufstellen sollten, also marschierte Sunil mit mir mitten ins Gedränge, und wir quetschten uns in die dritte Reihe neben einige seiner Freunde. Erst, als er sich abwandte, um mit ihnen zu plaudern, wurde mir bewusst, dass das, was ich gesagt hatte, unbestreitbar wahr war. Ich wusste das jetzt.

Sunil drehte sich zu mir um, drückte meine Schulter und sagte: »Alles wird gut. Es gibt nichts, was du tun musst, außer du *zu sein*.«

»Aber ... was ist, wenn das, was ich *bin*, einfach ... nichts ist?« Ich atmete aus und blinzelte, als der Fotograf die erste Aufnahme machte. »Was, wenn ich nichts bin?«

»Du bist nicht nichts«, sagte Sunil. »Das musst du mir glauben.«

Vielleicht könnte ich das schaffen.

Vielleicht könnte ich das glauben.

TEIL VIER

SEHR UNTERSCHIEDLICHE MENSCHEN

Am Morgen nach dem Bailey-Ball kam Rooney erst gegen Mittag zurück in unser Zimmer. Ich hatte noch geschlafen, aber sie stieß die Tür so heftig auf, dass diese gegen die Wand knallte, dann sagte sie etwas davon, dass sie bei einem Kerl übernachtet hätte, bevor sie ihre Schuhe auszog, ihr Kleid über den Kopf zog und in Unterwäsche in der Mitte des Zimmers stehen blieb, wo sie Roderick, die Pflanze, anstarrte, die dem Tod nahe war. Dann ging sie ins Bett.

Sie sagte nichts über das, was mit ihr und Pip passiert war.

Ich wollte auch nicht darüber reden, also ging ich, sobald ich aufgestanden und angezogen war, in die Bibliothek. Ich lief direkt in die oberste Etage, wo es Tische gab, die hinter langen Kisten mit Büchern über Finanzen und Wirtschaft versteckt waren. Ich blieb dort bis zum Abendessen und schaffte es, eine der Hausaufgaben dieses Semesters zu beenden, ohne an irgendetwas von dem zu denken, was passiert war. Ich dachte über gar nichts nach, was passiert war.

Als ich zurückkam, wachte Rooney gerade auf, rechtzeitig zum Abendessen in der College-Cafeteria.

Wir gingen zusammen dorthin, sprachen nicht und aßen gemeinsam. Neben uns saß eine Gruppe von Leuten, mit denen Rooney eigentlich befreundet war, aber sie sagte auch zu ihnen nichts.

Als wir in unser Zimmer zurückkamen, zog sie sofort wieder ihren Pyjama an, ging zurück ins Bett und schlief wieder ein. Ich blieb wach und starrte auf Pips Jacke in der Ecke – die, die sie in der ersten Woche an der Uni hier vergessen hatte. Die, die ich ihr immer wieder zurückgeben wollte und dann doch nicht dran gedacht hatte.

Als ich am Sonntag aufwachte, fühlte ich mich eklig. Mir fiel ein, dass ich seit dem Bailey-Ball nicht mehr geduscht hatte.

Also ging ich ins Bad und duschte. Ich zog ein frisches T-Shirt und eine warme Strickjacke an, verließ das Zimmer und ließ Rooney im Bett zurück. Nur ihr Pferdeschwanz ragte oben unter der Bettdecke hervor.

Ich ging wieder in die Bibliothek und hatte mir fest vorgenommen, einen weiteren Aufsatz zu beenden. Die ersten Hausaufgaben meiner Uni-Laufbahn wurden alle nächste Woche, vor den Semesterferien, fällig. Ich hatte noch viel zu tun. Aber nachdem ich mich mit meiner Campuskarte in der Bibliothek registriert und einen freien Tisch gefunden hatte, saß ich einfach nur vor meinem Laptop und starrte auf meine alten Chat-Nachrichten im Gruppenchat mit Pip und Jason.

Ich schrieb jedem der beiden eine Nachricht. Dafür brauchte ich zwei Stunden.

An Jason schrieb ich:

Georgia Warr

Es tut mir so, so leid wegen allem. Ich habe nie richtig darüber nachgedacht, welche Auswirkungen das alles auf dich haben würde. Ich habe nur an mich gedacht. Du bist einer der wichtigsten Menschen in meinem Leben, und das habe ich ausgenutzt, ohne darüber nachzudenken. Du verdienst jemanden, der dich anbetet. Ich wünschte ehrlich, dass ich so empfinden könnte, aber ich kann es nicht – ich fühle mich buchstäblich zu niemandem hingezogen, egal welches Geschlecht jemand hat. Ich habe es so sehr versucht, aber so bin ich eben nicht. Mir tut das alles so leid.

An Pip schrieb ich:

Georgia Warr
Hey, ich weiß, dass du nicht mit mir redest, und ich verstehe auch, warum. Ich will nur, dass du die Fakten kennst: Rooney hat mich geküsst, weil ich sehr verwirrt war wegen meiner Sexualität und sie mir helfen wollte herauszufinden, ob ich auf Mädchen stehe. Das war sehr dumm von uns beiden. Es hat mir in keinster Weise geholfen, war wirklich nichts, was ich tun wollte, und wir waren beide betrunken. Keine von uns steht auf die andere, und wir bereuen es beide ernsthaft. Es tut mir also wirklich sehr leid.

Beide hatten die Nachrichten innerhalb einer Stunde gelesen. Keiner von beiden hatte geantwortet.

Obwohl wir buchstäblich im selben Zimmer wohnten, fand das erste richtige Gespräch, das ich mit Rooney nach den Ereignissen des Bailey-Balls hatte, am Montag vor Semesterschluss in einer Einführungsvorlesung Theaterwissenschaften statt. Ich saß allein weit hinten, was mein üblicher Platz war, als ich Rooney aus den Augenwinkeln reinkommen sah. Sie setzte sich neben mich.

Sie trug ihre üblichen Klamotten für tagsüber – Leggings, ein Poloshirt von St. John's, dazu die Haare zu einem Pferdeschwanz zusammengebunden – aber ihre Augen waren stürmisch, als sie mich anstarrte und darauf zu hoffen schien, dass ich etwas sagte.

Ich hatte keine Lust, mit ihr zu reden. Ich war wütend auf sie. Ich wusste, dass das, was passiert war, sowohl meine als auch ihre Schuld war, aber ich war wütend darüber, wie sie reagiert hatte, als ich versucht hatte, ihr meine Gefühle zu erklären.

Sie hatte nicht einmal versucht, mich zu verstehen.

»Hallo«, sagte ich flach.

»Hallo«, gab sie zurück. »Ich muss mit dir reden.«

»Ich ... will eigentlich nicht mit dir reden«, sagte ich.

»Ich weiß. Du musst nichts sagen, wenn du nicht willst.«

Aber dann konnte keine von uns beiden noch etwas sagen, weil die Professorin mit ihrer Vorlesung über Pinters Stück *The Birthday Party* begann.

Anstatt die Vorlesung zu verlassen, holte Rooney ihr iPad aus der Tasche, öffnete ihre Notizen und legte das Tablet auf den Tisch vor uns, nah genug an mich heran, damit ich den Bildschirm sehen konnte. Sie fing an zu tippen, und ich dachte, dass sie sich nur Notizen zur Vorlesung machte, aber dann hielt sie inne und schob den Bildschirm noch weiter zu mir rüber.

Es tut mir so, so leid, was auf dem Bailey-Ball passiert ist. Es war komplett meine Schuld. Ich war ein verdammtes Arschloch, dabei hast du versucht, mir etwas Wichtiges zu sagen.

Oh. Okay.

Das kam unerwartet.

Ich sah Rooney an. Sie hob die Augenbrauen, nickte zum iPad und bedeutete mir, dass ich antworten sollte.

Was sollte ich denn antworten?

Vorsichtig hob ich meine Hände und begann zu tippen.

okay

Rooney las, was ich geschrieben hatte, dann tippte sie wütend aufs Display ein.

Ich weiß, wir waren betrunken, aber das ist echt keine Entschuldigung für die Art, wie ich dich behandelt hab. Ich war genauso drauf wie manche Jungs, wenn sie rausfinden, dass ein Mädchen homosexuell ist, und dann so was sagen wie: »Haha, du hast bloß mich noch nicht geküsst, sonst würdest du nicht denken, dass du lesbisch bist«.

Das ist im Grunde das, was ich mit dir gemacht habe!!!

Die ganze Zeit habe ich dich damit genervt, eine Beziehung zu haben und jemanden zu küssen und mit wem auszugehen ... Ich hab dir immer wieder gesagt, du sollst es mit Jason versuchen, und als du mir gesagt hast, dass du eigentlich nichts von all dem willst, da hab ich nicht einmal zugehört. Und dann dachte ich, Knutschen wäre bestimmt eine geile Idee, weil ich immer denke, Knutschen löst einfach alles!!!!

Du bist seit Monaten dabei, deine Sexualität zu ergründen, und ich habe alles falsch gemacht. ALLES.

Ich hatte so viele fixe Vorstellungen davon, wie Menschen fühlen sollten, wenn es um Romantik und Sex und all das geht, aber ... Das ist alles nur Blödsinn, und es tut mir so leid.

Ich bin wirklich so dumm, und ich bin ein Arschloch.

ICH MÖCHTE, DASS DU MIR SAGST, DASS ICH EIN ARSCHLOCH BIN!

Ich zog eine Augenbraue hoch und tippte:

okay, du bist ein arschloch

Rooney grinste.

R – Dankeschön

G – kein problem

Ich hatte nicht erwartet, dass sie sich entschuldigen würde, geschweige denn, dass sie verstehen würde, warum das, was sie gemacht hatte, falsch gewesen war.

Aber sie hatte beides getan.

Ich beschloss, mutig zu sein, und tippte weiter:

wie es aussieht, bin ich aromantisch asexuell

Rooney warf mir einen Blick zu.

Es war nicht der »Was zum Teufel ist das?«-Blick, den ich erwartet hatte.

Es war ein interessierter Blick. Neugierig. Ein bisschen besorgt vielleicht, aber nicht auf eine schlechte Art. Als wollte sie bloß ehrlich wissen, was mit mir los war.

ja, ich war auch erstmal verwirrt deshalb, haha
es bedeutet, dass ich mich weder romantisch noch sexuell zu jemandem hingezogen fühle
unabhängig vom geschlecht
das war es, was ich in letzter zeit herausgefunden habe

Rooney sah mir beim Tippen zu. Dann nahm sie sich einen Moment Zeit zum Nachdenken, bevor sie antwortete.

R – Wow ... Ich wusste gar nicht, dass es so etwas gibt!!! Ich habe immer angenommen, es ist so ... du magst Jungs oder Mädchen oder eine Art Kombination

G – haha, ja ich auch
deshalb die ganze verwirrung

R – Es hört sich an, als wäre es wirklich schwierig, so was über sich herauszufinden ... Ich bin stolz auf dich!!!!!!

Es war alles andere als die perfekte Reaktion auf ein Coming-out. Aber es war so unverkennbar Rooney, dass es mir ein Lächeln ins Gesicht zauberte.

R – Fühlst du dich gut dabei?

G – Um ehrlich zu sein, nicht wirklich.
aber
ich denke, das werde ich
mit der Zeit?
es ist so ... das zu erkennen und zu akzeptieren, dass das ist, wer ich bin, das waren die ersten paar Schritte, und die hab ich jetzt getan, nehm ich mal an?

Bevor sie eine Antwort zurücktippte, legte Rooney einfach ihren Kopf auf meine Schulter und ließ ihn dort für ein paar Sekunden liegen, anstelle einer richtigen Umarmung, was mitten in der Vorlesung etwas schwierig gewesen wäre.

R – Ich schätze, ich kann das nicht wirklich nachvollziehen, aber ich bin für dich da. Zum Beispiel, wenn du dich mal darüber aus-kotzen oder einfach nur reden willst!

G – Wirklich?

R – Georgia. Wir sind Freunde.

G – Oh

R – Ich meine, wir haben uns GEKÜSST. Irgendwie. Platonisch rumgemacht.

G – Das ist mir klar

R – Das tut mir leid. Nochmal. War es wirklich furchtbar für dich????

G – ich muss sagen, es fühlte sich ein bisschen eklig an, ja

R – Oh!!

G – nichts für ungut

R – Nein, ich mag das. Du bist definitiv mein Anti-ich

G – wir sind sehr gegensätzliche Menschen, ja

R – Wie erfrischend

G – ich liebe das an uns

R – Lecker

G – leckerer Inhalt

R – 10/10

Wir fingen beide an zu kichern, und dann konnten wir nicht mehr aufhören, bis die Professorin uns zum Schweigen brachte und wir uns nur noch grinsend ansahen. Gut, vielleicht war immer noch alles scheiße, und ich hatte meine beiden besten Freunde verletzt. Außerdem war mir klar, dass ich noch einen weiten Weg vor mir hatte, bevor ich anfangen konnte, mich so zu mögen, wie ich war, aber wenigstens hatte ich Rooney neben mir, die lachte, anstatt zu weinen.

AROMANTISCH ASEXUELL

Das Internet ist ein Segen und ein Fluch. Als ich »aromantisch asexuell« googelte, wurde ich von einer riesigen Menge an Informationen, auf die ich weder geistig noch emotional vorbereitet war, überflutet. Als ich das erste Mal danach suchte, musste ich bald alle Fenster schließen und konnte einen ganzen Tag lang nicht mehr an den Laptop gehen.

Mein animalischer Instinkt sagte mir: *Das ist dumm.*

Das ist fake.

Das ist eine erfundene Internet-Geschichte, die dumm und fake ist und absolut nichts mit mir zu tun hat.

Und doch war ich es. Sunil und Jess waren nicht die Einzigen. Es gab Tausende von Menschen im Internet, die sich auf diese Weise identifizierten und das gerne waren. Tatsächlich benutzten Menschen das Wort »asexuell« als sexuelle Identität schon seit 1907. Es war also nicht einmal eine »Internet-Geschichte«.

Sunil hatte es ziemlich umfassend erklärt, um ehrlich zu sein. Das Internet informierte mich darüber, dass asexuell einfach *wenig bis gar keine sexuelle Anziehung* bedeutete, und aromantisch *wenig bis gar keine romantische Anziehung*. Bei einem intensiveren Internet-Tauchgang entdeckte ich, dass es jede Menge Diskussionen über diese Definitionen gab, weil die Erfahrungen und Gefühle der Menschen sehr unterschiedlich sein konnten. An diesem Punkt beschloss ich, mich wieder auszuklinken.

Es war zu viel. Zu verwirrend. Zu neu.

Ich fragte mich, ob Sunil jemals so über seine eigene Asexualität empfunden hatte, und nachdem ich eine Weile auf seinem Instagram-Kanal gescrollt hatte, fand ich heraus, dass er einen Blog hatte. Er hieß »Diary of a Cellist at Durham« und enthielt Beiträge über alle möglichen Dinge – das Musikstudium, Durham-Aktivitäten, seinen Tagesablauf, seine Rolle bei der Pride Society und im Studi-Orchester. Er hatte auch ein paar Mal über Asexualität gepostet. Besonders ins Auge stieß mir dabei ein Beitrag, in dem er darüber schrieb, wie schwer es ihm anfangs gefallen war, seine Asexualität zu akzeptieren. Sexualität im Allgemeinen sei in der indischen Kultur ein großes Tabu, erklärte er weiter, und als er nach Unterstützung suchte, stellte er fest, dass die asexuelle Gemeinschaft – selbst online – unglaublich weiß war. Aber nachdem er eine Gruppe von indischen Asexuellen im Internet gefunden hatte, begann er, stolz auf seine Identität zu sein.

Sunil hatte zweifelsohne eine ganz andere Reise hinter sich als ich. Viele Dinge, mit denen er sich auseinandersetzen musste, würden mir erspart bleiben, weil ich weiß und cis war. Aber es war beruhigend zu wissen, dass auch er eine gewisse Angst davor gehabt hatte, asexuell zu sein. Menschen mögen sich nicht immer sofort so, wie sie sind.

Bald fand ich den Mut, weiterzugoogeln.

Es stellte sich heraus, dass viele asexuelle Menschen aus allen möglichen Gründen immer noch Sex haben wollten, aber einige fühlten sich dabei völlig neutral und andere, so wie ich es ursprünglich erwartet hatte, verachteten Sex regelrecht. Einige asexuelle Menschen masturbierten; andere hatten überhaupt keine Libido.

Ich fand auch heraus, dass viele aromantische Menschen immer noch in romantischen Beziehungen sein wollten, obwohl sie diese Gefühle nicht empfanden. Andere wollten nie einen romantischen Partner haben.

Und die Leute identifizierten sich als alle möglichen Kombinationen von romantisch und sexuell. Es gab schwule Asexuelle, wie Sunil, oder bisexuelle Aromantiker, wie Jess, oder heterosexuelle Asexuelle, pansexuelle Aromantiker und viele mehr. Einige asexuelle und aromantische Menschen mochten es nicht einmal, ihre Anziehung in zwei Etiketten aufzuteilen, und einige benutzten einfach das Wort queer, um alles zusammenzufassen. Es gab Wörter, die ich googeln musste, wie demisexual und greyromantic, aber selbst nachdem ich die Begriffe gegoogelt hatte, war ich mir nicht wirklich sicher, was sie genau bedeuteten.

Die aromantischen und asexuellen Spektren waren keine geraden Linien, die in eine Richung verliefen. Sie waren Radar-Charts mit mindestens einem Dutzend verschiedener Achsen.

Es war eine Menge Information.

Wirklich *viel*.

Die Krux an der Sache war, dass ich für niemanden sexuelle oder romantische Gefühle empfand. Für keine einzige gottverdammte Person, die ich jemals getroffen hatte oder jemals treffen würde.

Das war also wirklich ich.

Aromantisch.

Asexuell.

Ich kehrte zu den Wörtern zurück, bis sie sich echt anfühlten, zumindest in meinem Kopf. Vielleicht würden sie in den Köpfen der meisten Leute nie echt sein. Aber ich konnte sie in meinem Kopf echt machen. Ich konnte tun, was immer ich wollte, verdammt.

Ich flüsterte die Wörter manchmal vor mich hin, bis sie sich wie ein Zauberspruch anfühlten. Ich stellte sie mir vor, ehe ich einschlief.

Ich bin mir nicht sicher, wann genau ich merkte, dass ich keine melancholische Verzweiflung mehr in Bezug auf meine Sexualität empfand. Die »*Weh mir, ich bin lieblos*«-Stimmung war einfach weg.

Jetzt war es Wut.

Ich war so wütend.

Auf *alles*.

Ich war wütend auf das Schicksal, das mir diese Karten gegeben hatte. Obwohl ich wusste, dass mit mir alles in Ordnung war – viele Menschen waren so, ich war nicht allein, liebe dich selbst, was auch immer –, wusste ich nicht, wie ich an den Punkt kommen sollte, an dem es sich nicht mehr wie eine Last anfühlen würde, sondern wie etwas *Gutes*, etwas, das ich *feiern* konnte, etwas, das ich *mit der Welt teilen konnte*.

Ich war wütend auf jedes einzelne Paar, an dem ich auf der Straße vorbeiging. Jedes Paar, das ich Händchen halten sah. Jedes Mal, wenn ich ein Paar am Ende des Flurs in der Küche flirten sah. Jedes Mal, wenn ich zwei Menschen sah, die in der Bibliothek oder in der Cafeteria kuschelten. Jedes Mal, wenn einer der Autoren, die ich mochte, eine neue Fanfiction veröffentlichte.

Ich war wütend auf die Welt, weil sie mich dazu brachte zu hassen, wer ich war. Ich war wütend auf mich selbst, weil ich zuließ, dass diese Gefühle meine Freundschaften mit den besten Menschen der Welt ruinierten. Ich war wütend auf jeden Liebesfilm, jede Fanfic-Story, jedes einzelne dumme OTP*, das mich dazu gebracht hatte, mich danach zu sehnen, die perfekte romantische Beziehung zu finden. Es war zweifellos genau wegen dieser Vorgeschichte, dass sich meine Identität wie ein Verlust anfühlte, obwohl es in Wirklichkeit eine wunderschöne Entdeckung hätte sein sollen.

Letztendlich machte mich die Tatsache, dass ich über all das wütend war, nur noch wütender, weil ich wusste, dass ich *nicht* wütend sein *sollte*. Aber ich war es, und ich versuche, ehrlich zu sein, okay? Okay.

WAHRE LIEBE

Die ganze Realität meiner Situation mit Pip und Jason wurde mir erst deutlich, als sie beide am selben Tag aus der Shakespeare Society austraten. Es war der letzte Tag des Semesters.

Sie machten es noch nicht einmal persönlich.

Ich hatte mir ohnehin keine großen Hoffnungen gemacht, dass sie an dem Freitag vor Weihnachten zu unserer Probe kommen würden. Aber Rooney und ich gingen trotzdem hin, sperrten den Raum auf, schalteten die elektrische Heizung ein und schoben die Tische zur Seite. Sunil tauchte nichtsahnend auf, trug einen Mantel, der im Grunde eine Decke war, und ein Lächeln im Gesicht. Wir wussten nicht, was wir ihm sagen sollten.

Zehn Minuten, nachdem die beiden hätten kommen sollen, schickte Pip eine Nachricht in unseren Gruppenchat.

Felipa Quintana
Hey, also Jason und ich haben beschlossen, dass wir nicht mehr mitspielen werden, zu viel andere Sachen zu tun und so. Sucht Ersatz für uns.
Sorry

Ich war die Erste, die die Nachricht las und reichte dann mein Handy an Rooney weiter.

Sie las die Nachricht. Ich beobachtete, wie sie sich auf die Innenseiten ihrer Wangen biss. Einen Moment lang sah sie wütend aus. Dann reichte sie mir das Telefon zurück und drehte sich um, damit weder ich noch Sunil sehen konnten, wie wütend sie war.

Sunil sah die Nachricht als Letzter. Er schaute mit einem verwirrten Gesichtsausdruck zu uns auf und fragte: »Was – was ist passiert?«

»Wir … hatten Streit«, sagte ich, weil ich nicht wusste, wie ich erklären sollte, was für ein riesiger Haufen Mist diese kleine Gruppe von Leuten geworden war, während Sunil ein unschuldiger Zuschauer war, der bloß bei einer lustigen Theater-Society mitmachen wollte.

Und das alles nur wegen mir.

Ich habe mich immer einsam gefühlt, glaube ich.

Ich denke, viele Menschen fühlen sich einsam. Rooney. Pip. Vielleicht sogar Jason, obwohl er es nie gesagt hat.

Mein ganzes Teenagerleben lang fühlte ich mich jedes Mal einsam, wenn ich ein Paar auf einer Party sah oder zwei Menschen, die sich vor dem Schultor küssten. Ich hatte mich jedes Mal einsam gefühlt, wenn ich eine süße Geschichte über einen Heiratsantrag auf Twitter las oder den Facebook-Post zum fünfjährigen Jubiläum von jemandem sah oder auch nur ein Foto von irgendwem mit seinem Partner in einer Instagram-Story, der mit ihm auf dem Sofa saß und gemeinsam mit dem Hund Fernsehen guckte. Zum einen fühlte ich mich einsam, weil ich das noch nie erlebt hatte. Und ich fühlte mich noch einsamer, als ich anfing zu verstehen, dass ich das nie erleben würde.

Aber diese Einsamkeit jetzt – ein Leben ohne Jason und Pip – war schlimmer.

Freunde werden automatisch als »weniger wichtig« als romantische Partner eingestuft. Ich hatte das nie infrage gestellt. Es war einfach so, die Welt war so. Ich schätze, ich hatte immer das Gefühl, dass eine Freundschaft nicht mit dem konkurrieren kann, was ein Partner bietet, und dass ich niemals wirkliche *Liebe* erfahren würde, bis ich eine romantische Beziehung gefunden hatte.

Aber wenn das wahr gewesen wäre, hätte ich mich jetzt wahrscheinlich nicht so gefühlt.

Ich liebte Jason und Pip. Ich liebte sie, weil ich bei ihnen nie groß überlegen musste. Ich liebte es, dass wir schweigend zusammen sein konnten. Ich liebte es, dass sie alle meine Lieblingsspeisen kannten und sofort merkten, wenn ich schlechte Laune hatte. Ich liebte Pips Sinn für albernen Humor und wie sie jeden Raum, den sie betrat, sofort zu einem fröhlicheren Ort machte. Ich liebte es, wie Jason genau wusste, was er sagen musste, wenn ich aufgewühlt war, und wie er mich immer beruhigen konnte.

Ich liebte Jason und Pip. Und jetzt waren sie weg.

Ich hatte so verzweifelt nach meiner Vorstellung von wahrer Liebe gesucht, dass ich sie nicht einmal gesehen hatte, als sie direkt vor meiner Nase war.

ZUHAUSE

Ich legte eine kalte Hand auf mein Auto, das so weit oben in der Einfahrt unseres Hauses stand, wie es nur ging. Ich hatte mein Auto vermisst.

In unserer Einfahrt standen drei weitere Autos, und draußen auf dem Bürgersteig parkten noch mal vier, was mir eines sagte: Die gesamte Familie hatte sich bei uns versammelt. Das war um Weihnachten herum bei den Warrs nicht ungewöhnlich. Aber eine Familienfeier am einundzwanzigsten Dezember war ein wenig verfrüht, und es war nicht gerade die Umgebung, in die ich nach einem höllischen Semester an der Uni zurückkehren wollte.

»Georgia? Was machst du denn da?«

Dad hielt mir die Haustür auf. Er hatte mich vom Bahnhof abgeholt.

»Nichts«, sagte ich und ließ die Hand von meinem Auto gleiten.

Die etwa zwanzig Mitglieder meiner Familie, die sich im Wohnzimmer versammelt hatten, jubelten mir zu, als ich eintrat. Ich schätze, das war schon nett. Ich hatte vergessen, wie es ist, unter so vielen Menschen zu sein, die wissen, wer ich bin.

Mum umarmte mich ganz fest. Mein älterer Bruder Jonathan und seine Frau Rachel kamen ebenfalls zu mir und holten sich je eine Umarmung ab. Meine Mum schickte mich umgehend los, um von allen Tee- und Kaffeebestellungen aufzunehmen. Dabei informierte sie mich über den Zeitplan für die nächste Woche, der stundenweise getaktet war. Außerdem teilte sie mir mit, dass meine Tante, mein Onkel und meine Cousine Ellis bis zum zweiten Weihnachtsfeiertag bei uns wohnen würden. Wie in einer echten Großfamilie.

»Du hast doch nichts dagegen, mit Ellis dein Zimmer zu teilen, oder?«, fragte Mum.

Ich war nicht begeistert von dieser Wendung der Ereignisse, aber ich mochte Ellis, also war es nicht allzu schlimm.

Mein Schlafzimmer war genauso, wie ich es verlassen hatte: Bücher, Fernseher, gestreifte Bettwäsche. Und zusätzlich eine Aufblasmatratze für Ellis. Ich ließ mich direkt auf mein Bett fallen. Es duftete genau richtig.

Sogar am Ende des Semesters hatte sich die Universität noch nicht wie ein Zuhause angefühlt.

»Na, dann mal los!«, krächzte meine Oma, als ich mich neben sie aufs Sofa quetschte. »Erzähl uns alles!«

Mit »alles« meinte sie definitiv nicht, wie ich die wenigen Freundschaften, die ich hatte, völlig zerstört und widerwillig eingesehen hatte, dass ich nicht heterosexuell war, sondern in Wirklichkeit eine Sexualität besaß, von der nur sehr wenige Menschen im echten Leben je gehört hatten. Oder dass ich erkannt hatte, dass die Welt so besessen von romantischer Liebe ist, dass ich keine Stunde durchhalten konnte, ohne in Selbsthass zu verfallen, weil ich die romantische Liebe nicht empfinden konnte.

Also erzählte ich ihr und den anderen zwölf Familienmitgliedern, die zuhörten, stattdessen von meinen Vorlesungen (»interessant«), meinem Zimmer an der Uni (»geräumig«) und meiner Mitbewohnerin (»sehr nett«).

Leider war Oma extrem neugierig. »Und was ist mit Freunden? Hast du irgendwelche netten Freunde gefunden?« Sie beugte sich zu mir und klopfte mir verschmitzt aufs Bein. »Oder nette junge *Männer* kennengelernt? Ich wette, es gibt eine Menge netter Jungs in Durham.«

Ich hasste meine Oma nicht dafür, dass sie so war, wie sie war. Es war ja nicht ihre Schuld. Sie war in dem Glauben erzogen worden, dass es das wichtigste Lebensziel eines Mädchens sei, zu heiraten und eine Familie zu gründen. Sie hatte genau das getan, als sie in meinem Alter war, und ich denke, sie fühlte sich dadurch sehr erfüllt. Das war schon in Ordnung. Sei du du.

Aber das änderte nichts daran, dass ich zutiefst wütend wurde.

»Eigentlich«, antwortete ich ihr und versuchte, so gut es ging, die Genervtheit aus meiner Stimme herauszuhalten, »bin ich nicht wirklich daran interessiert, einen Freund zu finden.«

»Ach, na ja«, sagte sie und tätschelte wieder mein Bein. »Du hast so viel Zeit, meine Liebe. So viel Zeit.«

Aber meine Zeit ist jetzt, wollte ich schreien. Mein Leben findet jetzt statt.

Meine Familie fing dann an, sich darüber zu unterhalten, wie einfach es war, an der Uni eine Beziehung zu finden. In der Ecke entdeckte ich meine Cousine Ellis, die ruhig mit einem Glas Wein dasaß und ein Bein über das andere geschlagen hatte. Sie fing meinen Blick auf, lächelte ein kleines Lächeln und rollte mit den Augen über die Gruppe um uns herum. Ich lächelte zurück. Vielleicht hatte ich wenigstens eine Verbündete.

Ellis war vierunddreißig und früher Model gewesen. Ein echtes Laufstegmodel, das bei Fashionshows gelaufen und in Zeitschriften und Werbekampagnen zu sehen gewesen war. Das Modeln hatte sie mit Mitte zwanzig aufgegeben und das gesparte Geld benutzt, um sich ein paar Jahre über Wasser zu halten und zu malen, was sie, wie sich herausstellte, sehr gut konnte. Seitdem ist sie eine professionelle Künstlerin.

Ich sah sie nur ein paar Mal im Jahr, aber wenn wir uns sahen, fragte sie mich immer, wie es in der Schule lief, wie es meinen Freunden ging, ob es irgendwelche neuen Entwicklungen in meinem Leben gab. Ich hatte sie immer gemocht.

Ich weiß nicht, wann ich anfing zu bemerken, dass Ellis in unserer Familie so etwas wie die Zielscheibe des Spotts war. Jedes Mal, wenn sie und Oma im selben Raum waren, schaffte es Oma, das Gespräch wieder auf die Tatsache zu lenken, dass Ellis noch nicht verheiratet war und der Familie keine süßen Babys geschenkt hatte, die sie anschmachten konnten. Mum sprach immer über sie, als hätte sie eine Art tragisches Leben, nur weil sie allein lebte und nie eine langfristige Beziehung gehabt hatte.

Ich war immer der Ansicht, sie hätte ein supercooles Leben. Aber ich glaube, ich hatte mich schon auch gefragt, ob sie glücklich war. Oder ob sie traurig und allein war und sich verzweifelt nach romantischer Liebe sehnte, so wie ich es getan hatte.

»Also kein Freund?«, fragte mich Ellis, als ich mich an diesem Abend neben ihr im Wintergarten auf einen Sessel sacken ließ.

»Tragischerweise, nein«, sagte ich.

»Das klingt fast ein wenig sarkastisch.«

»Kann schon sein.«

Ellis lächelte und schüttelte den Kopf. »Mach dir keine Gedanken wegen Oma. Sie hat in den letzten fünfzehn Jahren immer dasselbe zu mir gesagt. Sie hat nur Angst, dass sie sterben muss, ohne ein Urenkelkind zu haben.«

Ich kicherte, aber dann dachte ich darüber nach und fühlte mich ein bisschen schlecht. Ich wollte nicht, dass Oma unglücklich stirbt.

»Also ...«, fuhr Ellis fort. »Es gibt auch keine ... Freundinnen? Stattdessen?«

Es dauerte einen Moment, bis ich begriff, dass sie »Freundin« nicht im platonischen Sinne des Wortes meinte. Sie fragte mich, ob ich lesbisch war.

Also – Hut ab vor Ellis. Wenn ich lesbisch gewesen wäre, wäre das ein verdammt toller Moment für mich gewesen.

»Ähm, nein«, sagte ich. »Ich bin auch nicht wirklich an festen Freundinnen interessiert.«

Ellis nickte. Einen Moment lang sah es so aus, als wollte sie etwas anderes fragen, aber dann sagte sie nur: »Lust auf ein bisschen *Cuphead*?«

Also schalteten wir die Xbox ein und spielten *Cuphead*, bis alle anderen Verwandten nach Hause oder ins Bett gegangen waren.

ELLIS

Die Warrs sind eine dieser furchtbaren Familien, bei denen es streng verboten ist, dass die Bescherung am Weihnachtstag vor dem späten Nachmittag stattfindet. Aber in diesem Jahr machte mir das nicht allzu viel aus, denn ich hatte andere Dinge im Kopf. Ich hatte mir nichts Bestimmtes gewünscht und bekam einen großen Stapel Bücher, eine Auswahl an Badeprodukten, die ich wahrscheinlich nie benutzen würde, und ein Sweatshirt von meiner Mutter mit dem Spruch »Fries before guys«. Darüber musste die ganze Familie herzlich lachen.

Nach der Bescherung schliefen sämtliche Großeltern im Wintergarten ein, Mum lieferte sich eine intensive Schachpartie mit Jonathan, während Dad und Rachel Tee zubereiteten. Ellis und ich spielten ein bisschen *Mario Kart*, bevor ich mich in mein Zimmer zurückzog, um allein zu sein und mein Handy zu checken. Ich öffnete meinen Facebook-Nachrichten-Chat mit Pip.

Georgia Warr
Frohe weihnachten!! ich liebe dich und hoffe, du hattest gestern einen schönen tag xxxxx

Die Nachricht war noch ungelesen. Ich war betrunken gewesen, als ich sie mitten beim Weihnachtsessen abschickte. Vielleicht hatte Pip einfach noch nicht nachgesehen.

Ich checkte ihren Instagram-Kanal. Pips Familie feierte Weihnachten vor allem an Heiligabend, und sie hatte eine Menge Instagram-Stories gepostet. In den frühen Morgenstunden hatte sie ein Foto gepostet – ihre Familie, die auf dem Rückweg von der Mitternachtsmesse die Straße entlanggeht.

Bin in der Kirche eingeschlafen lol

Und sie hatte vor einer halben Stunde ein weiteres Foto gepostet, das sie in der Küche ihrer Familie zeigte, wie sie sich eine Teigkugel in den Mund steckte.

Übrig gebliebene Buñuelos – kommt VERDAMMT noch mal in meinen Bauch!

Ich dachte darüber nach, ob ich darauf antworten sollte, aber mir fiel nichts Lustiges ein.

Da sie das vor einer halben Stunde gepostet hatte, hatte sie wahrscheinlich auch meine Nachricht auf ihrem Handy gesehen. Sie ignorierte mich einfach.

Sie hasste mich also immer noch.

Um 22 Uhr lag ich im Bett. Alles in allem war es kein schlechter Weihnachtstag, obwohl ich meine besten Freunde verloren hatte und mein Singledasein zum andauernden Familienwitz wurde.

Eines Tages würde ich es ihnen wohl ganz einfach sagen müssen.

Ich mag keine Jungs. Oh, also magst du Mädchen? *Nein, ich mag auch keine Mädchen.* Was? Das ergibt doch keinen Sinn. *Doch, tut es. Das ist sehr real.* Du hast nur noch nicht die richtige Person getroffen. Mit der Zeit wird es passieren. *Nein, wird es nicht. Ich bin so, wie ich bin.* Bist du denn gesund? Vielleicht sollten wir dir einen Termin beim Hausarzt machen. *Es nennt sich*

»aromantisch asexuell«. Nun, das klingt aber nicht wirklich echt, oder? Hast du das im Internet aufgeschnappt?

Bääh. Okay. Ich wollte mich nicht so schnell auf dieses Gespräch einlassen.

Ich war auf dem Weg nach unten, um Wasser zu holen, als ich die erhobenen Stimmen hörte. Zuerst dachte ich, es wären nur Mum und Dad, die sich stritten, aber dann merkte ich, dass die Stimmen in Wirklichkeit Tante Sal und Onkel Gavin waren. Ellis Eltern. Ich blieb auf der Treppe stehen, weil ich nicht stören wollte.

»Sieh dir Jonathan an«, sagte Tante Sal. »Er hat's *kapiert*. Verheiratet, sein eigenes Haus, sein eigenes Geschäft. Er ist bereit fürs Leben.«

»Und er ist ein Jahrzehnt jünger als du!«, fügte Onkel Gavin hinzu.

Oh. Ellis war auch da.

Ich stand Tante Sal und Onkel Gavin nicht besonders nahe. Aber das war bei Ellis eigentlich nicht anders – sie wohnten nicht in der Nähe, also sahen wir sie nur ein paar Mal im Jahr bei Familientreffen.

Die beiden schienen immer ein wenig verklemmter als meine Eltern zu sein. Ein bisschen traditioneller.

»Ich bin mir dessen bewusst«, sagte Ellis. Ihre Stimme überraschte mich. Sie klang so müde.

»Stört dich das denn *gar nicht*?«, fragte Tante Sal.

»Was sollte mich denn daran stören?«

»Dass Jonathan erwachsen wird, eine Familie gründet, Pläne macht, während du immer noch …«

»Immer noch was?«, keifte Ellis. »Was mache ich, was so schlimm ist?«

»Es gibt keinen Grund zu schreien«, sagte Onkel Gavin.

»Ich schreie nicht.«

»Du wirst *älter*«, fuhr Tante Sal fort. »Du bist Mitte dreißig.

Du überschreitest die Blütezeit deines Lebens. Bald wird es für dich immer schwieriger werden, Kinder zu bekommen.«

»Ich will niemanden kennenlernen, und ich will keine Kinder«, sagte Ellis.

»Ach, jetzt hör aber auf. Nicht das schon wieder.«

»Du bist unser *einziges* Kind«, sagte Onkel Gavin. »Weißt du, wie das für uns ist? Du bist die *Einzige*, die meinen Nachnamen trägt.«

»Es ist nicht meine Schuld, dass du keine weiteren Kinder bekommen hast«, sagte Ellis.

»Und was, das war's für uns? Keine Kinder mehr in der Familie? Wir werden niemals Großeltern? Das ist der Dank dafür, dass wir dich großgezogen haben?«

Ellis seufzte laut.

»Wir wollen nicht deine ... Lebensentscheidungen *kritisieren*«, sagte Tante Sal. »Wir wissen, dass es nicht um uns geht, aber ... wir wollen, dass du *glücklich* bist. Ich weiß, du denkst, du bist jetzt glücklich, aber was ist in zehn Jahren? In zwanzig? Vierzig? Wie wird dein Leben aussehen, wenn du so alt bist wie Oma, ohne Partner, ohne Kinder? Wer wird dann da sein, um dich zu unterstützen? Du wirst *niemanden* haben.«

»Vielleicht wäre ich glücklich«, schoss Ellis zurück, »wenn ihr nicht mein ganzes Leben damit verbracht hättet, mir eine Gehirnwäsche zu verpassen, damit ich denke, dass es die einzige mögliche Lebensentscheidung ist, einen Ehemann zu finden und Babys zu bekommen, um das Gefühl zu haben, dass mein Leben etwas wert ist. Vielleicht wäre ich dann glücklich.«

Tante Sal wollte sie unterbrechen, aber Ellis schnitt ihr das Wort ab.

»Es ist ja nicht so, dass ich aktiv Menschen zurückweise, okay?« Ellis klang jetzt den Tränen nahe. »Ich mag niemanden auf diese Weise. Das tue ich nie. So bin ich einfach, und auf die eine oder andere Weise müssen wir uns alle damit abfinden. Ich kann immer noch erstaunliche Dinge mit meinem Leben anfangen. Ich habe Freunde. Und ich werde neue Freunde finden. Ich war ein erfolgreiches Model. Jetzt bin ich Künstlerin, und meine Bilder verkaufen sich sehr gut. Ich denke darüber nach, an die Uni zu gehen, um Kunst zu studieren, da ich beim ersten Mal nicht dazu gekommen bin. Ich habe ein wirklich schönes Haus, falls du dich jemals dazu aufraffen könntest, mich zu besuchen. Wenn du dich bemühen würdest, und ich meine wirklich *bemühen*, könntest du tatsächlich stolz auf all die Dinge sein, die ich in meinem Leben getan habe und auf all die Dinge, die ich noch tun werde.«

Es herrschte eine lange, grausame Stille.

»Was würdest du dazu sagen«, sagte Tante Sal und sprach dabei langsam, als ob sie ihre Worte mit großer Sorgfalt wählen würde, »darüber nachzudenken, es noch einmal mit einer Therapie zu versuchen? Ich bin mir immer noch nicht sicher, ob wir beim letzten Mal den richtigen Therapeuten gefunden haben. Wenn wir weiter suchen würden, könnten wir jemanden finden, der wirklich helfen kann.«

Stille.

Und dann sagte Ellis: »Ich muss nicht repariert werden. Das machst du nicht noch einmal mit mir.«

Es gab das Geräusch von Stühlen, die über den Boden schabten, als jemand aufstand.

»Ell, tu das nicht«, sagte Onkel Gavin. »Mach nicht wieder so einen Aufstand wie letztes Mal.«

»Ich bin erwachsen«, sagte Ellis. Es lag eine verhaltene Wut in ihrer Stimme, die die Aussage verstärkte. »Und wenn ihr mich nicht respektiert, dann werde ich mich nicht länger in eurer Nähe aufhalten.«

Ich beobachtete, versteckt in der Dunkelheit am oberen Ende der Treppe, wie Ellis sich auf die unterste Stufe setzte, um ihre Schuhe anzuziehen. Dann zog sie ihren Mantel an, öffnete in aller Ruhe unsere Haustür und ging hinaus.

Bevor ich zweimal überlegen konnte, lief ich in mein Zimmer, schnappte mir meinen Morgenmantel und meine Hausschuhe und rannte ihr hinterher.

Ich fand meine Cousine in ihrem Auto, mit einem Vape Pen im Mund, aber offensichtlich ohne die Absicht, tatsächlich zu rauchen.

Ich klopfte an das Fenster, woraufhin sie so heftig zusammenzuckte, dass ihr der Vape Pen aus dem Mund fiel.

»Verdammte *Scheiße*«, sagte sie, nachdem sie die Zündung eingeschaltet und das Fenster heruntergekurbelt hatte. »Du hast mich zu Tode erschreckt.«

»Entschuldigung.«

»Was machst du hier draußen?«

»Ich …« Das war ein bisschen unangenehm. »Ich hab gehört, wie deine Eltern sich dir gegenüber beschissen verhalten haben.«

Ellis sah mich nur an.

»Ich dachte, du könntest Gesellschaft gebrauchen«, sagte ich. »Ich weiß nicht. Ich kann auch wieder reingehen, wenn du willst.«

Ellis schüttelte den Kopf. »Nein. Komm, steig ein.«

Ich öffnete die Tür und hüpfte hinein. Sie hatte tatsächlich ein sehr schönes Auto. Modern. Viel teurer als mein älterer Fiat Punto.

Es herrschte Schweigen, während ich darauf wartete, dass sie etwas sagte. Sie fand ihren Vape Pen, steckte ihn ordentlich in das Fach vor dem Schalthebel und sagte dann: »Ich hab Lust auf McDonald's.«

»Am ersten Weihnachtstag?«

»Ja. Ich will jetzt wirklich einen McFlurry.«

Wenn ich so drüber nachdachte, hatte ich eigentlich richtig Lust auf Pommes. Ich schätze, es *war* ein »Fries before guys«-Tag.

Außerdem wollte ich mit Ellis über all das reden, was ich gerade gehört hatte. Vor allem darüber, dass sie niemanden mochte.

»Wir könnten zu McDonald's gehen«, sagte ich.

»Ja?«

»Ja.«

Also startete Ellis das Auto, und wir fuhren los.

PLATONISCHE MAGIE

»Oh mein Gott, *ja*«, sagte Ellis und tauchte den Plastiklöffel in ihren McFlurry-Eisbecher. »Das ist es, was dem ersten Weihnachtsfeiertag immer gefehlt hat.«

»Ganz deiner Meinung«, sagte ich, als ich mich schon halb durch meine Pommes gefuttert hatte.

»McDonald's. Lässt mich nie im Stich.«

»Ich bin mir nicht sicher, ob das der offizielle Slogan ist.«

»Das sollte er aber sein.«

Wir parkten auf dem Parkplatz des Restaurants, der bis auf uns fast völlig leer war. Ich hatte Mum und Dad eine Nachricht geschickt, wo ich war, und Dad schickte ein Daumen-nach-oben-Emoji zurück, also war es ihnen wahrscheinlich egal. In meinem Pyjama und Bademantel im Auto zu sitzen, fühlte sich allerdings ein bisschen merkwürdig an.

Ellis hatte mit mir die ganze Fahrt lang über die unwichtigsten Themen geplaudert. Es war nur eine fünfzehnminütige Fahrt, aber während dieser ganzen fünfzehn Minuten hatte ich nicht viel mehr als ein »Ja« oder ein zustimmendes »Mhm« herausgebracht. Ich war nicht in der Lage gewesen, das zu fragen, was ich wirklich fragen wollte.

Bist du wie ich? Sind wir gleich?

»Also«, raffte ich mich schließlich auf, während sie sich gerade einen Löffel Eis in den Mund schob, »deine Eltern«.

Sie machte ein grunzendes Geräusch. »Oh, ja. Himmel, tut mir leid, dass du das *alles* hören musstest. Es ist sehr peinlich, dass sie mich immer noch behandeln, als wäre ich fünfzehn. Nichts gegen alle Fünfzehnjährigen da draußen. Auch Fünfzehnjährige haben es nicht verdient, dass man so mit ihnen spricht.«

»Sie klangen …«, ich suchte nach dem Wort, »… unvernünftig.«

Ellis lachte. »Ja. Allerdings.«

»Machen sie dich oft deshalb an?«

»Immer wenn ich sie sehe, ja«, sagte Ellis. »Was heutzutage immer seltener der Fall ist, um ehrlich zu sein.«

Ich konnte mir nicht vorstellen, meine Mum und meinen Dad immer weniger zu sehen. Aber vielleicht würde genau das mit mir passieren, wenn ich nie heiraten oder Kinder bekommen würde. Ich würde einfach aus meiner Familie verschwinden. Ein Geist werden. Ich würde nur noch bei gelegentlichen Familientreffen auftauchen.

Wenn ich mich ihnen gegenüber outen würde, würden sie mich zu einer Therapie zwingen, so wie Ellis' Eltern?

»Glaubst du ihnen manchmal?«, fragte ich.

Mit dieser Frage hatte Ellis eindeutig nicht gerechnet. Sie atmete tief ein und starrte auf ihr Eis.

»Du meinst, ob ich jemals das Gefühl habe, dass mein Leben wertlos ist, weil ich nie einen Partner oder Kinder haben werde?«, fragte sie.

Es klang schlimmer, wenn sie es so ausdrückte. Aber ich wollte es wissen.

Ich musste wissen, ob ich mich mit diesem Teil von mir immer unwohl fühlen würde.

»Ja«, sagte ich.

»Nun, erstens kann ich Kinder haben, wann immer ich will. Schließlich gibt es Adoption.«

»Aber was ist mit einem Partner?«

Sie hielt inne.

Und dann sagte sie: »Ja, gelegentlich fühle ich mich genauso.«

Oh.

Vielleicht würde ich mich also für immer so fühlen.

Vielleicht würde ich mich nie richtig wohl fühlen.

Vielleicht –

»Aber das ist nur ein Gefühl«, fuhr sie fort. »Und ich *weiß*, *dass* es nicht wahr ist.«

Ich blinzelte zu ihr hoch.

»Einen Partner zu haben, ist etwas, was manche Menschen wollen. Für andere ist das nicht so. Ich habe sehr, sehr lange gebraucht, um herauszufinden, dass es nicht das ist, was ich will. Eigentlich …« Sie zögerte. Aber nur einen Moment lang. »Ich habe lange gebraucht, um zu erkennen, dass es nicht einmal etwas ist, was ich wollen *kann*. Es ist keine Option für mich. Das ist ein Teil von mir, den ich nicht ändern kann.«

Ich hielt den Atem an.

»Wie hast du das erkannt?«, fragte ich schließlich, das Herz auf der Zunge.

Sie lachte. »Es … na ja, bist du in der Stimmung, dir die Zusammenfassung meines ganzen Lebens auf einem McDonald's Parkplatz am Weihnachtsfeiertag anzuhören?«

»… ja.«

»Ha. Okay.« Sie schob sich einen Löffel Eis in den Mund. »Also … ich war als Teenie nie verknallt. Zumindest nicht richtig. Manchmal verwechselte ich Freundschaft mit Verknalltsein. Oder ich fand einen Jungen einfach wirklich cool. Aber ich war nie richtig in jemanden verknallt. Auch nicht in Berühmtheiten oder Musiker oder so.«

Sie zog die Augenbrauen hoch und stieß einen Seufzer aus, als wäre das alles nur eine kleine Unannehmlichkeit.

»Aber die Sache war die«, sagte sie, »alle anderen, die ich

kannte, waren verknallt. Alle gingen auf Dates. Alle meine Freundinnen redeten über heiße Jungs. Sie hatten alle einen festen Freund. Unsere Familie war immer groß und voller Liebe – du weißt schon, deine Eltern und meine Eltern und unsere Großeltern und alle anderen. Also war das immer das, was ich als *Norm* angesehen hab. Das war alles, was ich kannte. In meinen Augen waren Dates und feste Beziehungen einfach … das, was Menschen eben tun. Es war menschlich. Deshalb habe ich versucht, das auch zu tun.«

Versucht.

Sie hatte es auch versucht.

»Und das ging so bis in meine späten Teenagerjahre, und dann in meinen Zwanzigern ging es so weiter. Vor allem, als ich mit dem Modeln anfing, weil da *alle was mit allen anderen hatten.* Also habe ich mich gezwungen, es auch zu tun, nur um dabei zu sein und nicht außen vor zu bleiben.« Sie blinzelte. »Aber … ich habe es gehasst. Ich habe jede verdammte Sekunde davon gehasst.«

Es gab eine Pause. Ich wusste nicht, was ich sagen sollte.

»Ich weiß nicht, wann ich angefangen habe zu kapieren, dass ich es hasste. Lange Zeit bin ich nur deshalb auf Dates gegangen und hab Sex gehabt, weil es das *war, was andere Leute machten.* Und ich *wollte* mich so wie diese Leute fühlen. Ich wollte den Spaß, die Aufregung und Schönheit von Romantik und Sex. Aber da war immer dieses unterschwellige Gefühl von *Falschheit.* Fast schon *Abscheu.* Es fühlte sich einfach falsch an, auf einer ganz grundlegenden Ebene.«

Ich empfand eine Welle der Erleichterung, dass ich mich nie dazu gezwungen hatte, so weit zu gehen.

Vielleicht war ich doch stärker, als ich dachte.

»Und doch habe ich mich immer wieder bemüht, es zu mögen. Ich dachte immer, *vielleicht bin ich nur wählerisch. Vielleicht habe ich noch nicht den richtigen Mann getroffen. Vielleicht mag ich stattdessen Mädchen.* Vielleicht, vielleicht, vielleicht.« Sie schüttelte den Kopf. »Vielleicht ist nie gekommen. Es ist nie bei mir angekommen.«

Sie lehnte sich in ihrem Sitz zurück und starrte geradeaus auf das sanfte Leuchten der Buchstaben von McDonald's.

»Da war auch immer diese Angst. Ich wusste nicht, wie ich in dieser Welt allein funktionieren sollte. Nicht bloß allein, sondern *für immer* allein. Ohne Partner, bis ich sterbe. Weißt du, warum sich Menschen zu Paaren zusammenfinden? Weil es verdammt schrecklich ist, ein Mensch zu sein. Aber es ist verdammt viel einfacher, wenn man es nicht alleine machen muss.«

Ich glaube, das war der springende Punkt.

Ich konnte auf einer grundlegenden Ebene akzeptieren, dass ich so war, wie ich war. Aber ich wusste nicht, wie ich für den Rest meines Lebens damit umgehen sollte. In zwanzig Jahren. In vierzig. In sechzig.

Dann sagte Ellis: »Aber ich bin jetzt älter. Ich habe einige Dinge gelernt.«

»Was zum Beispiel?«, fragte ich.

»Zum Beispiel, dass Freundschaft genauso intensiv, schön und langlebig sein kann wie eine romantische Beziehung. Oder dass es überall um mich herum Liebe gibt – es gibt die Liebe für meine Freunde, es gibt die Liebe, die ich in meine Bilder lege, es gibt die Liebe für mich selbst. Sogar die Liebe zu meinen Eltern ist irgendwo da drin. Ganz tief drin.« Sie lachte, und ich konnte mir ein Grinsen nicht verkneifen. »Ich habe viel mehr Liebe als manche Menschen auf der Welt. Auch wenn ich nie eine Hochzeit haben werde.« Sie schob sich einen großen Löffel Eis in den Mund. »Und es gibt definitiv Liebe für Eis, *das* kann ich dir sagen.«

Ich lachte, und sie grinste mich an.

»Ich war lange Zeit ohne Hoffnung, weil ich so bin, wie ich bin«, sagte sie und schüttelte dann den Kopf. »Aber jetzt bin ich es nicht mehr. Endlich. *Endlich* bin ich nicht mehr hoffnungslos.«

»Ich wünschte, das wäre bei mir auch so«, sagte ich. Die Worte platzten aus mir heraus, bevor ich sie zurückhalten konnte.

Ellis zog neugierig eine Augenbraue hoch. »Ja?«

Ich holte tief Luft. Okay. Jetzt oder nie.

»Ich glaube, ich bin ... wie du«, sagte ich. »Ich steh auch auf niemanden. Nicht auf romantische Art, meine ich. Dates und so. Es ist ... Ich kann einfach nichts dabei empfinden. Früher wollte ich es – ich meine, ich glaube, dass ich es manchmal immer noch will. Aber ich kann es nie *wirklich* wollen, weil ich für niemanden so empfinde. Wenn das Sinn ergibt.«

Ich konnte spüren, wie ich immer röter wurde, je mehr ich redete.

Ellis sagte einen Moment lang nichts. Dann aß sie einen weiteren Löffel Eis.

»Deshalb bist du ins Auto gestiegen, stimmt's?«, sagte sie.

Ich nickte.

»Na ja«, sagte sie. Sie schien das Ausmaß dessen, was ich zugegeben hatte, zu begreifen. »Wow.«

»Es ist eine echte Sexualität«, sagte ich. Ich wusste nicht einmal, ob Ellis wusste, dass es eine sexuelle Orientierung *war*. »Genau wie schwul oder hetero oder bi zu sein.«

Ellis gluckste. »Das *Nichts* in der Sexualität.«

»Es ist nicht Nichts. Es ist ... na ja, es sind zwei verschiedene Kategorien. Aromantisch ist, wenn man keine romantische Anziehung empfindet, und asexuell ist, wenn man keine sexuelle Anziehung empfindet. Manche Leute sind nur das eine oder nur das andere, aber ich bin beides, also bin ich ... aromantisch asexuell.«

Das war nicht das erste Mal, dass ich diese Worte aussprach. Aber jedes Mal, wenn ich sie sagte, fühlten sie sich in der Luft um mich herum ein bisschen vertrauter an.

Ellis überlegte. »Zwei Kategorien. Hm. Zwei in einem. Kauf eins, krieg eins gratis. Ich liebe es.«

Ich prustete los, was Ellis wirklich zum Lachen brachte, und die Anspannung in meiner Brust ließ nach.

»Wer hat dir denn davon erzählt?«, fragte sie.

»Jemand von der Uni«, sagte ich. Aber Sunil war nicht einfach bloß jemand, oder? »Einer meiner Freunde.«

»Ist dieser Freund auch …?«

»Er ist auch asexuell.«

»Wow.« Ellis grinste. »Na, dann sind wir ja schon drei.«

»Es gibt noch mehr«, sagte ich. »Eine Menge mehr. Da draußen. Auf der Welt.«

»Wirklich?«

»Ja.«

Ellis starrte aus dem Fenster und lächelte. »Das wäre schön. Wenn es viele da draußen gäbe.«

Wir saßen einen Moment lang schweigend da. Ich aß meine Pommes.

Es *waren* mehr von uns da draußen.

Keiner von uns war allein damit.

»Du hast … großes Glück, dass du das alles weißt«, sagte Ellis plötzlich. »Ich bin …« Sie schüttelte den Kopf. »Ha. Ich schätze, ich bin ein bisschen eifersüchtig.«

»Warum?«, fragte ich verwirrt.

Sie sah mich an. »Ich hab einfach eine Menge Zeit verschwendet. Das ist alles.«

Sie warf ihren leeren McFlurry-Becher auf den Rücksitz und schaltete die Zündung ein.

»Es fühlt sich nicht an, als hätte ich Glück«, sagte ich.

»Wie fühlt es sich an?«

»Ich weiß es nicht. Als wär ich verloren.« Ich dachte an Sunil. »Mein Freund sagt, ich muss nichts tun. Er sagt, alles, was ich tun muss, ist *ich zu sein*.«

»Dein Freund klingt wie ein reifer, alter Weiser.«

»Das beschreibt ihn ganz gut.«

Ellis ließ das Auto an und fuhr vom Parkplatz.

»Ich mag es nicht, nichts zu tun«, sagte sie. »Es ist langweilig.«

»Was soll ich deiner Meinung nach tun?«

Sie dachte einen Moment lang darüber nach.

Dann sagte sie. »Verleih deinen Freundschaften den Schuss Magie, den du dir in einer romantischen Beziehung wünschen würdest. Denn Freundschaften sind genauso wichtig. Eigentlich sind sie für uns *viel* wichtiger.« Sie warf mir einen Blick zu. »So. War das weise genug für dich?«

Ich grinste. »Sehr weise.«

»Ich kann tiefgründig sein. Ich *bin* Künstlerin.«

»Das solltest du in ein Gemälde packen.«

»Weißt du was? Vielleicht mache ich das.« Sie hob eine Hand und wedelte mit den Fingern. »Ich werde es *platonische Magie* nennen. Und niemand, der nicht so ist wie wir – Moment, wie war das? Aro ...?«

»Aromantisch asexuell?«

»Ja. Niemand, der nicht aromantisch asexuell ist, wird es verstehen.«

»Kann ich es haben?«

»Hast du zweitausend Pfund?«

»Deine Gemälde werden für *zweitausend Pfund* verkauft?«

»Aber sicher. Ich bin ziemlich gut in meinem Job.«

»Kann ich Studentenrabatt bekommen?«

»Vielleicht. Nur weil du meine Cousine bist. Einen Studenten-Cousinen-Rabatt.«

Und dann lachten wir, bis wir die Autobahn erreichten. Ich dachte über die Magie nach, die ich vielleicht finden könnte, wenn ich mir ein bisschen mehr Mühe beim Suchen gab.

ERINNERUNGEN

Magie war nicht das, was ich vorfand, als ich am Nachmittag des elften Januar in mein College-Zimmer zurückkehrte. Was ich stattdessen vorfand, waren die meisten von Rooneys Besitztümern verstreut auf dem Boden. Ihr Kleiderschrank war weit geöffnet, ihre Bettwäsche lag mehrere Meter von ihrem Bett entfernt auf dem Boden. Roderick hatte einen besorgniserregenden Braunton angenommen, und der aquamarinfarbene Teppich war unerklärlicherweise ins Waschbecken gestopft.

Ich hatte gerade den Reißverschluss meines Koffers geöffnet, als Rooney im Schlafanzug hereinkam, mich ansah, auf den Teppich im Waschbecken schaute und sagte: »Ich hab Tee drauf verschüttet.«

Sie saß auf ihrem Bett, während ich ihre Klamotten aufräumte, das Wasser aus dem Teppich wrang und sogar die meisten der toten Blätter von Roderick abschnitt. Das Foto von Beth mit dem Meerjungfrauenhaar war wieder auf den Boden gefallen, also klebte ich es einfach wieder an die Wand, ohne etwas dazu zu sagen, während Rooney ausdruckslos zusah.

Ich fragte sie nach ihrem Weihnachtsfest, aber das Einzige, was sie sagte, war, dass sie es hasste, Zeit in ihrer Heimatstadt zu verbringen.

An dem Abend ging sie um sieben Uhr ins Bett.

Also, ja. Rooney war eindeutig nicht in einer tollen Stimmung.

Um fair zu sein, ich konnte verstehen, warum. Das Theaterstück würde nicht aufgeführt werden. Ihre unausgesprochene Geschichte mit Pip würde nie wahr werden. Das Einzige, was sie wirklich hatte, war – nun ja, ich, schätze ich.

Kein großartiger Trostpreis, meiner Meinung nach.

»Wir sollten ausgehen«, sagte ich am Ende unserer ersten Woche zurück an der Uni.

Es war früher Abend. Rooney sah mich über ihren Laptop-Bildschirm hinweg an, dann machte sie mit dem weiter, worin ich sie unterbrochen hatte: Sie schaute sich YouTube-Videos an.

»Warum?«

Ich saß an meinem Schreibtisch. »Weil du gern ausgehst.«

»Ich bin nicht in der Stimmung.«

Rooney hatte es in dieser Woche nur zu zwei unserer sechs Vorlesungen geschafft. Und wenn sie da war, starrte sie einfach vor sich hin und machte sich nicht einmal die Mühe, ihr iPad aus der Tasche zu holen, um sich Notizen zu machen.

Es war, als ob ihr alles egal geworden wäre.

»Wir könnten … wir könnten doch einfach in den Pub gehen, oder so?« Als ich das vorschlug, klang ich schon ein wenig verzweifelt. »Nur auf einen Drink. Wir könnten uns Cocktails bestellen. Oder *Pommes*. Wir könnten Pommes besorgen.«

Das brachte mir immerhin eine hochgezogene Augenbraue ein. »Pommes?«

»Pommes.«

»Ich … hätte gerne ein paar Pommes.«

»Genau. Wir könnten in den Pub gehen, ein paar Pommes bestellen, etwas frische Luft schnappen und dann zurückkommen.«

Sie sah mich einen langen Moment an.

Und dann sagte sie: »Okay.«

Der nächstgelegene Pub war natürlich voll, denn es war ein

Freitagabend in einer Universitätsstadt. Zum Glück fanden wir einen winzigen, bierbefleckten Tisch in einem Hinterzimmer, und ich überließ es Rooney, ihn zu bewachen, während ich uns eine Schüssel Pommes zum Teilen und einen Krug Erdbeer-Daiquiri mit zwei Papierstrohhalmen besorgte.

Wir saßen und aßen schweigend unsere Pommes. Ich fühlte mich eigentlich ausgeglichen, in Anbetracht der Tatsache, dass ich theoretisch betrachtet gerade »ausging«. Überall um uns herum waren Leute, die sich für den Abend herausgeputzt hatten, bereit, ein paar Stunden in einer Bar zu verbringen, bevor sie später in die Clubs zogen. Rooney trug Leggings und einen Kapuzenpulli, während ich Jogginghosen und einen Wollpullover anhatte. Wir stachen wahrscheinlich ziemlich heraus, aber verglichen mit der höllischen Erstsemesterwoche war ich extrem entspannt.

»Also«, sagte ich, nachdem wir über zehn Minuten schweigend dagesessen hatten. »Ich hab das Gefühl, dass du im Moment keine gute Zeit hast.«

Rooney starrte mich ausdruckslos an. »Ich habe die Pommes sehr genossen.«

»Ich meinte allgemein.«

Sie nahm einen langen Schluck aus dem Krug.

»Nein«, sagte sie. »Alles ist scheiße.«

Ich wartete darauf, dass sie mehr dazu sagte, aber das tat sie nicht, und mir wurde klar, dass ich nachhaken musste.

»Das Stück?«, sagte ich.

»Nicht nur das.« Rooney stöhnte und lehnte sich in ihrem Stuhl zurück. »Weihnachten war die *Hölle*. Ich … ich hab die meiste Zeit damit verbracht, mich mit meinen Schulfreunden zu treffen, und … *er* war immer dabei.«

Es dauerte einen Moment, bis ich begriff, wen sie mit »er« meinte.

»Dein Ex-Freund«, sagte ich.

»Er hat mir so vieles ruiniert.« Rooney fing an, mit ihrem Strohhalm das Obst in unserem Cocktailkrug zu erstechen. »Jedes Mal, wenn ich sein Gesicht sehe, möchte ich schreien. Und er sieht nicht einmal, dass er etwas *falsch* gemacht hat. Wegen ihm habe ich – Gott. Ich hätte ein viel besserer Mensch sein können, wenn ich ihm nie begegnet wäre. Er ist der Grund, warum ich so bin.«

Ich wusste nicht, was ich dazu sagen sollte. Ich wollte sie fragen, was passiert war, was er getan hatte, aber ich wollte sie nicht zwingen, schlimme Erfahrungen wieder aufleben zu lassen, wenn sie es nicht wollte.

Nachdem sie gesprochen hatte, herrschte lange Stille. Als sie wieder sprach, hatte sie erfolgreich alle Früchte im Krug aufgespießt.

»Ich mag Pip wirklich«, sagte sie mit sehr leiser Stimme.

Ich nickte langsam.

»Das wusstest du?«, fragte sie.

Ich nickte wieder.

Rooney gluckste. Sie nahm noch einen Schluck.

»Wie kommt es, dass du mich besser kennst als jeder andere?«, fragte sie.

»Wir leben zusammen«, sagte ich.

Sie lächelte nur. Wir wussten beide, dass es mehr als das war.

»Also ... was wirst du tun?«

»Äh, nichts?« Rooney schnaubte. »Sie hasst mich.«

»Ich meine ... ja, aber sie hat die Situation falsch interpretiert.«

»Wir haben rumgeknutscht. Da gibt es nicht viel falsch zu interpretieren.«

»Sie denkt, dass wir was miteinander haben. Das ist der Grund, warum sie wütend ist.«

Rooney nickte. »Weil sie denkt, ich würde dich ihr wegnehmen.«

Ich stöhnte auf. »Nein, weil sie auf dich steht.«

Sie starrte mich an, als hätte ich ein Glas genommen und es ihr über dem Kopf zerschlagen.

»Das ist – das ist nur – das stimmt einfach nicht«, stammelte sie und wurde ein wenig rot im Gesicht.

»Ich sage nur, was ich sehe.«

»Ich will nicht mehr über Pip reden.«

Wir verfielen wieder für ein paar Minuten in Schweigen. Ich wusste, dass Rooney in solchen Dingen erfahren war – ich hatte sie seit dem ersten Tag, an dem ich sie kennenlernte, dabei beobachtet, wie sie mühelos durch Beziehungen aller Art navigierte. Aber wenn es um Pip ging, hatte sie die emotionale Intelligenz einer Weintraube.

»Du magst also Mädchen?«, fragte ich.

Der finstere Blick auf ihrem Gesicht verschwand. »Ja. Wahrscheinlich. Ich weiß nicht.«

»Drei sehr unterschiedliche Antworten auf eine Frage.«

»Ich weiß nicht. Ich schätze ... Ich meine, ich hab mich immer gefragt, ob ich auf Mädchen stehe, als ich jünger war. Als ich dreizehn war, war ich in eine meiner Freundinnen verknallt. Also in ein Mädchen. Aber ...«, sie zuckte mit den Schultern, »das ist doch bei allen Mädchen so, oder? Das ist ganz normal, dass man sich in seine Freundinnen verknallt.«

»Nein«, sagte ich und versuchte, nicht zu lachen. »Nein. Nicht alle Mädchen verlieben sich in ihre Freundinnen. Beispiel Nummer eins.« Ich deutete auf mich selbst.

»Na ja. Also gut.« Sie schaute zur Seite. »Ich schätze, ich mag dann wohl Mädchen.«

Sie sagte es mit einer solchen Nonchalance. Es war, als ob sie sich ihrer Sexualität bewusst geworden wäre und sich innerhalb von zehn Sekunden geoutet hätte. Aber ich kannte sie besser. Sie hatte es wahrscheinlich schon seit einer Weile gewusst. So wie ich es gewusst hatte.

»Macht mich das bi?«, fragte sie. »Oder ... pan? Oder was?«

»Was immer du willst. Du kannst es dir ja überlegen.«

»Ja. Ich glaube, das werde ich.« Sie starrte auf den Tisch. »Weißt du, als wir uns geküsst haben ... Ich glaube, ich habe das getan, weil es immer diesen Teil von mir gab, der wollte ... ähm, du weißt schon ... mit Mädchen zusammen sein. Und du warst eine sichere Möglichkeit, um es auszuprobieren, weil ich wusste, dass du mich nicht für immer hassen würdest. Was eine wirklich *beschissene* Aktion war, offensichtlich. Mann, es tut mir so leid.«

»Es war scheiße, das zu machen«, stimmte ich zu. »Aber ich kann nachvollziehen, dass man manchmal aus Versehen Leute benutzt, weil man wegen seiner eigenen Sexualität verwirrt ist.«

Wir hatten es beide in vielerlei Hinsicht vermasselt. Und obwohl unsere sexuellen Verwirrungen keine Entschuldigung waren, war es doch gut, dass wir beide unsere Fehler eingesehen hatten.

Vielleicht bedeutete es, dass wir in Zukunft weniger davon machen würden.

»Ich hatte nie irgendwelche schwulen oder bisexuellen Freunde in der Schule«, sagte Rooney. »Ich kannte eigentlich niemanden, der offen schwul oder lesbisch war. Vielleicht hätte ich es früher herausgefunden, wenn ich so jemanden gekannt hätte.«

»Meine beste Freundin ist offen lesbisch, seit sie fünfzehn ist, und ich habe trotzdem Jahre gebraucht, um mich selbst zu finden«, sagte ich.

»Stimmt. Wow. Der Scheiß ist echt knifflig.«

»Jep.«

Sie schnaubte. »Ich bin drei Monate an der Uni, und plötzlich bin ich nicht mehr hetero.«

»Genau wie ich«, sagte ich.

»Passt schon so, oder?«, fragte sie.

»Passt schon so«, stimmte ich zu.

Ich besorgte uns einen zweiten Cocktailkrug – Cosmopolitan diesmal – und Nachos.

Wir hatten die Hälfte ausgetrunken, als ich Rooney von meinem Plan erzählte.

»Ich werde Jason und Pip dazu bringen, wieder in die Shakespeare Society einzutreten«, sagte ich.

Rooney biss in einen besonders käsigen Nacho. »Viel Glück damit.«

»Du kannst mir gerne helfen.«

»Was ist der Plan?«

»Ich meine … so weit bin ich noch nicht gekommen. Es wird wahrscheinlich eine Menge Entschuldigungen geben müssen.«

»Schrecklicher Plan«, sagte Rooney und mampfte einen weiteren Nacho.

»Das ist alles, was ich habe.«

»Und wenn es nicht funktioniert?«

Wenn es nicht funktionierte?

Ich wusste nicht, was dann passieren würde.

Vielleicht wäre es vorbei für mich. Die Freundschaft mit Jason und Pip. Für immer.

Wir aßen unsere Nachos auf – es dauerte nicht lange – und tranken den Cocktailkrug leer, bevor wir uns in Richtung Ausgang bewegten. Da fühlten wir uns beide schon ein bisschen benebelt. Ich war ehrlich gesagt hundemüde und wollte ins Bett, aber Rooney war in Plauderlaune geraten. Ich war froh darüber. Alkohol und Pommes waren definitiv nicht die gesündeste Lösung für ihre Probleme, aber sie schien zumindest ein bisschen glücklicher zu sein. Auftrag erfüllt.

Diese Stimmung hielt genau dreißig Sekunden an – bis wir zur Tür kamen. Und dann war sie weg. Denn draußen stand, umgeben von Freunden, Pip Quintana höchstpersönlich.

Für einen kurzen Moment sah sie uns nicht. Sie hatte sich die Haare schneiden lassen, ihr lockiger Pony reichte bis zu den Augenbrauen, und sie war für den Abend herausgeputzt: gestreiftes Hemd, enge Jeans und eine braune Fliegerjacke, die sie wie einen der Jungs aus *Top Gun* aussehen ließ. Die Flasche Apfelwein in der Hand wirkte wie das perfekte Accessoire.

Ich konnte praktisch spüren, wie eine Welle des Entsetzens über Rooney hereinbrach, als Pip sich umdrehte und uns sah.

»Oh«, sagte Pip.

»Hallo«, sagte ich und wusste nicht, was ich sonst sagen sollte.

Pip starrte mich an. Dann huschten ihre Augen zu Rooney – von ihrem unordentlichen Pferdeschwanz bis hinunter zu ihren verschiedenfarbigen Bettsocken.

»Was denn, seid ihr auf einem Date?«, fragte Pip.

Das ärgerte mich sofort. »Wir sind eindeutig nicht auf einem Date«, schnauzte ich sie an. »Ich trage Jogginghosen.«

»Wie auch immer. Ich will nicht mit dir reden.«

Sie wollte sich wieder umdrehen, erstarrte aber, als Rooney sprach. »Du kannst sauer auf mich sein, aber nicht auf Georgia. Sie hat nichts falsch gemacht.«

Das war absolut unwahr – Pip hatte stark angedeutet, dass sie Rooney mochte, und dann hatte ich Rooney trotzdem geküsst. Ganz zu schweigen von dem, was ich Jason angetan hatte. Aber ich wusste die Unterstützung zu schätzen.

»Ach, *verpiss dich* mit diesem Märtyrerscheiß«, keifte Pip. »Seit wann versuchst du plötzlich, ein *guter Mensch* zu sein?« Sie drehte sich um, sodass sie Rooney direkt ins Gesicht blicken konnte. »Du bist egoistisch, du bist fies, und du scherst dich einen Dreck um die Gefühle anderer Leute. Also komm jetzt bloß nicht zu mir und versuch, so zu tun, als wärst du ein guter Mensch.«

Pips Freunde hatten alle angefangen zu tuscheln. Sie fragten sich, was los war. Rooney trat vor, mit zusammengebissenen Zähnen und geblähten Nasenflügeln, als ob sie gleich anfangen wollte zu schreien, aber sie tat es nicht.

Sie drehte sich einfach um und ging die Straße entlang davon.

Ich blieb stehen und fragte mich, ob Pip etwas zu mir sagen würde. Sie sah mich einen langen Augenblick an, und ich hatte das Gefühl, dass ihr Gehirn die gesamten vergangenen sieben Jahre unserer Freundschaft durchging. Dass sie jedes einzelne Mal vor sich sah, wo wir im Unterricht nebeneinander gesessen hatten, jede Übernachtung, jede Sportstunde und jeden Kinobesuch, jedes Mal, wenn sie einen Witz gerissen oder mir ein albernes Meme geschickt hatte, jedes einzelne Mal, wenn ich fast vor ihr geweint hatte und es dann doch *nicht konnte*, aber eben *fast*.

»Ich kann es einfach nicht glauben«, sagte sie und atmete tief aus. »Ich dachte – ich dachte, du machst dir Gedanken über meine Gefühle.«

Dann wandte sie sich ebenfalls ab, um sich wieder mit ihren neuen Freunden zu unterhalten. Und all diese Erinnerungen zerbrachen um mich herum in winzige Stücke.

LIEBE ZERSTÖRT ALLES

Rooney verbrachte den ganzen Weg zurück zum College damit, auf ihrem Handy herumzutippen. Ich wusste nicht, wem sie Nachrichten schickte, aber als wir in unserem Zimmer ankamen, zog sie sich schnell was Schickes an, und ich wusste, dass sie ausgehen wollte.

»Tu's nicht«, sagte ich, gerade als sie die Tür erreichte. Sie blieb stehen und drehte sich zu mir um.

»Weißt du, was ich gelernt habe?«, sagte sie. »Liebe zerstört alles.«

Ich war nicht ihrer Meinung, aber ich wusste nicht, wie ich gegen diese Aussage ankommen sollte. Also ging sie, und ich sagte einfach nichts. Und als ich zu meinem Bett ging, fand ich das Foto von Beth mit den Meerjungfrauenhaaren wieder auf dem Boden, teilweise zerknüllt diesmal, als hätte Rooney es von der Wand gerissen.

DU VERDIENST ES,
SPAß ZU HABEN

Ich ging allein zum Januar-Empfang der Pride Society. Es war die dritte Woche des neuen Semesters, und ich versuchte, Rooney zu überreden, mit mir zu kommen, aber sie verbrachte die meisten Nächte in der Stadt in Clubs und kam immer erst gegen drei Uhr morgens mit schmutzigen Schuhen und zerzausten Haaren zurück. Es war also meine Aufgabe, Pip zu finden. Und es bestand die Möglichkeit, dass sie auf einer Pride-Society-Veranstaltung sein würde.

Wenn ich nur *mit ihr reden* könnte, dachte ich, würde sie es verstehen. Wenn ich sie nur dazu bringen könnte, mir lange genug zuzuhören, um es zu erklären, dann würde alles wieder gut werden.

Sobald ich den Raum betrat, wusste ich, dass es ein Fehler gewesen war zu kommen. Am liebsten wäre ich sofort wieder gegangen. Wir hatten den größten Veranstaltungsraum im Gebäude der Studentenverbindung. An der Breitseite stand eine große Leinwand, auf der man eine Liste aller anstehenden Veranstaltungen der Pride Society für das Semester finden konnte. Musik lief, die Leute waren leger gekleidet, standen beieinander oder saßen an Tischen, um sich bei ein paar Snacks zu unterhalten und auszutauschen.

Es war eben eine Society, bei der es darum ging, *Kontakte zu knüpfen.* Ich war auf einer Veranstaltung, bei der es darum ging, Kontakte zu knüpfen. Ganz allein.

Warum zum verdammten Teufel hatte ich das denn gemacht? Nein. Okay. Ich war mutig. Und es gab Törtchen.

Ich machte mich auf, ein Törtchen zu futtern. Zur emotionalen Unterstützung.

Sunil, Jess und hoffentlich auch Pip waren da, also *waren* Leute hier, die ich kannte. Ich schaute mich um und fand schnell Sunil und Jess inmitten einer Gruppe von Leuten, die sich lautstark unterhielten. Ich wollte sie aber nicht stören, da sie wahrscheinlich viel zu tun und mit vielen Leuten zu reden hatten, also ließ ich sie in Ruhe und setzte meine Suche nach Pip fort.

Ich lief ganze drei Mal durch den gesamten Raum, bevor ich zu dem Schluss kam, dass sie nicht da war.

Großartig.

Ich holte mein Handy heraus und überprüfte ihren Instagram-Account, nur um zu entdecken, dass sie in ihrer Story über einen Filmabend mit ihren Freunden im Castle postete. Sie hatte nicht vor, noch zu dieser Veranstaltung zu kommen.

Großartig.

»Georgia!«

Die Stimme ließ mich zusammenzucken – Sunils Stimme. Ich drehte mich um und sah, wie er auf mich zukam. Er trug lockere Hosen aus einem Jerseystoff, der gleichzeitig sehr cool und sehr gemütlich aussah.

»Entschuldigung, hab ich dich erschreckt?«

»N-nein, nein!«, stammelte ich. »Das ist in Ordnung!«

»Ich wollte nur kurz fragen, ob sich irgendetwas wegen der Shakespeare Society ergeben hat?«, fragte er mit einem Ausdruck, der so hoffnungsvoll war, dass mir buchstäblich das Herz weh tat. »Ich weiß, dass ihr euch gestritten habt, aber ... na ja, ich hatte gehofft, dass ihr das vielleicht ... geklärt habt oder so.«

Er lächelte sanftmütig. »Ich weiß, es war nur ein bisschen Spaß, aber … ich habe es wirklich genossen.«

Der Ausdruck auf meinem Gesicht war wahrscheinlich Antwort genug, aber ich sagte es ihm trotzdem.

»Nein«, sagte ich. »Es ist … es ist immer noch alles …« Ich machte eine Geste mit meinen Händen. »Es ist nichts passiert.«

»Oh.« Sunil nickte, als hätte er es erwartet, aber seine offensichtliche Enttäuschung brachte mich fast zum Weinen. »Das ist wirklich traurig.«

»Ich versuche, es zu klären«, sagte ich sofort. »Ich bin eigentlich hier, weil ich Pip finden und sehen wollte, ob sie es sich anders überlegt.«

Sunil blickte sich im Raum um. »Ich fürchte, ich hab sie nicht gesehen.«

»Nein, ich glaub nicht, dass sie hier ist.«

Es entstand eine Pause. Ich wusste nicht, was ich ihm sagen sollte. Ich wusste nicht, wie ich irgendetwas besser machen konnte.

»Nun … wenn *ich* irgendetwas tun kann«, sagte Sunil, »würde ich – ich würde gerne helfen. Es war wirklich schön, einfach mal etwas zu machen, das *Spaß macht* und nicht stressig ist. Im Moment ist alles ein bisschen stressig für mich. Ich bin jetzt im dritten Studienjahr, und Lloyd hat es sich zur Aufgabe gemacht, mich permanent zu nerven.« Er warf einen Blick in Richtung des Ex-Präsidenten der Pride Society, Lloyd, der mit einer Gruppe von Leuten an einem Tisch saß.

»Was hat er denn gemacht?«

»Er hat bloß versucht, sich wieder in den Vorstand der Society zu mogeln.« Sunil rollte mit den Augen. »Er glaubt, dass seine Meinung für die Gesellschaft *wichtig* ist, weil meine Perspektive *zu inklusiv* ist. Kannst du dir das vorstellen? *Zu inklusiv?* Das ist eine Gesellschaft für queere Studenten und für solche, die sich selbst finden wollen, um Himmels willen. Man muss keinen Test machen, um reinzukommen.«

»Er ist ein Schwachkopf«, sagte ich.

»Das ist er. Sehr sogar.«

»Kann ich irgendetwas tun, um zu helfen?«

Sunil lachte. »Oh, ich weiß nicht. Ihn mit einem Drink anschütten? Nein, das war ein Scherz. Aber lieb, dass du fragst.« Er schüttelte den Kopf. »Wie auch immer – Shakespeare Society. Kann ich irgendwie helfen, die Situation zu lösen?« Er sah fast verzweifelt aus. »Ich … Es war wirklich der größte Spaß, den ich seit Langem hatte.«

»Nun … wenn es keine Möglichkeit gibt, Jason und Pip dazu zu bringen, wieder mit mir und Rooney zu reden, dann glaube ich nicht, dass wir eine Chance haben.«

»Ich könnte mit Jason sprechen«, sagte er sofort. »Wir chatten gelegentlich über Whatsapp. Ich könnte ihn dazu überreden, zu einer Probe zu kommen.«

Ich spürte, wie mein Herz vor Hoffnung schneller klopfte. »Wirklich? Bist du sicher?«

»Ich möchte wirklich nicht, dass dieses Stück auseinanderfällt.« Sunil schüttelte den Kopf. »Ich hatte vorher echt keine *lustigen* Hobbys. Orchester ist anstrengend, und Pride Society zählt nicht als Hobby, das macht zwar Spaß, aber es ist *Arbeit*. Dieses Stück … das hat mir einfach nur *Freude bereitet*, weißt du?« Er lächelte und blickte zu Boden. »Als wir mit den Proben anfingen, hatte ich … ehrlich gesagt … hatte ich ein wenig Sorge, dass ich Zeit verschwenden würde. Zeit, die ich zum Lernen und für meine anderen Vereine nutzen sollte. Aber sich mit euch allen anzufreunden, lustige Szenen zu spielen, Pizzaabende zu veranstalten und die albernen Nachrichten von allen im Gruppenchat – das hat mir einfach Freude gemacht. Pure Freude. Und es hat so lange gedauert, bis ich das Gefühl hatte, dass ich das verdient habe. Aber das habe ich! Und das ist es!« Er stieß ein helles, unbekümmertes Lachen aus. »Und jetzt plappere ich zu viel!«

Ich fragte mich, ob er ein wenig beschwipst war, bevor ich mich daran erinnerte, dass Sunil keinen Alkohol trank. Er meinte es wirklich ernst.

Das brachte mich dazu, auch ernst zu sein.

»Das hast du wirklich verdient«, sagte ich. »Du ... du hast mir so sehr geholfen. Ich weiß nicht, wo ich jetzt wäre oder wie ich mich fühlen würde, wenn ich dich nicht getroffen hätte. Und ich hab das Gefühl, du hast das für viele Menschen getan. Und manchmal ist es schwer gewesen. Und die Leute haben nicht immer gefragt, wie es *dir* eigentlich geht.« Es war mir peinlich, was ich da sagte, aber ich wollte, dass er es wusste. »Und selbst wenn du das alles nicht getan hättest ... du bist mein Freund. Und du bist einer der tollsten Menschen, die ich kenne. Also verdienst du das auch. Du verdienst Freude.« Ich konnte mir ein Lächeln nicht verkneifen. »Und ich mag es, wenn du zu viel plapperst!«

Er lachte wieder. »Warum sind wir so emotional?«

»Ich weiß nicht. Du hast angefangen.«

Wir wurden von Jess und einem weiteren von Sunils Vizepräsidenten unterbrochen. Sie erinnerten Sunil, dass es Zeit war, auf die Bühne zu gehen. Er musste eine Rede halten.

»Ich werd Jason eine Nachricht schicken«, sagte er, als er wegging.

Da wusste ich, dass ich nicht ruhen durfte, bis ich die Shakespeare Society wieder zusammen hatte. Nicht nur, weil ich wollte, dass Pip und Jason wieder meine Freunde waren – sondern auch wegen Sunil. Denn trotz seines hektischen Lebens und all der wichtigen Dinge, die er zu tun hatte, hatte er Freude an unserem dummen kleinen Stück gefunden. Und vor Monaten, nach dem Empfang der Pride Society im Herbst, war Sunil für mich da gewesen, als ich eine Krise hatte. Und das, obwohl er selbst gestresst war und sich mit Arschlöchern herumschlagen musste. Jetzt war es an mir, für ihn da zu sein.

Ich blieb noch für Sunils Rede. Ich lehnte an der Wand mit einem Törtchen und einem vollen Glas Wein.

Sunil stieg auf die Bühne, tippte auf das Mikrofon, und das reichte aus, damit die Anwesenden zu applaudieren und zu jubeln begannen. Er stellte sich vor, bedankte sich bei allen für ihr Kommen und verbrachte dann ein paar Minuten damit, alle anstehenden Veranstaltungen für dieses Semester durchzugehen. Die Filmnacht in diesem Monat würde *Moonlight* sein, die Pride Club Nights wären am 27. Januar, 16. Februar und 7. März, der Trans Book Club würde am 19. Januar in der Bill Bryson Library stattfinden, die Big-Queer-Dungeons-and-Dragons-Gruppe suchte neue Mitglieder, und jemand namens Mickey war an der Reihe, das Abendessen der Queer, Trans and Intersex People of Colour Society am 20. Februar in seiner Wohnung in Gilesgate auszurichten.

Und es gab noch einiges mehr. Von all diesen Dingen zu hören und all die Leute zu sehen, die sich dafür begeisterten, hat mich auf eine seltsame Art und Weise berührt. Obwohl ich zu den meisten von diesen Veranstaltungen nicht gehen würde, hatte ich fast das Gefühl, zu etwas zu gehören, einfach deshalb, weil ich hier war.

»Ich denke, damit sind alle Termine dieses Semesters abgedeckt«, schloss Sunil, »und bevor ich euch weiter essen und plaudern lasse, möchte ich euch allen für die tollen Monate danken, die wir im letzten Semester hatten.«

Es gab eine weitere Runde Applaus und Jubel. Sunil grinste und klatschte ebenfalls.

»Ich bin froh, dass es euch auch gefallen hat! Ich war ziemlich nervös, euer Präsident zu werden. Ich weiß, dass ich einige große Veränderungen eingeführt habe, wie zum Beispiel die Bar Crawls in Empfänge umzuwandeln und mehr Tagesaktivitäten für die Gesellschaft einzuführen. Also bin ich wirklich dankbar für eure Unterstützung.«

Er blickte plötzlich in die Ferne, als ob er über etwas nachdenken würde. »Als ich ein Erstsemester war, hatte ich nicht das Gefühl, dass ich nach Durham gehöre. Ich hatte gehofft, endlich ein paar Leute zu treffen, die so sind wie ich, aber stattdessen fand ich mich immer noch von einer Menge weißer cis-Heteros umgeben. Ich bin einen großen Teil meines Teenagerlebens sehr allein gewesen. Und zu dem Zeitpunkt hatte ich mich schon daran *gewöhnt gehabt*. Ich habe lange Zeit geglaubt, dass es so sein muss. Ich muss alleine überleben, ich muss alles alleine machen, weil mir nie jemand helfen würde. Ich verbrachte einen Großteil des ersten Jahres in einem wirklich düsteren Zustand … bis ich meine beste Freundin Jess traf.« Sunil deutete zu Jess, die schnell eine Hand vor ihr Gesicht hielt, um sich halbherzig zu verstecken. Es gab ein paar weitere Jubelrufe.

»Jess hat sofort mein Herz erobert. Allein schon wegen der zahlreichen Kleidungsstücke, die sie besitzt, auf denen Hunde abgebildet sind.« Die Menge kicherte, und Jess schüttelte den Kopf. Ihr lächelnder Mund lugte gerade noch hinter ihrer Hand hervor. »Sie war die lustigste und quirligste Person, die ich je kennengelernt hatte. Sie ermutigte mich, der Pride Society beizutreten. Sie nahm mich zu einem der ersten QTIPOC*-Dinner mit.

Und wir hatten so viele Diskussionen darüber, wie die Society werden könnte. Und dann hat sie mich ermutigt, als Präsident zu kandidieren, mit ihr an meiner Seite.« Er grinste. »Ich fand ja, *sie* sollte Präsidentin werden, aber sie hat mir ungefähr eine Milliarde Mal gesagt, wie sehr sie es hasst, öffentlich zu sprechen.«

Sunil lächelte Jess an, und Jess lächelte ihn an, und es lag so viel echte Liebe in diesem Blick.

Ich fühlte mich wie geblendet davon.

»Bei der Pride Society geht es nicht nur darum, queere Sachen zu machen«, fuhr Sunil fort, und das brachte ihm einige Lacher

ein. »Es geht nicht einmal darum, jemanden kennenzulernen.«
Jemand in der Menge rief den Namen seines Freundes, was zu
weiteren Lachern führte. Sunil lachte mit ihnen.

»Nein. Es geht um die Beziehungen, die wir hier aufbauen.
Freundschaft, Liebe und Unterstützung. Während wir alle versuchen, in einer Welt zu überleben und glücklich zu sein, die
sich oft so anfühlt, als wäre sie nicht für uns gemacht. Egal, ob
ihr euch als schwul, lesbisch, bi, pan, trans, intersexuell, nonbi-
när, asexuell, aromantisch, queer oder wie auch immer identifi-
ziert – die meisten von uns hier haben sich nicht zugehörig gefühlt, da, wo wir aufgewachsen sind.« Sunil blickte noch einmal
zu Jess, dann wieder in die Menge hinaus. »Aber wir sind alle
füreinander da. Und es sind diese Beziehungen, die die Pride
Society so wichtig und so besonders machen. Es sind diese Beziehungen, die uns trotz aller Schwierigkeiten in unserem Leben
jeden Tag Freude bereiten werden.« Er hob sein Glas. »Und wir
alle haben Freude verdient.«

Es war vielleicht kitschig. Aber es war auch eine der schönsten
Reden, die ich in meinem ganzen Leben gehört habe.

Alle hoben ihre Gläser und jubelten Sunil zu, als er von der
Bühne stieg und Jess ihn in eine Umarmung zog.

Das war es. Das war es, worum sich alles drehte.

Die Liebe in dieser Umarmung. Der wissende Blick zwischen
ihnen.

Sie hatten ihre eigene Liebesgeschichte.

Das war es, was ich wollte. Das war es, was ich *gehabt hatte*,
früher, vielleicht.

Früher träumte ich von einer fesselnden, endlosen, ewigen romantischen Liebe. Von einer schönen Geschichte darüber, wie
ich dieser Person begegnen würde, die meine ganze Welt verän-
dern sollte.

Aber jetzt war mir klar, dass Freundschaft auch so sein konnte.

Als ich mir meinen Weg durch den Raum und zur Tür bahnte, kam ich an Lloyds Tisch vorbei. Er saß mit ein paar anderen Jungs zusammen und trank sich mit säuerlichem Gesichtsausdruck durch eine Flasche Wein.

»Es ist so erbärmlich, wie er glaubt, dass er jedes Mal Asexualität erwähnen muss, wenn er so etwas macht«, sagte Lloyd. »Als Nächstes kommen dann irgendwelche alten Cis-Heteros zu uns, die sich für leicht unterdrückt halten.«

Die Art, wie er es sagte, ließ kalten Hass in meiner Magengrube auflodern.

Aber ich fühlte mich mutig, schätze ich.

Im Vorbeigehen ließ ich mein nun halbvolles Glas Wein elegant zur Seite kippen – wodurch sich der Inhalt über Lloyds Nacken ergoss.

»W-was zum … FUCK!?«

Als er sich umdrehte, um zu sehen, wer ihn gerade mit Wein überschüttet hatte, war ich schon auf halbem Weg zur Tür und hatte ein breites Grinsen im Gesicht.

JASON

Sunil Jha
JASON IST DABEI.

Georgia Warr
ECHT JETZT?

Sunil Jha
JA. Er hat zugestimmt, als persönlichen Gefallen für mich mitzukommen.
Aber er sagt, er ist sich noch nicht sicher, ob er wieder eintreten
will :-(

Georgia Warr
Okay
also
ich habe eine idee, wie ich ihn zurückgewinnen kann

»Nein«, sagte Rooney, nachdem ich ihr meine Idee erklärt hatte.
Sie lag auf ihrem Bett. Ich goss Roderick, der durch die toten
Teile, die ich abgehackt hatte, nicht mehr halb so voluminös war
wie früher. Er war aber auch nicht *ganz so* tot, wie ich zuvor ge-
dacht hatte.
  »Es wird *funktionieren*.«

»Es ist dumm.«

»Ist es nicht. Er hat einen gesunden Sinn für Humor.«

Rooney lag ausgestreckt in ihren Ausgehklamotten und aß Brotstangen direkt aus der Packung, etwas, das in letzter Zeit zu einer neuen Routine vor dem Ausgehen geworden war.

»Die Shakespeare-Society ist hinüber«, sagte sie, und ich wusste, dass sie das glaubte. Sie wäre nicht dauernd ausgegangen, wenn sie die Society nicht ganz aufgegeben hätte.

»Vertrau mir einfach. Ich kann ihn zurückgewinnen.«

Rooney warf mir einen langen Blick zu. Sie knusperte lautstark ein Brotstäbchen.

»Okay«, sagte sie. »Aber ich darf Daphne sein.«

Am nächsten Tag schwänzte ich meine Vorlesungen, um auf Kostümjagd zu gehen. Das dauerte fast den ganzen Vormittag und einen großen Teil des Nachmittags. In Durham gab es nur einen einzigen Kostümladen in einer winzigen Gasse, und der hatte nicht genau das, was ich suchte, also durchstöberte ich die Kleider- und Wohltätigkeitsläden nach allem, was ich finden konnte, um behelfsmäßige Kostüme zu basteln. Sogar Rooney gesellte sich nach dem Mittagessen zu mir, mit Sonnenbrille, um die Tränensäcke unter ihren Augen zu verbergen. In letzter Zeit schlief sie fast jeden Tag bis mittags.

Ich opferte einen Großteil meines Taschengeldes für diesen Monat, um alles zu besorgen. Was bedeutete, dass ich für die folgenden Wochen von Kantinenessen leben musste, aber es war ein Opfer, das sich lohnte, denn als Rooney und ich früh in unserem Probenraum ankamen und unsere Kostüme anzogen, wusste ich, dass dies die beste Idee war, die ich je in meinem Leben gehabt hatte.

»Oh, das ist das Cosplay meiner *Träume*«, sagte Sunil, als ich ihm einen leuchtend orangefarbenen Pullover, einen roten Rock und ein paar orangefarbene Socken reichte.

Wir zogen uns um und warteten dann.

Plötzlich hatte ich das Gefühl, dass das eine schreckliche Idee sein könnte.

Vielleicht würde Jason es nicht lustig finden. Vielleicht würde er einen Blick auf mich werfen, sich umdrehen und dann gehen.

Aber es gab nur eine Möglichkeit, das herauszufinden.

»Was ist hier los?«, fragte Jason, als er ins Zimmer trat und die Stirn über unsere seltsamen Aufmachungen runzelte. Ich hatte ihn vermisst. *Gott*, ich hatte ihn vermisst, seine flauschige Flanelljacke und sein sanftes Lächeln. »Warum seid ihr – was macht ihr –«

Seine Augen weiteten sich plötzlich. Er starrte auf Sunils Rock. Mein übergroßes grünes T-Shirt und meine braune Hose. Rooneys kleinen grünen Schal und die lila Strumpfhose.

»Oh mein *Gott*«, sagte er.

Er ließ seine Tasche auf den Boden fallen.

»Oh. Mein. Gott«, sagte er.

»Überraschung!«, rief ich und hielt mit meinen Händen den Plüschhund in die Höhe, den ich in einem der Wohltätigkeitsläden auf der Hauptstraße gefunden hatte. Rooney hielt ihr Haar zurück und posierte als Daphne, während Sunil »JINKIES!« rief und seine Velma-Brille hochschob.

Jason legte seine Hand aufs Herz. Ganz kurz war ich erschrocken, dass er verärgert oder gekränkt sein könnte. Aber dann lächelte er. Ein breites Lächeln mit Zähnen. »Warum zur Hölle ... FUCK. WARUM SEID IHR VERFICKT NOCH MAL ALS SCOOBY-GANG VERKLEIDET?«

»Heute Abend ist eine Kostümparty im Club«, sagte ich und grinste. »Ich ... ich dachte, das könnte lustig werden.«

Jason kam auf uns zu. Und dann fing er einfach an zu lachen. Erst langsam, aber dann immer lauter. Er nahm mir den Plüschhund aus der Hand und schaute ihn an, und dabei wurde sein Lachen fast hysterisch.

»Scooby ist –« keuchte er durch sein Lachen – »Scooby soll – eine Deutsche Dogge sein – und das hier – ist ein Mops!«

Ich fing auch an zu lachen. »Das war das Beste, was ich finden konnte! Lach nicht!«

»Du hast Hunde als Scooby gecastet –« Er fing buchstäblich an zu keuchen – »Du hast einen *Mops* als Scooby Doo gecastet. Ich glaube, das fällt unter Rufmord!«

Jason musste sich an einem Tisch festhalten. Und dann haben wir nur noch geweint und gelacht, während er den kleinen Plüsch-Mops in der Hand hielt.

Es dauerte ein paar Minuten, bis wir uns beruhigt hatten, und Jason wischte sich die Tränen aus dem Gesicht. In der Zwischenzeit hatte Rooney die letzten Kleidungsstücke, die wir heute gekauft hatten, aus der Tragetasche genommen und hielt sie Jason vor die Nase – einen weißen Pullover, einen orangefarbenen Schal und eine blonde Perücke.

Er sah sie an.

»Meine Zeit«, sagte er, »ist gekommen.«

»Du stehst also wirklich auf Scooby-Doo?«, fragte Sunil Jason später in dieser Nacht, als wir es in den Club geschafft hatten. Der Club war voll mit Leuten, die als alles Mögliche verkleidet waren, von Superhelden bis hin zu riesigen Schneebesen.

»Mehr als die meisten Sachen auf dieser Welt«, sagte Jason.

Wir tanzten. Wir tanzten *sehr viel*. Und zum ersten Mal, seit ich an der Universität war, hat es mir wirklich Spaß gemacht. *Alles* hat Spaß gemacht. Die laute Musik, der klebrige Boden, die Getränke, die in winzigen Plastikbechern serviert wurden. Die alten Klassiker, die in diesem Club gespielt wurden, die betrunkenen Mädchen, mit denen wir uns auf der Toilette anfreundeten, einfach, weil ich einen Plüsch-Mops mit mir herumtrug. Rooney, die beschwipst ihren Arm um meine Schulter legte und zu *Happy Together* von den Turtles und *Walking on Sunshine* von Katrina and the Waves mitwippte. Sunil, der Jason an den Händen packte und ihn zwang, den Macarena zu tanzen, obwohl der ihn ganz furchtbar fand.

Alles war besser, weil ich mit meinen Freunden hier war. Wenn sie nicht da gewesen wären, hätte ich es gehasst. Ich hätte nach Hause gehen wollen.

Ich behielt Rooney im Auge. Ab einem gewissen Zeitpunkt fing sie an, sich betrunken mit einer anderen Gruppe von Leuten zu unterhalten und zu lachen. Das waren Leute, die ich noch nie zuvor gesehen hatte, und ich fragte mich, ob sie ihr Ding durchziehen und uns stehen lassen würde.

Aber als ich ihre Hand ergriff, wandte sie sich von ihnen ab und sah mich an, ihr Gesicht blitzte in den verschiedenen Farben der Discolichter über uns, und sie schien sich wieder daran zu erinnern, warum sie hier war. Sie erinnerte sich daran, dass sie uns hatte.

Und ich zog sie zurück auf die Tanzfläche, wo Jason und Sunil zu *Jump Around* von House of Pain auf und ab hüpften. Und auch wir fingen an zu hüpfen. Rooney lächelte mir ins Gesicht.

Ich wusste, dass sie immer noch verletzt war. Das war ich auch. Aber einen Moment lang schien sie glücklich zu sein. So, so glücklich.

Alles in allem erlebte ich so eine der besten Nächte meines Universitätslebens.

»Ich könnte schreien«, verkündete Rooney mit dem Mund voll Pizza, als wir durch Durham zurück zu unseren Colleges liefen. »Das ist das Beste, was ich je in meinem Mund hatte.«

»Und das von dir«, sagte Jason, was bei Rooney einen Lachanfall auslöste, der schnell in einen Hustenanfall überging.

Ich biss in mein eigenes Stück Pizza und musste Rooney recht geben. Es hatte etwas Himmlisches, mitten in einer eisigen Nacht im Nordwinter eine heiße Pizza im Gehen zu essen.

Jason und ich gingen nebeneinanderher, Rooney und Sunil liefen ein Stück voraus, in eine Diskussion über die beste Pizzeria in Durham vertieft.

Ich hatte noch keine Gelegenheit gehabt, mit Jason unter vier Augen zu sprechen. Bis jetzt. Ich wusste nicht so recht, wie ich anfangen sollte. Wie ich mich für alles entschuldigen sollte. Wie ich fragen sollte, ob es eine Chance gäbe, dass wir wieder Freunde sein könnten.

Zum Glück sprach er zuerst.

»Ich wünschte, Pip wäre hier«, sagte er. »Sie hätte den heutigen Abend geliebt.«

Es war nicht das, was ich von ihm erwartet hatte, aber sobald er es sagte, wurde mir klar, wie recht er hatte.

Jason prustete los. »Ich hab so ein klares Bild von ihr vor Augen, wie sie als Scooby-Doo verkleidet ist und die Scooby-Doo-Stimme macht.«

»Oh mein Gott. Ja.«

»Ich kann es buchstäblich *hören*. Und es ist furchtbar.«

»Sie wäre ganz schrecklich.«

Wir lachten beide. Als ob alles wieder normal wäre.

Aber das war es nicht.

Nicht, bevor wir darüber gesprochen hatten.

»Ich bin …«, begann ich zu sagen, hielt mich aber zurück, weil es sich nicht anfühlte, als wäre es genug. Nichts, was ich sagen konnte, fühlte sich an, als wäre es genug.

Jason drehte sich zu mir um. Wir hatten gerade eine der vielen Brücken erreicht, die über den Fluss Wear führten.

»Ist dir kalt?«, fragte er. »Ich kann dir meine Jacke leihen.«

Er fing an, die Jacke auszuziehen. Gott. Ich hatte ihn nicht verdient.

»Nein, nein. Ich wollte sagen … Ich wollte sagen, dass es mir leid tut«, sagte ich.

Jason zog seine Jacke wieder an. »Oh.«

»Es tut mir so leid für … alles. Es tut mir einfach alles so leid.«
Ich hörte auf zu gehen, weil ich spürte, wie mir die Tränen kamen und ich nicht vor ihm weinen wollte. Ich wollte wirklich, wirklich nicht weinen. »Ich liebe dich so sehr und … der Versuch, mit dir auszugehen, war das Schlimmste, was ich je getan habe.«

Jason blieb ebenfalls stehen.

»Es war ziemlich schlimm, stimmt's?«, sagte er nach einer Pause. »Wir waren richtig schlecht.«

Das brachte mich trotz allem zum Lachen.

»Du hast es nicht verdient, so behandelt zu werden«, fuhr ich fort und versuchte, alles auszusprechen, solange ich noch die Chance dazu hatte.

Jason nickte. »Das stimmt.«

»Und du musst wissen, dass es nichts mit dir zu tun hatte – du bist – du bist perfekt.«

Jason lächelte und versuchte, die Haare seiner Perücke zurückzustreichen. »Auch wahr.«

»Ich bin einfach – ich bin einfach anders. Ich kann diese Dinge einfach nicht fühlen.«

»Ja.« Jason nickte wieder. »Du bist … asexuell? Oder aromantisch?«

Ich erstarrte. »Was – warte, du weißt, was das ist?«

»Na ja … ich hatte davon gehört. Und als du mir deine Nachricht geschickt hast, habe ich die Verbindung hergestellt und dann habe ich es nachgeschlagen und, ja. Das klang wie das, was du beschrieben hast.« Er sah plötzlich alarmiert aus. »Liege ich falsch? Es tut mir so leid, wenn ich es falsch verstanden habe …«

»Nein, nein – du hast recht.« Ich holte tief Luft. »I-ich bin … äh, beides. Aro-Ace.«

»Aro-Ace«, wiederholte Jason. »Okay.«

»Ja.«

Er legte seine Hand in meine, und wir setzten unseren Weg fort.

»Du hast aber nicht auf meine Nachricht geantwortet«, stellte ich fest.

»Na ja … ich war wirklich sauer.« Er starrte auf den Boden. »Und … ich konnte nicht wirklich mit dir reden, solange ich … noch in dich verliebt war.«

Es gab eine lange Pause. Ich hatte keine Ahnung, was ich dazu sagen sollte.

Schließlich sagte er: »Weißt du, wann ich zum ersten Mal gemerkt habe, dass ich dich mag?«

Ich sah zu ihm auf, nicht sicher, wohin das führen würde. »Wann?«

»Als du Mr. Cole bei den Proben von *Les Mis* angeschnauzt hast.«

Angeschnauzt? Ich konnte mich nicht daran erinnern, jemals einen Lehrer *angeschnauzt zu haben*, geschweige denn Mr. Cole, den autoritären Regisseur unserer Schultheaterstücke in der Oberstufe.

»Daran kann ich mich nicht erinnern«, sagte ich.

»Wirklich?« Jason gluckste. »Er hat mich angeschrien, weil ich ihm gesagt habe, dass ich an diesem Nachmittag eine Probe ausfallen lassen muss, um zu einem Zahnarzttermin zu gehen. Und du warst da, und er drehte sich zu dir um und sagte: *Georgia, du stimmst mir doch zu, oder? Jason ist Javert, er ist eine Schlüsselrolle, und er hätte seinen Termin auf ein anderes Mal verschieben sollen.* Und du weißt, wie Mr. Cole war – jeder, der ihm nicht zustimmte, war offiziell sein Feind. Aber du hast ihm einfach in die Augen geschaut und gesagt: *Nun, jetzt ist es zu spät, das zu ändern, also hat es keinen Sinn, Jason deswegen anzuschreien.* Und das hat ihn zum Schweigen gebracht, und er ist in sein Büro gestürmt.«

Ich erinnerte mich an diesen Vorfall. Aber ich glaubte nicht, dass ich besonders energisch oder mutig gewesen war. Ich hatte nur versucht, für meinen besten Freund einzutreten, der eindeutig im Recht war.

»Es hat mich einfach zum Nachdenken gebracht ... Georgia ist vielleicht ein bisschen still und schüchtern, aber sie würde sich gegen einen furchterregenden Lehrer wehren, wenn einer ihrer Freunde angeschrien wird. *Das ist* die Art von Mensch, die du bist. Das hat mir das sichere Gefühl gegeben, dass du mich wirklich gern hast. Und ich glaube, da habe ich angefangen, mich in dich zu verlieben.«

»Du bedeutest mir immer noch so viel«, sagte ich sofort, obwohl ich nicht glaubte, dass das, was ich zu Mr. Cole gesagt hatte, besonders herausragend oder mutig gewesen war. Ich wollte immer noch, dass Jason wusste, dass er mir genausoviel bedeutete, wie es ihm in diesem Moment erschienen war.

»Ich weiß«, sagte er und lächelte. »Das ist auch der Grund, warum ich etwas Abstand von dir brauchte. Um über dich hinwegzukommen.«

»Bist du über mich hinweggekommen?«

»Ich ... ich arbeite daran. Es wird eine Weile dauern. Aber ich arbeite daran.«

Unbewusst zog ich meine Hand aus seiner zurück. Machte ich es schlimmer für ihn, nur weil ich in seiner Nähe war?

Er bemerkte es, und es gab eine Pause, bevor er wieder sprach.

»Als du mir gesagt hast, warum du mit mir ausgegangen bist, war ich ... ich meine, klarerweise war ich am Boden zerstört«, fuhr er fort. »Ich hatte das Gefühl, dass ich dir völlig egal bin. Aber nachdem ich deine Nachricht bekommen habe, glaube ich, dass ich anfing zu begreifen, dass du einfach ... du warst so verwirrt wegen allem. Du hast wirklich gedacht, wir könnten zusammen sein, weil du mich liebst. Nicht auf eine romantische Art, aber genauso stark. Du bist immer noch der Mensch, der mich gegenüber Mr. Cole verteidigt hat. Du bist immer noch meine beste Freundin.« Er schaute mich an. »Dass wir beide kein Paar mehr sind, ändert daran überhaupt nichts. Ich habe nichts verloren, nur weil wir nicht mehr zusammen sind.«

Ich hörte verblüfft zu und brauchte einen Moment, um herauszufinden, was er meinte.

»Du hast kein Problem damit – nur Freunde zu sein?«, fragte ich.

Er lächelte und nahm wieder meine Hand. »›Nur Freunde‹ hört sich an, als wäre es schlechter, Freunde zu sein. Ich persönlich finde es besser, wenn man bedenkt, wie schrecklich unser Kuss war.«

Ich drückte seine Hand. »Da stimme ich dir zu.«

Wir erreichten das Ende der Brücke und gingen zurück durch eine Kopfsteinpflastergasse. Jasons Gesicht tauchte in die Dunkelheit und dann wieder ins Licht, wenn wir Straßenlaternen passierten. Als sein Gesicht wieder ins Licht kam, lächelte er, und ich hatte das Gefühl, dass mir vielleicht vergeben worden war.

ENTSCHULDIGUNG

Sunil starrte einige Sekunden lang auf Jasons gerahmtes Foto von Sarah Michelle Gellar und Freddie Prinze Jr., bevor er darauf tippte und fragte: »Möchte das jemand erklären?«

»Das ist eine wirklich lange Geschichte«, sagte Jason, der auf seinem Bett saß.

»Es ist aber eine gute Geschichte«, fügte ich hinzu. Rooney und ich lagen auf dem Boden mit Jasons Kissen als Rückenlehne, und Rooney machte ein kleines Nickerchen.

»Jetzt bin ich noch neugieriger.«

Jason seufzte. »Wie wäre es, wenn ich es erkläre, sobald wir entschieden haben, was wir wegen Pip machen?«

Es war eine Woche nach unserem Scooby-Doo-Ausflug. Mit Jason zurück in der Shakespeare Society, sahen die Dinge besser aus, und wir hatten es tatsächlich geschafft, eine richtige Probe abzuhalten.

Aber wir konnten das Stück nicht ohne Pip machen.

Und es ging auch nicht nur um das Stück. Die Society war für uns alle wichtig, aber die Freundschaft mit Pip war wichtiger. *Das* war es, was ich retten musste.

Ich wusste nur nicht genau, wie ich das anstellen sollte.

»Wir reden über Pip?«, sagte Rooney, die offenbar gerade aufgewacht war.

Rooney ging immer noch in den meisten Nächten aus und

kam in den frühen Morgenstunden zurück. Ich wusste nicht, ob ich sie aufhalten *konnte* oder ob ich es überhaupt *sollte*. Theoretisch machte sie ja nichts falsch.

Ich hatte bloß das Gefühl, dass sie nur deshalb ständig ausging, um alles andere zu betäuben.

»Ich dachte, wir würden proben«, sagte ich.

»Es hat keinen Sinn, mit den Proben weiterzumachen, wenn Pip nicht zurückkommt«, stellte Jason fest, und es herrschte Stille, als uns allen klar wurde, dass er recht hatte.

Sunil hockte auf Jasons Schreibtisch und verschränkte die Arme. »Also … hast du irgendwelche Vorschläge?«

»Na ja, ich habe mit ihr geredet, und –«

»Warte, du hast *mit ihr geredet*?«, sagte Rooney und setzte sich aufrecht hin.

»*Ich* bin es ja nicht, mit dem sie eine Fehde hat. Wir sind immer noch Freunde. Wir sind auf demselben College.«

»Dann kannst du sie also dazu bringen zurückzukommen. Sie wird auf dich hören.«

»Ich hab's versucht.« Jason schüttelte den Kopf. »Sie ist *wütend*. Und Pip verzeiht nicht so leicht.« Er sah mich und Rooney an. »Ich meine … ich verstehe irgendwie, warum. Was ihr beide getan habt, war unglaublich idiotisch.«

Jason *wusste von dem Kuss*. Natürlich wusste er es – Pip hatte ihm wahrscheinlich alles erzählt. Ich spürte, wie ich vor lauter Scham rot wurde.

»Was habt ihr denn getan?«, fragte Sunil neugierig.

»Sie haben sich geküsst, und Pip hat es gesehen«, sagte Jason.

»*Oh.*«

»Ähm … können wir unsere Seite der Geschichte dazu erzählen?«, fragte Rooney.

»Also, meine Vermutung wäre, dass ihr betrunken wart und dass es Rooneys Idee war«, sagte Jason. »Und dass ihr beide es sofort bereut habt.«

»Okay, das ist … das trifft es ziemlich genau.«

»Was sollen wir also tun?«, fragte Sunil.

»Ich denke, Georgia und Rooney werden einfach weiter versuchen müssen, mit ihr zu reden, bis sie bereit ist zuzuhören. Vielleicht eine nach der anderen, damit sie nicht das Gefühl hat, dass ihr euch gegen sie verbündet.«

»Wann?«, fragte ich. »Wie?«

»Nun«, sagte Jason. »Ich denke, eine von euch sollte in ihr Zimmer gehen und sich einfach bei ihr entschuldigen. Ihr habt noch nicht wirklich versucht, euch persönlich zu entschuldigen, oder?«

Weder Rooney noch ich antworteten darauf.

»Das habe ich mir gedacht.«

Eine Idee blitzte in meinem Kopf auf. »Pips Jacke. Eine von uns sollte gehen und ihr die Jacke zurückbringen.«

Rooney drehte den Kopf zu mir. »Ja. Die liegt schon seit *Monaten* in unserem Zimmer.«

»Soll ich zurücklaufen und sie holen?«, fragte ich.

Aber Rooney war schon auf den Beinen.

Als sie von St. John's mit Pips Jeansjacke in der Hand zurückkam, bestand Rooney darauf, dass sie mit Pip sprechen wollte. Sie ließ mich nicht einmal mit ihr streiten – sie machte einfach die Tür auf, trat hinaus und fragte: »Wo entlang geht es zu ihrem Zimmer?«

Rooney gab sich immer noch die Schuld an der ganzen Sache, wie es schien. Obwohl Pip viel mehr Gründe hatte, wütend auf mich zu sein.

Ich ging einen Teil des Weges mit ihr, blieb aber ein paar Meter vor Pips Tür an der Ecke stehen, um das Gespräch mitzuhören. Es war Abend und das Abendessen vorbei, also würde Pip hoffentlich da sein.

Rooney klopfte an Pips Tür. Ich fragte mich, was sie wohl sagen würde.

War das eine schreckliche Idee?

Zu spät.

Die Tür öffnete sich.

»Hallo«, sagte Rooney. Und dann herrschte eine spürbare Stille.

»Was machst du hier?«, fragte Pip. Ihre Stimme war leise. Es war seltsam, Pip so aufrichtig traurig zu hören. So hatte ich sie noch nicht oft gehört ... vor all dem hier.

»Ich ...«

Ich hatte erwartet, dass Rooney eine große Rede halten würde. Eine tief empfundene und eindringliche Entschuldigung.

Stattdessen sagte sie: »Ähm – deine ... Jacke.«

Es herrschte wieder Stille.

»Okay«, sagte Pip. »Danke.«

Die Tür knarrte, und ich lugte gerade um die Ecke, als Rooney ihren Arm ausstreckte, um sie offen zu halten.

»Warte!«, rief sie.

»Was? Was willst du?« Ich konnte Pip nicht sehen – sie war zu weit in ihrem Zimmer – aber ich konnte hören, dass sie genervt war.

Rooney geriet in Panik. »Ich ... warum ist dein Zimmer so unordentlich?«

Das war definitiv das Falscheste, was sie sagen konnte.

»Du kannst es dir einfach nicht verkneifen, abfällige Bemerkungen über mich zu machen, oder?«, schnauzte Pip sie an.

»Warte, tut mir leid, das ist nicht das, was ich –«

»Kannst du mich nicht einfach in Ruhe lassen? Ich habe das Gefühl, dass du mich verfolgst oder so.«

Rooney schluckte. »Ich wollte mich nur entschuldigen. Und zwar ... richtig. Persönlich.«

»Oh.«

»Georgia ist auch hier.«

Ich spürte, wie sich mein Magen zusammenzog, als Rooney

auf mein Versteck um die Ecke zeigte. Das war nicht der Plan gewesen.

Für jemanden, der angeblich eine Menge über Romantik wusste, wusste Rooney ganz klar nicht, wie man eine große Geste inszenierte.

Pip trat ein Stück aus ihrem Zimmer, um nachzusehen. Ihr Gesichtsausdruck war düster.

»Ich will mit keinem von euch reden«, sagte sie mit brüchiger Stimme und drehte sich um, um wieder hineinzugehen.

»Warte!« Ich war überrascht von meiner eigenen Stimme. Und davon, wie ich eiligst zu Pips Zimmer lief.

Und da war sie. Ihr Haar war wuschelig und ungestylt, und sie trug einen Kapuzenpulli und Baumwollshorts. Ihr Zimmer war extrem unordentlich, selbst für ihre Verhältnisse. Sie war eindeutig traurig.

Aber sie war nicht so wütend wie letzte Woche vor dem Pub.

War das ein Fortschritt?

»Wir dachten, es wäre vielleicht besser, wenn nur eine von uns mit dir spricht«, platzte ich heraus. »Aber – ähm, ja. Wir sind beide hier. Und es tut uns beiden wirklich leid ... du weißt schon. Alles, was passiert ist.«

Pip sagte nichts. Sie wartete darauf, dass wir weiterredeten, aber ich wusste nicht, was ich noch sagen sollte.

»Das war's jetzt?«, sagte sie schließlich. »Ich soll euch einfach ... verzeihen?«

»Wir wollen nur, dass du zur Shakespeare Society zurückkommst«, sagte Rooney, aber das war, wieder einmal, *definitiv* das Falscheste, was sie sagen konnte.

Pip lachte. »Oh mein Gott! Das hätte ich mir denken können. Es geht nicht mal um mich – du brauchst nur dein fünftes Mitglied für die verdammte *Shakespeare-Gesellschaft*. Oh, mein *Gott*.«

»Nein, das ist nicht, was –«

»Ich habe keine Ahnung, warum du dich so sehr um dein dummes Stück sorgst. Aber warum zum *Teufel* sollte ich mir das antun? Mit jemandem, der mich glauben ließ, es gäbe die *winzigste* Chance, dass sie mich auch mochte, um dann stattdessen mit meiner besten Freundin rumzumachen?« Pip schüttelte den Kopf. »Ich hatte die ganze Zeit recht. Du hasst mich einfach.«

Ich wartete auf Rooneys unvermeidliches Comeback, aber es kam nicht.

Sie blinzelte mehrere Male. Ich drehte mich um, um sie richtig anzusehen, und merkte, dass sie kurz vorm Weinen war.

»Aber ich *hab* dich ge-«, begann sie zu sagen, hielt aber inne, und ihr Gesicht *zerfiel* förmlich. Tränen schossen ihr aus den Augen, und bevor sie etwas sagen konnte, drehte sie sich abrupt um und ging weg.

Pip und ich sahen zu, wie sie um die Ecke verschwand.

»Scheiße, ich … ich wollte sie nicht zum Weinen bringen«, murmelte Pip.

Ich hatte keine Ahnung, was ich jetzt sagen sollte. Mir war auch fast zum Weinen zumute.

»Es tut uns echt leid«, sagte ich. »Wir – *es tut mir leid*. Ich habe alles ernst gemeint, was ich in meiner Nachricht gesagt habe. Es war nur ein irrer, betrunkener Fehler. Keine von uns steht auf die andere. Und ich habe mich auch bei Jason entschuldigt.«

»Du hast mit Jason gesprochen?«

»Ja, wir … wir haben über alles gesprochen. Ich denke, jetzt ist alles in Ordnung.«

Pip sagte nichts dazu. Sie schaute nur auf den Boden.

»Es ist mir wirklich egal, wenn du nicht zurück in die Shakespeare Society kommen willst«, sagte ich. »Ich möchte nur, dass wir wieder Freunde sind.«

»Ich brauche etwas Zeit zum Nachdenken.« Pip wollte die Tür schließen, aber bevor sie das tat, sagte sie: »Danke, dass du meine Jacke zurückgebracht hast.«

BETH

Rooney hatte schon aufgehört zu weinen, als ich in unser Zimmer zurückkehrte.

Stattdessen zog sie sich um, um auszugehen.

»Du gehst aus?«, fragte ich, schloss die Tür hinter mir und machte das Licht an. Sie hatte sich nicht einmal die Mühe gemacht, das Licht anzuschalten.

»Ja«, sagte sie und zog sich ein enges Top über den Kopf.

»Warum?«

»Wenn ich hier bleibe«, schnauzte sie mich an, »dann muss ich die ganze Nacht wach liegen und über alles nachdenken, und das kann ich nicht. Ich kann nicht einfach dasitzen und mit meinen Gedanken allein sein.«

»Mit wem gehst du überhaupt aus?«

»Mit Leuten vom College. Ich habe *andere Freunde.*«

Freunde, die nie auf einen Tee vorbeikommen oder zu Filmabenden und Pizza oder sich bei dir melden, wenn es dir schlecht geht?

Das wollte ich sagen.

»Okay«, sagte ich stattdessen.

Ihr üblicher Blödsinn, das war es, was ich mir eingeredet hatte. So rechtfertigte ich das alles, wirklich. Die geschwänzten Vorlesungen. Dass sie bis zum Nachmittag schlief. Die nächtlichen Clubbesuche.

Ich nahm nichts davon ernst, *wirklich* ernst, bis zu dieser Nacht, als ich um fünf Uhr morgens wach wurde und eine Nachricht las:

Rooney Bach
Kannst du mich reinlassen bin vor dem College
Schlüssel vergessen

Sie hatte die Nachricht um 3:24 Uhr gesendet. Die Türen zum College waren zwischen 2 und 6 Uhr morgens verschlossen – man brauchte dann seinen Schlüssel, um ins Hauptgebäude zu gelangen.

Ich wachte oft in den frühen Morgenstunden auf und überprüfte mein Telefon, bevor ich sehr schnell wieder einschlief. Aber diese Nachricht versetzte mich so in Panik, dass ich aus dem Bett sprang und sofort Rooney anrief.

Sie ging nicht dran.

Ich zog meine Brille, meinen Morgenmantel und meine Pantoffeln an, schnappte mir meine Schlüssel und rannte zur Tür hinaus. Mein Kopf war voller Bilder von Rooney, wie sie tot in einem Graben lag, an ihrem eigenen Erbrochenen erstickt oder im Fluss ertrunken. Es musste ihr doch gut gehen. Sie machte die ganze Zeit dummes Zeug, aber es ging ihr *immer* gut.

Die Empfangshalle war dunkel und leer, als ich mit schallenden Schritten hindurch lief, die Tür aufschloss und in die Dunkelheit hinaus lief.

Die Straße war leer, abgesehen von einer Gestalt, die ein Stück vor mir auf einer niedrigen Backsteinmauer in sich zusammengekauert hockte.

Rooney.

Lebendig. Gott sei Dank. *Gott* sei Dank.

Ich lief auf sie zu. Sie trug nur das enge Top und einen Rock, obwohl es draußen nicht mehr als fünf Grad haben konnte.

»Was – was *machst* du da?«, rief ich und merkte, dass ich unerklärlicherweise wütend auf sie war.

Sie blickte zu mir auf. »Oh. Gut. Endlich.«

»Du … Hast du die ganze Nacht *hier gesessen*?«

Sie stand auf und versuchte, lässig zu wirken, aber ich konnte sehen, wie sie ihre Arme umklammerte und versuchte, ein heftiges Zittern zu kontrollieren. »Nur ein paar Stunden.«

Ich zog hastig meinen Morgenmantel aus und gab ihn ihr. Sie wickelte ihn um sich, ohne etwas zu sagen.

»Hättest du nicht jemand anderen anrufen können – einen deiner anderen Freunde?«, fragte ich. »Irgend*jemand* war doch sicher wach.«

Sie schüttelte den Kopf. »Keiner war wach. Nun, ein paar Leute haben meine Nachrichten gelesen, aber … sie müssen sie ignoriert haben. Und dann war mein Akku leer.«

Ich war so erschrocken darüber, dass mir gar nichts mehr einfiel, was ich sagen sollte. Ich sperrte einfach die Tür zum College auf, und wir gingen schweigend zu unserem Zimmer.

»Du kannst nicht einfach … Du musst vorsichtiger sein«, sagte ich, als wir das Zimmer betraten. »Es ist nicht sicher, um diese Zeit alleine da draußen zu sein.«

Sie begann, ihren Pyjama anzuziehen. Sie sah erschöpft aus.

»Was kümmert dich das?«, flüsterte sie. Nicht auf eine gemeine Art. Es war eine ernst gemeinte Frage. Als ob sie ehrlich nicht wüsste, wie die Antwort lautete. »Warum bin ich dir wichtig?«

»Du bist meine Freundin«, sagte ich und stand an der Tür.

Sie sagte nichts weiter. Sie legte sich einfach ins Bett und schloss die Augen.

Ich hob ihre Kleidung vom Boden auf und legte sie in ihren Wäschekorb, bemerkte dann aber, dass ihr Telefon in der Rocktasche steckte, also fischte ich es heraus und steckte es für sie ans Ladegerät. Ich goss sogar etwas Wasser in Rodericks Topf. Er sah ein bisschen lebendiger aus.

Und dann ging ich ins Bett und fragte mich, warum ich mich wirklich für Rooney Bach interessierte, die Königin der Selbstsabotage, die Liebesexpertin, die keine war. Denn das tat ich. Sie war mir wichtig, obwohl wir so unterschiedlich waren und wir wahrscheinlich nie miteinander gesprochen hätten, wenn wir nicht zusammen gewohnt hätten, und obwohl sie so oft das Falsche gesagt oder eine Situation vermasselt hatte.

Ich machte mir Sorgen um sie, weil ich sie mochte. Ich mochte ihre Leidenschaft für die Shakespeare-Society. Ich mochte die Art und Weise, wie sie sich für Dinge begeisterte, die gar nicht wichtig waren, wie Teppiche oder Theaterstücke oder College-Ehen. Ich mochte die Art, wie sie mir immer aufrichtig helfen wollte, auch wenn sie eigentlich nie das Richtige zu sagen oder tun wusste und viel schlechtere Ratschläge gab, als mir anfangs klar war.

Ich fand, dass sie ein guter Mensch war, und ich mochte es, sie in meinem Leben zu haben.

Ich fing an zu begreifen, dass es für Rooney unverständlich war, dass jemand so für sie empfinden konnte.

Zwei Stunden später wurde ich erneut durch das Klingeln von Rooneys Handy geweckt.

Wir ignorierten es beide.

Als es das zweite Mal klingelte, stand ich auf und setzte meine Brille auf.

»Dein Handy klingelt«, sagte ich, meine Stimme heiser vom Schlaf.

Rooney bewegte sich nicht. Sie machte nur ein grunzendes Geräusch.

Ich stolperte dahin, wo Rooneys aufgeladenes Telefon auf ihrem Nachttisch lag, und schaute auf die Anrufer-ID.

Dort stand: *Beth.*

Ich starrte das Handy-Display an. Ich hatte das Gefühl, dass ich wissen sollte, wer das ist. So, als hätte ich den Namen schon mal irgendwo gesehen.

Und dann wurde mir klar, dass es der Name des Menschen war, der einen halben Meter vor mir stand, auf dem einzigen Foto, das Rooney an der Wand neben ihrem Bett aufgehängt hatte. Ein Foto, das ein wenig zerknittert war von all den Malen, die es von der Wand gefallen und jemand draufgetreten war.

Das Foto der dreizehnjährigen Rooney und ihrer besten Freundin aus der Schulzeit: Beth mit dem Meerjungfrauenhaar.

Ich tippte aufs Display, um den Anruf entgegenzunehmen.

»Hallo?«

»*Hi?*«, sagte die Stimme. Beth. War das Beth? Das Mädchen auf dem Foto mit den rot gefärbten Haaren und den Sommersprossen?

Waren Rooney und Beth noch in Kontakt? Vielleicht hatte Rooney noch andere Freunde, mit denen sie redete – und ich wusste nur nichts von ihnen.

Und dann sagte Beth: »*Ich habe gestern Abend ein paar verpasste Anrufe von dieser Nummer bekommen und wollte nur mal nachsehen, wer das war, falls es ein Notfall sein sollte oder so.*«

Ich spürte, wie mir der Mund offen stand.

Sie hatte nicht einmal Rooneys Nummer gespeichert.

»Ähm –« Ich wusste nicht, was ich sagen sollte. »Entschuldigung – das ist eigentlich nicht mein Telefon. Das ist das Telefon von Rooney Bach.«

Es gab eine Pause.

»*Rooney Bach?*«

»Äh, ja. Ich bin ihre Mitbewohnerin an der Uni. Sie … sie war letzte Nacht ziemlich betrunken, also … vielleicht hat sie dich betrunken angerufen?«

»*Ja, kann sein … Entschuldigung, das ist wirklich seltsam. Ich hab sie nicht mehr gesehen seit … Gott, das müssen etwa fünf Jah-*

re sein. Ich weiß nicht, warum sie überhaupt noch meine Nummer gespeichert hat.«

Ich starrte auf das Foto an der Wand.

»Ihr seid nicht mehr in Kontakt?«, fragte ich.

»Äh, nein. Sie hat die Schule gewechselt, als wir in der neunten Klasse waren, und wir haben danach nicht mehr wirklich Kontakt gehalten.«

Rooney hatte gelogen. Oder ... hatte sie das? Sie hatte mir gesagt, Beth sei ihre Freundin. Vielleicht hatte das gestimmt, als sie jünger war. Aber jetzt war es nicht mehr so.

Warum hatte Rooney das Foto einer Freundin, mit der sie seit fünf Jahren nicht mehr gesprochen hatte, an ihrer Wand?

»Wie geht es ihr?«, fragte Beth.

»Sie ist ...« Ich blinzelte. »Es geht ihr gut. Es geht ihr gut.«

»Das ist gut. Steht sie immer noch auf Theater?«

Ich wusste nicht, warum, aber ich hatte das Gefühl, dass ich gleich weinen würde.

»Ja«, sagte ich. »Ja, das tut sie. Sie liebt das Theater.«

»Oh. Das ist schön. Sie hat immer gesagt, sie will Regisseurin werden oder so.«

»Du solltest – du solltest ihr mal eine Nachricht schicken«, sagte ich und versuchte, den Kloß in meinem Hals herunterzuschlucken. »Ich glaube, sie würde sich freuen, von dir zu hören.«

»Ja«, sagte Beth. *»Ja, vielleicht mach ich das. Das wäre schön.«*

Ich hoffte, sie würde es tun. Ich hoffte verzweifelt, dass sie es tun würde.

»Gut ... dann lege ich jetzt auf, es ist ja kein Notfall oder so. Ich bin froh, dass es Rooney gut geht.«

»Okay«, sagte ich, und Beth beendete das Gespräch.

Ich legte Rooneys Telefon weg. Rooney selbst hatte sich nicht bewegt. Alles, was ich von ihr sehen konnte, war ihr Hinterkopf und ihr Pferdeschwanz, der unter der Decke hervorlugte. Der Rest von ihr wurde von ihrer geblümten Bettdecke verdeckt.

NOTFALLSITZUNG

Was ich für eine Maske gehalten hatte, war in Wirklichkeit eine Mauer. Rooney hatte eine massive Ziegelmauer um einen Teil von sich gebaut, den niemand kennen durfte.

Sie hatte das Jahr damit verbracht, die Wand, die ich um mich herum gebaut hatte, zu zertrümmern. Ich verdiente eine Chance, das Gleiche bei ihr zu machen.

Also rief ich eine Notfallsitzung der Shakespeare-Society ein.

Wir würden Pip zurückbekommen. Und Rooney würde helfen, ob sie wollte oder nicht.

Es war ein Samstag, und wir verabredeten uns auf einen Vormittagskaffee. Jason hatte früh Rudertraining, Sunil eine Orchesterprobe und Rooney wollte nicht aus dem Bett, bis ich ihr mit meinem Kissen eins überzog, aber irgendwie schafften wir es alle bis elf Uhr ins Café Vennels. Ich wusste endlich, was das Vennels war.

»Das … ist aber ziemlich *viel*«, sagte Sunil, als ich ihm meinen Plan erklärte. »Ich könnte Jess bitten, uns zu helfen. Sie spielt die Bratsche.«

»Und ich werde meinen Ruderkapitän fragen, ob wir uns ein paar Sachen leihen können«, sagte Jason und tippte sich mit den Fingern auf den Mund. »Ich bin mir ziemlich sicher, er würde ja sagen.«

»Ich … ich möchte niemandem Umstände bereiten«, sagte

ich. Der Gedanke, dass andere Leute helfen müssten, war mir irgendwie peinlich.

»Im Gegenteil, Jess wird eher *sauer sein*, wenn ich sie nicht frage, ob sie mitmacht«, sagte Sunil. »Sie ist besessen von solchen Aktionen.«

»Was ist mit Rooney?«, sagte Jason an Rooney gewandt. »Was denkst du?«

Rooney war in ihrem Stuhl zusammengesunken und wollte offensichtlich nicht wach sein.

»Es ist gut«, sagte sie und versuchte, enthusiastisch zu klingen, scheiterte aber kläglich.

Nachdem Jason und Sunil zu ihren nächsten Terminen gegangen waren – Jason hatte eine Lerngruppe und Sunil traf sich mit ein paar Freunden zum Mittagessen – blieben Rooney und ich allein zurück. Ich dachte, wir könnten genauso gut hier bleiben und etwas essen, da sie nicht gefrühstückt hatte und wir sonst nichts zu tun hatten.

Wir bestellten Pfannkuchen – ich entschied mich für die herzhaften, sie für die süßen – und plauderten eine Weile über belanglose Themen wie unsere Hausarbeiten und die bevorstehende Lesewoche.

Schließlich kam sie aber doch zur Sache.

»Ich weiß, warum du das tust«, sagte sie. Ihr Blick bohrte sich in meine Augen.

»Warum ich was tue?«

»Mich dazu zu bringen, zum Frühstück rauszugehen und dir bei der Pip-Sache zu helfen.«

»Und warum?«

»Du hast Mitleid mit mir.«

Ich legte mein Messer und meine Gabel ordentlich auf den leeren Teller. »Tatsächlich ist das nicht so. Das ist falsch. Völlig falsch.«

Ich konnte sehen, dass sie mir nicht glaubte.

Und dann sagte sie: »Du hast mit Beth telefoniert.«

Ich erstarrte. »Du warst wach?«

»Warum bist du ans Handy gegangen?«

Warum hatte ich den Anruf angenommen? Ich wusste, dass die meisten Leute einfach auf die Voicemail gewartet hätten.

»Ich schätze ... ich hatte gehofft, dass sie anruft, um sich nach dir zu erkundigen«, sagte ich. Ich war nicht sicher, ob das Sinn ergab.

Ich wollte nur, dass Rooney wusste, dass jemand angerufen hatte. Dass sich jemand kümmerte. Aber Beth war nicht dieser Mensch. Sie kümmerte sich gar nicht mehr.

»Hat sie?«, fragte Rooney mit leiser Stimme. »Hat sie angerufen, um nach mir zu sehen?«

Ich hätte lügen können.

Aber ich log Rooney nicht an.

»Nein«, sagte ich. »Sie hatte deine Nummer nicht gespeichert.«

Rooney senkte den Kopf. Sie schaute erst nach unten, dann zur Seite. Sie nahm einen langen Schluck von ihrem Apfelsaft.

»Wer ist sie?«, fragte ich.

»Warum machst du das?« Rooney stützte sich auf eine Hand und bedeckte ihre Augen. »Ich will nicht darüber reden.«

»Das ist in Ordnung. Ich möchte nur, dass du weißt, dass du es kannst.«

Ich bestellte ein weiteres Getränk. Rooney saß schweigend mit verschränkten Armen und schien zu versuchen, sich weiter in die Ecke des Raumes zu zwängen.

Es brauchte zwei Wochen intensivster Planung.

In der ersten Woche koordinierten wir Zeit und Ort, und Jason arbeitete daran, den Kapitän seines Ruderteams zu überreden, uns zu erlauben, alles zu benutzen, was wir brauchten.

Nachdem wir ihn mit einem Viererpack Bier ausgestattet losgeschickt hatten, kam er mit einem Lächeln im Gesicht und einem Ersatzschlüssel für das Bootshaus zurück. Wir feierten mit Pizza in Jasons Zimmer.

In der zweiten Woche brachte Sunil Jess zu einer Probe mit. Obwohl ich das Gefühl hatte, sie nicht sehr gut zu kennen, da ich nur ein paar Mal mit ihr gesprochen hatte, wollte sie sofort wissen, woher ich meinen Pullover hatte – er war beige mit bunten Fair-Isle-Mustern – und wir unterhielten uns ausführlich über unsere gemeinsame Liebe zu gemusterten Wollpullovern.

Jess war absolut dafür, an unserer Aktion teilzunehmen, obwohl ich ihr mehrmals sagte, dass es in Ordnung wäre, wenn sie zu beschäftigt sei. Aber als Jess ihre Bratsche und Sunil sein Cello herausholte, wurde mir klar, warum sie so begeistert war – sie *liebten es* offensichtlich, zusammen zu musizieren. Sie begannen, das Stück durchzuspielen, redeten darüber, wenn sie schwierige Stellen erreichten, und machten sich kleine Notizen auf den Notenblättern.

Die beiden schienen hier anders zu sein, fast gegensätzlich zur Pride Society, wo sie ständig umtriebig waren, alles organisierten, *der Präsident* und die *Vizepräsidentin* waren. Hier konnten sie einfach Sunil und Jess sein, zwei beste Freunde, die gerne Musik machten.

»Keine Sorge, wir kriegen das bis Sonntag perfekt hin«, versprach Sunil mit einem breiten Grinsen im Gesicht.

»Danke«, sagte ich, aber es fühlte sich wirklich nicht an, als wäre dieses eine Wort genug für das, was sie alles machten.

Rooney stimmte widerwillig zu, das Tamburin zu übernehmen. Die ersten paar Male, die wir den Song gemeinsam einspielten, stand sie nur da, klopfte das Tamburin gegen ihre Hand und schaute auf den Boden.

Aber als wir uns dem Sonntag näherten, fing sie an, sich ein wenig mehr darauf einzulassen. Sie begann auf der Stelle zu wippen, während wir das Stück durchspielten. Manchmal sang sie sogar mit, nur ein bisschen, als wäre sie sicher, dass niemand sie hören könnte.

Am Ende hatte ich fast das Gefühl, sie hätte Spaß.

In Wahrheit hatten wir den alle.

Wir hatten alle so viel Spaß.

Und *das hier würde funktionieren*.

DIE NACHT DAVOR

In der Nacht vor dem fraglichen Sonntag ging Rooney nicht aus.

Ich war mir nicht sicher, warum. Vielleicht hatte sie einfach keine Lust. Aber aus welchem Grund auch immer, als ich aus der Dusche kam, schaute sie von ihrem Laptop-Bildschirm auf und fragte: »Willst du YouTube-Videos schauen und Kekse essen?«

Ich quetschte mich in ihr Bett, was – wie beim letzten Mal – ziemlich unbequem war, also sagte ich, ohne nachzudenken: »Wie wäre es, wenn wir unsere Betten zusammenschieben?«, und Rooney sagte: »Warum nicht?« Also zogen wir beide unsere Betten in die Mitte des Zimmers, schoben sie zu einem riesigen Doppelbett zusammen und fingen an, TikTok-Kompilationen zu schauen, während wir uns durch eine Packung Schokokekse futterten.

»Ich bin wirklich nervös wegen morgen«, gestand ich nach der Hälfte des dritten Videos.

»Ich auch«, sagte Rooney und kaute auf einem Keks herum.

»Glaubst du, es wird Pip gefallen?«

»Ehrlich gesagt habe ich keine Ahnung.«

Wir sagten eine Weile nichts weiter, und auch die Kekse waren bald aufgefuttert. Als das vierte Video zu Ende war, machte sich Rooney nicht auf die Suche nach einem neuen. Also lagen wir einfach schweigend da, im blauen Licht des Bildschirms.

Nach einiger Zeit – vielleicht ein paar Minuten, vielleicht auch länger – fragte sie: »Findest du es komisch, dass ich immer noch das Bild von Beth habe?«

Ich drehte meinen Kopf, um sie anzusehen.

»Nein«, sagte ich. Das war die Wahrheit.

»Ich schon«, sagte sie. Sie klang so müde.

»Wenn sie sich nicht die Mühe gemacht hat, den Kontakt zu dir zu halten, als du die Schule gewechselt hast, dann hat sie dich nicht verdient«, sagte ich. Ich war wütend auf Beth, ganz ehrlich. Ich war wütend auf sie, weil sie Rooney dazu brachte, sich so viele Gedanken um jemanden zu machen, der sich nicht um sie kümmerte.

Rooney stieß ein kleines Lachen aus, das ihr Kissen verschluckte. »Es lag nicht an ihr. Es lag an mir.«

»Was meinst du?«

»Als ich in der neunten Klasse war … da habe ich meinen Ex-Freund kennengelernt.«

»Den … schrecklichen?«

»Ha, ja. Es gab nur einen Freund. Und der war schrecklich. Nicht, dass ich das zu der Zeit realisiert hätte.«

Ich sagte nichts. Ich wartete und ließ sie die Geschichte erzählen.

»Er ging auf eine andere Schule. Wir schrieben uns den ganzen Tag über Nachrichten, jeden Tag. Ich war wie besessen von ihm. Und ich … ich hab bald beschlossen, dass es das Beste wäre, wenn ich auf seine Schule wechseln würde.« Sie schnaubte. »Ich hab meine Eltern so lange angebrüllt, bis sie mich die Schule wechseln ließen. Ich hab mir Lügen ausgedacht, dass ich gemobbt würde und keine Freunde hätte. Wie du dir vorstellen kannst, war ich das schlimmste Kind der Welt.«

»Und Beth war auf deiner alten Schule?«

Es gab eine Pause, bevor Rooney sagte: »Beth war die einzige echte Freundin, die ich je hatte.«

»Aber … du hast aufgehört, mit ihr zu reden …«

»Ich weiß«, sagte Rooney und rieb sich mit den Fäusten die Augen. »Ich dachte … ich dachte, einen Freund zu haben, wäre das *Beste überhaupt*. Ich dachte, ich wäre verliebt. Also hab ich sofort alles aufgegeben. Beth. Alle anderen, die ich in der Schule kannte. Mein ganzes Leben spielte sich in dieser Schule ab. Ich hatte … Hobbys. Ich und Beth haben bei allen Schulaufführungen mitgemacht. Ich war in der Theater-AG. Ich hab die Leiterin immer genervt, uns Shakespeare aufführen zu lassen, und sie hat immer nachgegeben. Ich war … glücklich. Ich war wirklich glücklich.« Ihre Stimme wurde leiser. »Und ich habe das alles aufgegeben, um mit meinem Freund zusammen zu sein.«

Und Beth hatte sie vergessen. Rooney hatte sich erinnert, Rooney hatte nie aufgehört, daran zu denken, wie ihr Leben ausgesehen hätte, wenn sie nicht »Liebe« über alles andere gestellt hätte. Sie hatte nie aufgehört, sich vorzustellen, wie es gewesen wäre, mit jemandem aufzuwachsen, der sie wirklich und aufrichtig lieb hatte.

»Mein Leben war einfach schrecklich während der drei Jahre, die wir zusammen waren. Na ja, ich sage drei Jahre, aber das stimmt nur, wenn man die zehn Milliarden Mal nicht mitzählt, die er mit mir Schluss gemacht und dann beschlossen hat, dass wir wieder zusammenkommen sollten. Und all die Male, die er mich betrogen hat.« Rooneys Augen wurden feucht. »Er hat alles entschieden. Er entschied, wann wir auf Partys gehen. Er entschied, dass wir anfangen sollten zu trinken und zu rauchen und mit gefälschten Ausweisen in Clubs zu gehen. Er entschied, wann wir Sex haben würden. Und ich dachte immer nur … solange er glücklich war, war alles so, wie man es sich erträumt. Das war für mich *Liebe*. Er war mein *Seelenverwandter*. Das war es, was alle wollten.«

Und das war *drei Jahre lang* so gelaufen?

»Es hat mich *alle Kraft* gekostet, die ich hatte, mit ihm Schluss zu machen.« Eine einzelne Träne kullerte ihr über die Wange und auf das Kissen. »Weil ... mit ihm Schluss zu machen, bedeutete auch zu akzeptieren, dass ich einen wirklich, wirklich schlimmen Fehler gemacht hatte. Es bedeutete zu akzeptieren, dass es komplett meine Schuld war und ich ... Ich hatte mein eigenes Leben versaut. Ich hatte meine beste Freundin völlig umsonst verloren. Und ich hätte so glücklich sein können, aber die Liebe hat mir das ruiniert.«

An der Stelle brach sie zusammen. Sie fing an zu weinen und konnte nicht aufhören, also hielt ich sie fest. Ich schlang meine Arme um sie und hielt sie und wollte den Kerl umbringen, der ihr das angetan hatte, der wahrscheinlich da draußen war und sein Leben lebte und keinen einzigen verdammten Gedanken an all das verschwendete. Ich wollte die Zeit zurückdrehen und ihr das Leben geben, das sie verdiente, weil ich sie liebte und sie ein guter Mensch war. Ich wusste, dass sie ein guter Mensch war.

»Es ist nicht deine Schuld«, flüsterte ich. »Das musst du wissen.«

Sie wischte sich krampfhaft über die Augen, was nicht viel half.

»Tut mir leid«, sagte sie heiser. »Das passiert immer, wenn ich über ... wenn ich darüber rede.«

»Es macht mir nichts aus, dass du weinst«, sagte ich.

»Ich hasse einfach die Vorstellung, dass jemand mich richtig kennenlernt, weil ... sie mich dann sicher genauso hassen werden, wie ich mich selbst hasse.«

»Aber das tue ich nicht«, sagte ich. »Ich hasse dich nicht.«

Sie antwortete nicht. Sie ließ ihre Augen zu. Ich weiß nicht, wann wir beide eingeschlafen sind, aber wir schliefen ein, so verschlungen in unserem behelfsmäßigen Doppelbett. Und ich wusste, dass es keinen einfachen Weg gab, das in Ordnung zu bringen, aber ich hoffte, dass Rooney sich wenigstens sicher fühlte. Vielleicht würde ich nie in der Lage sein, Beth zu ersetzen, und vielleicht würde Rooney lange brauchen, um sich aus diesen Gefühlen herauszuwinden, und vielleicht gab es überhaupt nichts, was ich tun konnte, um zu helfen. Aber ich hoffte, dass sie sich bei mir sicher fühlte.

YOUR SONG

Der Sonntag kam, und ich trug einen Anzug mit Krawatte, den ich mir von einem von Sunils und Jess' Freunden geliehen hatte, da ich selbst nichts annähernd so Cooles besaß – und starrte auf ein Ruderboot.

Es war keines der Rennboote – es war breiter, für lockere Fahrten auf dem Fluss gemacht, sodass wir alle mitsamt unseren Instrumenten hineinpassen würden und vermutlich auch keiner wieder herausfallen würde. Aber ich hatte immer noch das Gefühl, dass es eine schreckliche Idee war.

»Das war eine schreckliche Idee«, sagte ich zu Jason, der neben mir am Flussufer stand und eine große, knallgelbe Schwimmweste über seinem eigenen Anzug und seiner Krawatte trug. Was für ein Anblick!

»Es ist keine schreckliche Idee«, sagte er. »Es ist eine sehr gute Idee.«

»Ich hab meine Meinung geändert. Ich will sterben.«

»Ist es das Boot, vor dem du Angst hast, oder das, was passiert, nachdem wir alle ins Boot gestiegen sind?«

»Alles, beides zusammen. Ich bedaure, dass überhaupt jemals ein Boot in dem Plan vorgekommen ist.«

Jason schlang einen Arm um mich und drückte mich. Ich lehnte meinen Kopf an ihn.

»Du schaffst das, okay? Ich meine, du bist absolut verrückt, weil du das machst, aber das wird buchstäblich in die Geschichte eingehen. Ehrlich gesagt, wäre ich nicht überrascht, wenn es viral gehen würde.«

Ich warf ihm einen panischen Blick zu. »Ich will *nicht*, dass das viral geht. Ich will das machen und dann nie wieder darüber nachdenken. Niemand darf das auf YouTube posten.«

»Okay. Es wird nicht viral gehen. Wir können vergessen, dass dieser Tag je stattgefunden hat.«

»Danke.«

»Schwimmweste?«

»Ja, bitte.«

Er half mir in eine Schwimmweste. Leuchtend lila.

Rooney kam auf uns zu, ebenfalls in einem Anzug, mit einer marineblauen Schwimmweste und in der Hand ihr Tamburin.

»Bist du bereit?«, fragte sie.

»Nein«, sagte ich.

Sunil und Jess waren hinter uns, Instrumente in den Händen. Sunil reckte einen Daumen hoch.

»Alles wird gut«, sagte Sunil.

»Und wenn nicht«, sagte Jess, »dann haben wir wenigstens Spaß gehabt!«

»Jetzt steig schon in das verfickte Boot«, sagte Jason.

Ich seufzte und stieg in das verfickte Boot.

Wir hatten mit einem der wenigen Menschen gesprochen, von denen ich wusste, dass sie mit Pip befreundet waren. Oder besser gesagt, Jason hatte mit ihm gesprochen. Jason war mit ihm auf Facebook befreundet und hatte ihm eine Nachricht geschickt, in der er fragte, ob der Bekannte Pip dazu bringen könnte, genau um fünf Uhr an der Elvet Bridge zu sein – zu der Zeit, zu der die Sonne untergehen würde. Der Typ stimmte zu.

Ich hatte sieben Schulaufführungen und vier Jugendtheaterproduktionen mitgemacht. Ich war dreihundert Meilen von zu

Hause entfernt auf der Universität, ich hatte zugestimmt, ein Zimmer mit einer Fremden zu teilen, ich war zum ersten Mal in einen Club gegangen, obwohl ich wusste, dass ich es hassen würde, und ich hatte mich vor vier ganzen Menschen geoutet.

Irgendwie war nichts davon so beängstigend wie das hier.

Aber ich wollte es tun. Für Pip.

Um ihr zu zeigen, dass ich sie liebte.

Jason – dem ich plötzlich anmerkte, dass er seit seinem Eintritt in den Ruderclub eine Menge Muskeln aufgebaut hatte – ruderte uns fünf den Fluss hinunter. Es war nicht weit vom St. John's College bis zur Elvet Bridge, aber wir fingen an, eine Menge Aufmerksamkeit auf uns zu ziehen, als wir uns dem Stadtzentrum näherten. Wir ruderten in unseren Anzügen und Krawatten mit Musikinstrumenten, die vorsichtig zu unseren Füßen verstaut waren, dahin.

Es gab absolut keine Notwendigkeit, dies von einem Boot aus zu tun, außer dem dramatischen Effekt. Und ich bedauerte es ein bisschen. Aber alles in allem wusste ich, dass Pip das lieben würde. Pip liebte alles, was ein wenig lächerlich und theatralisch war.

Die anderen lachten und plapperten aufgeregt, worüber ich froh war, denn ich war so nervös, dass ich nicht einmal sprechen konnte. Es war auch eiskalt, aber wenigstens hielt mich das Adrenalin warm.

Die Brücke näherte sich langsam aus der Ferne. Sunil schaute immer wieder auf seine Uhr, um sicherzugehen, dass wir pünktlich waren.

»Fast geschafft«, murmelte Jason hinter mir.

Ich drehte mich zu ihm um und fühlte mich durch seine Anwesenheit getröstet.

»Das wird fantastisch«, sagte er.

»Ja?«

»Ja.«

Ich versuchte es mit einem kleinen Lächeln. »Danke für die Hilfe.«

Jason zuckte mit den Schultern. »Wir sind Freunde.«

Ich grinste. »Lass es mich wissen, wenn du Hilfe bei irgendwelchen ausgeklügelten platonischen Gesten brauchst.«

»Mach ich.«

Und als ich mich umdrehte und zur Brücke hochschaute, war Pip da.

Ihre Augen hinter ihrer Brille waren weit aufgerissen. Der Winterwind peitschte ihr Haar zu einem Wirrwarr aus dunklen Locken. Eingemummelt in eine dicke Daunenjacke stand sie neben dem Freund, der sie zum Glück rechtzeitig hergebracht hatte.

Sie schaute mit offenem Mund auf mich herab, völlig verblüfft.

Ich grinste nur. Ich konnte nicht anders.

»Hi!«, rief ich zu ihr hoch.

Und dann grinste sie zurück und rief: »Was soll das?«

Ich drehte mich zu den anderen auf dem Boot um. Sunil, Jess und Rooney hatten ihre Instrumente in die Hand genommen und waren bereit anzufangen. Sie warteten auf mich.

»Fertig?«, fragte ich.

Sie nickten. Ich zählte an.

Und dann stand ich mit drei Begleitern auf einem Boot auf dem Fluss Wear und sang *Your Song* – speziell die Version aus *Moulin Rouge* – für Pip Quintana, die mich noch nicht so gut kannte, wie ich es mir wünschte, aber trotzdem einer der liebsten Menschen war, den ich je getroffen hatte.

DAS GEGENTEIL VON NEUGIERIG

Wir spielten nicht die vollen drei Minuten und neununddreißig Sekunden von *Your Song*, sondern beschränkten uns auf sichere neunzig Sekunden, damit die ganze Sache nicht *zu* peinlich und unangenehm für alle Beteiligten wurde. Aber ich werde wahrscheinlich trotzdem für den Rest meines Lebens darauf zurückblicken und mich schämen.

Als das Lied endete, hatten wir eine ziemlich große Menge an Schaulustigen aus dem Stadtzentrum von Durham angezogen, und Pips Lächeln war so breit und strahlend, dass mein einziger Gedanke war: Es sieht aus wie die Sonne. Unser Auftritt hatte seinen Zweck erfüllt.

Jason stupste mich in die Seite.

Ich sah ihn an und spürte, wie sehr mein Gesicht brannte. »Was?«

»Jetzt musst du die Frage stellen.«

Oh ja.

Ich schnappte mir das Megafon, das wir mitgebracht hatten, vom Boden des Ruderbootes – vorsichtig, damit ich dabei nicht ins Wasser fiel, was zu diesem Zeitpunkt eine immer größere Gefahr darstellte – hielt es mir vor den Mund und wartete einen Moment.

»*Pip Quintana*«, sagte ich schließlich, und es kam so laut durch das Megafon, dass ich mich erschreckte.

Pip sah unglaublich aufgeregt aus und schien immer noch nicht zu wissen, was da vor sich ging. »Ja?«

»*Willst du meine College-Ehefrau werden?*«

Ihr Gesichtsausdruck verriet mir, dass sie mit dieser Frage nicht gerechnet hatte.

Dann schlug sie sich die Handfläche auf die Stirn. Sie *begriff.*

»JA!«, kreischte sie zu mir runter. »UND ICH HASSE DICH!«

Und dann fingen die Leute an zu applaudieren. All die zufälligen Passanten, die auf der Brücke und am Fluss angehalten hatten, um zuzusehen – viele Studenten, aber auch Anwohner von Durham –, klatschten, und ein paar von ihnen jubelten. Es war ein Riesending. Wie in einem Film. Ich betete, dass keiner von ihnen es gefilmt hatte.

Und dann begann Pip zu weinen.

»Oh, Scheiße«, sagte ich. »Jason?«

»Ja?«

»Sie weint.«

»Ja, das tut sie.«

Ich klopfte Jason auf den Arm. »Wir müssen ans Ufer.«

Jason packte die Ruder. »Schon dabei.«

Als wir am Ufer ankamen, war Pip bereits die Stufen von der Brücke hinuntergelaufen, machte sich auf den Weg zum grasbewachsenen Flussufer, und als ich aus dem Boot stieg, rannte sie auf mich zu und umarmte mich so stürmisch, dass ich rückwärts stolperte, hinfiel und wir plötzlich beide bis zur Hüfte im Fluss Wear saßen.

Irgendwie schien es überhaupt keine Rolle zu spielen.

»Warum bist du bloß *so*?«, war das Erste, was Pip zu mir sagte, wobei sie sich wütend die Tränen aus den Augen rieb, die ebenso schnell durch neue ersetzt wurden.

»Was ... wie denn?«, fragte ich, aufrichtig verwirrt.

Pip schüttelte den Kopf und lehnte sich etwas von mir zurück.

»*Das hier.*« Sie lachte. »So etwas hätte ich nie getan. Ich bin so ein dummes Arschloch.«

»Du bist kein dummes Arschloch.«

»Oh doch, das bin ich. Ein riesengroßes, dummes Arschloch.«

»Das sagst du zu jemandem, der im Februar hüfthoch in einem Fluss steht.«

Sie grinste. »Sollen wir diese Unterhaltung woanders fortsetzen?«

»Das wäre schön.«

Am Ende stiegen wir wieder ins Boot – dieses Mal mit Pip – und ruderten den ganzen Weg zurück nach St. John's. Pip war dabei so aufgeregt, dass sie das Boot fast zum Kentern brachte, und es kostete Jason und mich ziemlich viel Mühe, sie davon zu überzeugen, sich hinzusetzen und still zu halten, aber wir schafften es ohne Unfälle zum College.

Rooney saß ganz hinten und versuchte, Pip nicht anzuschauen. Ich bemerkte, wie Pip ein paar Mal zu ihr zurück blickte, fast so, als würde sie etwas zu ihr sagen wollen, aber sie tat es nicht.

Bevor wir uns alle auf dem Rasen vor dem College trennten, bedankte ich mich bei meinen Helfern.

»Alles im Geiste der Liebe«, antwortete Sunil und legte einen Arm um Jess.

Er hatte recht, dachte ich.

All das geschah aus Liebe, auf die eine oder andere Weise.

Pip und Rooney erkannten schließlich die Existenz der anderen an, als Pip sagte: »Du warst gut … auf dem Tamburin.«

Sie hatte es als echtes Kompliment gemeint, aber irgendwie klang es wie eine Beleidigung. Rooney sagte nur: »Danke«, und murmelte dann etwas von einem Treffen in der Stadt. Sie riss sich die Schwimmweste vom Leib und ging, bevor Pip noch etwas sagen konnte.

Der Letzte, der sich verabschiedete, war Jason. Er umarmte

mich fest und ging dann weg, mit feuchtem Hosenboden und Wasserflecken an den Ärmeln.

Und dann waren da nur noch Pip und ich.

Wir mussten es nicht einmal aussprechen, dass Pip an diesem Nachmittag bleiben und mit mir reden würde. Sie tat es einfach.

Das erinnerte mich daran, wie es im ersten Jahr war, als wir uns kennengelernt hatten. Damals, als wir elf Jahre alt waren. Das war das Jahr, in dem wir überall zusammen hingingen und versuchten herauszufinden, ob es noch jemanden gab, den wir in unseren inneren Kreis einladen sollten. Um schließlich festzustellen, dass es in dem Moment nur uns gab.

Wir gingen hoch in mein Zimmer im St. John's College. Rooney war nicht da – sie war wirklich in die Stadt gefahren, und ich hatte das Gefühl, dass sie eine Weile nicht zurückkommen würde – aber unsere Betten waren immer noch aneinandergeschoben, die Laken ungemacht, und alles von letzter Nacht kam plötzlich zurück wie eine Welle. Rooneys Geständnis. Die Tränen.

Plötzlich wurde mir klar, dass dies wahrscheinlich nicht der beste Eindruck war, den Pip dadurch bekommen würde, nachdem sie eh schon wütend auf mich und Rooney war, weil sie dachte, wir hätten was miteinander.

»Ähm,« sagte ich. »Das ist nicht – wir haben nicht –«

»Ich weiß«, sagte Pip. Sie lächelte mich an, und da wusste ich, dass sie mir glaubte. »Hey, ist Roderick geschrumpft?«

Sie ging zu Roderick und hockte sich hin. Trotz der vielen Blätter, die ich hatte abschneiden müssen, schien er eigentlich sogar gewachsen zu sein, seit ich ihn das letzte Mal gegossen hatte. Vielleicht war er ja doch nicht ganz tot.

Pip zitterte plötzlich, was mich daran erinnerte, dass sowohl sie als auch ich von der Taille abwärts ziemlich nass waren.

Ich kramte ein Paar Jogginghosen für sie und einen Schlafanzug für mich heraus, und als ich mich umdrehte, riss Pip sich praktisch die Jeans von den Beinen, um schnell aus dem nassen Zeug rauszukommen.

Meine Jogginghose war irre lang an Pip, aber sie krempelte sie hoch. Bald lagen wir zusammen auf dem Teppich, mit dem Rücken ans Bett gelehnt, jede eine Tasse heißer Schokolade in den Händen und eine Decke über den Beinen.

Ich wusste, dass ich die Erste sein musste, die etwas darüber sagte, was passiert war. Aber ich war immer noch so schlecht darin, tiefgründige Gespräche zu führen oder in irgendeiner Weise über meine Gefühle zu sprechen, dass es ein paar Minuten dauerte. In der Zeit plauderte Pip über ihren Kurs und ihre Abende mit Freunden. Bis ich sagte, was ich wirklich sagen wollte.

Und das war: »Es tut mir leid. Ich weiß, ich habe das schon gesagt, aber, ja. Es tut mir wirklich leid.«

Pip sah mich an.

»Oh«, sagte sie. »Ja.«

»Ich verstehe vollkommen, dass du nach der ganzen Sache auf dem Bailey-Ball nicht mehr mit mir reden wolltest«, fuhr ich fort, nicht ganz in der Lage, ihr in die Augen zu sehen. »Es tut mir leid ... du weißt schon, was passiert ist. Es war eine ganz beschissene Nummer, die ich da abgezogen hab. Aus ... vielen Gründen.«

Pip sagte einen Moment lang nichts. Dann wandte sie sich ab und nickte.

»Danke, dass du das sagst«, sagte sie und strich sich unbeholfen die Locken glatt. »Ich ... ich glaube, ich wusste sofort, dass es für euch beide ein Fehler gewesen war, aber ... na ja. Es hat trotzdem wehgetan.«

»Ja.«

»Ich hab nur ...« Sie sah mir direkt in die Augen. »Okay. Wir sind ehrlich miteinander, oder?«

»Ja. Natürlich.«

»Also … ich hab Rooney gemocht. Das hab ich wirklich.« Sie legte den Kopf in den Nacken. »Ich weiß, ich hab es nie offen gesagt, aber … ich wollte es mir selbst nicht eingestehen. Aber du wusstest es, oder? Ich meine, du hast gesagt, du wüsstest es.«

Ich hatte es gewusst. Das hatte die ganze Situation ja so schrecklich gemacht.

»Ja«, sagte ich.

»Ich … ich wollte es nicht zugeben, weil …« Sie lachte. »Ich bin so verdammt *fertig* damit, Heteromädchen zu mögen. Ich hab buchstäblich mein *ganzes* Teenagerleben damit verbracht, Heteromädchen hinterherzuschmachten. Vielleicht mal einen Kuss von einem Mädchen zu bekommen, das ansatzweise neugierig war, um dann sofort wieder zu ihrem Freund zurückzugehen. Und dann komme ich an die Uni, in der Hoffnung, endlich eine solide Auswahl anderer queerer Mädchen zu treffen … und ich verliebe mich sofort wieder in ein Heteromädchen.« Sie schlug sich mit einer Hand an die Stirn. »Warum bin ich eigentlich die *dümmste Lesbe der Welt*?«

Ich grinste. Ich konnte nicht anders.

»Halt die Klappe«, sagte Pip und grinste ebenfalls. »Ich weiß. Ich weiß, ich *weiß*. Mir ging es *so gut*. Ich bin der Pride Society beigetreten und der LatAm Society und ich war sogar bei ein paar von diesen blöden Ultimate-Frisbee-Spielen, aber … ich hab *immer wieder* die gleichen Fehler gemacht. Als ihr euch dann geküsst habt, da hat sich das angefühlt wie der größte Verrat. Von euch beiden.«

Ich umarmte sie. Ganz fest. »Es tut mir leid. Es tut mir so leid.«

Sie umarmte mich zurück. »Ich weiß.«

So saßen wir lange Zeit.

Dann sagte sie: »Ich verstehe einfach nicht, *warum* der Kuss passiert ist. Ich glaube, ich war noch nie in meinem Leben von etwas so aufrichtig schockiert.«

Ich spürte, wie ich ein bisschen rot wurde. »Hat Rooney es nicht erklärt?«

»Um ehrlich zu sein, war ich so wütend, dass ich kaum zugehört habe, was sie gesagt hat.« Sie stieß ein Lachen aus. »Und als ich mich beruhigt hatte, war es irgendwie zu spät.«

»Oh.«

Pip sah mich an. »Georgia ... ich will dich nicht ... *zwingen*, über etwas zu reden, über das du nicht reden willst. So etwas sollte man niemandem antun, schon gar nicht seinen Freunden, und schon gar nicht über Dinge wie ... wie Sexualität.« Ihre Stimme wurde leiser. »Aber ... ich möchte zumindest, dass du weißt, dass du mit mir darüber reden *kannst*, wenn du *willst*, und ich verspreche, dass ich es verstehen würde.«

Ich fühlte mich wie eingefroren.

Sie wusste, dass etwas los war.

Sie wusste es wahrscheinlich schon lange.

»Ich weiß nicht, ob du das verstehen würdest«, sagte ich mit ganz leiser Stimme.

Pip hielt inne, dann stieß sie ein kurzes, verärgertes Lachen aus. »Ich bin mir nicht sicher, ob du dir dieser Tatsache bewusst bist, Georgia Warr, aber ich bin eine außergewöhnlich bombastische Lesbe mit lebenslanger Erfahrung in Sachen queere Gedanken.«

Ich lachte. »Ich weiß. Ich war dabei während deiner Keira-Knightley-Phase.«

»Ähm, meine Keira-Knightley-Phase ist immer noch im Gange, vielen Dank. Ich habe immer noch dieses Poster in meinem Zimmer zu Hause.«

»*Immer noch?*«

»Ich kann es nicht wegwerfen. Es repräsentiert mein lesbisches Erwachen.«

»Du kannst es nicht wegwerfen, weil Keira heiß ist, meinst du.«

»Vielleicht.«

Wir grinsten beide, aber ich wusste nicht, wie es weitergehen sollte. Sollte ich es einfach sagen? Sollte ich einen Artikel finden, den sie lesen konnte? Sollte ich das ganze Thema einfach fallen lassen, weil sie es nie verstehen würde?

»Also«, sagte Pip und drehte sich so, dass sie mir zugewandt war. »Keira Knightley. Eindrücke?«

Ich schnaubte. »Fragst du mich, ob *ich* auf Keira Knightley stehe?«

»Jep.«

»Oh.« Also so würden wir es angehen. »Nun, ähm, nein.«

»Was ist mit … Mädchen im Allgemeinen?«

Pip hielt ihren Becher vor den Mund und blickte mich mit ruhiger Achtsamkeit an.

»Nein«, murmelte ich.

Ich glaube, ich war mir dessen jetzt sicher genug. Aber es fühlte sich immer noch fast unmöglich an, es zuzugeben. Zumindest für Pip wäre es wahrscheinlich leichter zu verstehen gewesen, wenn ich *tatsächlich* Mädchen gemocht hätte.

»Also … die Sache mit Rooney …« Pip sah zu Boden. »War das … warst du nur neugierig, oder …?«

Neugierig. Ich wollte lachen. Ich war, und das schon immer, das Gegenteil von neugierig.

»*Verzweifelt* ist das Wort, das ich benutzen würde«, sagte ich, bevor ich mich davon abhalten konnte.

Pip runzelte die Stirn, verwirrt. »Verzweifelt wegen was?«

»Verzweifelt, weil ich jemanden mögen wollte.« Ich sah Pip an. »Irgendwen.«

»Warum?«, flüsterte sie.

»Weil … ich es nicht tue. Ich kann es nicht. Ich kann niemanden mögen. Nicht Jungs, nicht Mädchen, niemanden.« Ich fuhr mir mit der Hand über die Haare. »Ich kann einfach … nicht. Ich werde es nie können.«

Ich wartete auf die Worte, die unweigerlich folgen würden. *Das weißt du doch gar nicht. Du wirst eines Tages jemanden treffen. Du hast nur noch nicht die richtige Person gefunden.*

Aber alles, was sie sagte, war: »Oh.«

Sie nickte langsam. So, wie sie es immer tat, wenn sie intensiv über etwas nachdachte.

Ich musste nur noch die Worte sagen.

»Das nennt man aromantisch asexuell«, sagte ich und atmete tief aus.

»Oh«, sagte sie wieder.

Ich wartete darauf, dass sie noch etwas sagen würde, aber sie sagte nichts. Sie saß nur da und dachte angestrengt nach.

»Was denkst du?«, fragte ich und stieß ein kleines, nervöses Lachen aus. »Muss ich es für dich auf Wikipedia öffnen?«

Pip brach aus ihrer kleinen Gedankenblase aus und sah mich an. »Nein. Kein Wikipedia nötig.«

»Ich verstehe, dass es sich komisch anhört.« Ich konnte spüren, wie ich rot wurde. Würde ich jemals aufhören, mich zu schämen, wenn ich es Leuten erklärte?

»Es ist nicht komisch.«

»Es klingt aber komisch.«

»Nein, tut es nicht.«

»Doch, tut es.«

»*Georgia.*« Pip lächelte, ein wenig verärgert. »Du bist nicht seltsam.«

Sie war die erste Person, die das zu mir sagte.

Ich hasste es, dass ich tief in mir drin immer noch das Gefühl hatte, dass ich nicht normal war.

Aber vielleicht würde es Zeit brauchen, darüber hinwegzukommen.

Vielleicht könnte ich nach und nach anfangen zu glauben, dass ich völlig in Ordnung war.

»Aber ein bisschen umfangreich, oder?«, fuhr Pip fort und

lehnte sich zurück an die Seite des Bettes. »Aromantisch-Asexuell. Acht ganze Silben. Ein ziemlicher Brocken.«

»Manche Leute nennen es kurz Aro-Ace.«

»Oh, das ist *viel* besser. Das klingt wie eine Figur aus *Star Wars*.« Sie machte eine dramatische Geste mit einer Hand. »*Aro Ace*. Beschützer des Universums.«

»Okay, ich hasse es.«

»Komm schon. Du magst den Weltraum.«

»Nein.«

Wir machten Witze, aber ich wollte trotzdem irgendwie schreien. *Nimm mich ernst.*

Sie musste es gemerkt haben.

»Tut mir leid«, sagte sie. »Ich weiß nicht, wie man über ernste Themen spricht, ohne einen Witz daraus zu machen.«

Ich nickte. »Schon gut. Das ist in Ordnung.«

»Hast du … dich die ganze Schulzeit so gefühlt?«

»Ja. Ich war mir dessen aber nicht wirklich bewusst.« Ich zuckte mit den Schultern. »Ich dachte nur, ich wäre super wählerisch. Und meine vorgetäuschten Gefühle für Tommy waren so ein bisschen Ablenkungsmanöver.«

Pip lehnte ihren Kopf an mein Bett und wartete darauf, mehr zu hören.

»Ich schätze … ich hab mich immer unwohl gefühlt, wenn ich versucht habe, Gefühle für jemanden zu entwickeln. Es fühlte sich einfach falsch und peinlich an. Wie das, was mit Jason passiert ist. Ich wusste, dass ich nicht auf ihn stehe. Als wir versucht haben, etwas Romantisches draus zu machen, fühlte es sich einfach … *falsch an.* Aber ich hab geglaubt, dass es allen so geht und ich es einfach weiter versuchen muss.«

»Darf ich eine dumme Frage stellen?«, unterbrach Pip mich.

»Äh, ja?«

»Das wird sich jetzt schlimm anhören, aber woher weißt du, dass du nicht eines Tages jemanden findest?«

Das war die Frage, die mich schon seit Monaten plagte.

Aber als Pip mich jetzt danach fragte, wurde mir klar, dass ich die Antwort kannte.

Endlich.

»Weil ich mich selbst kenne. Ich weiß, was ich fühle und … was ich in der Lage bin zu fühlen, glaube ich.« Ich lächelte sie schwach an. »Ich meine, woher weißt du, dass du dich nicht eines Tages in einen Mann verlieben wirst?«

Pip verzog das Gesicht.

Ich lachte. »Ja, genau. Du *weißt* das einfach über dich selbst. Und jetzt weiß ich es auch.«

Es gab eine Pause, und ich konnte mein Herz in meiner Brust pochen hören. Gott, ich konnte es kaum erwarten, bis ich darüber reden konnte, ohne einen hohen Adrenalinspiegel und Schweißausbrüche vor Angst zu bekommen.

Plötzlich knallte Pip ihre leere Tasse auf den Teppich und schrie: »Ich kann nicht glauben, dass das keiner von uns früher aufgefallen ist! Verdammt noch mal! Warum zum Teufel sind wir bloß so drauf!«

Leicht erschrocken hob ich ihre Tasse auf und stellte sie aus dem Weg und auf meinen Nachttisch. »Was meinst du?«

Sie schüttelte den Kopf. »Wir haben buchstäblich das Gleiche zur gleichen Zeit durchgemacht, und *keine von uns hat es gemerkt.*«

»Haben wir?«

»Na ja, ich meine, mit ein paar kleinen Änderungen.«

»Wie die Tatsache, dass du Mädchen magst?«

»Ja, so ist es. Aber abgesehen *davon* haben wir beide versucht, uns dazu zu zwingen, Jungs zu mögen. Wir haben beide mit der Tatsache gekämpft, dass wir nicht in die Leute verknallt waren, in die wir eigentlich verknallt sein sollten. Wir fühlten uns beide … ich weiß nicht … *seltsam und anders!* Und *keine von uns mochte Jungs!* Und – oh mein *Gott*, ich war diejenige, die zu dir gekommen ist. Voll so: *Oh nein, wie traurig, ich glaube, ich bin lesbisch, und ich weiß nicht, was ich tun soll.* Während du in einem so intensiven Zustand der Verdrängung warst, dass du buchstäblich dachtest, du wärst hetero, trotz der Tatsache, dass alles, was du mit Jungs versucht hast, dich zum *Kotzen* gebracht hat.«

»Oh«, sagte ich. »Ja.«

»Ja!«

»Sind wir beide Vollidioten?«

»Ich glaube, das sind wir, Georgia.«

»Oh nein.«

»Ja. Das ist die Erkenntnis aus diesem Gespräch.«

»Großartig.«

Und dann fing Pip an zu lachen. Und das brachte mich auch zum Lachen. Und dann lachten wir hysterisch. Unser Lachen hallte durch den Raum, und ich konnte mich nicht erinnern, wann Pip und ich das letzte Mal so zusammen gelacht hatten.

Wir hatten das Abendessen verpasst, also beschlossen wir, ein kleines Picknick mit all den Snacks zu veranstalten, die ich in meinem Zimmer aufbewahrte – wovon es reichlich gab. Wir saßen auf dem Boden und aßen Kekse aus dem Supermarkt, eine halbleere Familienpackung karamellisierter Zwiebelchips und Bagels, die definitiv abgelaufen waren. All das, während wir natürlich *Moulin Rouge* schauten.

Es war ähnlich wie in der Nacht davor, als ich mir mit Rooney YouTube-Videos angesehen hatte. Wenn ich jede Nacht meines Lebens damit verbringen könnte, Snacks zu essen und in einem riesigen Bett mit einem meiner besten Freunde etwas Doofes zu gucken, wäre ich glücklich.

Meine Zukunft machte mir immer noch Angst. Aber alles schien ein wenig heller, wenn meine besten Freunde dabei waren.

Wir sprachen nicht mehr über Identitäten und Romantik und Gefühle, bis der Film fast zu Ende war. Wir hatten uns aufs Bett verzogen und uns in meine Bettdecke eingerollt. Ich war gefährlich nah dran einzuschlafen.

Doch dann sprach Pip – ihre Stimme weich und leise im schwachen Licht des Raumes.

»Warum hast du mir einen College-Heiratsantrag gemacht?«, fragte Pip.

Es gab eine Menge Gründe. Ich wollte eine große Geste machen, ich wollte sie aufmuntern, ich wollte, dass sie wieder meine Freundin war, ich wollte alles richtig machen. Ich war mir sicher, dass Pip all das auch wusste.

Aber vielleicht musste sie es laut hören.

»Weil ich dich liebe«, sagte ich, »und weil du solche magischen Momente verdient hast.«

Pip starrte mich an.

Dann füllten sich ihre Augen mit Tränen.

Sie stützte sich auf eine Hand und bedeckte ihre Augen. »Du verdammtes Arschloch. Ich bin nicht betrunken genug, um bei emotionalen Gesprächen mit Freunden zu weinen.«

»Es tut mir nicht leid.«

»Das sollte es aber! Wo zum Teufel sind *deine* Tränen?«

»Ich weine nicht vor anderen, mein Kumpel. Das weißt du doch.«

»Ich mache es zu meiner neuen Lebensaufgabe, dich vor Rührung zum Weinen zu bringen.«

»Viel Glück damit.«

»Es wird passieren.«

»Sicher.«

»Ich hasse dich.«

Ich grinste sie an. »Ich hasse dich auch.«

WRACK

Am nächsten Morgen wachte ich schlaftrunken auf, als sich die Schlafzimmertür öffnete. Ich hob den Kopf und war nicht überrascht, Rooney in den Klamotten von letzter Nacht hereinschleichen zu sehen – dem kompletten Anzug, den sie als Teil des Antrags getragen hatte.

Das war zu diesem Zeitpunkt relativ normal für sie, aber was *nicht* normal war, war die Art und Weise, wie Rooney in der Mitte ihres aquamarinfarbenen Teppichs erstarrte. Und wie sie auf den Platz neben mir im Doppelbett starrte – auf Rooneys Seite, die von Pip Quintana belegt war.

Pip und ich hatten am Abend zuvor so viel geredet, dass es schon fast Mitternacht war, als Pip merkte, dass sie vielleicht zurück in ihr eigenes College gehen sollte. Stattdessen hatte ich ihr einen Schlafanzug geliehen, und sie blieb über Nacht. Wir hatten beide völlig vergessen, dass es zwischen Pip und Rooney ziemlich unangenehm werden könnte, wenn sie sich im selben Zimmer befänden.

Es herrschte ein paar Sekunden lang sehr laute Stille.

Und dann sagte ich: »Morgen.«

Rooney sagte einen Moment lang gar nichts, dann begann sie ganz langsam, ihre Schuhe auszuziehen, und sagte: »Morgen.«

Ich spürte eine Bewegung neben mir und drehte mich um, um

nachzusehen. Ich nahm meine Brille vom Nachttisch. Pip war wach und hatte ihre eigene Brille bereits auf.

»Oh«, sagte sie, und ich konnte sehen, wie ihre Wangen sich röteten. »Ähm, Entschuldigung, ich – wir hätten dich wahrscheinlich fragen sollen, ob –«

»Es ist in Ordnung!«, krächzte Rooney, drehte sich von uns weg und kramte in ihrer Kulturtasche nach einer Packung Kosmetiktücher. »Du kannst hier übernachten, wenn du willst!«

»Ja, aber – das ist auch dein Zimmer –«

»Das ist mir eigentlich egal!«

Pip setzte sich auf. »O-Okay.« Sie kletterte aus dem Bett. »Ähm, ich sollte wahrscheinlich sowieso gehen, ich hab heute Morgen eine Vorlesung.«

Ich runzelte die Stirn. »Warte mal, es ist ungefähr sieben Uhr morgens.«

»Ja, also, ich muss meine Haare waschen und so, also –«

»Du musst nicht wegen mir gehen!«, sagte Rooney von der anderen Seite des Raumes. Sie stand mit dem Gesicht von uns abgewandt und wischte ihren Mund mit einem Kosmetiktuch ab.

»Es ist nicht deinetwegen!«, sagte Pip viel zu schnell.

Beide gerieten in Panik. Rooney begann, ihren Schlafanzug anzuziehen, nur um sich selbst etwas zu tun zu geben. Pip begann, ihre eigenen Klamotten von gestern zusammenzusuchen, während sie zielstrebig ihre Augen von Rooney abwandte, die jetzt nur noch Pyjama-Shorts trug.

Ich wollte wirklich, wirklich lachen, aber den beiden zuliebe hielt ich den Mund.

Pip brauchte viel länger als nötig, um ihre Sachen zusammenzusuchen, und als sie sich umzudrehen wagte, hatte Rooney glücklicherweise ein Pyjama-Oberteil an und saß an ihrem Schreibtisch. Sie versuchte, lässig auszusehen, während sie durch ihr Telefon scrollte.

»Nun …« Pip sah mich an, fast verwirrt. »Ich werde … wir sehen uns später?«

»Ja«, sagte ich. Ich presste die Lippen zusammen, damit ich nicht lachte.

Pip wollte den Raum verlassen, schaute aber plötzlich auf den Stapel Kleider, den sie in den Händen hielt, und sagte: »Oh, Scheiße, ähm, ich glaube – das sind nicht meine …« Sie zog ein Paar Leggings mit der Aufschrift *St. John's College* heraus. Rooneys.

Rooney warf einen Blick darauf und tat so, als würde es ihr nichts ausmachen. »Oh, ja, das sind meine.« Sie streckte eine Hand aus.

Pip hatte keine andere Wahl, als auf Rooney zuzugehen und ihr die Leggings zu übergeben.

Rooneys Augen blieben auf die von Pip gerichtet, als sie sich langsam näherte. Pip streckte ihr die Leggings entgegen und ließ sie aus einer Höhe in Rooneys offene Hand fallen, die vermuten ließ, dass sie zu nervös war, ihre Hand auch nur in die Nähe von Rooneys zu bewegen.

»Danke«, sagte Rooney.

Ein unbeholfenes Lächeln. »Kein Problem.« Pip stand unbeholfen neben Rooneys Schreibtisch. »Also … warst du gestern Abend aus, oder …?«

Damit hatte Rooney ganz offensichtlich nicht gerechnet. Sie ballte die Leggings in ihrer Hand und sagte: »Oh, ja! Ja, ich war gerade … ich und ein paar Freunde sind zu *Wiff Waff* gegangen und dann bin ich bei ihnen im Zimmer geblieben.« Rooney deutete aus dem Fenster. »In einem anderen Gebäude. Ich hab's nicht geschafft, hierher zurückzulaufen.«

Pip nickte. »Cool. *Wiff Waff* … das ist die Tischtennis-Bar, richtig?«

»Ja.«

»Das klingt lustig.«

»Ja, es war gut. Aber irgendwie muss ich immer gewinnen.«
Pip lächelte. »Ja, ich weiß.«

Ihrem Gesichtsausdruck nach zu urteilen, schien diese Aussage Rooney bis ins Mark zu erschüttern.

»Ja«, sagte Rooney angestrengt nach einer langen Pause. »Also … du und Georgia, ihr habt bei uns übernachtet?«

»Oh, ja, ähm –« Pip wurde plötzlich bleich. »Ich meine – nur eine platonische Übernachtung. Offensichtlich. Wir haben nicht – Georgia ist nicht –«

»Ich weiß«, sagte Rooney schnell. »Georgia steht nicht auf Sex.«

Pips Mundwinkel zuckten. Dass Rooney das Wort »Sex« benutzte, schien Pip auf eine völlig neue Ebene in ihrer Panik zu bringen.

»Georgia ist übrigens direkt neben euch«, sagte ich und konnte mir ein breites Grinsen nicht mehr verkneifen.

Pip wich zurück, ihre Wangen färbten sich wieder rot. »Ähm … wie auch immer, ja, ich gehe jetzt besser.«

Rooney sah benommen aus. »Okay.«

»Ich … na ja, es war schön, um … ähm … ja.«

»Ja.«

Pip öffnete den Mund, um noch etwas zu sagen, dann warf sie einen panischen Blick in meine Richtung, und dann war sie ohne ein weiteres Wort aus dem Zimmer.

Wir warteten ein paar Sekunden, bis wir hörten, wie die Tür am Ende des Korridors zufiel.

Und dann explodierte Rooney.

»Willst du mich VERFLUCHT noch mal VERARSCHEN, GEORGIA? Hättest du mir nicht den kleinwinzigsten Gefallen tun können und mich WARNEN, dass das Mädchen, auf das ich stehe, HIER sein würde, wenn ich zurückkomme?« Sie fing an, hin und her zu laufen. »Glaubst du, ich wäre hier in den KLAMOTTEN von GESTERN Abend reingetanzt, zugekleistert mit dem FUCKING Make-up von gestern Abend, wenn ich gewusst hätte, dass Pip Quintana hier sein würde, mit der FUCKING schönsten AUFWACHFRISUR, die ich je in meinem FUCKING Leben gesehen habe?«

»Du weckst noch den ganzen Flur auf«, sagte ich, aber sie schien mich nicht einmal zu hören.

Rooney brach mit dem Gesicht voran auf ihrer Seite des Bettes zusammen. »Was für einen fucking Eindruck macht das denn, wenn ich hier um sieben Uhr morgens in mein Zimmer zurück-komme, als hätte ich gerade irgendwen gefickt, mit dem ich nie wieder reden will?«

»Hast du?«, fragte ich.

Sie hob den Kopf und warf mir einen scharfen Blick zu. »NEIN! Um Himmels willen! Das habe ich seit vor dem Bailey-Ball nicht mehr gemacht.«

Ich zuckte mit den Schultern. »Ich dachte, ich frag mal nach.«

Sie rollte sich auf den Rücken und streckte ihre Arme und Bei-ne aus, als wolle sie mit den Laken verschmelzen. »Ich bin ein Wrack.«

»Das ist Pip auch«, sagte ich. »Ihr seid wie füreinander ge-schaffen.«

Rooney gab ein leises, grunzendes Geräusch von sich. »Mach mir keine falschen Hoffnungen. Nach dem, was ich getan habe, wird sie mich nie mögen.«

»Willst du meine Meinung hören?«

»Nein.«

»Okay.«

»Warte, ja. Doch, ich will.«

»Pip mag dich auch, und ich denke, du solltest tatsächlich ver-suchen, dich wieder normal mit ihr zu unterhalten.«

Sie rollte sich auf den Bauch. »Völlig unmöglich. Wenn du schon Vorschläge machst, dann bitte realistische.«

»Warum ist das unmöglich?«

»Weil ich scheiße bin und sie was Besseres verdient hat. Ich kann mich sowieso nicht verlieben. Ich werde darüber hinwegkommen. Pip sollte mit einem *netten* Menschen zusammen sein.«

So, wie sie es sagte – leicht und lässig – hätte ich es auch für einen Scherz halten können. Aber da ich Rooney zu diesem Zeitpunkt auf einer etwas tieferen Ebene verstand, wusste ich, dass sie überhaupt keinen Scherz gemacht hatte.

»Kumpel«, sagte ich. »Ich bin diejenige, die sich *nicht verlieben kann*. Ich glaube, du willst es einfach nicht.«

Sie machte ein Räusper-Geräusch.

»Und?«, fragte ich. »Bist du aromantisch?«

»Nein«, brummte sie.

»Na also. Dann hör auf, meine Identität zu negieren, und sag Pip, dass du sie magst.«

»Benutz du deine Identität nicht, um mich dazu zu bringen, meine Gefühle zuzugeben.«

»Ich kann und ich werde.«

»Hast du ihre Haare gesehen?« Rooney murmelte verlegen in ihr Kissen.

»Äh, ja?«

»Sie sah so flauschig aus.«

»Sie würde dich wahrscheinlich umbringen, wenn du sie flauschig nennst.«

»Ich wette, sie riecht wirklich gut.«

»Das tut sie.«

»Fick dich.«

Wir wurden durch die Nachrichten-Töne unserer Handys unterbrochen.

Es war eine Nachricht in unserem Shakespeare-Society-Gruppenchat. Der seit dem Jahreswechsel nicht mehr benutzt wurde – »Sommernachts-Geflüster«.

Felipa Quintana
Ich hab vergessen zu sagen ...
Ich möchte der Shakespeare Society wieder beitreten.
Wenn ihr mich noch wollt.
Ich kann meinen Text binnen zwei Wochen lernen!!!

Wir lagen auf dem Bett und lasen gleichzeitig die Nachricht.

»Wir machen das Stück«, sagte Rooney atemlos.

Ich wusste nicht, ob sie begeistert oder erschrocken war.

»Ist das für dich in Ordnung?«, fragte ich. Ich dachte, das hätte sie gewollt. Sie war am Boden zerstört gewesen, als Pip und Jason gegangen waren und die Society zerfallen war. Das hatte sie *wochenlang* völlig fertiggemacht.

Rooney war so gut darin, allen vorzuspielen, dass es ihr gut ginge. Selbst jetzt bemerkte ich manchmal nicht, wenn sie in ein tiefes Loch fiel. Und nach ihrem Zusammenbruch zwei Nächte zuvor und der Situation mit Pip und all den Gefühlen, mit denen sie, wie ich wusste, kämpfte - mit denen auch ich noch zu kämpfen hatte ...

Es würde alles gut werden für uns, oder?

»Ich weiß es nicht«, sagte sie. »Ich weiß es nicht.«

WIR LIEßEN DIE BETTEN ZUSAMMEN

»*Wider meinen Willen hat man mich abgeschickt*«, sagte Pip und verdrehte die Augen, während sie sich an eine Säule lehnte, die ich einen ganzen Vormittag lang aus Pappe und Pappmaschee gebastelt hatte, »*Euch zu Tische zu rufen.*«

Rooney lümmelte auf einem Stuhl in der Mitte der Bühne. »*Schöne Beatrice*«, sagte sie und stand mit einem koketten Gesichtsausdruck auf. »*Ich danke Euch für Eure Mühe.*«

Wir hatten noch zehn Tage bis zur Aufführung.

Das war definitiv nicht genug Zeit, um alle Szenen fertig zu inszenieren, alle unsere Texte zu lernen und Kostüme und Set vorzubereiten. Aber wir versuchten es trotzdem.

Pips Gesichtsausdruck blieb unbeeindruckt. »*Ich gab mir nicht mehr Mühe, diesen Dank zu verdienen, als Ihr Euch bemüht, mir zu danken. Wär es mühsam gewesen, so wär ich nicht gekommen.*«

Rooney trat näher, steckte die Hände in die Taschen und grinste auf Pip herab. »*Die Bestellung machte Euch also Vergnügen?*«

Vor der heutigen Probe hatte Rooney gut zwanzig Minuten damit verbracht, ihr Outfit zu wechseln und sich die Haare zu machen, bevor ich sie ganz offen fragte: »Geht es dabei um Pip?«

Das verneinte sie laut und lange, bevor sie schließlich zugab: »Ja. Gut. Was soll ich tun?«

Es dauerte einen Moment, bis ich begriff, dass sie mich um Hilfe bat. Bei romantischer Liebe.

Genau wie ich es bei ihr vor all den Monaten zu Beginn des Semesters getan hatte.

»*Ja, grade soviel, als Ihr auf eine Messerspitze nehmen könnt, dass eine Dohle dran erstickt*«, spottete Pip zurück und verschränkte die Arme. »*Ihr habt wohl keinen Appetit, Signor? So gehabt Euch wohl.*« Und dann drehte sie sich um und verschwand von der Bühne.

Ich, Jason und Sunil klatschten.

»Das war gut!«, sagte Pip mit einem Lächeln im Gesicht. »Das war gut, oder? Und ich habe das mit der *Dohle* nicht vergessen.«

»Du warst *okay*«, sagte Rooney mit hochgezogenen Augenbrauen.

Ich hatte Rooney alle Ratschläge gegeben, die mir einfielen. *Sei du selbst. Rede mit ihr. Versuch vielleicht, ihr manchmal was Nettes zu sagen.*

Nun, sie hatte es zumindest versucht.

»Das bedeutet mir sehr viel, gerade, weil es von dir kommt«, sagte Pip, und Rooney drehte sich weg, damit wir ihren Gesichtsausdruck nicht sehen konnten.

Fünf Tage vor der Aufführung hatten wir einen kompletten Durchlauf aller Szenen. Wir verwechselten einige Stichwörter. Jason stieß sich den Kopf an der Pappmaschee-Säule, und ich verpatzte meine Schlussrede aus *Ein Sommernachtstraum* komplett. Aber schließlich schafften wir es bis zum Schluss, und es war keine völlige Katastrophe.

»Wir haben es tatsächlich geschafft«, sagte Pip, ihre Augen weit aufgerissen, als wir alle fertig waren und uns gegenseitig applaudierten. »Sieht aus, als ob wir das möglicherweise durchziehen könnten.«

»Tu nicht so überrascht«, spottete Rooney. »Ich bin einfach eine gute Regisseurin.«

»Entschuldige mal, wir sind *Co-Regisseurinnen*. Ich bekomme einen Teil der Anerkennung.«

»Nein. Falsch. Ich hab dir die Leitung entzogen, als du beschlossen hast, uns für zwei Monate im Stich zu lassen.«

Pips Mund stand offen, und sie warf den Kopf zu mir herum, um meine Reaktion zu sehen. »Darf sie darüber schon Witze machen? Wir sind doch sicher noch nicht an dem Punkt, an dem wir über unsere Fehde scherzen können.«

»Ich kann scherzen, worüber ich will«, sagte Rooney.

Ich war damit beschäftigt, Stühle zu stapeln. »Ich mische mich nicht ein«, sagte ich.

»Nein«, sagte Pip und wandte sich wieder Rooney zu. »Ich lehne das ab. Ich will meine Co-Regie zurück.«

»Das geht nicht!«, sagte Rooney, die damit beschäftigt war, die Säule an eine Seite des Raumes zu schieben.

Pip ging direkt auf Rooney zu und stupste sie gegen den Arm. »So ein Pech! Ich nehme sie mir zurück!«

Sie wollte sie wieder stupsen, aber Rooney duckte sich hinter die Säule und sagte: »Dann musst du eben darum kämpfen!«

Pip folgte ihr und steigerte das Tempo, mit dem sie Rooney stupste, so dass sie sie praktisch kitzelte. »Vielleicht mach ich das!«

Rooney versuchte, sie wegzuschupsen, aber Pip war zu schnell, und bald jagte Pip sie im Grunde durch den Raum, wobei beide kreischten und sich gegenseitig stupsten.

Sie lächelten und lachten so sehr, dass es *mich* zum Lächeln brachte. Obwohl ich mir immer noch nicht sicher war, ob es Rooney wirklich gutging.

Wir hatten nicht mehr darüber gesprochen, was sie mir in der Nacht erzählt hatte, als wir die Betten zusammenschoben. Über Beth und Rooneys Ex-Freund und ihr Leben als Teenager.

Aber wir ließen die Betten zusammen.

Wir probten unser Stück und wir aßen in der Cafeteria, und Rooney hörte auf, nachts auszugehen. Wir saßen zusammen in Vorlesungen und liefen in der Kälte zur Bibliothek und zurück, schauten samstagsmorgens *Brooklyn Nine-Nine* bis in den Mittag hinein, tief in unsere Decken vergraben. Ich wartete darauf, dass sie wieder zusammenbrach. Darauf, dass sie vor mir weglief.

Aber das tat sie nicht. Trotzdem ließen wir die Betten zusammen.

Sie nahm das Foto von Beth von der Wand. Sie warf es nicht weg – sie steckte es einfach in eins ihrer Notizbücher, wo es sicher war. *Wir sollten mehr Fotos machen,* dachte ich. *Dann hätte sie etwas anderes, das sie an die Wand kleben könnte.*

Ich hatte das Gefühl, dass es etwas gab, was sie mir nicht gesagt hatte. Etwas, das wir beide nicht angesprochen hatten. Ich hatte herausgefunden, wer ich war, und sie hatte mir gesagt, wer sie war, aber ich spürte, dass da noch mehr war, und ich wusste nicht, ob es an ihr lag, dass sie Dinge für sich behielt oder ob es an mir lag. Vielleicht beides. Ich wusste nicht einmal, ob es etwas war, worüber wir reden mussten.

Manchmal wachte ich in der Nacht auf und konnte nicht wieder einschlafen, weil ich anfing, über die Zukunft nachzudenken, verängstigt, weil ich keine Ahnung hatte, wie sie für mich aussehen würde. Manchmal wachte Rooney auch auf, aber sie sagte nichts. Sie lag einfach da und wälzte sich unter der Bettdecke hin und her.

Es war trotzdem tröstlich, wenn sie aufwachte. Wenn sie einfach da war, mit mir zusammen wach.

Am Abend vor der Aufführung spitzte sich alles zu.

Ich, Pip und Rooney trafen uns zu einer letzten Probe in Pips Zimmer. Sunil, der ein Experte für freies Reden war, hatte schon vor Wochen seinen Text auswendig gelernt. Jason hatte seine Texte immer schnell gelernt. Aber wir drei anderen hatten das Gefühl, dass wir alles noch ein letztes Mal durchgehen sollten.

Pips Zimmer war nicht aufgeräumter als beim letzten Mal, als ich hier gewesen war. Tatsächlich war es sogar noch viel schlimmer. Aber sie *hatte* es geschafft, einen kleinen Fleck auf dem Teppichboden für sich und Rooney freizumachen, auf dem sie spielen konnten. Und sie hatte auf dem Boden neben ihrem Bett einen gemütlichen Bereich mit Kissen und Snacks für uns eingerichtet, auf dem wir uns ausruhen konnten. Ich streckte mich auf den Kissen aus, während sie ihre Szenen durchgingen.

»Du sagst den Satz falsch«, sagte Rooney zu Pip, und es war, als wären wir wieder in der ersten Woche, in der wir uns alle kennenlernten. »Ich sage, *liebst du mich nicht*, und du sagst, *warum, nein, nicht mehr als billig*, als – als würdest du versuchen, deine Gefühle zu verbergen.«

Pip zog eine Augenbraue hoch. »Genau so sage ich es ja auch.«

»Nein, du tust so, als ob *»nicht mehr als billig?«* eine Frage wäre.«

»Das tue ich definitiv nicht.«

Rooney wedelte mit ihrem Exemplar von *Viel Lärm um nichts*. »Tust du doch. Hör zu, vertrau mir einfach, ich kenne dieses Stück –«

»Entschuldige, ich kenne das Stück auch und darf meine eigene Interpretation haben –«

»Ich weiß, und das ist ja auch gut so, aber wie –«

Pip zog die Augenbrauen hoch. »Ich glaube, du hast nur Angst, dass ich dich auf der Bühne in den Schatten stelle.«

Es gab eine Pause, in der Rooney kapierte, dass Pip einen Scherz machte.

»*Warum* sollte ich davor Angst haben, wenn ich *eindeutig* die bessere Schauspielerin bin?«, schoss Rooney zurück und klappte das Buch zu.

»Wow. Wie anmaßend.«

»Ich stelle nur die Fakten klar, Pipchen.«

»Roo«, sagte Pip, »komm schon. Du *weißt*, ich bin die bessere Schauspielerin.«

Rooney öffnete den Mund, um etwas zu erwidern, aber der plötzliche Gebrauch eines Spitznamens schien sie so zu überrumpeln, dass ihr nicht einmal eine Erwiderung einfiel. Ich glaube nicht, dass ich sie bis zu diesem Moment jemals so wirklich sprachlos gesehen hatte.

»Wie wäre es, wenn wir eine Pause machen?«, sagte ich. »Wir könnten uns einen Film ansehen.«

»Ähm, ja«, sagte Rooney, ohne Pip anzusehen, als sie sich zu mir auf den Stapel Kissen setzte. »Okay.«

Wir entschieden uns für *Easy A*, weil Rooney den Film noch nie gesehen hatte, und obwohl er nicht ganz an *Moulin Rouge* heranreichte, war er einer der Lieblingsfilme von Pip und mir, den wir uns vor dem Einschlafen oft zusammen ansahen, wenn eine bei der anderen übernachtete. Ich hatte ihn schon eine Weile nicht mehr gesehen. Nicht mehr, seit ich nach Durham gekommen war.

»Ich hatte vergessen, dass es in diesem Film um ein Mädchen geht, das allen vorlügt, es wäre keine Jungfrau, um so gesellschaftliches Ansehen zu erlangen«, sagte ich, als wir etwa eine halbe Stunde gesehen hatten. Ich saß zwischen Pip und Rooney.

»Der Plot von mindestens achtzig Prozent aller Teenie-Filme«, sagte Rooney. »Und so unrealistisch.«

Pip schnaubte. »Du meinst, *du* hast keinem vorgelogen, dass du mit einem Typen geschlafen hättest, und bist dann mit dem aufgestickten Buchstaben A auf deinem Korsett herumgelaufen, als du siebzehn warst?«

»Ich musste nicht lügen«, sagte Rooney, »und ich kann nicht nähen.«

»Ich verstehe nicht, warum so viele Teenie-Filme von Teenagern handeln, die davon besessen sind, ihre Jungfräulichkeit zu verlieren«, sagte ich. »Wie … wen interessiert das eigentlich?«

Pip und Rooney sagten einen Moment lang nichts.

»Nun, ich denke, eine ganze Menge Teenager interessiert das schon«, sagte Rooney. »Nimm zum Beispiel Pip.«

»Entschuldige mal!«, rief Pip. »Ich bin nicht – ich bin nicht besessen davon, meine Jungfräulichkeit zu verlieren!«

»*Bestimmt* nicht.«

»Ich glaube nur, dass es *Spaß machen* würde, Sex zu haben, das ist alles.« Pip blickte wieder auf den Bildschirm und wurde ein wenig rot. »Es ist mir egal, dass ich noch *Jungfrau* bin, ich finde nur, dass Sex Spaß macht, also würde ich lieber früher als später damit anfangen.«

Rooney sah sie an. »Hey, ich mein, das war nur ein Scherz, aber trotzdem gut zu wissen.«

Pip wurde noch röter und stammelte: »Halt die Klappe.«

»Aber warum drehen sich die meisten Teenie-Filme darum, dass Teenager das Gefühl haben, dass sie sterben werden, wenn sie ihre Jungfräulichkeit nicht verlieren?«, fragte ich und wusste sofort, was die Antwort war. »Oh. Das ist eine asexuelle Sicht.« Ich musste über mich selbst lachen. »Ich hab vergessen, dass andere Leute davon besessen sind, Sex zu haben. Wow. Das ist wirklich lustig.«

Plötzlich bemerkte ich, dass Rooney und Pip mich mit einem kleinen Lächeln im Gesicht ansahen. Nicht mitleidig oder herablassend. Sondern so, als ob sie sich für mich freuen würden.

Ich schätze, es *war* eine ziemliche Entwicklung, dass ich über meine Sexualität lachen konnte. Das musste doch ein Fortschritt sein, oder?

»Es ist ein guter Film, aber ich denke, es wäre besser, wenn das Haupt-Liebespaar schwul oder lesbisch wäre«, sagte Pip.

»Ganz deiner Meinung«, sagte Rooney, und wir sahen sie an.

»Ich dachte, du stehst auf diese hinreißende Post-John-Hughes-Hetero-Romanze«, sagte Pip. »Heteros lieben diese Scheiße.«

»Das tun sie«, stimmte Rooney zu, »aber zum Glück bin ich nicht hetero, also, ja«.

Es herrschte eine lange, lange Stille.

»Ah- ach«, würgte Pip. »Na – na, das ist dann gut.«

»Ja.«

»Ja.«

Wir guckten den Rest des Films in extrem peinlich aufgeladenem Schweigen. Und als er zu Ende war, wusste ich, dass es Zeit für mich war zu gehen. Zu gehen und passieren zu lassen, was passieren sollte.

Sie versuchten, mich zum Bleiben zu bewegen, aber ich bestand darauf. Ich musste schlafen, sagte ich ihnen. Sie könnten ihre letzte Shakespeare-Szene alleine durchspielen.

Ich glaube, ich fühlte mich ein wenig einsam, als ich das Castle verließ. Ich ging den Flur entlang, aus Pips Block raus, über die Grünfläche und zurück in Richtung St. John's. Es war dunkel und kalt, es war fast ein Uhr nachts. Und ich war allein.

Ich war jetzt allein.

Als ich in mein Zimmer zurückkam, ließ ich *Universe City* auf YouTube laufen, während ich meinen Pyjama anzog, meine Kontaktlinsen herausnahm, meine Zähne putzte und nach Roderick sah, dem es in diesen Tagen wirklich besser zu gehen schien. Und dann kuschelte ich mich in meine Betthälfte und wickelte mich in die Decke.

Ich schlief eine halbe Stunde, wachte dann aber schweißgebadet auf. In meinem Kopf schwirrten Albträume über eine apokalyptische Zukunft, in der all meine Freunde sterben. Ich drehte automatisch den Kopf, um nach Rooney zu sehen, aber sie war nicht da.

Es war schwieriger, wieder einzuschlafen, wenn sie nicht da war.

Als ich aufwachte, fühlte sich mein Kopf an, als würde darin ein alter Fernseher rauschen, und mein Magen, als wäre er voller Bienen. Aber das war irgendwie klar. Heute war Showtime.

Aber nichts davon war vergleichbar mit dem Gefühl des Grauens, das mich überkam, als ich auf mein Telefon schaute und feststellte, dass ich einen gigantischen Strom von Nachrichten erhalten hatte. Alle von Pip.

Die ersten lauteten:

Felipa Quintana
GEORGIA
NOTFALL
ICH HAB'S VERMASSELT
ROONEY IST WEG

GEIL UND VERWIRRT

Felipa Quintana

Okay, ich weiß, es ist 7 Uhr morgens und du schläfst bestimmt schon, aber oh mein Gott, du wirst mich umbringen, wenn ich dir erkläre, was gerade passiert ist

Oh mein GOTT sflkgjsdfhlgkj okay

WOW

Sorry, ich kann das gerade echt nicht verarbeiten
Okay. Richtig. Also

Gestern Abend war alles in Ordnung. Als du weg warst, haben wir unsere letzte Szene durchgespielt.

(Ich meine, das war gut, für unsere Verhältnisse, denn klarerweise ist ein Gespräch mit ihr jedes Mal total angespannt)

Aber als wir fertig waren, war es suuuper spät, es war etwa 3 Uhr morgens, also hab ich ihr angeboten, in meinem Zimmer zu schlafen – also in meinem Bett mit mir – und sie sagte JA.

Das war definitiv keine gute Idee, denn ich hab nicht eine EINZI-GE Minute geschlafen, mein Kumpel.
Sie wachte um etwa 5 Uhr morgens wieder auf und ging Wasser

holen, und als sie zurückkam, wusste ich, dass sie wusste, dass ich wach war, also fingen wir einfach an zu reden, während wir im Bett lagen.

Und ich weiß nicht, ob es daran lag, dass wir einfach nur müde waren oder was, aber … es war anders, wir haben uns nicht gezankt, wir haben einfach über alles Mögliche geredet. Erst über das Stück und dann über unser Leben in der Schule und so einen Scheiß. Sie hat mir erzählt … Mann, wir haben mindestens eine Stunde lang über sehr persönliche Sachen geredet, vielleicht sogar länger.

Sie sagte mir, dass sie denkt, sie wäre pansexuell!!!!! Sie sagte, sie glaubt einfach nicht, dass sie wirklich eine Geschlechtspräferenz hat und das fühlte sich nach dem richtigen Wort für sie an!!!! Sie sagte, du wüsstest es schon irgendwie.

Wir haben ewig geredet und dann waren wir eine Weile still und dann sagte sie – und ich ZITIERE – sie sagte wörtlich: »Ich weiß, es sieht so aus, als würde ich dich hassen, aber es ist eigentlich das genaue Gegenteil«

Georgia, ich bin gestorben

Ich sagte: »Ja ………… ich auch«, während ich versuchte, nicht laut zu schreien.

Und dann lehnte sie sich einfach zu mir und küsste mich

ADKLGJSHDFKLGJSLDFGSLFJGSLDF

Sie zog sich sofort wieder zurück, mit diesem Ausdruck im Gesicht, als hätte sie Angst, einen Fehler gemacht zu haben

Aber klarerweise hatte sie KEINEN Fehler gemacht und sie konnte es in meinem verdammten Gesicht sehen.

Und dann lehnte sie sich wieder zu mir rüber und wir fingen an, so richtig zu KNUTSCHEN

Und ich meine, so richtig Knutschen.

Ich bin voll so heilige Scheiße, wie kann das sein? Ich bin praktisch gestorben, und wir knutschten so zwanzig Minuten lang in meinem Bett rum

ÄHM diese Geschichte wird ein bisschen nsfw von hier an
Das tut mir auch echt leid, aber wenn ich es nicht jemandem erzähle, was passiert ist, dann sterbe ich.

Also nach einer Weile setzt sie sich auf und zieht einfach … ihr T-Shirt aus. Und ich voll so, oh mein Gott!

Und dann denke ich: Okay, sie will weiter gehen als nur rummachen?? Und das wäre für mich in Ordnung? Will ich das auch?????

Sie legt sich wieder hin und fragt: »Ist das okay?«, und ich so: »Scheiße, ja, fahr bitte fort«

(Ich habe bei meiner ersten sexuellen Erfahrung nicht wirklich die Phrase »fahr bitte fort« benutzt. Ich glaub, ich hab nur sehr enthusiastisch genickt.)

Also klarerweise habe ich noch nie etwas Sexuelles mit jemandem gemacht und sie ist … gerade dabei, ihre Hand in meine Pyjama-Shorts zu schieben und ich bin nervös wie der Teufel, aber extrem bereit dafür lol

Aber dann zieht sie sich zurück und sagt: »Oh mein Gott«, und sie springt von mir runter und fängt an auszuflippen, zieht sich an und packt ihr ganzes Zeug zusammen und sagt: »Es tut mir so leid, es tut mir so leid«, und ich lieg nur da, geil und verwirrt und voll so »ähm«.

Und dann sagt sie »Scheiße, ich hab alles vermasselt«, und dann rennt sie einfach aus meinem Zimmer

SIE IST WEG

Ich hab sie angerufen und ihr eine Nachricht geschickt, aber ich hab keine Ahnung, wo sie ist, ist sie bei dir???

Ich bin so besorgt und verwirrt und das Stück ist heute und ich flippe gerade ein bisschen aus, ich denke, ich könnte sie verärgert und alles ruiniert haben.

Aber ich glaub auch, dass ich jetzt ein paar Stunden Schlaf brauche, weil ich sonst heute Nachmittag auf der Bühne ohnmächtig werden könnte.

Also ähm ...

Ja

Meld dich, wenn du aufwachst

Georgia Warr
Ich bin wach.
Oh mein Gott

ICH WERDE SIE FINDEN

Georgia Warr
sie ist nicht da
keine panik
ich werde sie finden

Zuerst rief ich sie an, saß in unserem Bett, hörte das Telefon klingeln und wartete.

Der Anruf wurde auf die Mailbox weitergeleitet.

»Wo bist du?«, sagte ich sofort, wusste aber nicht, was ich sonst noch sagen sollte, also legte ich einfach auf, stürzte aus dem Bett, zog die nächstbesten Klamotten an, die ich zu fassen kriegte, und rannte los.

Das konnte nicht wahr sein.

Sie würde uns doch nicht am Tag der Aufführung im Stich lassen.

Sie würde mich nicht im Stich lassen.

Ich rannte den ganzen Weg bis zum unteren Ende der Treppe, bevor mir klar wurde, dass ich eigentlich keine Ahnung hatte, wo ich suchen sollte. Sie konnte *überall* sein. In der Bibliothek. Im Café. Irgendwo im College. In der Wohnung von irgendjemandem. Durham ist klein, aber es ist trotzdem nicht möglich, eine ganze Stadt an einem Tag zu durchsuchen.

Doch ich musste es versuchen.

Ich lief zuerst den ganzen Weg bis zum Theater. Wahrscheinlich hatte sie sich entschlossen, uns dort zu treffen, und war vielleicht vorher noch zu Starbucks Kaffee holen gegangen. Wir hatten mit allen vereinbart, dass wir uns um 10 Uhr dort treffen wollten. Unsere Vorstellung sollte um 14 Uhr anfangen – und es war jetzt 9:30 Uhr, also war sie wahrscheinlich nur ein bisschen früh dran.

Bei dem Versuch, die Tür zu öffnen, knallte ich dagegen. Sie war verschlossen.

Das war der Moment, in dem ich anfing, Angst zu bekommen.

Rooney hatte Pip mitten in der Nacht verlassen. Wo war sie danach hingegangen? Ich wäre aufgewacht, wenn sie in unser Zimmer zurückgekommen wäre. War sie zu einem ihrer vielen Freunde gegangen, die sich nicht um sie zu kümmern schienen? War sie in einen Club gegangen? Die Clubs blieben doch nicht so lange offen, oder?

Ich hockte mich auf den Bürgersteig und versuchte, mich aufs Atmen zu konzentrieren. Scheiße. Was, wenn etwas Schlimmes passiert war? Was, wenn ein Mann mit einem Auto vorgefahren war und sie gepackt hatte? Was, wenn sie über die Brücke gelaufen und in den Fluss gefallen war?

Ich zog mein Telefon aus der Tasche und rief Rooney erneut an.

Sie ging nicht dran. Vielleicht hatte sie nicht einmal ihr Telefon dabei.

Stattdessen rief ich Pip an.

»Hast du sie gefunden?«, war das Erste, was sie sagte, als sie abnahm.

»Nein. Sie ist …« Ich wusste nicht, was ich ihr sagen sollte. »Sie ist … weg.«

»Weg? Was – was meinst du mit *weg*?«

Ich stand auf und schaute mich um, als ob ich sie plötzlich auf der Straße sehen könnte, wie sie in ihren Sportleggings auf mich zurannte und ihr Pferdeschwanz hin und her schwang. Aber ich sah sie nicht. Natürlich sah ich sie nicht.

Meine Stimme brach. »Sie ist einfach weg.«

»Das ist meine Schuld«, sagte Pip sofort, und ich konnte hören, dass sie am Boden zerstört war und wie sehr sie wirklich glaubte, was sie sagte. »Das ist – ich hätte es nicht tun sollen – sie hat wahrscheinlich nicht einmal – es war viel zu früh für uns, um überhaupt –«

»Nein, es ist meine Schuld«, sagte ich. »Ich hätte auf sie aufpassen müssen. Ich hätte das kommen sehen müssen.«

Ich kannte sie besser als jeder andere.

Als jeder andere in ihrem ganzen Leben.

»Ich werde sie finden«, sagte ich. »Ich verspreche, ich werde sie finden.«

Das war ich ihr schuldig.

Ich rannte zu dem Club, in den wir in der Erstsemesterwoche gegangen waren. In dem sie mir gesagt hatte, ich solle nach jemandem suchen, auf den ich stand, während sie loszog, um mit einem Typen rumzumachen. Es fühlte sich an, als wäre das Jahre her.

Der Club war geschlossen. Natürlich war er das; es war Samstagmorgen.

Ich ging zum Tesco-Markt, als würde ich sie dort finden, wie sie im Müsli-Regal stöberte. Ich ging um den Platz herum, als würde sie dort auf einer Steinbank sitzen und auf ihrem Telefon scrollen. Ich überquerte die Elvet Bridge und stürmte in das Gebäude des Elvet-Riverside-Hörsaals. Ich war nicht einmal sicher, ob er am Wochenende überhaupt geöffnet war, aber es war mir egal. Ich hatte keine Ahnung, warum sie an einem Samstagmorgen hier sein sollte, aber ich hoffte, hoffte. *Betete.* Ich ging zum Haus der Studentenvereinigung, nur, um verschlossene Türen vorzufinden. Und dann konnte ich nicht mehr weiterlaufen, weil meine Brust schmerzte. Also lief ich zur Bill-Bryson-Bibliothek, ging rein, stellte mich auf die Treppe und rief nur einmal »ROONEY!«. Alle drehten sich um und sahen mich an, aber das war mir egal.

Rooney war nicht da. Sie war nirgendwo.

Waren wir am Ende nicht genug für sie?

War ich nicht genug?

Oder waren wir gerade zu ihr durchgedrungen, nur um erleben zu müssen, wie ihr etwas Schreckliches zustieß?

Ich rief sie wieder an. Und der Anruf ging wieder auf die Mailbox.

»Ist dir was passiert?«, fragte ich.

Ich legte wieder auf. Ich hatte keine Ahnung, was ich noch sagen sollte.

Zurück vor der Bibliothek, begann mein Telefon zu klingeln, aber es war nur Jason.

»Was ist los?«, fragte er. »Ich bin im Theater und außer Sunil ist niemand hier.«

»Rooney ist weg.«

»Was meinst du mit *weg*?«

»Keine Sorge, ich werde sie finden.«

»Georgia –«

Ich legte auf und versuchte es ein drittes Mal bei Rooney.

»Die Rooney aus der Erstsemesterwoche hätte uns vielleicht hängen lassen. Aber nicht du. Nicht nach allem, was war.« Ich spürte eine Enge in meinem Hals. »Du würdest mich nicht hängen lassen.«

Als ich diesmal auflegte, stellte ich fest, dass mein Telefon nur noch fünf Prozent Akku hatte, weil ich gestern Abend vergessen hatte, es aufzuladen.

Der Wind peitschte mir auf der Straße ins Gesicht.

Sollte ich die Polizei rufen?

Ich begann, zurück in Richtung Stadtzentrum zu gehen, und

all die »Was wäre wenn«–Fragen kreisten in meinem Kopf. Was, wenn sie nach Hause gegangen war? Was, wenn sie in den Fluss gefallen und gestorben war?

Ich blieb mitten auf dem Bürgersteig stehen, eine Erinnerung brandete plötzlich mit so großer Wucht in meinem Kopf auf, dass ich das Gefühl hatte, ich müsste ein Schleudertrauma bekommen.

An jenem ersten Abend in der Stadt hatte sich Rooney bei »Find My Friends« auf meinem Telefon eingetragen. Ich hatte die App letztlich nie wieder benutzt, aber … würde es jetzt funktionieren?

Ich kramte das Telefon so hastig aus der Tasche, um nachzusehen, dass ich es fast hätte fallen lassen. Und tatsächlich, auf der Karte war ein kleiner Kreis mit Rooneys Gesicht darin zu sehen.

Sie war anscheinend auf einem Feld am Fluss, vielleicht einen Kilometer entfernt.

Ich erlaubte mir nicht, weiter darüber nachzudenken, warum sie dort sein könnte. Ich fing einfach wieder an zu laufen.

Ich hatte nicht darüber nachgedacht, wie Durham außerhalb des Stadtzentrums aussah. Alles, was ich in den letzten sechs Monaten kennengelernt hatte, waren Universitätsgebäude, gepflasterte Straßen und winzige Cafés.

Aber es dauerte nur zehn Minuten, bis ich mich in großem, endlosem Grün wiederfand. Weite Felder dehnten sich vor mir aus, während ich den kleinen, ausgetretenen Pfaden folgte und den kleinen Rooney-Punkt auf meinem Telefon verfolgte, bis mein Display schwarz wurde und mein Handy sich ausschaltete.

Zu dem Zeitpunkt brauchte ich es nicht mehr. Der Punkt befand sich am Fluss, neben einer Brücke. Ich musste nur noch zur Brücke kommen.

Es dauerte eine weitere Viertelstunde. An einem Punkt hatte ich Angst, mich wirklich verlaufen zu haben, ohne dass Google

Maps mir helfen konnte, aber ich ging einfach weiter und folgte dem Fluss, bis ich sie sah. Die Brücke.

Die Brücke war leer.

Die umliegenden Wanderwege und Felder waren es auch.

Ich stand einfach da und starrte einen Moment lang geradeaus. Dann ging ich über die Brücke und wieder zurück, als ob ich Rooney unten am Flussufer schlafend vorfinden würde. Oder ihren Hinterkopf im Wasser wippen sehen würde. Aber das tat ich nicht.

Stattdessen sah ich, als ich den Fußweg wieder erreichte, etwas im Gras am Ufer glitzern.

Es war Rooneys Handy.

Ich hob es auf und schaltete es ein. Alle meine verpassten Anrufe waren auf dem Bildschirm zu sehen. Auch viele von Pip und sogar ein paar von Jason.

Ich setzte mich ins Gras.

Und dann weinte ich einfach. Vor Erschöpfung, vor Verwirrung, vor Angst. Ich saß einfach auf einem Feld mit Rooneys Handy in der Hand und weinte.

Selbst nach allem, was passiert war, hatte ich ihr nicht helfen können.

Ich konnte ihr keine gute Freundin sein.

Ich konnte ihr nicht das Gefühl geben, dass sie in meinem Leben eine Rolle spielte.

»GEORGIA«.

Eine Stimme. Ich sah auf.

Einen Moment lang dachte ich, ich müsste träumen. Dass sie bloß eine Projektion war. Eine Projektion dessen, was ich mir gerade am meisten wünschte.

Aber sie war real.

Rooney rannte über die Brücke zu mir, einen Starbucks-Becher in der einen und einen Blumenstrauß in der anderen Hand.

GROßE GESTE

»Oh mein *Gott*, Georgia, warum bist du – stimmt was nicht?«

Rooney sackte vor mir auf die Knie und starrte auf die Tränen, die mir aus den Augen flossen.

Pip hatte Dutzende Male vor mir geweint. Es brauchte nicht viel, um sie aus der Fassung zu bringen. Oft war es gerechtfertigt, aber manchmal weinte sie auch nur, weil sie müde war. Oder das eine Mal, als sie weinte, weil sie eine Lasagne gemacht hatte und die dann auf den Boden gefallen war.

Jason hatte ein paar Mal vor mir geweint. Nur, wenn wirklich schlimme Dinge passiert waren. Zum Beispiel, als ihm klar wurde, wie schrecklich Aimee zu ihm war. Oder als wir wirklich traurige Filme über alte Menschen gesehen hatten, wie *The Notebook* und *Up* von Pixar.

Rooney hatte auch ein paar Mal vor mir geweint. Als sie mir das erste Mal von ihrem Ex erzählte. Draußen vor Pips Tür. Und als wir die Betten zusammengeschoben hatten.

Ich hatte noch nie vor ihr geweint.

Ich hatte noch nie vor irgendjemandem geweint.

»Warum … bist du … hier …?«, schaffte ich es, zwischen heftigen Schluchzern zu stammeln. Ich wollte nicht, dass sie mich so sah. Gott, ich wollte nicht, dass mich irgendjemand so sah.

»Ich könnte dich das Gleiche fragen!« Sie ließ die Blumen auf den Boden fallen und stellte ihre Starbucks-Tasse vorsichtig auf den Fußweg, dann setzte sie sich neben mich ins Gras. Mir fiel auf, dass sie andere Sachen anhatte als gestern Abend – sie trug jetzt Leggings und ein Sweatshirt. Wann war sie zurück in unser Zimmer gegangen, um sich umzuziehen? *Hatte* ich geschlafen, als sie zurückkam?

Sie legte einen Arm um mich.

»Ich dachte … du wärst … im Fluss«, sagte ich.

»Du hast gedacht, ich wäre in den Fluss gefallen und *gestorben*?«

»Ich weiß nicht … Ich hatte Angst …«

»Ich bin nicht *doof*, ich springe nicht einfach in Flüsse.«

Ich sah sie an. »Du übernachtest oft bei Fremden.«

Rooney schürzte die Lippen. »Okay.«

»Du hast *dich um fünf Uhr morgens aus dem College ausgesperrt.*«

»*Okay.* Vielleicht bin ich ein bisschen doof.«

Ich wischte mir über das Gesicht und fühlte mich etwas ruhiger. »Warum war dein Handy hier?«

Sie hielt inne. »Ich … komme manchmal hier raus. Wenn ich die Nächte durchgefeiert hab. Na ja … normalerweise am Morgen danach. Ich mag es einfach, hierherzukommen und … das Gefühl zu haben, dass alles ruhig ist.«

»Das hast du mir nie gesagt.«

Sie zuckte mit den Schultern. »Ich dachte nicht, dass sich jemand dafür interessieren würde. Es war einfach mein Ding, das ich gemacht habe, um den Kopf frei zu kriegen. Ich bin also heute Morgen hierhergekommen, und irgendwann hab ich mein Handy fallen lassen, und ich habe es erst gemerkt, als ich schon den ganzen Weg zurück zum College gelaufen war. Da musst du schon weg gewesen sein – also hab ich mich einfach umgezogen und bin hierher zurückgelaufen und … jetzt sind wir beide hier.«

Sie hatte immer noch ihren Arm um mich gelegt. Wir starrten auf den Fluss.

»Hat Pip dir erzählt, was passiert ist?«, fragte sie.

»Ja.« Ich stupste mit dem Fuß gegen ihren. »Warum bist du weggelaufen?«

Sie holte tief Luft. »Ich habe große Angst davor, Menschen zu nahe zu kommen. Und … letzte Nacht, mit Pip, ich … was wir *gemacht haben* – nun, was wir im Begriff waren zu machen, ich … Ich hab plötzlich gedacht, dass ich das mache, was ich immer mache. Sex zu haben, um mich einfach … davon abzulenken, etwas Echtes zu fühlen.« Sie schüttelte den Kopf. »Aber das war nicht so. Das wurde mir fast sofort klar, als ich gegangen bin. Mir wurde klar, dass ich … es wäre das erste Mal mit jemandem gewesen, der mir wirklich … etwas bedeutet. Mit jemandem, dem ich etwas bedeute.«

»Sie macht sich wirklich Sorgen um dich«, sagte ich. »Vielleicht sollten wir zurückgehen.«

Rooney wandte sich mir zu.

»*Du hast* dir auch wirklich Sorgen um mich gemacht, stimmt's?«, sagte sie. »Ich hab dich noch nie weinen sehen.«

Ich biss die Zähne zusammen und spürte, wie die Tränen wieder aufstiegen. *Das* war der Grund, warum ich nicht vor Leuten weinte – wenn ich anfing, brauchte ich ewig, um wieder aufzuhören.

»Was ist los?«, sagte sie. »Rede mit mir.«

»Ich …« Ich sah zu Boden. *Ich wollte nicht, dass sie mich ansah.* Aber Rooney sah mich an, die Stirn in Falten gelegt, so viele Gedanken hinter ihren Augen. Und es war dieser Blick, der mich dazu brachte, alles auszusprechen.

»Ich mag dich einfach so sehr … aber ich hab immer diese Angst, dass … du eines Tages weggehen wirst. Oder Pip und Jason gehen, oder … ich weiß nicht.« Frische Tränen liefen mir über die Wangen. »Ich werde mich nie verlieben, also … sind meine Freundschaften alles, was ich habe, also … kann ich den Gedanken, einen meiner Freunde zu verlieren, einfach nicht ertragen. Weil ich nie diesen einen besonderen Menschen haben werde.«

»Könnte ich vielleicht diese eine besondere Person sein?«, fragte Rooney leise.

Ich schniefte laut. »Was meinst du?«

»Ich meine, ich möchte deine besondere Person sein.«

»A-aber … so funktioniert die Welt nicht. Die Leute stellen romantische Beziehungen immer über Freundschaften –«

»Sagt wer?«, fragte Rooney und klatschte ihre Hand auf den Boden vor uns. »Das hetero-normative Regelwerk? *Scheiß drauf*, Georgia. Scheiß drauf.«

Sie stand auf, fuchtelte mit den Armen und ging auf und ab, während sie sprach.

»Ich weiß, dass du versucht hast, mir mit Pip zu helfen«, begann sie, »und ich weiß das zu schätzen, Georgia, das tue ich wirklich. Ich *mag sie*, und ich glaube, sie mag mich, und wir sind gerne zusammen, und, ja, ich sage es einfach – ich glaube, wir wollen wirklich, wirklich Sex miteinander haben.«

Ich starrte sie nur an, meine Wangen waren tränenverschmiert, und ich hatte keine Ahnung, worauf sie hinauswollte.

»Aber weißt du, was mir auf meinem Spaziergang klar geworden ist?«, fragte sie. »Mir ist klar geworden, dass ich *dich liebe*, Georgia.«

Mir klappte der Mund auf.

»Klarerweise bin ich nicht romantisch in dich verliebt. Aber ich habe gemerkt, dass, was auch immer meine Gefühle für dich sind, ich …« Sie grinste wild. »Ich fühle, dass ich verliebt *bin*. Ich und du – *das* ist eine verdammte Liebesgeschichte! Ich hab das Gefühl, etwas gefunden zu haben, was die meisten Leute einfach nicht kapieren. Ich fühle mich in deiner Nähe auf eine Art zu Hause, wie ich es noch nie in meinem ganzen *fucking Leben* gefühlt habe. Und vielleicht würden die meisten Leute uns ansehen und denken, dass wir *nur Freunde* sind oder was auch immer. Aber ich weiß, dass es einfach ... so viel MEHR ist als das.« Sie gestikulierte dramatisch mit beiden Händen. »Du hast *mich verändert*. Du ... du hast mich verdammt noch mal gerettet, ich schwöre bei Gott. Ich weiß, dass ich immer noch eine Menge dummes Zeug mache und die falschen Dinge sage und dass ich immer noch Tage habe, an denen ich mich einfach *scheiße* fühle, aber ... Ich hab mich in den letzten Wochen so glücklich gefühlt wie seit *Jahren nicht mehr*.«

Ich konnte nicht sprechen. Ich war wie eingefroren.

Rooney sank auf ihre Knie. »Georgia, ich werde nie aufhören, deine Freundin zu sein. Und ich meine das *nicht* in der langweiligen Durchschnittsbedeutung von »Freund«, wo wir aufhören, regelmäßig zu reden, wenn wir fünfundzwanzig sind, weil wir beide *nette junge Männer* kennengelernt haben und losgezogen sind, um Babys zu bekommen, und uns nur noch zweimal im Jahr treffen. Ich meine, dass ich dich dazu drängen werde, ein Haus neben meinem zu kaufen, wenn wir fünfundvierzig sind und endlich genug gespart haben, um eine Anzahlung zu machen. Ich meine, ich werde jeden Abend bei dir zum Abendessen vorbeikommen, weil du *weißt, dass* ich verdammt noch mal nicht kochen kann, und wenn es um mein Leben ginge. Und wenn ich Kinder und einen Ehepartner haben sollte, werden die wahrscheinlich mit mir zusammen zu dir kommen, weil sie sich sonst von Chicken McNuggets und Pommes ernähren müssten. Ich meine, ich werde diejenige sein, die dir Suppe bringt, wenn du mir eine SMS schreibst, dass du krank bist und nicht aus dem Bett kommst, und die dich zum Arzt fährt, auch wenn du nicht gehen willst, weil du dich schuldig fühlst, den NHS* zu nutzen, wenn du nur einen Magen-Darm-Virus hast. Ich meine, wir werden den Zaun zwischen unseren Gärten niederreißen, damit wir einen großen Garten haben, und wir könnten uns zusammen einen Hund zulegen und uns abwechselnd um ihn kümmern. Ich meine, ich werde da sein und dich nerven, bis wir alte Damen sind, die im selben Pflegeheim sitzen und darüber reden, ein Shakespeare-Stück aufzuführen, weil wir alle alt sind und uns scheiße langweilen.«

Sie schnappte den Blumenstrauß und warf ihn mir praktisch gegen die Brust. »Und den hab ich für dich gekauft, weil ich ehrlich gesagt nicht wusste, wie ich das sonst alles ausdrücken sollte.«

Ich weinte. Ich fing einfach wieder an zu weinen.

Rooney wischte mir die Tränen von den Wangen. »Was? Glaubst du mir nicht? Denn ich mache keine verfluchten Witze. Sitz nicht da und sag mir, dass ich lüge, denn ich lüge nicht. Hat irgendetwas davon für dich Sinn ergeben?« Sie grinste. »Ich leide im Moment unter *extremem* Schlafentzug.«

Ich konnte nicht reden. Ich war ein Wrack.

Sie deutete auf den Blumenstrauß, den sie in meinen Schoß geschleudert hatte. »Ich wollte einfach eine große Geste, so wie du sie für Pip und Jason inszeniert hast. Aber mir ist nichts eingefallen, weil du das Hirn in dieser Freundschaft bist.«

Das brachte mich zum Lachen. Sie schlang ihre Arme um mich, und dann lachte ich halb, halb weinte ich weiter, halb war ich glücklich und zugleich halb traurig.

»Glaubst du mir nicht?«, fragte sie wieder und hielt mich fest.

»Ich glaube dir«, sagte ich, meine Nase ganz verstopft und meine Stimme heiser. »Ich verspreche es.«

TEIL FÜNF

ES HAT SPAß GEMACHT

Keine von uns beiden war so fit, dass es eine gute Idee gewesen wäre, den ganzen Weg zurück ins Stadtzentrum zu laufen, aber wir machten es trotzdem. Unser Stück sollte in weniger als zwei Stunden beginnen. Wir hatten keine andere Wahl.

Wir liefen den ganzen Weg am Fluss entlang, ich mit dem Blumenstrauß in den Händen musste jedes Mal anhalten, um eine Blume aufzuheben, wenn ich sie fallen gelassen hatte. Und Rooney mit nichts als einem Handy, einem Starbucks-Becher und einem Grinsen im Gesicht. Wir mussten mehrmals anhalten und uns hinsetzen, um uns zu erholen, und als wir am Stadtplatz ankamen, dachte ich trotzdem, meine Brust würde implodieren. Aber wir mussten rennen. Für das Stück.

Für unsere Freunde.

Als wir beim Theater ankamen, waren wir beide schweißgebadet. Wir stürmten durch die Türen hinein und fanden Pip vor, die an einem Tisch im Foyer saß, den Kopf in den Händen.

Sie schaute zu uns hoch, als ich auf den Boden plumpste und mich dabei anhörte wie ein Astronaut, dem die Luft ausgeht, während Rooney ihr Bestes tat, um das Durcheinander ihrer Haare wieder zu einem Pferdeschwanz zusammenzunehmen.

»Fuck«, sagte Pip, ganz ruhig. »Wo warst du?«

»Wir …«, fing ich an zu sagen, aber dann stieß ich nur ein Keuchen aus.

Also sprach Rooney für uns.

»Ich hab nach der letzten Nacht Panik bekommen, und Georgia hat mein Handy gefunden, aber ich hatte es in einem Feld verloren. Und sie ist den ganzen Weg dorthin gelaufen. Und dann bin ich dahin zurückgegangen, weil ich wusste, dass ich das Handy irgendwo in der Nähe dieses Feldes verloren hatte. Und dann traf ich Georgia und hatte diese Blumen, weil ich ihr sagen wollte, wie sehr ich sie schätze und alles, was sie dieses Jahr für mich getan hat. Und dann haben wir über alles geredet und ich sagte ihr, wie wichtig sie für mich ist und auch −«, Rooney trat auf Pip zu, die sie mit großen Augen anstarrte − »dass ich festgestellt habe, dass ich dich wirklich mag. Und das habe ich schon lange nicht mehr für jemanden empfunden, und das hat mir wirklich Angst gemacht, und deshalb bin ich weggelaufen.«

»Ähm ... O-Okay«, stammelte Pip.

Rooney machte einen weiteren Schritt auf sie zu und legte eine Hand auf den Tisch vor Pip.

»Was empfindest du denn für mich?«, fragte Rooney mit völlig unbewegter Miene.

»Ähm ... ich ...« Pips Wangen färbten sich rot. »Ich ... ich mag dich auch ... wirklich gern ...«

Rooney nickte energisch, aber ich merkte, dass sie ein wenig sprachlos war. »Gut. Ich dachte nur, wir sollten uns darüber im Klaren sein.«

Pip stand auf, den Blick immer noch auf Rooney gerichtet. »Richtig. Ähm. Ja. Gut.«

Ich hatte es inzwischen geschafft, auf die Beine zu kommen, und meine Lungen fühlten sich nicht mehr an, als würden sie gleich explodieren. »Wir sollten gehen und Jason und Sunil suchen.«

»Ja«, sagten Rooney und Pip gleichzeitig, und wir drei gingen in den Backstagebereich des Theaters, Rooney und Pip dicht hinter mir.

Als ich um eine Ecke bog, fragte ich: »Sind die beiden in der Garderobe, oder …?«.

Da ich keine Antwort bekam, drehte ich mich um und erwischte Rooney und Pip beim Knutschen, wobei Rooney Pip gegen die Tür einer Garderobe drückte und es beide nicht zu stören schien, dass ich *genau neben ihnen* stand.

»Hey«, sagte ich, aber sie hörten mich entweder nicht oder ignorierten mich absichtlich.

Ich hüstelte laut.

»HEY«, wiederholte ich, diesmal lauter, und sie lösten sich widerwillig voneinander. Rooney sah etwas irritiert aus und Pip, die ihre Brille zurechtrückte, wirkte, als hätte sie gerade einen Schlag bekommen. »Wir haben ein Stück aufzuführen, vergessen?«

Jason und Sunil saßen am Bühnenrand und teilten sich eine Packung gesalzenes Popcorn. Sobald sie uns reinkommen sahen, hob Jason triumphierend beide Arme, während Sunil sagte: »*Gott sei Dank.*«

Dann rannte Jason zu uns, hob mich hoch und trug mich den ganzen Weg auf die Bühne, während ich hysterisch lachte und versuchte zu entkommen.

»Wir machen es!«, sagte er und wirbelte mich herum. »Wir führen das Stück auf!«

»Ich hab das Gefühl, ich heul gleich los«, sagte Sunil und stopfte sich mehr Popcorn in den Mund.

Rooney klatschte laut in die Hände. »Keine Zeit mehr fürs Glücklichsein! Wir müssen uns umziehen, bevor die Zuschauer kommen!«

Und das taten wir auch. Jason und Sunil hatten bereits alle unsere Kostüme, Requisiten und das Bühnenbild hinter der Bühne arrangiert, also zogen wir alle unsere ersten Kostüme an und verbrachten dann zehn Minuten damit, das Bühnenbild zu arrangieren, das wir mit unseren begrenzten Mitteln gebastelt hatten. Meine Pappmaschee-Säule, die wir in der Mitte links platzierten, und eine mit Sternen bedeckte Girlande, die wir irgendwie, nach langen Diskussionen zwischen Jason und Rooney, an einer der Kulissenschienen befestigen konnten. Als wir sie hochzogen, sah es aus, als würden kleine Sterne von der Decke herabregnen.

Wir brauchten auch einen Stuhl in vielen unserer Szenen, aber das Beste, was wir unter den Kulissen finden konnten, war ein rotes Plastikteil.

»Ich hab eine Idee«, sagte Rooney, und sie sprang von der Bühne in den Zuschauerraum, um sich meine Blumen zu schnappen, die ich auf einem Sitz in der ersten Reihe liegen gelassen hatte. Sie brachte sie auf die Bühne und begann, Blumen an den Stuhl zu kleben.

Als sie fertig war, hatte sich der Stuhl in einen Thron aus Blumen verwandelt.

Es waren noch zehn Minuten bis zu unserem Auftritt, als ich mich zum ersten Mal fragte, wer eigentlich zu unserer Aufführung kommen würde.

Offensichtlich war Sadie eingeladen worden, da sie das abschließende Urteil fällen würde. Und ich konnte mir denken, dass Sunil vermutlich Jess eingeladen hatte. Aber war das schon alles? Zwei Leute im Publikum?

Ich spähte hinter den Vorhängen hervor und wartete, und bald wurde mir bewusst, dass ich sehr, sehr falsch lag.

Zuerst tauchten ein paar Leute auf, die ich von der Pride Society kannte. Sunil ging sofort hinaus, um sie zu begrüßen, und gestikulierte schließlich, dass auch der Rest von uns kommen und Hallo sagen sollte. Augenblicke später kam eine weitere kleine Gruppe von Leuten an, und Sunil stellte sie als seine Freunde aus dem Orchester vor. Sie schwärmten uns vor, wie sehr sie sich auf die Aufführung freuten.

Ich wusste nicht, ob mich das erschreckte oder freute.

Als Nächstes kam Sadie mit ein paar Freunden an. Sie sagte uns kurz Hallo, bevor sie sich in die erste Reihe setzte – die einschüchterndste Platzwahl überhaupt.

Kurz darauf kam Jess. Sie ging, nachdem sie die Gang von der Pride Society begrüßt hatte, zu Sadie. Sie umarmten sich und setzten sich nebeneinander. Sie schienen gute Freunde zu sein. Die Uni-Welt war klein.

Eine Schar muskulöser Jungs tauchte auf, und ich hatte keine Ahnung, wer sie waren, bis Jason sie begrüßte – es waren ein paar seiner Ruderkollegen. Und dann tauchten zwei weitere Leute auf, wieder völlig Fremde für mich, aber Pip lief zu ihnen, umarmte sie und stellte sie dann als Lizzie und Leo vor, zwei Freunde, die sie bei der Lateinamerika-Society kennengelernt hatte.

Ich hatte niemanden, der extra gekommen war, um mich zu sehen. Und Rooney auch nicht.

Es machte mir aber nichts aus. Denn die, die ich hier hatte – diese vier Leute – waren genug.

Und trotz meines mangelnden Beitrags hatten wir ein Publikum. Genug, um drei ganze Sitzreihen zu füllen.

Vielleicht war das nicht viel. Aber für mich fühlte es sich nach sehr viel an. Es fühlte sich an, als ob das, was wir taten, *wichtig war*.

Um drei Minuten vor zwei versammelten wir uns zu fünft im rechten Flügel und bildeten einen Kreis.

»Hat noch jemand das Gefühl, dringend kacken zu müssen?«, fragte Pip.

»Ja«, sagte Rooney sofort, während Sunil meinte: »Na ja, so würde ich es nicht gerade ausdrücken.«

»Es wird alles *gut werden*«, sagte Jason. »Entspannt euch alle.«

»Wenn du mir sagst, ich soll mich entspannen, bin ich noch weniger entspannt«, sagte Pip.

»Was auch immer passiert«, sagte ich, »es hat Spaß gemacht, oder? Es hat Spaß gemacht.«

Alle nickten. Wir alle wussten, dass es so war.

Was auch immer mit dem Stück passierte, mit der Society, mit unserer seltsamen kleinen Clique …

Es hatte alles so viel Spaß gemacht.

»Packen wir's an«, sagte Jason.

Und wir legten alle unsere Hände aufeinander.

GUTE NACHT

Jason war der Erste auf der Bühne. Mit einem Mikrofon und als Romeo – gekleidet in Stoffe mit knallbunten Drucken.

»Dies ist nur eine kleine Ankündigung vor der Show«, sagte er. »Erstens: Danke, dass ihr alle gekommen seid. Es ist sehr schön, dass wir ein so großes und beeindruckendes Publikum haben, zweifellos dank unserer unglaublich umfangreichen Werbekampagne.«

Gluckser im Publikum.

»Zweitens wollte ich euch informieren, dass wir einige … leichte Probleme hatten, als wir versuchten, dieses Stück vorzubereiten. Wir hatten ein paar … Besetzungsstreitigkeiten. Und wir mussten einige der letzten Szenen etwas hastiger einstudieren. Wir hoffen, dass jetzt alles wieder in Ordnung ist, aber es war eine lange Reise bis hierher. Es gab eine Menge Tränen und hitzige WhatsApp-Nachrichten.«

Kichern im Publikum.

»Für diejenigen unter euch, die es nicht wissen«, fuhr Jason fort, »wir von der Shakespeare Society haben beschlossen, dass wir für unsere allererste Show eine Auswahl von Szenen aufführen werden anstelle eines einzigen Stückes. Alle diese Szenen handeln auf die eine oder andere Art von der Liebe – aber wir überlassen es euch zu interpretieren, welche Art von Liebe diese Szenen darstellen. Reine, giftige, romantische, platonische Liebe – wir wollten alle Arten erkunden. Auf jeden Fall wird es etwas kürzer sein als ein normales Theaterstück, sodass wir alle rechtzeitig für ein spätes Mittagessen im Pub hier rauskommen werden.«

Einige Juchzer aus der Menge.

»Zum Schluss«, sagte Jason, »wollten vier von uns sagen, dass wir diesen Auftritt der Person widmen, die es geschafft hat, uns alle zusammenzubringen, nachdem alles irgendwie auseinander gefallen war.«

Er drehte sich um und sah mich an, seine Augen fanden die meinen.

»Georgia Warr ist der Grund dafür, dass dieses Stück überhaupt stattfindet«, sagte er. »Und es mag nur ein kleines Stück sein, aber es ist für uns alle wichtig. Ziemlich wichtig sogar. Und Georgia verdient es, dass etwas nur für sie gemacht wird. Also, das hier ist für dich, Georgia. Das ist ein Stück über die Liebe.«

Es war ein ziemliches Durcheinander, aber es war wunderbar. Wir begannen mit der Komödie, in der Rooney und Pip als Benedikt und Beatrice auftraten, und schon bald lachte sich das Publikum halb tot. Irgendwie ertappte ich mich dabei, dass ich die Geschichte von *Viel Lärm um nichts* hörte, als hätte ich sie noch nie zuvor gehört. Sie wurde vor meinen Augen lebendig. Es war wunderschön.

Was ihr wollt war als Nächstes dran. Was bedeutete, dass es fast Zeit für meinen Auftritt war.

Und da stellte ich fest, dass es mir gut ging.

Keine Übelkeit. Kein Wettrennen zur Toilette wie bei *Romeo und Julia* in der 13. Klasse.

Ich war nervös, sicher. Aber es war ein normales Maß an Nervosität, gemischt mit der Aufregung aufzutreten, auf der Bühne zu stehen, die Sache zu tun, die mir wirklich, wirklich Spaß macht.

Und als ich schließlich auftrat und meine »Komm herbei, Tod«–Rede hielt, hatte ich wirklich Spaß. Nach mir ging es mit Jason und Sunil als Orsino und Viola weiter, und ich sah von der Seite zu, lächelnd, erleichtert, *glücklich*. Ich hatte es geschafft. *Wir hatten* es geschafft.

Jason und Rooney spielten *Romeo und Julia* und das so leidenschaftlich, als ob sie wirklich ein Liebespaar wären. Dann spielten wir alle die Szene aus *King Lear*, in der Lear versucht herauszufinden, welche seiner Töchter ihn am meisten liebt. Und dann war ich Prospero mit Sunil als Ariel aus *Der Sturm*, wobei wir beide den anderen brauchten, aber auch frei sein wollten von unserem magischen Bund.

Rooney und Pip kamen zurück und spielten mehr aus *Viel Lärm um nichts*. Die Szene, in der Benedikt und Beatrice endlich zugeben, dass sie sich lieben. Und als sie sich küssten, brüllte das Publikum laut applaudierend.

Und schließlich endeten wir mit *Ein Sommernachtstraum*. Oder, besser gesagt, ich endete damit. Ich saß auf dem Blumenthron und sagte die letzten Zeilen zum Abschluss des Stücks. *»Wollt ihr diesen Kindertand, der wie leere Träume schwand, edle Leut, nicht gar verschmähn, sollt ihr bald was Bessres sehn.«* Ich lächelte sanft in die Gesichter des Publikums und hoffte, betete, dass dies genug gewesen war. Dass dies nicht das letzte Mal sein würde, dass ich mit meinen besten Freunden auftrat. *»Nun, gute Nacht, dies Stück zu enden, grüßt uns mit gewognen Händen.«* Sunil dimmte das Bühnenlicht, und dann war das Publikum auf den Beinen. Wir verbeugten uns, während sie jubelten. Dieser Auftritt würde nicht in die Universitätsgeschichte eingehen. Er würde für niemanden sonst etwas Besonderes sein. Die Leute würden es vergessen oder sich bestenfalls an dieses seltsame, aber interessante Studentenstück erinnern, das sie einmal gesehen hatten.

Niemand sonst im Universum würde dieses Stück sehen.

Aber ich schätze, das hat es nur umso mehr ganz zu unserem gemacht.

»Es war ein *Chaos*«, sagte Sadie mit hochgezogenen Augenbrauen und verschränkten Armen. »Deine Szenenübergänge waren bestenfalls fragwürdig, und deine Inszenierung war … sehr ungewöhnlich.«

Wir fünf, die wir in einer Reihe am Bühnenrand saßen, sackten kollektiv in uns zusammen.

»*Aber* –«, fuhr sie fort und hielt einen Finger hoch – »es hat mir nicht missfallen. Ich fand es sogar sehr kreativ und definitiv interessanter, als wenn ihr eine durchschnittliche, gekürzte Version von *Romeo und Julia* gemacht hättet.«

»Also …«, meldete sich Rooney zu Wort. »War es … sind wir …«

»Ja«, sagte Sadie, »ihr könnt eure Shakespeare-Society behalten.«

Pip und Rooney fingen an zu schreien und sich zu umarmen. Sunil legte eine Hand auf seine Brust und flüsterte: »*Gott sei Dank*«, während Jason seinen Arm um mich legte und grinste, und ich merkte, dass ich auch grinste. Ich war glücklich. Ich war so, so glücklich.

Nachdem Sadie gegangen war, war Rooney die Erste, die mich umarmte. Sie kletterte über die anderen und fiel einfach auf mich drauf, drückte mich auf die Bühne und schlang ihre Arme um mich. Und ich lachte, und sie lachte, und wir beide lachten und lachten. Pip kam als Nächstes zu uns, rief: »Ich will auch dabei sein«, und sprang auf uns drauf. Sunil legte seinen Kopf auf Rooneys Rücken, und dann schlang Jason seinen Körper um uns vier, und wir blieben alle einen Moment lang so, lachten und plapperten und hielten uns gegenseitig fest. Am Ende lief es darauf hinaus, dass ich in dem Knäuel im Grunde genommen erdrückt wurde, aber es war tröstlich, auf eine seltsame Art. Das Gewicht von allen vieren auf mir zu spüren. Um mich herum. Mit mir zusammen.

Wir mussten es nicht aussprechen, aber wir wussten es alle. Wir wussten alle, was wir hier gefunden hatten. Oder ich wusste es zumindest. Ich wusste es. Ich hatte es gefunden.

Und dieses Mal gab es keine große Erklärung. Keine große Geste.

Da waren bloß wir fünf, die einander festhielten.

DAS HAUS

Das Haus stand an einer Straßenecke. Ein viktorianisches Reihenhaus, aber kein ästhetisch ansprechendes, und es hatte beunruhigend kleine Fenster. Wir fünf standen draußen und starrten es an, niemand sprach. Keiner wollte sagen, was wir alle dachten: Es sah irgendwie scheiße aus.

Einen Monat nach unserer Theateraufführung wurde mir, Rooney, Pip und Jason klar, dass wir im nächsten Jahr nirgendwo wohnen konnten. Die College-Unterkünfte der Durham University waren in erster Linie für Erstsemester und ein paar Studenten im dritten und vierten Jahr gedacht – von den Zweitsemestern wurde im Allgemeinen erwartet, dass sie sich selbst eine Wohnung für das kommende Jahr suchten. Also hatten die meisten Erstsemester um Dezember und Januar herum kleine Gruppen gebildet, waren auf Wohnungssuche gegangen und hatten Mietverträge unterschrieben.

Aufgrund des ganzen Dramas in diesem Jahr hatten wir das aber völlig verpasst. Und Ende April waren die meisten von der Universität arrangierten Mietunterkünfte in Durham für das nächste Studienjahr bereits komplett vergeben, sodass wir uns durch zwielichtige Anzeigen auf privaten Vermieter-Websites wühlen mussten.

»Ich bin mir sicher, dass es drinnen schöner ist«, sagte Rooney, trat vor und klopfte an die Tür.

»Das hast du über die letzten drei auch gesagt«, sagte Pip mit verschränkten Armen.

»Und ich werde recht haben, irgendwann.«

»Ich wollte nur sagen«, sagte Sunil, »vielleicht sollten wir noch einmal überdenken, wie wichtig es uns ist, ein Wohnzimmer zu haben.«

Obwohl Sunil in seinem dritten Jahr war, hatte er sich in letzter Minute entschieden, im nächsten Jahr zurückzukehren, um seinen Master in Musik zu machen. Er hatte immer noch keine Ahnung, was er mit seinem Leben anfangen wollte, was ich sehr nachvollziehbar und verständlich fand. Und er sagte, dass er es liebte, in Durham zu sein, und noch ein bisschen länger bleiben wollte.

Aber Jess wollte am Ende des Jahres die Schule verlassen. Das taten sogar die meisten von Sunils Freunden aus dem dritten Jahr. Sobald wir das herausfanden, fragten wir ihn, ob er bei uns wohnen wollte, und er sagte Ja.

Die Tür öffnete sich, und eine müde Studentin ließ uns rein. Sie erklärte uns, dass alle außer ihr in der Vorlesung seien, sodass wir herumlaufen und in jedes der Zimmer schauen könnten, wenn wir wollten. Wir gingen alle zuerst in die Küche, die gleichzeitig als Wohnzimmer diente, mit einem Sofa auf der einen Seite und den Küchenschränken auf der anderen. Es war alles sehr alt und abgenutzt, aber es schien funktional und sauber zu sein, was uns sehr wichtig war. Wir waren Studenten. Wir konnten nicht wählerisch sein.

»Es ist eigentlich nicht schlecht«, sagte Sunil.

»Seht ihr?«, rief Rooney und deutete um uns herum. »Ich hab euch gesagt, dass es diesmal das Richtige ist.«

Jason verschränkte die Arme. »Es ist ziemlich … niedrig.« Sein Scheitel war sehr nah dran an der Decke.

»Aber nirgendwo schwarzer Schimmel«, betonte Pip.

»Und es ist genug Platz hier für uns und alle anderen«, sagte ich. Mit »alle« meinte ich uns fünf, plus die anderen, die zu unseren Proben kamen – nun, es waren keine richtigen Proben mehr. Es war ja nicht so, dass wir in diesem Jahr ein weiteres Stück vorzubereiten hatten, und wir waren alle mit Prüfungen und Hausarbeiten eingedeckt, also trafen wir uns normalerweise nur, um zu plaudern, Filme zu schauen und Essen zu bestellen – jeden Freitagabend in meinem und Rooneys Zimmer.

Manchmal brachte Sunil Jess mit, oder Pip brachte ihre Freunde Lizzie und Leo mit. Manchmal tauchte die halbe Rudermannschaft des Castle-Männer-Ruderteams auf – laute Jungs, die mir anfangs Angst machten, die aber eigentlich ganz nett waren, wenn man sie besser kennenlernte. Manchmal waren es auch nur die ursprünglichen fünf oder sogar weniger, wenn einer beschäftigt war.

Es war zu einem Ritual geworden. Mein Lieblingsritual an der Uni.

»Und das ist der *perfekte* Platz für Roderick!«, sagte Rooney fröhlich und zeigte auf eine leere Ecke neben der Sofalehne.

Wir gingen zu den beiden Schlafzimmern im Erdgeschoss, die beide ziemlich gewöhnlich waren. Jason und ich warfen einen Blick in das zweite. Es war fast so unordentlich wie Pips jetziges Schlafzimmer.

»Ich wollte schon immer ein Schlafzimmer im Erdgeschoss«, sagte Jason. »Ich weiß nicht, warum. Es kommt mir einfach cool vor.«

»Du wärst aber direkt an der Straße.«

»Ich glaube, es würde mir gefallen. Umgebungsgeräusche. Und guck doch!« Er zeigte auf einen leeren Fleck an der Wand über dem Bett – genug Platz für ein gerahmtes Foto. »Der perfekte Platz für *die Scooby Gang*.«

In der Woche zuvor hatte Jason Geburtstag gehabt. Eines seiner Geschenke von mir: ein gerahmtes Foto der gesamten Scooby-Doo-Gang. Alle fünf von ihnen.

»Ich hätte gerne ein Zimmer im Erdgeschoss«, sagte Sunil, der hinter uns aufgetaucht war. »Ich mag es, in der Nähe der Küche zu sein. Leichter Zugang zu den Snacks.«

Jason schaute ihn misstrauisch an. »Solange du nicht bis spät in die Nacht Cello übst.«

»Du meinst, du willst meine wunderbare Musik in den frühen Morgenstunden *nicht* hören?«

Jason lachte und ging nach oben, während Sunil und ich ins erste Schlafzimmer gingen und darauf achteten, nichts von den Sachen des derzeitigen Bewohners zu berühren.

Und dann sagte Sunil: »Ich wollte eine Idee mit dir besprechen, Georgia.«

»Ja?«

»Ich bin nur noch ein paar Monate Präsident der Pride Society, und bevor ich zurücktreten muss, wollte ich eine neue Gruppe innerhalb der Pride Society gründen. Eine Gesellschaft für aromantische und asexuelle Studenten. Und ich hab mich gefragt, ob du dich daran beteiligen willst. Nicht unbedingt als Vorsitzende, aber … Na ja, ich weiß nicht. Ich wollte nur fragen. Aber kein Druck.«

»Oh. Ähm …« Ich fühlte mich sofort nervös bei dem Gedanken. Ich hatte immer noch Tage, an denen ich nicht vor Selbstvertrauen strotzte, was meine Sexualität anbelangte. Trotz all der Tage, an denen ich stolz und dankbar war, dass ich nun wusste, wer ich war und was ich wollte. Vielleicht würden die schlechten Tage immer seltener werden, aber … ich wusste es nicht. Ich *konnte es nicht* wissen.

Vielleicht empfanden viele Menschen so über ihre Identität. Vielleicht würde es einfach Zeit brauchen.

»Ich weiß es nicht«, sagte ich. »Ich hab mich noch nicht mal vor meinen Eltern geoutet.«

Sunil nickte verständnisvoll. »Das ist in Ordnung. Sag mir einfach Bescheid, wenn du darüber nachgedacht hast.«

Ich nickte. »Das mach ich.«

Er blickte ins Schlafzimmer und beobachtete, wie das Abendlicht auf den Boden fiel. »Es war ein gutes Jahr, aber ich freue mich darauf abzutreten. Ich denke, ich habe ein erholsameres Jahr verdient, nächstes Jahr.« Er lächelte in sich hinein. »Es wäre schön, mal eine Pause zu haben.«

Im Obergeschoss gab es noch drei weitere Schlafzimmer, und Pip und Rooney steuerten sofort das augenscheinlich größte an.

»Ich nehme das hier«, sagten Pip und Rooney gleichzeitig und blickten einander an.

»Ich brauche mehr Platz«, sagte Rooney. »Ich bin einen ganzen Meter größer als du.«

»Ähm, erstens ist das eine Lüge, du bist nur ein paar Zentimeter größer –«

»Mindestens 15 cm.«

»Und zweitens brauche ich mehr Platz, weil ich viel mehr Klamotten habe als du.«

»Ihr werdet sowieso beide im selben Zimmer schlafen«, murmelte Jason und rollte mit den Augen. Pip warf ihm einen Blick zu, Verlegenheit gemischt mit Alarmbereitschaft, während Rooney sofort knallrot wurde, den Mund öffnete und zu protestieren begann.

Rooney verbrachte immer mal wieder Nächte außerhalb unseres Zimmers. Als es das erste Mal nach dem Theaterstück passierte, hatte ich Angst, dass sie wieder zu übermäßigem Alkoholkonsum und Clubbesuchen mit Fremden zurückgekehrt war, aber als ich sie schließlich damit konfrontierte, offenbarte sie schüchtern, dass sie all diese Nächte in Pips Zimmer verbrachte. Und die Klamotten, die sie dort zurückließ, waren ein kleiner Hinweis.

Sie verbrachte aber auch Nächte in unserem Zimmer. Sehr viele Nächte. Es war nicht so, dass sie mich ersetzt hätte oder ich weniger wichtig geworden wäre.

Sie war eine meiner besten Freundinnen. Ich war eine von ihren. Und wir beide verstanden jetzt, was das bedeutete.

Nachdem Rooney damit fertig war, Jason zu beschimpfen, weil er ihr Sexleben angesprochen hatte, und Jason sich taktisch in Richtung Badezimmer zurückgezogen hatte, beobachtete ich, wie Rooney und Pip zusammen in der Tür standen. Rooney berührte sanft Pips Hand mit ihrer, und Rooney beugte sich zu ihr und flüsterte etwas, das ich nicht hören konnte, was Pip ein breites Grinsen entlockte.

Ich trat beiseite, um in eins der anderen Schlafzimmer zu schauen. Dieses hier hatte ein großes Sprossenfenster, ein Waschbecken in der Ecke, und wer auch immer hier wohnte, hatte eine der Wände mit Polaroidfotos beklebt. Der Teppich war irgendwie seltsam – er hatte ein auffälliges rotes Muster, das mich an die Vorhänge meiner Oma erinnerte –, aber es missfiel mir nicht. Mir missfiel nichts davon.

Es war nicht hübsch oder so. Aber ich konnte mir sofort vorstellen, hier zu leben. Ich konnte mir vorstellen, wie wir alle hier ein neues Studienjahr beginnen würden, nach Hause kommen und nebeneinander auf dem Sofa rumlümmeln, morgens in der Küche bei einer Schüssel Müsli plaudern, uns für Filmabende in das größte Schlafzimmer drängen und in den Betten der anderen einschlafen würden, wenn wir zu müde waren, um uns zu bewegen.

Ich konnte mir das alles vorstellen. Eine Zukunft. Eine kleine Zukunft, und keine immerwährende Zukunft, aber dennoch eine Zukunft.

»Was denkst du?«, fragte Rooney, die sich neben mich in die Tür gestellt hatte.

»Es ist … okay«, sagte ich. »Es ist nicht perfekt.«

»Aber?«

Ich lächelte. »Aber ich glaube, wir könnten hier Spaß haben.«

Sie lächelte zurück. »Ich bin derselben Meinung.«

Rooney ging zurück zu Pip, um sich weiter um das größte Schlafzimmer zu streiten, aber ich blieb einfach einen Moment lang stehen und betrachtete, was mein zukünftiges Zuhause sein könnte. Nachdem ich monatelang neben einer meiner besten Freundinnen geschlafen hatte, war ich ein wenig nervös, wieder in einem Zimmer ganz für mich allein zu wohnen. In einem stillen Raum zu schlafen, allein mit meinen Gedanken.

Ich hatte allerdings noch Zeit, mich an den Gedanken zu gewöhnen.

Bis dahin würden wir die Betten zusammenlassen.

WEITERFÜHRENDE INFORMATIONEN

AVEN (The Asexual Visibility and Education Network):
https://www.asexuality.org/

Das deutschsprachige Forum von AVEN:
https://www.aven-info.de/

Was ist Asexualität?: https://www.whatisasexuality.com/

Aces & Aros: https://acesandaros.org/

AZE, eine Zeitschrift, die asexuelle, aromantische und
Agender-Autor*innen und -Künstler*innen veröffentlicht:
https://azejournal.com/

AUREA: https://www.aromanticism.org/

AktivistA – Verein zur Sichtbarmachung
des asexuellen Spektrum«: https://aktivista.net/

Aro-Ace-Spektrum Schweiz – Infos, Hintergrundwissen
und Austausch im aromantischen und asexuellen
Spectrum Schweiz: https://www.asexuell.ch/

DANKSAGUNG

Dieses Buch zu schreiben war das Schwierigste, Frustrierendste, Erschreckendste und Befreiendste, was ich je gemacht habe. So viele wunderbare Menschen haben mir auf dieser Reise geholfen:

Claire Wilson, meine unglaubliche Agentin, die richtig viele emotionale E-Mails von mir lesen musste. Großen Dank meiner Lektorin Harriet Wilson, meinem Buchdesigner Ryan Hammond und allen anderen bei HarperCollins, die an diesem Buch gearbeitet haben – vielen Dank für euren unermüdlichen Einsatz und für eure Unterstützung für meine Geschichten, obwohl ich fast jeden Abgabetermin, den ihr mir gegeben habt, verlängern musste. Emily Sharratt, Sam Stewart, Ant Belle und Keziah Reina für ihr Lektorat, ihre Einsicht und fürs Korrekturlesen, oft unter krassem Zeitdruck. Meiner Seelenverwandten, Lauren James, die es mit Fassung getragen hat, wenn ich ihr meinen Kummer beim Schreiben ausgeschüttet habe, und die mir so sehr bei Struktur und Tempo geholfen hat. Meinen Freunden und meiner Familie, im echten Leben und online. Und meinen Lesern, die mich unterstützt haben. Vielen, vielen Dank an alle.

Und danke an alle, die dieses Buch in die Hand genommen haben. Ich hoffe sehr, dass euch meine Geschichte gefallen hat.